「十四五」國家重點圖書

詞譜要籍整理與彙編（第二輯）

朱惠國◎主編　劉尊明◎副主編

詞鵠

［清］孫致彌　樓　儼◎編著　王琳夫◎整理

華東師範大學出版社
·上海·

圖書在版編目（CIP）數據

詞鵠/(清)孫致彌,(清)樓儼編著;王琳夫整理.
— 上海:華東師範大學出版社,2023
(詞譜要籍整理與彙編)
ISBN 978-7-5760-4613-7

Ⅰ.①詞… Ⅱ.①孫… ②樓… ③王… Ⅲ.①詞譜—中國—古代 Ⅳ.①I207.23

中國國家版本館 CIP 數據核字(2024)第 004817 號

上海市促進文化創意產業發展財政扶持資金資助出版

詞譜要籍整理與彙編
詞鵠

叢書編者　朱惠國 主編;劉尊明 副主編

編 著 者　[清] 孫致彌　樓　儼
整 理 者　王琳夫
責任編輯　時潤民
責任校對　龐　堅
裝幀設計　盧曉紅

出版發行　華東師範大學出版社
社　　址　上海市中山北路 3663 號　郵編 200062
網　　址　www.ecnupress.com.cn
電　　話　021-60821666　行政傳真 021-62572105
客服電話　021-62865537　門市(郵購)電話 021-62869887
地　　址　上海市中山北路 3663 號華東師範大學校内先鋒路口
網　　店　http://hdsdcbs.tmall.com

印　　刷　上海中華商務聯合印刷有限公司
開　　本　890 毫米×1240 毫米　32 開
印　　張　22.25
插　　頁　4
字　　數　364 千字
版　　次　2024 年 10 月第 1 版
印　　次　2024 年 10 月第 1 次
書　　號　ISBN 978-7-5760-4613-7
定　　價　178.00 元

出 版 人　王　焰

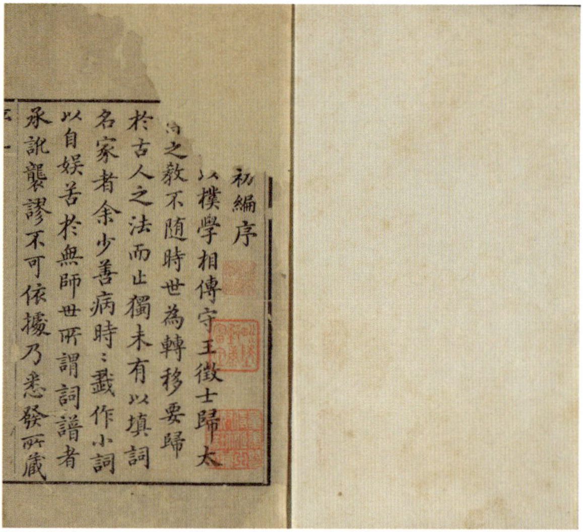

中國國家圖書館藏清康熙四十四年（一七〇五）
刻本《詞鵠》書影（一）

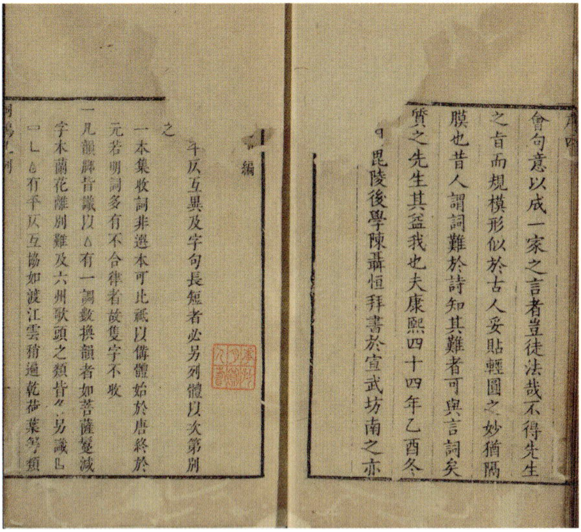

中國國家圖書館藏清康熙四十四年（一七〇五）
刻本《詞鵠》書影（二）

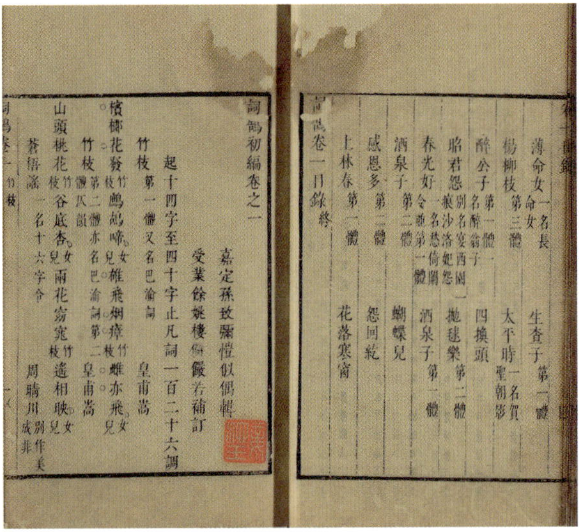
薄命女 一名長命女　　生查子 第一體
楊柳枝 第三體　　太平時 一名賀聖朝影
醉公子 第一體 一名醉翁子　　四換頭
昭君怨 別名宴西園 一名沙洛妃怨　　抛毬樂 第二體
春光好 一名愁倚闌令 第一體　　酒泉子 第一體
酒泉子 第二體　　蝴蝶兒
感恩多 第二體　　怨回紇
上林春 第一體　　花落寒窗
詞鵠卷一目錄終

詞鵠初編卷之一
嘉定孫致彌愷似偶輯
受業餘姚樓儼若補訂
起十四字至四十字止凡詞一百二十六調
竹枝 第一體 又名巴渝詞　皇甫嵩
檳榔花發竹枝鷓鴣啼女兒。雄飛烟瘴竹枝雌亦飛女兒。
竹枝 第二體 亦名巴渝詞第二 仄韻　皇甫嵩
山頭桃花竹枝谷底杏女兒。兩花窈窕竹枝遥相映女兒。
蒼梧謠 一名十六字令　周晴川 別作成非 美
詞鵠卷一 竹枝 一八

中國國家圖書館藏清康熙四十四年（一七〇五）
刻本《詞鵠》書影（三）

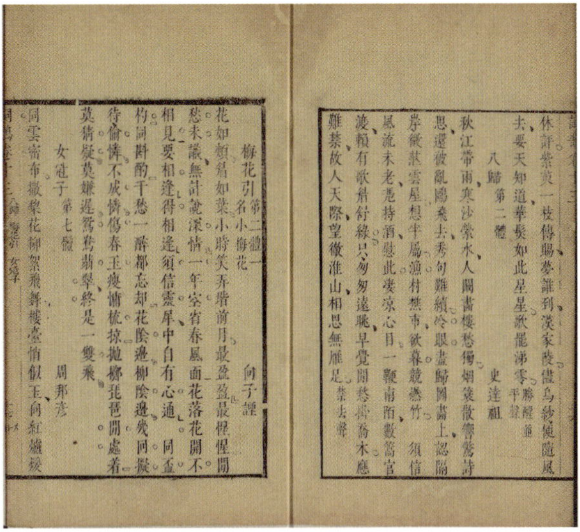

中國國家圖書館藏清康熙四十四年（一七〇五）
刻本《詞鵠》書影（四）

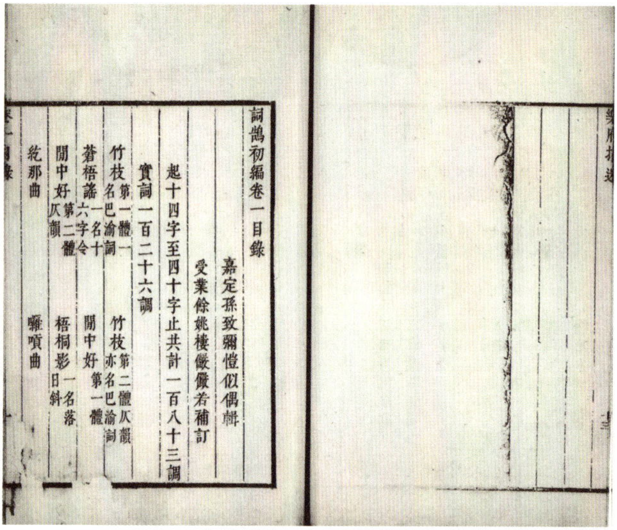

詞鵠初編卷一目錄

嘉定孫致彌愷似偶輯

受業徐姚棲儼儼若補訂

起十四字至四十字止共計一百八十三調

實詞一百二十六調

竹枝名巴渝詞第一體一　竹枝亦名巴渝詞第二體仄韻

蒼梧謠一名十六字令　閒中好第一體

閒中好仄韻第二體　梧桐影一名落日斜

紇那曲　囉嗊曲

日本京都大學文科圖書館藏清康熙四十四年（一七〇五）刻本《詞鵠》書影（一）

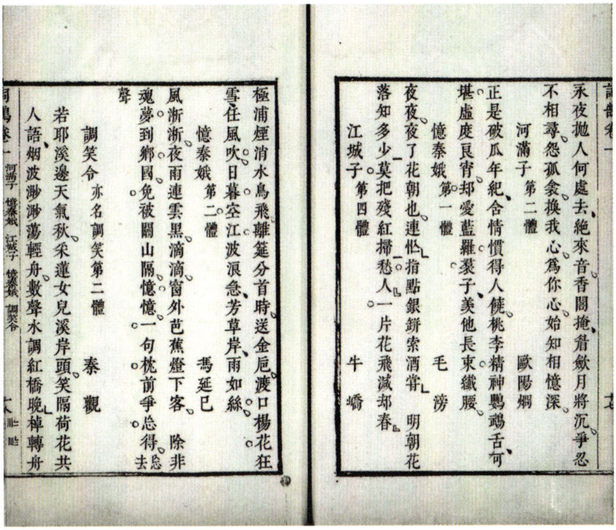

詞鵠卷一　　七

永夜抛人何處去、絶來音香閤掩、眉斂月將沉爭忍
不相尋怨孤衾換我心爲你心始知相憶深
河滿子 第二體　　歐陽炯
正是破瓜年紀含情慣得人饒桃李精神鸚鵡舌可
堪虚度良宵却愛藍羅裠子羨他長束纖腰
憶秦娥 第一體　　毛滂
夜夜夜了花朝也連忺指點銀缾索酒嘗明朝花
落知多少莫把殘紅掃愁人一片花飛減却春
江城子 第四體　　牛嶠
極浦煙消水鳥飛離筵分首時送金卮渡口楊花狂
雪任風吹日暮空江波浪急芳草岸雨如絲
憶秦娥 第二體　　馮延巳
風淅淅夜雨連雲黑滴滴窗外芭蕉燈下客除非
魂夢到鄉國免被關山隔憶憶一句枕前爭忘得忘去聲
調笑令 亦名調笑第二體　　秦觀
若耶溪邊天氣秋采蓮女兒溪岸頭笑隔荷花共
人語烟波渺渺蕩輕舟數聲水調紅橋晚棹轉舟

詞鵠卷一　河滿子　憶秦娥　江城子　憶秦娥　調笑令　八

日本京都大學文科圖書館藏清康熙四十四年（一七〇五）
刻本《詞鵠》書影（二）

總序

詞譜，這裏主要指格律譜，産生於明中期，是詞樂失傳後，爲規範詞的創作而逐漸發展起來的一種專門性質的工具書。廣義的詞譜包括音樂譜和格律譜，但就明清詞譜而言，除極少數詞譜，如《自怡軒詞譜》、《碎金詞譜》是從《九宫大成》輯録而成，具有音樂性外，一般都是格律譜。

晚清以來，詞譜研究一直處於較少被關注的邊緣位置，相比詞史與詞論，詞譜研究的成果不多，且研究格局也比較狹窄，可以説，至今缺乏整體性、系統性的研究。晚清民初的詞譜研究大多集中在細部的考察和瑣碎的考訂上，對詞譜文獻尚未有全面的整理和系統的考察。民國時期，學者們多撰文專門探討四聲陰陽及詞人用調等問題，亦有一些學者熱心於增補詞調，至於詞譜的全面系統研究，則依然缺乏。一九四九年後，由於時代原因，詞譜以及與之關係密切的詞調與詞律研究長期受到冷落，直到進入新時期，相關研究才零星逐漸復甦，却也呈現出十分不均衡的面貌：詞調研究成果相對多一些，但總體上缺乏規劃性；詞律、詞韻等方面的研究成果很少，且多見於語言學等外圍學科；詞譜文獻研究有一些進展，但主要是單個詞譜的研究，成果也比較零散；至於詞譜史的研究，不僅成果少，而且多是以史論方式介紹明清以至民國詞譜著作的編撰過程、詞律研究進程及相關學者的詞律思想主張，並没有觸及問題的實質。因此，明清詞譜的研究總體比較冷寂。

一

進入新世紀，尤其是二〇〇八年前後，明清詞譜研究開始受到重視，相關研究也逐步展開，並取得一些成績。在此過程中，有兩方面的研究推進速度較快，取得的成果也比較突出。

其一，重要詞譜的研究取得明顯進展。明清詞譜的研究起步較晚，但一些重要詞譜因爲影響較大，學術地位重要，吸引了一批學者投入較多精力進行研究，並已取得非常明顯的進展。這在《詩餘圖譜》、《欽定詞譜》、《詞繫》三部重要詞譜的研究方面表現得尤其充分。

《詩餘圖譜》是中國真正意義上的第一個詞譜，地位十分特殊，但以往專門的研究並不多。學術界雖然常常提及該譜，事實上對它的認識還比較模糊，其表現主要有兩方面：一是張冠李戴，將之和賴以邠、查繼超等的《填詞圖譜》相混淆，將後者的問題算在前者上；二是没有梳理《詩餘圖譜》版本，分不清初刻本和後續版本的區别，將後續版本中出現的問題誤以爲是張綖《詩餘圖譜》初刻本的。這兩種情況在以往的研究文章和著作中經常會遇到，直到張仲謀在臺灣發現《詩餘圖譜》初刻本，才徹底扭轉了局面。此後《詩餘圖譜》各種版本的發掘和梳理，進一步呈現了該詞譜的真實面貌和流傳過程。可以説，由於文獻資料的突破，《詩餘圖譜》的研究在最近十餘年快速推進，形成的成果也與之前有了質的變化。

《欽定詞譜》由於是「欽定」，在清代幾無討論的可能，更談不上去指謬糾誤，清以後，雖然「欽定」的禁忌不復存在，但由於該譜的「權威性」，也很少有人去留意、審視譜中的問題，部分學者也只是重視詞調補遺工作，而非對原譜本身作研究，因此《欽定詞譜》存在的問題也長期得不到糾正。但最近幾十年情況正在發生變化，陸續有學者關注此譜，將其納入研究範圍，而研究的核心内容，就是對其糾誤匡謬。大致而言，對《欽定詞譜》的研究可以分爲三個階段：第一個階段是一九九七年周玉魁發表《略論〈欽定詞譜〉的幾個問題》一文，開始對該譜進行整體性研究，並且研究的方向也十分明確，就是指出其存在的問題。這種思路事實上對《欽定詞譜》之後的研究路徑有明顯的導向作用。但作者發表此文後，再没見到其後續研究成果。第二階段是新世紀以後，主要是二〇一〇年前後，謝桃坊和蔡國强兩位發表了一系列論文，對《欽定詞譜》的問題作進一步討論，其研究思路與周文大致相近。其中謝桃坊偏重於《欽定詞譜》收録詞調標準的討論，也涉及譜中調名、分體、韻位等方面的具體問題，蔡國强則更偏重於調名、韻脚等具體問題的討論。蔡文的許多觀點之後被集中吸收到其考正著作中。第三階段是二〇一七年蔡國强的《欽定詞譜考正》出版，標誌着《欽定詞譜》的研究進入了一個新的階段。三個階段層層推進，進展較快。《詞繫》是最有價值的明清詞譜之一，但由於戰亂以及編撰者秦巘家道中落等原因，一直没有機會刊刻，外界所知甚少，因此相關的研究也就無從談起。直到二十世紀末，該書稿本被重新發現並整理出版後，學界才開始了對該書的研究。研究工作主要圍繞三個方面進行：首先是整體性介紹，由於該譜是第一次整理，這類介紹是必要的，以便於把握該譜的基本特點；其次是價值發現與詞譜史評價，這對於《詞繫》的深度認識以及詞譜史定位尤其重要；第三是文獻的發現與完善。北京師範大學出版社一九九六年出版了《詞繫》一書，是根據收藏在北京師範大學圖書館的未定稿本整理而成，其間唐圭璋、鄧魁英、劉永泰等先生做出重要貢獻。但是該稿本與夏承燾、龍榆生等先生描述的稿本不同，夏承燾等看到的是更加完善的謄清本，此事一度成爲迷案。此後有學者據《中國古籍善本書目》的著録，在北京大學圖書館發現了珍貴的謄清本，國家圖書館出版社於二〇一四年對其進行複製性出版，收入「中華再造善本續編」。至此，《詞繫》的最終面目得以被公諸於世，便於學者作進一步深入研究。《詞繫》的研究，從零到現在大致成熟，其推進速度也比較快。

其二，研究視野有所拓展，對冷僻的詞譜和海外的詞譜開始有所關注。明清詞譜研究之前主要集中在幾部比較著名的詞譜上，但最近十幾年一個明顯的變化，就是開始對冷僻的詞譜有了一定的關注，並取得初步進展。比較典型的例子是對鈔本《詞學筌蹄》、稿本《詞家玉律》、稿本《詞榘》、鈔本《詞海評林》等詞譜的關注與研究，及對稀見詞譜《牖日譜詞選》、《記紅集》、《三百詞譜》、《詩餘譜纂》、《詩餘協律》、《有真意齋詞譜》、《彈簫館詞譜》等的介紹與初步研究。其中對鈔本《詞學筌蹄》、稿本《詞槩》、稿本《詞家玉律》的研究代表了三種不同的類型。

《詞學筌蹄》以鈔本的形式存在，但在很長一段時間内被視爲一部詞選，較少受到關注。唐圭璋《全宋詞》「引用書目」將此書列爲第五類的「詞譜類」，是非常有識見的判斷，此後蔣哲倫、楊萬里編《唐宋詞書録》，也順着唐先生的思路，將其列爲「詞譜、詞韻類」。至此，該書詞譜的身份大體被確認。此書真正受到關注，進入詞譜研究的視野，是在張仲謀二〇〇五年發表《〈詞學筌蹄〉考論》一文之後。文章對該譜作了比較全面的介紹與討論，進一步論證其詞譜性質，以爲是中國現存最早的詞譜。但總體來看，作爲中國最早的詞譜，或者説詞譜的雛形，其産生的過程、背後的深層原因及詞譜學意義等問題，仍有待作進一步深入研究。

《詞槩》的編撰者方成培是有很高造詣的詞學家，其《香研居詞麈》一書向爲學界稱道，但同爲其重要詞學著作的《詞槩》却未曾刊刻，也久未見著録，只在民國時期《歙縣志》等地方文獻上稍有提及。加上此書稿本長期保存在安徽博物院，鮮爲人知。直到二〇〇七年鮑恒在《文學遺産》上發表文章介紹《詞槩》的兩個不同稿本，該書才進入學者的研究視野。作者在撰文的同時，還聯合王延鵬開始整理《詞槩》，在文獻比對、字迹辨識等基礎性工作上花費了大量心血。《詞槩》稿本的整理與出版，將對中國明清詞譜史的研究産生重要影響。

《詞家玉律》的情況則有所不同，編撰者王一元並非名家，書稿也只是保存在其家鄉的無錫市圖書館，因此幾無人知。二〇一〇年，顏慶餘撰文介紹該稿本，這部詞譜才進入研究者的視野。但此稿的價值究竟如何，是否有整理的必要？仍需作進一步的考察與研究。總體來講，最近十來年，一些之前少有人關注的珍稀詞譜開始受到重視，並被不斷發掘與介紹，這對明清詞譜史的研究具有重要意義。就我們所知，此類詞譜有一定數量，該方面的研究工作將會持續一段時間。

最近十幾年，學者們對域外詞譜也開始加以關注。由於歷史原因，中國周邊的日本、朝鮮半島、越南三個地區在古代均採用漢字書寫系統，漢文詩詞創作十分普遍。詞譜作爲漢詞創作的工具書，也較早流傳到了這些國家。以往的詞譜研究對留存域外的明清詞譜關注不多，對域外國家本土編製的詞譜更是所知甚少。這種情況目前已有所改變，不少學者開始將目光投向域外，並嘗試將域外主要是日本的詞譜納入研究範圍。此方面的研究工作起步不久，大致可以分爲三個方面。第一，是研究流傳到域外的明清詞譜。如上所述，明清時期有不少詞譜流入域外，這些詞譜大部分都能在國内找到相同版本，但也有一些比較特殊的鈔本或批本，是國内所没有的，具有較高的文獻價值。對此已有一些學者開始關注並展開實際研究工作，如江合友《關於張綖〈詩餘圖譜〉的日藏抄本》，詳細介紹了《詩餘圖譜》的兩種日藏抄本；又如日本詞學家萩原正樹《關於〈欽定詞譜〉兩種内府刻本的異同》對日本京都大學一九八三年影印「京都大學漢籍善本」中的一種《欽定詞譜》底本作了介紹，並將其與中國書店一九七九年影印本作了詳細比對與析論。第二，是對域外國家本土編製詞譜的關注與研究。域外國家本土編製的詞譜一般是以中國傳過去的詞譜爲母本，在此基礎上作一些本土化改造。這些詞譜在彼處取得成功，有的甚至還返流回中國，受到中國詞人的喜愛，如日本田能村孝憲編的《填詞圖譜》。目前學界對這些詞譜也有所關注，如江合友《田能村孝憲〈填詞圖譜〉探析——兼及明清詞譜對日本填詞之影響》，朱惠國《古代詞樂、詞譜與域外詞的創作關聯》也涉及這一問題。其三是對域外詞譜學研究的關注，如日本學者萩原正樹近年研究森川竹磎的《詞律大成》，撰有《森川竹磎〈詞律大成〉原文與解題》，該書在整理《詞律大成》的同時，另附《森川竹磎略年譜》和《〈詞律大成〉解題》於書後，頗具資料價值。萩原正樹的著作代表了日本詞譜學的一些特點與最新進展，已引起國內詞學界的注意，有關的資料收集與評價也正在進行。從這三方面的研究看，明清詞譜研究的視野有了明顯的拓展，已進入了一個新的階段。

二

毫無疑問，近十幾年明清詞譜研究的進展是明顯的，但我們也清醒地看到，晚清以來，詞譜研究在詞學研究大格局中所占的比重偏小，積累不够，加上新時期成長起來的新一代學者普遍對詞調、詞律有陌生感，因此目前的明清詞譜研究總體上還存在基礎薄弱、人員短缺等問題。除此之外，研究工作本身也存在一些不足。這些不足主要有以下幾個方面。

一是基礎性、整體性的文獻研究缺乏。詞譜文獻學是目前明清詞譜研究中相對成熟的一部分，取得的成果也比較多，但問題是這些研究比較零散，不成系統。迄今爲止，學界對明清詞譜整體情況的認識還比較模糊，比如從明中葉《詞學筌蹄》產生以來，總共有過多少詞譜，其中存世的詞譜有多少，有哪些類型，收藏在什麽地方，保存情況如何？這些目前都是未知的，换句話説，時至今日，我們還未系統地摸過明清詞譜的家底。進一步看，這些詞譜各自有哪些編撰特點，作者的背景怎樣，當時是否被廣泛接受與普遍使用，實際評價又如何？對這些方面的研究工作雖然已有了一部分，但涉及的只是部分詞譜。因此説，詞譜文獻的基礎性研究還比較薄弱，很需要在調查研究的基礎上，編出一份相對齊全的明清詞譜收藏目録，如果在目録的基礎上，能撰寫系統性的明清詞譜叙録，或能反映明清詞譜總體情況的學術著作，就更好了。至於對明清詞譜的整理，目前主要集中在幾部著名的詞譜上，如《欽定詞譜》、《詞繫》、《碎金詞譜》等，一些在明清詞譜史上有重要地位的詞譜，如《填詞圖譜》、《嘯餘譜·詩餘譜》等，至今還没有被整理過，可見詞譜文獻研究雖然已取得一些進展，但依然缺乏大規模、集成性的研究成果。

二是大部分研究仍停留在淺層次的階段，没有深入到詞譜本身的内容中去。目前的明清詞譜研究雖然涉及到了詞譜的編製方式、文獻來源，以及與之關係密切的詞調、詞律、詞韻等多個方面，成果數量也已經有了一定的累積，但這些研究大部分停留在表面，缺少對實質性内容的深入思考。如大部分論著多集中在詞譜的作者、版本，以及編纂背景、標注符號、編排方法等外部要素上，而對於最能反映詞譜學本質的句式、律理、分體等問題的探討却不是很多，即使有一些涉及明清詞譜修訂的論文觸及了詞律問題，也多是專攻一隅，未能系統而全面。换句話説，目前的研究大部分還是在外圍，並没有深入詞譜的實質。事實上，詞譜作爲一種專門工具書，是明清人在詞樂失傳後，爲規範並方便詞的創作而發明的，編譜者所依據的文獻以及對詞調的體認程度無疑會影響到詞譜質量的高下。我們現在能看到的文獻比明清人要全，因此在總結前人研究成果的基礎上，對主要的詞譜進行細致分析，討論其譜式的準確性和合理性，應該是明清詞譜研究的主要内容。此外，除了個别的早期詞譜，絶大多數明清詞譜都不是憑空産生的，編寫者或多或少地借鑒了前人的詞譜，既有繼承，也有發展，因此梳理這些詞譜之間的内在關係，看看後者在前者的基礎上解决了什麽問題，還留下什麽問題，由此分析明清詞譜發展演化的過程與規律，也應該是明清詞譜研究的一項重要内容。而從明清詞譜研究的現狀看，此類研究目前還比較少見，這無疑是一個比較明顯的缺憾。

三是對明清詞譜的學術價值和詞學史地位普遍認識不足。已有的明清詞譜研究大部分是從形式的角度入手，將詞譜視爲技術層面的工具，很少從詞學發展的層面深入探討其歷史地位，也很少從詞譜編製與創作互動的關係來考察其學術價值。對一些深層次問題，如明清詞譜産生的根本原因，詞譜發展的内在動因和規律，詞譜在清詞中興過程中的實際作用等，很少有專門的討論。比如我們在談到詞譜的産生時，較多關注到《詞學筌蹄》和《草堂詩餘》的關係，關注詞譜中標注符號的來源等，至於爲什麽會在這個時候形成這部製作粗糙却又具有里程碑意義的詞譜，則目前還少有人去考量，而這個問題非常關鍵，是涉及到詞體能否生存、能否繼續發展的重大問題。又如我們現在討論清詞的中興，總結了很多因素，固然都有道理，而清詞的中興和詞譜的發達又有没有關係？這其中的綫索，也較少有人去作深入思考。可見在目前的詞譜研究中，理論的研究和思考還没有跟上去。這些都需要在今後的研究中加以改進，以對詞譜的學術價值有一個更加全面、深入的考量。

四是重要詞譜的校訂工作没有得到應有的重視。以《詞律》、《欽定詞譜》爲代表的明清詞譜從産生之日起，一直是詞創作的重要依據，將來無疑也會如此，因此詞譜的正確與完善對詞的創作至關重要。但如上所述，明清時期由於製譜者在文獻方面的不足和認識上的局限，導致這些詞譜在平仄、句式、韻律、分段等諸方面，都或多或少地存在一些瑕疵以及錯誤，即使明清詞譜中最著名、最權威、最流行的《欽定詞譜》和《詞律》，即通常所説的「譜」、「律」，也存在不少問題。《詞律》的問題，在清代已經有學者指出過；《欽定詞譜》由於是「欽定」，在清代無法展開討論，近年雖有學者陸續指出其中存在的各式問題，但是這些工作總體來説比較分散，且没有從詞譜的系統性校訂、完善這一層面來展開，因此對普通的詞譜使用者而言，詞譜中的這些問題和錯誤一直存在，並在不斷地誤導詞的創作。問題的嚴重性還在於，幾乎極少有人想到詞譜有錯誤，更没有想到要去校訂明清詞譜，使之更加準確和完善。很少有一種工具書會像詞譜一樣，幾百年來一直不被加以校訂却持續爲創作提供依據。即便是詞譜中由於文獻不足，僅依據殘詞製成之譜，如《欽定詞譜》中署名張孝祥的《錦園春》四十二字體，也至今依然被視爲創作的圭臬。因此對明清詞譜中影響最大，至今使用最廣泛的詞譜，如《詞律》、《欽定詞譜》等，在前人研究的基礎上，作一次系統、徹底的校訂，使之更加準確，是完全有必要也有可能的一項工作，這不僅是明清詞譜研究的重大突破，也是一項功在當代、利在長遠的重大文化工程。

最後是明清詞譜研究缺少規劃，没有系統性。以上四方面問題之所以産生，非常重要的一個原因，就是現有的明清詞譜研究缺少總體規劃，没有系統性。如對明清詞譜基礎性文獻大規模的搜集與著録，對詞譜要籍如《詩餘圖譜》、《嘯餘譜·詩餘譜》、《填詞圖譜》、《詞律》、《詞架》、《詞繫》等的大規模整理與研究，對重要詞譜如《詞律》、《欽定詞譜》的研究與校訂等，都需要有一定的規劃與統籌，調動相應的人力和資金支持。而現有的研究主要基於學者的個人興趣來展開，因此上述大規模的研究計劃就難以得到實施。

三

目前明清詞譜研究雖有許多工作要做，但其中最爲迫切的是基礎性文獻的整理與研究，只有掌握了明清詞譜的基礎文獻，才能對其基本特點、編製原理、演化軌迹、發展動因和詞學史地位、學術價值等作出準確、詳細、符合歷史事實的描述與闡釋。基礎性文獻的整理與研究主要包括兩個方面：一是對明清詞譜的存世情況進行全面排查與記録，二是在此基礎上選擇一些重要的明清詞譜進行有計劃的整理與研究。「詞譜要籍整理與彙編」叢書就是基於後一點而編纂的一套明清詞譜整理本。

本套叢書，我們計劃挑選二十部左右學術價值較高的明清詞譜進行整理與初步研究，挑選的原則主要考慮四個方面，即代表性、學術性、重要性和珍稀性。

所謂代表性，主要是指挑選的詞譜在譜式體例、時代分布等方面均有一定代表性。詞譜的種類較多，從大的方面區分，可以分爲圖譜和文字譜，但同是圖譜，在標示符號和標示方式上也有不少差異，如黑白圈、方形框等，在圖和例詞的安排上，有的兩者分開，有的則合二爲一。至於文字譜，在譜式設計上也有不少差異，如有的與工尺合譜，有的則設計出獨特的文字表示不同的句式或體式。這些譜式不可能全部兼顧，但一些有代表性的譜式均在本叢書的考慮之内。時代的代表性，主要是兼顧不同時期編撰的詞譜。明清詞譜産生於明中葉，但在時段的分布上並不均衡，有的時期如清康熙、乾隆朝編撰的詞譜比較多，有的時期如雍正、嘉慶朝就少，除了詞譜本身發展原因外，與該時期的時間長短有關，但作爲一部叢書，還是要儘量兼顧各個歷史時期，以展示不同時期詞譜的特色。

學術性主要是關注詞譜本身的學術含量。詞譜是一種填詞專用工具書，同時也是詞調、詞律、詞韻研究成果的重要載體，體現出編譜者的學術水平和創新程度。作爲一套詞譜要籍整理叢書，詞譜的學術性是入選的一個重要標準。如張綖的《詩餘圖譜》是中國第一個真正意義上的詞譜，奠定了明清詞譜的編譜思路和基本體例，其學術性和創新性不容置疑；又如徐師曾《文體明辯·詩餘》「直以平仄作譜」，是第一個「去圖著譜」的詞譜，也是第一個明確有「分體」意識，調下以「各體别之」的詞譜。這些詞譜有較高的學術性，並在明清詞譜發展過程中具有重要作用，是我們重點予以整理與研究的。詞譜的重要性一般和其學術性相關，但也不能一概而論，有的詞譜儘管並不完美，却由於各種原因，實際影響力比較大。比如程明善的《嘯餘譜·詩餘譜》，現在研究者普遍認爲是承襲了徐師曾《文體明辯·詩餘》，並非自己獨立創作，而且本身還存在多種問題，但該譜在明清之際非常流行，萬樹甚至以「通行天壤」來形容，實際影響非常之大。又如賴以邠、查繼超等的《填詞圖譜》，萬樹以爲「圖則葫蘆張本，譜則瞶捧《嘯餘》，持議或偏，參稽太略」，但作爲《詞學全書》的一種，在清初也十分流行，同樣具有重要影響。這些詞譜也是我們重點關注與進行整理的。另外，稀缺性也是我們重點考慮的一個因素。歷史上不少詞譜由於種種原因没有刊刻，一直以稿本或鈔本的形態保存在圖書館或博物館，這些詞譜除了學術價值，還有比較高的文獻價值，如方成培《詞榘》、毛晉《詞海評林》等。對這些詞譜的整理和研究，一定程度上還具有保存文獻的意義。其他稀見詞譜，如李文林《詩餘協律》、吕德本《詞學辨體式》等，雖是刻本，但由於存世數量有限，流傳不廣，也有整理、研究的必要。

綜合上述四方面的考慮，我們初步擬定需整理的詞譜要籍如下：

明代詞譜六種：張綖《詩餘圖譜》（附毛晉輯《詩餘圖譜補略》）、萬惟檀《詩餘圖譜》、顧長發《詩餘圖譜》、徐師曾《文體明辯・詩餘》、程明善《嘯餘譜・詩餘譜》、毛晉《詞海評林》。

清代詞譜十五種：吴綺《選聲集》並吴綺等《記紅集》、賴以邠等《填詞圖譜》、葉申薌《天籟軒詞譜》、孫致彌《詞鵠》、鄭元慶《三百詞譜》、李文林《詩餘協律》、許寶善《自怡軒詞譜》、方成培《詞榘》、禮思鵬《詞調萃雅》、郭鞏《詩餘譜式》、吕德本《詞學辨體式》、朱燮《朱飲山千金譜・詩餘譜》、舒夢蘭《白香詞譜》（並另增民國天虚我生《考正白香詞譜》）、錢裕《有真意齋詞譜》。

至於萬樹《詞律》、王奕清等《欽定詞譜》、秦巘《詞繫》這三部大譜，因有專門的研究與考訂計劃，故暫未考慮列入本套叢書中。而《碎金詞譜》偏重音樂性，且已有劉崇德先生整理並譯成現代樂譜，故不列入整理名單。隨研究深入並根據需要，以上書目也可能調整。

每一種詞譜的整理一般包括兩個方面：文獻整理和基礎研究。文獻整理遵循古籍整理的一般方法，並根據詞譜的特點作相應調整，主要包括有：底本選擇、校勘、標點、附録等。基礎研究主要對編撰者的生平行實、詞學活動進行考證，及對詞譜的編撰過程、基本特點、使用情況、版本與流傳等方面進行闡述，最後用「前言」的形式體現出來。

本叢書以「詞譜要籍整理與彙編」的總名出版。二十餘種詞譜以統一的體例，採用繁體直排的形式，各自成册（亦有合刊者）。原則上，每一種均包括書影、前言、凡例、正文、附録五個部分。附録主要收録詞譜編撰者的生平傳記資料以及該譜其他版本的序跋、題辭等資料，但不包括後人的研究文章。此項視每種詞譜的具體情況而定，不作强求。

由於本叢書是第一次具規模性地整理詞譜文獻，參與者缺少經驗，加之時間與精力問題，難免會存在各種問題，在此敬祈海内外方家、讀者不吝指正。

朱惠國

二〇二一年三月於上海

二〇二三年十一月略訂

目録

(一) 按:作者自注數目與實際不同,詳見《前言》。
(二) 原作「囉嗊曲」,正文作「羅嗊曲」。

詞鵠初編卷之二目録　起四十一字，至五十字止，

(一) 原下衍「第二體」，正文無此，此調實僅一體。

（一）原下衍「第一體」，然全書並無第二體。
（二）原作「玉聯環」，正文作「玉連環」。
（三）原作「桃園憶故人」，正文作「桃源憶故人」。

(一) 原譌作「胡中措」。

(一) 原誤作「第二體」。

(一) 原譌作「海多風措」,與正文不符。

詞鵠初編卷之三目録　起五十一字,至六十字止,

(一) 原缺「影」字,補。
(二) 原誤作「第二體」。

(一) 原誤作「第二體」。

(一) 原誤作「第三體」。
(二) 《東坡引》共三體，此處原缺「第一體」，補。

(一) 「體」原誤作「第」。
(二) 《南鄉一剪梅》、《鸂鶒曲》、《黑漆弩》三調四目原在《天下樂》之後、《怨王孫》之前，與正文不符。

〔一〕《月照梨花》、《亭前柳》二目次序原相反，與正文不符。
〔二〕「體」原誤作「第」。

詞鴿初編卷之四目録　起六十一字，至七十字止，

(一) 原誤作「促拍滿路花」，與正文不符。

(一) 原誤作「第一體」。

詞鵠初編卷之五目録　起七十一字,至八十字止,共計九十調,實詞七十八調

(一)《漁家傲》第三體、《拾翠羽》二目原缺,據正文補。

詞鵠初編卷之六目録　起八十一字，至九十字止，

[一] 正文注「第三體」，若前《早梅芳近》作第一體，此應爲第二體。

(一) 正文注「第二體」，此處原缺，若前《望月婆羅門引》爲第一體，此應作第二體。

(一) 原誤作「第五體」。

詞鵠初編卷之七目録　起九十一字，至九十六字止，共計一百零二調，實詞八十九調……二八六

(一) 原缺「第一體」。

(一) 原誤作「第三體」。

(一) 原誤作第四體。
(二) 原作「金浮屠」，下注「一作『圖』」，正文作「金浮圖」，改。

詞鵠初編卷之八目録

(一) 本目原缺，補。

(一)「仄韻」原脱「韻」字，補。
(二) 第二體前實並無第一體，或係將卷三《秋蕊香引》充作第一體。

(一) 原誤作「第五體」。

詞鵠初編卷之九目録　起一百字，至百一字止，

(一) 原誤作「第三體」。
(二) 上目與本目中《慶春澤》第二體、第三體原誤作第一體、第二體。

詞鵠初編卷之十目録　起一百二字,至一百三

(一) 原誤作「第六體」。
(二) 原誤作「第六體」。

詞鵠初編卷之十一目録　起一百四字，至一百五字止，共計六十四調，實詞五十七調

(一) 原誤作「第五體」。
(二) 原誤作「第六體」。
(三) 原誤作「第三體」。

[一] 原誤作「第四體」。
[二] 本目原作「陽春曲　一名《陽春》」，正文則二名相反。
[三] 原誤作「第三體」。
[四] 本目原置於《送入我門來》前，正文實在《月中桂》前，改。

(一) 原誤作「第四體」。
(二) 原誤作「第五體」。
(三) 原誤作「第六體」。

詞鵠初編卷之十二目録

詞鵠初編卷之十三目録

（一）「仄韻」原脱「韻」字。

詞鵠初編卷之十四目録　起一百十五字，至一百

(一) 原誤作「第十一體」。
(二) 原誤作「第十二體」，正文誤作「第十三體」。
(三) 原誤作「第十三體」，正文誤作「第十四體」。

詞鵠初編卷之十五目録　起一百三十七字，至二百四十字止，共計三十調，實詞二十六調

(一)《多麗》第五體、《玉女摇仙珮》二目原與正文次序相反。《多麗》第五體「仄韻」原脱「韻」字。

前言

王琳夫

《詞鵠》是一部刊刻於康熙四十四年（一七〇五）的十五卷大型詞譜。作者侍讀學士孫致彌是康熙近臣，第二作者樓儼更是《欽定詞譜》的分纂官，《詞鵠》實爲《欽定詞譜》之先聲。二人與朱彝尊等浙派詞人關係密切，有清晰的宗派意識。《詞鵠》反映了清初浙西詞派的聲律思想，是第一部系統駁正陽羨萬樹《詞律》的詞譜。《詞鵠》與清初詞譜編纂風潮中的十餘部詞譜有關，既是通連《詞律》、《欽定詞譜》兩部詞譜史上名譜的中間環節，也是勾連《選聲集》、《填詞圖譜》、《紅蕚軒詞牌》等中小型詞譜的中心樞紐。隨着《詞律》的經典化，清中後期、民國時期乃至今日的聲律研究都籠罩在萬樹「三字豆」、「以入代平」等概念的影響之下，《詞鵠》爲我們重現了爭鳴時代的風貌，展現了《詞律》經典化之前人們對詞調聲律多角度的思考。

一　《詞鵠》的成書背景與學脈淵源

《詞鵠》現可知存世有兩本。中國國家圖書館藏善本（索書號：〇五二五六，以下簡稱國圖本），現已公開電子資源。國圖本第一册殘缺，序言關鍵部分有所缺失。日本京都大學文學科圖書館藏本（資料編號：二〇〇〇三六五二九一九八，以下簡稱京大本）爲全帙，可補此缺。兩本皆爲十五卷，卷首有孫致彌自序、陳聶恒序、凡例及張炎《樂府指迷》，四周單邊，白口，半葉九行二十字，板框十八釐米乘十六釐米，版心上題「詞鵠卷幾」，下爲本葉所載詞調名及葉數。兩本形制無異，京大本墨色鮮亮，印次或稍前，保存也更爲完好。

《詞鵠》作者署名「嘉定孫致彌愷似偶輯，受業餘姚樓儼儼若補訂」。孫致彌（一六四二—一七〇九），初名𣶏，字愷似，號松坪，孫元化孫，孫和斗子。少年師從陸元輔、陳瑚，約於康熙二年（一六六三）隨父往福建客耿仲明藩王府，後於葉方恒幕中參編《全河備考》。康熙十七年（一六七八）中舉，同年賜二品服爲副使出使朝鮮，著有《朝鮮采風録》。其後三次會試落榜，二十三年（一六八四）參纂《嘉定縣續志》，二十五年（一六八六）赴曲阜參編《幸魯盛典》。二十七年（一六八八）戊辰科進士，授庶吉士。後因嘉定折漕案受牽連，康熙特旨方得免死。四十年（一七〇一）《幸魯盛典》書成，議敘復職重新入館，仍爲庶吉士，四十二年（一七〇三）散館授編修，四十三年（一七〇四）增修《皇輿表》告成，同年開編《佩文韻府》，四十八年（一七〇九）卒於京師任上。

樓儼（一六六九—一七四五），字儼若，後改敬思，號西浦。二十歲即跟隨孫致彌學詞，樓儼爲孫致彌撰寫悼詩言「廿年秋左堂前客」、「廿載荊卿市上身」。《上海縣志》載：「（樓儼）少習銀工，嘉定學士孫致彌勸之學。」孫致彌《詞鵠初編序》亦言：「餘姚樓子儼若從余游久。」樓儼擅長詞譜研究，尤精宫調律吕之學，在協助孫致彌校訂《詞鵠》以後，於康熙四十五年（一七〇六）編纂詞譜《群雅集》，此亦是一部具有相當研究水準的大型詞譜，可惜並未刊刻，今已不存。此書由朱彝尊屬序，序言見《曝書亭集》。樓儼詞樂、詞韻、詞譜研究的相關成果，以雜文的形式保存在《洗硯齋集》中。因樓儼編纂詞譜的專長，康熙四十八年（一七〇九）孫致彌在病中力薦樓儼參加《欽定詞譜》編纂。樓儼《浣花詞序》：「康熙己丑首夏，余以孫學士師薦，與修《詞譜》。」樓儼悼詩：「多謝病中書薦牘，藥囊西苑往來頻。」《梅溪樓氏宗譜》載樓儼撰《梅溪樓氏歷代衣冠世譜》，中有樓儼自述：「以翰林學士孫公致彌薦，入直武英殿修書。」「儼不肖，不能奮身科目，爲先人光，又不能積學懋行，與古人並，惟以大臣薦舉，遭逢聖朝，官至三品。」樓儼對《欽定詞譜》編纂理論的建構起到了重要作用，由於其對《欽定詞譜》的特殊貢獻，書成以後議敘靈川縣令，後因軍功官至三品江西按察使。

《詞鵠》一書的編纂底本是由孫致彌提供的，當是長期累積的結果。書中採録的例詞尚能看到累積的痕跡。例如書中有從縣志中收集的詞調，頗爲難得，但縱覽全書，僅僅涉及到了福建地區的縣志。如《水調歌頭》第二體王識詞不見於常見詞譜、詞集，見於《永春州志》、《泉州府志》、《福建通志》；葉李《君來路》一詞見於《福安縣志》、《泉州府志》、《福建通志》，這當與孫致彌早年客閩地耿王府有關。樓儼爲《詞鵠》進行了一些校勘、補訂的工作。孫致彌序言説：「餘姚樓子儼若從余游久，尤工填詞，録得副本爲補訂之，遽爲雕版，既成而余始知，不及正也。」此序作於康熙四十三年十二月，而陳聶恒序作於次年十月。孫致彌雖説「不及正」，但從最後的落款來看，在這一年的時間裏，樓儼當仍爲《詞鵠》做了不少校勘、補訂工作。樓儼其實也不完全瞭解《詞鵠》的文獻來源。《欽定詞譜》中《落梅風》一調言：「此詞見《梅苑》，字多脱誤，今照《詞鵠》訂定。」《欽定詞譜》開編時間是康熙四十八年（一七〇九）春，孫致彌於此年年中過世。樓儼雖在編纂《欽定詞譜》的隊伍中，但老師已經過世，他也不清楚《詞鵠》中《落梅風》一調到底採用的是什麽典籍版本。樓儼在詞譜研究上的成就雖青出於藍，但師徒相傳，學理一脈，兩人對此書的貢獻難以分割。

「詞鵠」的意思是將填詞比作射箭：「每有所製，輒奉一古詞以自律，辟諸射，强弱巧拙，萬有不齊，其志於鵠一也。」陳聶恒序亦言：「抑吾聞之，射設正鵠，而鵠爲小鳥，疾飛而中難。」此書雖曰「初編」，但孫致彌於書成後幾年就過世了，樓儼則於次年編纂了自己的詞譜《群雅集》，又參編了《欽定詞譜》，所以也没有「續編」。而編纂此書的目的，除了像其他詞譜那樣爲了便於人們學習填詞以外，還有兩條理由。一是宣揚錢芳標、周篔的兩部詞譜：「昔吾友錢蒓敏舍人有《詞瞑》，周篔谷處士有《詞緯》，其精且富，皆過於余。今二書者皆未行於世，而余且覥焉先之，增吾愧矣。然世之讀者，或因是書以求錢、周二子之遺書而表章之，使詞學大振於當世，庶以此爲乘韋之先乎。」二是迎合康熙「不遺一藝」的政治宣傳：「今天子中和建極，心契元音，上紹古帝王數千年不傳之統，必有精於音律者，起而鳴國家之盛，宫調之學，將昭昭乎揭日月而行。」

這兩點理由是可以理解的，《詞譞》、《詞緯》並未刊刻，影響力有限，但實是兩部具有相當研究水準的詞譜。朱彝尊《詞綜》發凡言：「歲在癸丑，舍館京師宣武門右，與葆馚舍人户庭相望。予輯是書，葆馚輯《詞譞》，辨晰體製，以字數多寡爲先後，最爲精密，計一千調，編爲三十卷……今葆馚逝矣，遺書在笥，雕刻無期，誠倚聲家之闕事也。」而孫致彌與周篔交往密切，樓儼也確實在後來編纂《欽定詞譜》時大量引用了《詞緯》一書。

孫致彌對康熙的感念是很真誠的。孫致彌祖父孫元化因孔有德事於北京菜市口被斬首，孫家與明廷有世仇，三藩之亂中孫致彌還曾勸説耿精忠不要謀反。同時，康熙對孫致彌有厚恩，早年賜其二品服出使朝鮮，其後孫致彌在黨爭中受牽連，又獲康熙特旨恩赦。孫致彌於康熙四十年重新進入翰林院，四十二年散館升編修。就在撰寫此序不久前，康熙下旨於武英殿内編纂《佩文韻府》，孫致彌是主要負責人之一。孫致彌是康熙文治政策的受益者，而他的支持、推動對於《欽定詞譜》的編纂也有積極作用。如陳聶恒序中所言：「今天子以天縱之聖，不遺一藝，而先生復爲學者道夫先路。」從某種意義上説，《詞鵠》是《欽定詞譜》之先聲。

除了錢芳標、周篔，孫致彌與朱彝尊的關係也非常緊密。其詞作中最早提及朱彝尊是在康熙十三年（一六七四）：「甲寅秋，南池送沈覃九兼懷譚左羽、朱錫鬯……」其後在朱彝尊京中寓所古藤書屋多次集會，存有聯句、和詩十餘首。康熙三十九年（一七〇〇）孫致彌移居古藤書屋，移居詩有懷念朱彝尊句云：「鷗舫先生此結廬，忘年念我兄弟如。尋詩歸晚常連榻，載酒來頻許借書。」朱彝尊同時也是樓儼的老師，經常指導樓儼的詞譜研究思路。《洗硯齋集》載：「曩在里門輯《群雅集》，一稟秀水先師之訓，亦以四聲二十八調爲之經，而以詞之有宫調者爲之緯，並以詞之無宫調者，依世代爲先後，附於其下，而别俟再考。」又：「丙戌秋杪，在雲間輯詞譜，吾師竹垞先生命搜宋人建康、臨安二志，必多未見之詞。」二人與朱彝尊關係緊密，從朱彝尊處抄録的稀見詞籍難以計數，兩人所撰《詞鵠》對《詞綜》自然也是推崇備至，從中借鑒了很多學術觀點。如《詞鵠》凡例言：「東坡赤壁詞云『人道是，三國周郎赤壁』，殊不知犯下『公瑾』字，今從善本改正作『三國孫吴赤壁』，使兩不相犯，作者幸留意焉。」此説出自《詞綜》卷六《念奴嬌・赤壁懷古》小注：「『孫吴』作『周郎』，犯下『公瑾』字……今從《容齋隨筆》所載黄魯直手書本更正。」

孫致彌還與很多康熙朝的詞譜作者有交集。孔傳鐸輯有《紅蕚軒詞牌》，這是一部非常精美的詞譜，存世量較爲可觀。孔傳鐸爲孔子六十七世孫，孔毓圻長子。孫致彌自康熙二十四年（一六八五）始跟隨孔毓圻編纂《幸魯盛典》，書成以後，孔毓圻爲孫致彌請功：「臣原舉纂修官八人，今僅存孫致彌、叢克敬，二人在館一十六年，辦事最久。近叢克敬又以抱病回籍，其孫致彌曾蒙召對，久在皇上睿照之中，臣與共事多年，見其學問淹通，爲人勤慎，臣仰體皇上愛惜人材至意，敢爲據實奏聞，儻蒙皇上格外敘録，則又出自高天厚地之特恩，非臣之所敢希望也。」孫致彌由此才得以官復原職。孫致彌編《幸魯盛典》在曲阜孔毓圻家中長達十六年之久，完整經歷了孔傳鐸的少年、青年時代，孔傳鐸對詞調、詞譜的興趣很難不受到孫致彌的影響。孔傳鐸《申椒集序》曰：「舞象時，江南諸君子以纂修來者，雲集池上，因得往參。其間見金子穀似、孫子松坪……不禁見獵心喜，退而效之。」

海寧查氏編有《填詞圖譜》，孫致彌與查氏多人有交遊，《詞鵠》中也能看到《填詞圖譜》的痕跡。比如《莊椿歲》一詞見於《截江網》卷四，又見《花草稡編》，爲方味道詞，《填詞圖譜》卷五誤作解昉詞，《詞鵠》亦同。再有孫致彌與毛扆同爲陳瑚門人，毛扆曾協助其父毛晉整理詞譜，毛晉編有《詞海評林》、《詩餘圖譜補略》兩部詞譜。

此外，《詞鵠》還是歷史上第一部系統批評《詞律》的詞譜，詳見後文。

通過以上歷史背景的考述可以看到，《詞鵠》與清前中期十餘種詞譜存在交集，既是通連《詞律》、《欽定詞譜》兩部詞譜史上名譜的中間環節，也是勾連《選聲集》、《填詞圖譜》、《紅蕚軒詞牌》等中小型詞譜的中心樞紐。另外，《詞嘤》、《詞緯》等稀見詞譜以稿抄本流傳，有些已經亡佚，也有賴《詞鵠》才得以保留一絲綫索。

二 《詞鵠》的製譜特色

長期以來，人們對《詩餘圖譜》、《填詞圖譜》、《詞律》、《欽定詞譜》這樣的名譜以外的詞譜知之甚少，對於詞譜符號的種類瞭解有限，即使偶有學者閲見《詞鵠》一書，也很難準確理解其符號背後的含義。《詞鵠》的分體設計、符號系統即使在稀見詞譜中也屬於是非常獨特的，有些設計如果不結合康熙朝的時代背景，確實很難理解其背後的用意。

（二）「分體互見」的列調機制

《詞鵠》的編排方式並不是一般所理解的以詞調爲序、下設若干分體，而是反過來——將所有詞調的分體打亂，完全以分體例詞的字數爲序，然後每個分體以「互見」的形式再組成詞調，這樣的編排方式在整個詞譜史上是獨一無二的。《詞鵠》雖然認同萬樹對於《嘯餘譜》和《填詞圖譜》的「第一體」、「第二體」的批評，但爲了對各個分體加以區别，仍採用了「第一體」、「第二體」的稱呼。《詞鵠》凡例云：「《詞律》極論不應列第一體、第二體，以作考世代與字數多寡，難於分别前後。其説良是，所以紅友類聚於一。此譜以字少者居前，爲第一、第二，字多者居後，爲第三、第四，聊以别異同，勿拘其前後世次可耳。」《詞鵠》正文部分直接列出的是每個詞調的分體，在前的爲第一體，在後的依次排序，這一點與《填詞圖譜》相同。舉例來説，《竹枝》第一體十四字，是卷一第一首詞，《竹枝》第二體十四字是第二首詞，《竹枝》第三體二十八字，則排到了卷一第四十四首的位置，而《竹枝》第四體五十六字，更是排到了卷三，爲全書的第四百九十三首詞。由於不是一般詞譜那樣以調繫詞，研究者易將其錯認爲詞選。

《詞鵠》的這套系統比較複雜，故統計清楚其真實的收調數並不容易。《詞鵠》在目録、正文的卷首，自注有本卷的數目統計，如第一卷目録下注：「起十四字，至四十字止，共計一百八十三調，實詞一百二十六調。」正文注：「起十四字，至四十字止，凡詞一百二十六調。」前者的「共計一百八十三調」説的並不是真正的詞調數，而是詞調名數，「詞調名數」是包括了每個詞調的異名在内的，因爲一調有多個異名，所以出現了「調」比「詞」多的現象。這些數字都不準確。《詞鵠》一書目録自注調名數「共計」爲一六四七，「實詞」爲一三六三，正文自注「凡詞」一三五七。作者自注數與實際數目不同，《詞鵠》全書目録實有一三六七首例詞，而正文實際所載爲一三七〇首詞。

表一 《詞鵠》例詞統計表

卷　次	目録自注數目	正文自注數目	目録實際數目	正文實際數目
卷一 14—40字	調 183 詞 126	詞 126	實詞 126	實詞 126
卷二 41—50字	調 305 詞 234	詞 234	實詞 233	實詞 233
卷三 51—60字	調 259 詞 214	詞 211	實詞 215	實詞 215
卷四 61—70字	調 98 詞 88	詞 84	實詞 88	實詞 90
卷五 71—80字	調 90 詞 78	詞 79	實詞 78	實詞 78

續表

卷次	目録自注數目	正文自注數目	目録實際數目	正文實際數目
卷六 81—90 字	調 100 詞 93	詞 93	實詞 93	實詞 93
卷七 91—96 字	調 102 詞 89	詞 89	實詞 90	實詞 91
卷八 97—99 字	調 104 詞 98	詞 98	實詞 99	實詞 99
卷九 100—101 字	調 81 詞 67	詞 67	實詞 68	實詞 68
卷十 102—103 字	調 84 詞 70	詞 70	實詞 70	實詞 70
卷十一 104—105 字	調 64 詞 57	詞 57	實詞 57	實詞 57
卷十二 106—109 字	調 43 詞 41	詞 41	實詞 41	實詞 41
卷十三 110—114 字	調 51 詞 43	詞 43	實詞 43	實詞 43
卷十四 115—136 字	調 53 詞 39	詞 39	實詞 39	實詞 39
卷十五 137—240 字	調 30 詞 26	詞 26	實詞 27	實詞 27
總計	調 1647 詞 1363	詞 1357	實詞 1367	實詞 1370

目録與正文收調之差異

【卷二】《海多風措》僅見目録，正文實爲《惜雙雙》第二體；

【卷三】《南鄉一剪梅》、《鸚鵡曲》、《黑漆弩》三調四詞目録與正文收録位置不同；《月照梨花》、《亭前柳》兩調目録與正文次序相反；

【卷四】《漁家傲》第三體、《拾翠羽》兩調目録缺失；

【卷七】《夢芙蓉》一調目録缺失；

【卷十一】《西湖》第一體目録與正文收録位置不同；

【卷十五】《多麗》第五體、《玉女摇仙佩》目録正文次序相反。

《詞鵠》選取這些例詞以備調、備體爲要，凡例有言：「本集收詞祇以備體，不計工拙，故所收周、柳詞最多，以其音律諧宫調協也。」《詞鵠》收詞對内容的要求確實較低，例如《欽定詞譜》中《少年心》調下注：「按黄集又有《添字少年心》詞……因詞俚不録。」《詞鵠》雖言「此又土音俳體」，但兩體皆收。收録例詞數最多的兩位作者分别是柳永（一五一首）、周邦彦（七七首），確實有一定的偏重。

要知曉《詞鵠》真實收録的詞調數，就要先理解其「分體互見」的機制。所謂「分體互見」，即此調第一體可以充作彼調第二體。例如，所謂「《謝秋娘》別名《望江南》（第一體）」的意思，是《謝秋娘》一詞既是獨立的一調，也同時可以充作《望江南》一調的第一體。再如吕渭老「宫錦裁書」一首例詞，同時充做了《一落索》、《玉連環》、《洛陽春》、《上林春》四種詞調的分體。再如《鶴沖天》一調共有七體，有四體與《春光好》、《阮郎歸》、《喜遷鶯》有交叉，作爲正調名出現的是第三、四、五、六體，而第一、二、七體則是以其他詞調異名的形式出現。《春光好》共有四體，第二體亦爲《鶴沖天》第一體；《阮郎歸》共一體，亦爲《鶴沖天》第二體；《喜遷鶯》共九體，其中第三體、第六體亦充作《鶴沖天》第三體、第七體。如此一來，各個詞調分體之間相互嵌套，甚至有的詞調所有分體都是依附於其他詞調的。比如《巴渝詞》共有兩體，都是依附於《竹枝》。

表二　《詞鵠》詞調互見示例

例　詞	一落索	洛陽春	上林春	玉連環	解連環	該詞在全書中的序次
楊无咎「穠李夭桃」詞			第一體			第 125 詞（卷一）
吕渭老「宫錦裁書」詞	第一體	第一體	第二體	第一體		第 198 詞（卷二）
毛滂「蝴蝶初翻」詞			第三體			第 417 詞（卷三）
周邦彦「眉共遠山」詞	第二體	第二體				第 223 詞（卷二）
吕渭老「蟬帶殘聲」詞	第三體					第 247 詞（卷二）

續表

例詞	一落索	洛陽春	上林春	玉連環	解連環	該詞在全書中的序次
秦觀「楊花終日」詞	第四體					第 263 詞(卷二)
歐陽修「紅紗未曉」詞	第五體	第三體				第 301 詞(卷二)
黃庭堅「誰道秋來」詞	第六體					第 341 詞(卷二)
張先「來時露濕」詞				第二體		第 254 詞(卷二)
陳鳳儀「蜀江春色」詞				第三體		第 302 詞(卷二)
周邦彥「怨懷誰托」詞					第一體	第 1213 詞(卷十一)
高觀國「浪搖新綠」詞				第四體	第二體	第 1224 詞(卷十二)

這種編排方式與今天我們對詞譜、詞調的認識頗有不同，恐怕不會得到人們的模仿，但仍有很高的樣本價值。《詞鵠》設計這樣的「互見」機制是有原因的。作者認爲一調之中某一詞作有某個別名，不意味着這一詞調之下所有詞作(分體)都可以使用這個別名。《詞鵠》中的「異名」是繫於詞作(分體)的，而不是繫於詞調的。比如書中《賀新郎》第一體「別名《乳燕飛》、《賀新凉》、《風敲竹》」，而第二體

「别名《貂裘换酒》、《金縷曲》、《賀新凉》、《金縷衣》、《金縷歌》」，也就是説，只有使用第一體的時候才可以稱作《乳燕飛》、《風敲竹》，只有第二體的時候才可以稱作《貂裘换酒》、《金縷曲》、《金縷歌》，而《賀新凉》則是第一體、第二體都可以使用的異名。

這樣的設定是基於文獻底本與别名的先後邏輯。宋人詞集文獻中詞調的别名往往是與特定的詞作綁定的，比如《乳燕飛》之名是從蘇軾「乳燕飛華屋」一詞而來，《大江東》則是模仿蘇軾的「赤壁懷古」詞，而《賀新郎》、《念奴嬌》還有别的體式，没有使用蘇詞體式的詞，其調名就不宜稱之爲《乳燕飛》、《大江東》。詞調的早期名稱與晚出别名之間也存在邏輯上的矛盾。比如《望江南》一調，《樂府雜録》言：「始自朱崖李太尉鎮浙日，爲謝秋娘所撰，本名《謝秋娘》，後改此名。」所以此調最早應叫《謝秋娘》，李德裕不會知道《望江南》、《江南好》之類的晚出調名，嚴格上説他的《謝秋娘》詞，調名不能稱爲《望江南》。如果説異名，《望江南》、《江南好》、《憶江南》等也應該是《謝秋娘》的異名。但是《望江南》早已是人們的慣用調名，所以一味追求最早的調名似乎也不合理。《詞鵠》通過「互見」的方法，將白居易詞稱《謝秋娘》，獨立成調，並又可以充當《望江南》的第一體，其後温庭筠等模仿白居易創作的詞則稱《望江南》，直接爲《望江南》第二體。對這套邏輯，《詞鵠》也有解釋，如《謝秋娘》調下自注：「此調本衛公李太尉爲亡妓謝秋娘而作，應存原名。後人易爲《望江南》諸名，今以温飛卿詞爲《望江南》正體。」

唐宋詞調存在不少同體、同名詞調難以區分的情況，「互見」的方法可以回避這個問題。上文提到

《一落索》的案例同時與四五個詞調有關，這些同名詞作哪些能歸爲一調，哪些應分爲兩調，確實很難決斷，《詞律》、《欽定詞譜》雖然設立了一套相對有説服力的鑒别標準，但也並非所有情況都能得到準確的答案。「互見」機制的内涵就是完全以調名相同爲標準設定分體，回避同名異調、同調異名判定的問題，遇到一首詞與多個詞調調名相關的情況，則此詞既可爲此調的分體，又能充作彼調的分體。在《詞鵠》編纂的時期，萬樹《詞律》還没有「經典化」，《欽定詞譜》也還未成書，康熙朝可謂詞譜設計思路的「商榷期」。雖然我們現今不必採用《詞鵠》的這套方案，但應認識到其仍有很高的樣本價值，有助於我們反思今天的詞譜設計理念。

《詞鵠》原書是將各個詞調的分體完全打亂，通過「分體互見」的形式組成詞調，如果想知道其真實收録的詞調數，要將其還原爲「以調繫詞」的模式。筆者將一三七〇首詞以序號標注，重新以詞調爲綱目編排，共得七六二種詞調，可參見本書附録。《詞律》付梓於康熙二十六年（一六八七），共六六〇調，加上「附論」共六七五調。《詞鵠》付梓於康熙四十四年（一七〇五），時間相去不遠，但已比《詞律》多出約一百調。

《詞鵠》增輯詞調有這樣幾種類型：一是增補《名家詞》等常見文獻中《詞律》遺漏的詞調、分體。如吴文英的《夢芙蓉》、《江南春》，柳永的《菊花新》、《秋蕊香引》等。二是從比較稀見的宋人别集增補，增輯的詞作如張炎的《珍珠令》，趙以夫的《薄媚摘遍》、《芙蓉月》等。三是從史志中取詞，如前文提到的福建地區縣志。四是宋人筆記小説，如《踏陽春》下注「宋無名氏」，《詞律》、《欽定詞譜》不載，實出自《洞微志》，又見於《歲時廣記》所引《異聞録》。《洞微志》載：「顯德中，齊州有人病狂，每唱歌曰：『踏陽春。人間二月雨和塵。陽春蹈盡秋風起，腸斷人間白髮人。』」五是明人筆記小説中模擬宋人的詞作。例如《武林桃》下注「出小説」，《詞律》、《詞譜》不載，見明清溪道人《禪真逸史》第二十三回。六是元人小令。如邵亨貞、倪瓚的《凴闌人》，薩都剌的《法曲獻仙音》，姚燧的《醉高歌》，倪瓚的《折桂令》等。另外還有一部分是《詞鵠》首見調，暫不知出處。如《碧玉簫》注「無名氏」，不知所本，《詞律》、《欽定詞譜》不載，《全宋詞》言此詞最早即見於《詞鵠》。

（二）符號設計及其學術淵源

《詞鵠》的符號系統與《詩餘圖譜》、《填詞圖譜》這樣以黑圈白圈製譜、圖譜例詞分列的詞譜不同。《詞鵠》不單獨製譜，與《詞律》一樣，例詞即是譜；譜中不注平仄，與吴綺《選聲集》一樣在可通融處標注「可平可仄」，不區分「平而可仄」與「仄而可平」。「可平可仄」處在字左側加小圓圈「○」。值得注意的是，《詞鵠》雖然在例詞中不注字聲，但是對於多音字或需要特别注意的字，每調、每詞、每處有按語單獨説明，注去聲字最多，達五〇一處，平聲二六〇處，上聲五一處，入聲五處。例如《倒垂柳》「曉來煙露重」詞下注：「『露重』去聲；『重陽』平聲；『勝』、『看』，並去聲。」

《詞鵠》句讀符號的設計是比較有特色的。《詞鵠》凡例言：「凡韻脚皆識以『Δ』，有一調數换韻者，如《菩薩蠻》、《減字木蘭花》、《離別難》及《六州歌頭》之類皆各另識『∟▭∟◊』，有平仄互協，如《渡江雲》、《稍遍》、《乾荷葉》等類悉從『△』。有短柱暗韻如《滿庭芳》、《沁園春》之類，並從『△』，句、讀皆從『⌐』。」也即押韻處用空心點在字右下方標注，不押韻的句子用實心點於字右下方標注。《詞鵠》還爲換韻設計了專門的符號，這在詞譜史上是前所未有的，每次換韻另外改用一種符號，仍標注於韻脚字的右下方。在凡例裏提到了四種特殊符號，但實際上，在正文中還有『⌐◎』兩種符號，共有六種符號來表示換韻，其中換韻標識種類最多的一調爲第十三卷的《梅花引》第二體。

凡例中還提到了「讀」和「短柱暗韻」，其符號形狀與句、韻相同。不過句、韻是標注於字右下方，而「讀」、「短柱暗韻」則用相比更小的實心點、空心點標注在兩字之間。在實際標注中，「短柱」和「暗韻」其實還有一定的區别。「短柱」一般指二字短韻，正文中對這種短韻的標注大多與正常的韻脚没有區别，仍標注在字的右下方。例如《定風波》第三體下注言：「句法與前第一、二體《定風波》短柱叶韻處大同小異。」當是認爲《定風波》第一、第二體中，「清淺」、「腸斷」中的二字韻爲「短柱」，但這些「短柱」在符號上與一般的押韻没有區别。而「暗韻」則通常用空心點標注在兩字之間，與「讀」的符號類似。這種字間空心點全書僅有二七處，例如《風流子》第二體：「相逢南溪上，桃花嫩、嬌樣淺淡羅衣。」「溪」後爲字間空心點。第三體：「遥知新粧了，開朱户，應自待月西廂。」「粧」後爲字間空心點。自注：「以上二詞後段首句皆用暗韻，查他作亦有不用者。」當是在標注暗韻。「暗韻」和「短柱」的概念本有一定的重疊，總的來説，兩者區别在於「暗韻」相比「短柱」前後句意聯繫更爲緊密。用專門的符號來表示暗韻，也是詞譜史上前所未有的。

《詞鵠》的「讀」與《詞律》的「豆」有比較明顯的區别，二者含義都是標注詞調的句内結構，但標注規則却是兩個不同的體系。《詞鵠》的「讀」參考的是《選聲集》、《記紅集》、《填詞圖譜》的設定。《詞鵠》、《選聲集》這些詞譜的「讀」與《詞律》「豆」的區别有二：一是前者的「讀」是包括領字在内的，而《詞律》則没有標注領字。例如《填詞圖譜》中標注李清照《鳳凰臺上憶吹簫》：「任、寶奩塵滿。日上簾鉤。」(上海圖書館藏清鴻寶堂刻本)《記紅集》標注方千里《側犯》：「波定。見、鷺立魚跳動平鏡。」《詞鵠》標注姜夔《凄凉犯》的「更、衰草寒煙淡薄」，《詞律》斷爲「更衰草、寒煙淡薄」的三字豆結構。由於《詞律》没有領字點讀的機制，所以在《詞鵠》中通常以一字領點斷的句子，在《詞律》中則通常作三四或三三斷。二是前者的「讀」對句子的切分更仔細，存在連續用「讀」的情况，而《詞律》則以「三字豆」爲主，二字、四字豆的情况較少，没有連用豆的情况。例如《選聲集》載王安石《瀟湘逢故人慢》：「熏風微動，方、榴花弄色、萱草成窩。」「方」和「色」二字後點讀，點出領字且連用「讀」。《詞鵠》標注《摸魚兒》第六體：「恨、二十四番、花信催花去。」標注《宴清都》第一體：「歎、帶眼、都移舊處。更、久長、不見文君，歸時認否。」可以看到，《詞鵠》對於「讀」的功能的理解就是比「句」在前後語義的聯繫上更緊密的句中小停頓，這是從《填詞圖譜》等書繼承來的更爲「原生態」的「讀」。由於《詞律》設計的「三字豆」體系更加嚴密、規整，導致後來人們甚至誤認爲「讀」是宋人就有的定例。實際上「讀」只是編纂詞譜時設計出來幫助人們理解詞調的「輔助綫」，萬樹《詞律》對「讀」的解釋既不是最早的，也不是定論。《詞鵠》有助於我們瞭解「讀」的早期設計理念。

三 《詞鵠》與《詞律》、《欽定詞譜》的關係

清乾嘉以後，《詞律》逐步「經典化」，尤其是民國時期的學者大多對萬樹推崇備至，補訂《詞律》之作雖有不少，但基本不會變動《詞律》原有的設計思路。《詞鵠》則處於一個很特殊的時間點，既能吸收《詞律》對詞譜學的貢獻，又不會因《詞律》的學術地位而對之篤信不移。同時，《詞鵠》的編者樓儼又恰恰是《欽定詞譜》的分纂官。《詞律》、《欽定詞譜》是詞譜史上最重要的兩部名譜，而《詞鵠》正是連通這兩部詞譜的中心環節。

（一）《詞鵠》是最早系統批評《詞律》的著作

《詞鵠》編纂時參考了《選聲集》、《填詞圖譜》等同時代的詞譜，但受到影響最多的還是萬樹的《詞律》。《詞鵠》經常有意地與《詞律》相比照，從選詞、字句、辨韻等各個方面對《詞律》進行系統的批評。

如比較選詞情況，《霜葉飛》第一體下注：「此較周詞少一字，句法亦不同，《詞律》不收。」如指出《詞律》字句錯誤，《實鼎現》第一體：「『如晝』《詞律》誤作『如畫』。」如指出《詞律》辨韻錯誤，有批評《詞

律》少注韻脚的情況，如《霜葉飛》第二體下注：「《詞律》以首句作七字一句，非。謂『草』字不是韻脚，則夢窗『斷煙離緒』，『緒』字，玉田『舊家池沼』，『沼』字，『故國空杳』，『杳』字，『繡屏開了』，『了』字，俱用韻押。」《詞律》首句作「斷煙離緒關心事」，此詞押「樹」、「雨」等韻，對照周邦彦、張炎等人詞作，確實皆爲首四字押韻，《詞律》此句押韻、分句都有失誤。《詞鵠》還有批評《詞律》多注韻脚的情況，如《側犯》下注：「『煙鎖』句本四字，方千里作『愁聽葉落』亦四字句，《詞律》以『聽』字作叶，非。」《詞律》此調取方千里詞，結句斷作：「愁聽。葉落軲轆金井。」《詞鵠》此體取周邦彦詞，結句作：「煙鎖漠漠，藻池苔井。」認爲方千里「聽」字爲撞韻，並非叶韻處。再如，指出《詞律》定律錯誤，如《離亭燕》「一帶江山」下注：「『處』字《詞律》不加。〇非。」此句爲「水浸碧天何處斷」，參校晁補之詞「儀鳳橋邊蘭舟過」，「處」字應可平可仄。

除了上述這些細節問題，《詞鵠》對《詞律》的兩種編纂理念提出了强烈批評。

第一，《詞鵠》是最早指出《詞律》上下片互校問題的著作，這也是書中對《詞律》批評言辭最爲激烈的部分。如注《御街行》：「此調本應八十一字，而《詞律》收竹屋『賦簾』一闋作八十二字，蓋以結句必欲前後相同，强作誤落一字，何不看此闋。」注《解語花》：「『看』、『闌』二字叶用，亦可不叶，而《詞律》强以『剪』字、『翠』字對叶，必欲前後句法相同，不知何謂。」《飛雪滿群山》：「『愴然』句《詞律》强去『然』字，必欲前後板對，可笑可笑。」《詞律》中將詞的上下片進行强行比對，上片押韻處即認爲下片相應處也應押韻，確實没有道理，還有不少因上下片字句不同就妄言有某句必有缺字、衍字，更讓人難以接受。《詞鴿》則是從分調到定律從始至終都保持非常謹慎的態度。

第二，《詞鴿》也是最早對《詞律》字聲互代的説法提出批評的著作。《詞律》發凡：「三聲之中上、入二者可以作平，去則獨異……上之爲音，輕柔而退遜，故近於平。」即認爲平、上、入三聲可以互代。《詞鴿》則鮮明地反對這種做法：「上、去、入三聲派入平聲者，周德清《中原音韻》之法也，止可施於曲韻。若填詞又不然，其間一二用之者，當看是暗叶、借叶，須看明，或仍用一入聲字。暗叶照古人填法，萬無一失，切勿弄巧，以入代平、以上、去代平之説，擅改成法。」《詞鴿》對《詞律》這兩點問題的批評儘管言辭激烈，但可以説也是非常切中要害的。

雖然《詞鴿》在按語中經常對《詞律》加以批評，在設計上也有意地與《詞律》相區别，但仍能看到很多從《詞律》借鑒的痕跡。如《詞鴿》中《喜朝天》有兩處標示缺字，「便離披□損」與「素□來禽總俗」，這兩處缺字應是承自《詞律》。汲古閣本《琴趣外篇》此二句本作「便離披損」、「素來禽總俗」。《詞律》言：「此調他無可證，然據鄙意揣之，乃『彼』字、『素』字下各落一字。」於是在例詞中增兩處缺字標示。《詞律》本是猜測，然而《詞鴿》抄録《詞律》，也沿襲之。類似的情況還有很多，此不贅述。

《詞鴿》中有些按語，也要結合《詞律》來理解。如《詞鴿》載《泛清波摘遍》晏幾道詞下注：「此詞前結原作『暗惜花光飲恨多少』，《詞律》改如右，姑仍之。」《詞律》中對這一改動有詳細説明：「前結句《詞匯》作『暗惜花光飲恨多少』，甚無義理，原疑其誤，及查汲古刻《小山詞》又作『暗惜花光陰恨多少』，『花光飲』與『花光陰』皆不通，因恍然悟後結又用『花月』，則此花字乃誤多，而《詞匯》又因『陰』字譌作『飲』字耳。」《詞律》言一詞中不宜有兩處「花」字，係理校。《詞鵠》對此則語焉不詳，因而還是要參看《詞律》纔能更好地理解。

（二）樓儼將《詞鵠》的編纂思路引入了《欽定詞譜》

《詞鵠》對《詞律》從字句到編纂理念進行了系統的批評，而這些研究成果大部分都被樓儼引入到了《欽定詞譜》中。樓儼明確提到自己在編纂《欽定詞譜》時曾駁正《詞律》：「弟曩在《詞譜》館中，曾駁正紅友《詞律》百餘條。」樓儼是《欽定詞譜》理論構建的核心人物，自然也將《詞鵠》的不少設計思路帶到了《欽定詞譜》中。

《詞鵠》相比《詞律》增輯的詞調，大多被《欽定詞譜》繼承，其中如出自《趙氏鐵網珊瑚》的《古香慢》，出自趙以夫《虛齋樂府》的《薄媚摘遍》、《芙蓉月》，都是較稀見的詞調。另外，《詞鵠》收録的不少元人小令，也同樣被《欽定詞譜》繼承，還引發了不少爭議。不收元詞是《詞律》的標準，《詞律》在清末、民國時期很受學者的推崇，今天仍有不少學者受《詞律》的影響，力主詞譜不應收元詞。《詞鵠·凡例》：「本集收詞非選本可比，只以備體，始於唐，終於元，若明詞多有不合律者，故隻字不收。」《欽定詞譜·凡例》：「是譜翻閱群書，互相參訂，凡舊譜分調、分段及句讀音韻之誤，悉據唐、宋、元詞校定。」

《欽定詞譜》繼承《詞鵠》的編纂理念中最重要的有兩點，一是一字之差即要另分一體的分體規則，二是嚴格互校出譜的定律方法。

《詞律》對於差别比較小的兩首詞一般不視作「又一體」，今天的學者也多認爲一字之差可能是唐宋歌者的靈活處理或是文獻記載的舛譌。《詞鵠》的分體標準則非常嚴苛：「凡平仄互異及字句短長者，必另列體以次第别之。」往往有一字出入就另立一調、另分一體。不僅如此，即使字句非常相近，《詞鵠》也會以宫調不同或鬲指、過腔、轉韻等理由另分一調。《詞鵠》並非不能分辨出這些詞調之間的平仄、字句差異，在按語中往往有很清楚的辨析，但仍堅持另分一調，實是理念不同所致。《欽定詞譜》雖没有這樣極端，不會因宫調、鬲指腔之類就另立一調，但仍保留了一字不同即另立一體的做法，在設計理念上是相承的。例如《名儒草堂詩餘》載黄子行《西湖月》兩詞，結句一爲「謾贏得疏影寒窗夜深孤寂」，一爲「消瘦沈約詩腰彷彿堪捻」，相差一字。《詞律》主張兩詞實爲一體，《詞鵠》則分爲兩體。《欽定詞譜》與《詞鵠》相同，也分爲兩體，並注：「此與『初弦月掛』詞同，惟後段第九句減一字異。」現今常有學者批評《欽定詞譜》一字不同就要另分一體，過於僵化，認爲這是官修詞譜的弊端，實際上這是從《詞鵠》承繼而來的理念。《詞鵠》認爲這些看起來微小的差異實際上可能與背後的樂曲、宫調有關，不宜輕言删並。如《漁父家風》按：「《詞律》曰『第三句去一字即《訴衷情》』，不知一字增損便關通首宫調。」《羽仙歌》按：「此詞與《洞仙歌》絕似，但句法稍異，或恐宫調有别，不敢擅易其名。」《詞鵠》還有一套同樣嚴格的互校定律的方法。《詞鵠・凡例》：「凡平仄必不可改，本集不敢妄易一字，若可平可仄處，左旁列○以識之，然亦讎校再三，未嘗貿貿。」此前詞譜在確定一個詞調哪些字句可以平仄不拘時，雖然也會用互校的方法，但還没有很嚴格的規範。哪些詞作可以互校，哪些不宜互校，不同的詞譜對此的理解是不一樣的，並且包括《詞律》在内，很多詞譜在互校的同時還會一定程度參考詩律。比如《填詞圖譜》也採用了互校的方法，但平韻《浣溪沙》薛紹藴詞後注「此調李主叶仄」，把平韻、仄韻《浣溪沙》互校。薛紹藴詞上闋結句「遠情深恨與誰論」，李煜詞「紅錦地衣隨步皺」，以「仄平平仄仄平平」校「平仄仄平平仄仄」，因兩句平仄完全相反，最終得出了除韻脚外前六字皆平仄不論的圖譜，被萬樹譏笑。然而如前文所言，萬樹上下片互校的方法也被《詞鵠》大加批評。萬樹也會偶爾參考詩律定譜，如《南歌子》温庭筠「手裏金鸚鵡」一體，《詞律》於「偷」、「不」兩字分別注「可仄」、「可平」，當是將「平仄仄平平」、「仄平平仄仄」繩以律句，而《詞鵠》、《欽定詞譜》此處則標注爲不可改易：「温庭筠詞共七首，平仄如一，填者宜遵之。」《詞鵠》對於同體、同調的判定非常嚴苛，又完全排除參校詩律、上下片互校的方法，所以譜中可以通融的地方也相對較少。這種嚴格互校的製譜方法被樓儼帶入了編撰《欽定詞譜》中，憑藉官修著作充足的人力、物力得以進一步發揚。今天的研究者對於詞譜要不要參考詩律、要不要上下片互校仍有一定的爭議，但《詞鵠》的嚴格互校法，在詞譜發展史上的歷史作用是不容否認的。

《詞鵠》還有很多具體的考證成果被《欽定詞譜》繼承。如《詞鵠》在《番槍子》一調下注：「按此詞末句有『春草碧』三字，以此得名，應作《春草碧》第一體，後李獻能諸人易名本於此。」《詞律》則未能辨出兩調的同調關係，《欽定詞譜》繼承了《詞鵠》的判斷。再如《塞孤》一調，《詞律》編入《塞姑》，《詞鵠》則另立一調，《欽定詞譜》亦同。此類情況難以計數，兹不贅言。

另外，《詞鵠》中有部分詞調也注有宫調，且與《欽定詞譜》一樣都引據了一些曲學文獻。樓儼《宋詞四聲二十八調考略》説：「甲申，儼留京師，爲松坪先生校刊《詞鵠》，欲發明宫調之説，而寓中藏書甚少，苦無辨證，遂草草卒業。」《詞鵠》中除了收集《樂章集》等詞集文獻的宫調信息外，還有很多宫調考證參考了曲譜，例如《燭影摇紅》注大石調、《祝英臺近》注越調、《東風第一枝》注大石調等，皆與曲譜所注宫調相同。

《詞鵠》的學術史價值主要體現在三個方面：

第一，《詞鵠》有着深厚的學術淵源，能够通連清初詞譜發展史。《詞鵠》是通連《詞律》、《欽定詞譜》兩部詞譜史上名譜的中間環節，同時也是勾連《選聲集》、《填詞圖譜》、《紅蕚軒詞牌》等製譜風潮中湧現的中小型詞譜之中心樞紐。

第二，《詞鵠》的研究思路具有時代特色，很多設計爲學術史上僅見、首見。《詞鵠》中「分體互見」的列調方式以及將鬲指、過腔另立一體的做法是歷史上僅見的獨特設計理念。如標注句中暗韻，爲每次換韻設計專門符號，以及對《詞律》「上下片互校」和「以入代平」的反駁在學術史上都是開創性的。《詞鵠》的留存實是幸事，爲我們留下了一個「失落時代」的寶貴樣本。

第三，《詞鵠》爲勾稽清初浙派詞譜學理念提供了可能。一直以來，人們皆知浙派以聲律見長，而詞譜本應是最能體現聲律水準的著作，但由於《詞緯》、《潛采堂譜》、《群雅集》等書没能刊刻，浙派詞譜在學術史論述中長期處於「缺位狀態」。作爲朱彝尊、周篔等人的好友、弟子，孫致彌、樓儼的這部《詞鵠》爲我們追尋浙派詞譜學理念保留了一絲綫索。

整理説明

一、本書以中國國家圖書館藏清康熙四十四年(一七〇五)刻本(簡稱國圖本)爲底本,缺損處參校京都大學文學科圖書館藏本(簡稱京大本)補足,兩本形製相同,故不特别注明。《詞鵠》原書中還附有張炎《樂府指迷》,屬常見詞論著述,本書爲節省篇幅,不予收録。然《詞鵠》所刻《樂府指迷》字句與寶顔堂本、秦恩復本並不完全相同,尚有一定的版本學意義,在此提請學者留意。

二、本書體例謹遵原書。原書考證按語以小一號字體附於例詞後。譜中「可平可仄」之字在該字左側加圈。原書中「韻」、「句」,分别爲「ᗝ」、「◖」,標注於該字右下方,今改爲現代標點「。」和「,」;上下片分片,則間空一字。原書中表示「讀」的符號,與表示句的符號相同,但標注在兩字之間,且形狀更小,今改爲現代標點「、」;原書中表示「暗韻」的符號,與表示韻的符號相同,但標注在兩字之間,且形狀更小,由於這種符號在全書中僅有二十七處,爲免混淆,不另設符號,但於每處符號單獨添加頁下注以説明。原書中表示「换韻」的符號,共有凡例中提及的「⌊▭⌊ɵ」四種,以及未提及的「━ᗝ」兩種,共六種。鑒於其中「ɵ」與「ᗝ」兩種符號數量極少,也爲便於排版,今改爲相近的「⊙」與「◎」。

三、本書對原書中的明顯錯漏予以更正，並在頁下注中説明。如「皇甫嵩」改爲「皇甫松」，「張可大」改爲「張可久」。又如分體數目「第二」、「第三」與實際不符等問題。對原書分調、分體與《詞律》、《欽定詞譜》等詞譜明顯不同處，則在注釋中指出。缺漏、墨釘等其他問題，也一並於頁下注中説明。

四、《詞鴿》列調模式特殊，本書附録另設有統計表，將全譜還原爲以調繫詞模式，便於讀者瞭解本書真實的收録詞調規模，依調檢索分體。

詞鵠初編序

孫致彌

吾鄉以樸學相傳，守王徵士、歸太僕之教，不隨時世爲轉移。要歸於古人之法而止，獨未有以填詞名家者。余少善病，時時戲作小詞以自娱，苦於無師。世所謂詞譜者，承譌襲謬，不可依據，乃悉發所藏唐、宋、元諸家之詞熟讀之，久而知其與詩與南北曲之所以分。因考其音之平仄、字之多寡、煉句分段皆有一定不可易之則。乃恍然曰：詩文有法，詞獨無法乎？詩文皆以古人爲法，詞獨不當法古人乎？能閲千劍自能識劍，能讀千賦自能作賦。然則唐、宋、元諸家皆吾師也，於是按其字句，叅其異同，彙而録之，惟其體不惟其辭。每有所製，輒奉一古詞以自律，辟諸射，强弱巧拙，萬有不齊，其志於鵠一也。姑藉是，期免於師心自用，偭背規矩之弊而已。至於詞之源本，必窮探律吕、熟察宫調，以求合乎樂府。

余既以病廢學，茫無所知，且藏書不多，採摭未備，未甞敢出以示人。餘姚樓子儼若從余游久，尤工填詞，録得副本爲補訂之。遽爲雕版，既成，而余始知，不及正也。昔吾友錢蒓敂舍人有《詞暊》，周簹谷處士有《詞緯》，其精且富，皆過于余。今二書者皆未行於世，而余且靦焉先之，增吾愧矣。然世之讀者，或因是書以求錢、周二子之遺書而表章之，使詞學大振於當世，庶以此爲秉韋之先乎。

今天子中和建極，心契元音，上紹古帝王數千年不傳之統，必有精於音律者，起而鳴國家之盛，宫調之學，將昭昭乎揭日月而行。余雖老矣，倘得講求攷正以備矇瞍之肄業，豈非甚幸哉！是則願與樓子共勉之者也。

康熙甲申嘉平月之朔，江東孫致彌題。

序

陳聶恒

松坪孫先生以海内文章巨公較書天禄，箧述與燕許相頡頏。其暇顧好爲填詞家言，輯唐宋以來名人之作，辨其體制之同異、音節之短長，爲《詞鵠》一書。既成，命聶恒序其簡端。聶恒往時有《栩園詞棄稿》之刻，先生謬許其能，然少無師承，曾未窺作者之萬一，不足以知先生之深，而又竊喜是書之成，詞學之晦而復明於兹有望也。姑以素所欲質之於先生者，爲先生言之。

原夫聲律之學，有其器必有其文。三百篇而外，漢魏六朝則樂府，唐則五七絶，沈香被詔之作，雖有宫詞猶夫詩也。至其所爲《憶秦娥》、《菩薩蠻》諸闋，已導詞之源，而爲倚聲之祖。西蜀、南唐浸淫盛矣，然皆以小令擅場，而長調無聞焉。宋興，朝廟燕享咸用之，大晟府樂，厥有專官，其時學士大夫復皆識曲知音，遞相擬作，而體裁大備矣。南渡後如姜、史諸公，靡不特立生新，删削靡曼，其意度之工，追軼前人，而矩鑊一遵其舊，集中所爲自度曲者，其偶然耳。蓋詞必有調，而調有一定之句，句有一定之法，非此則爲失腔。故其燕會流連之作，即可付之伶人，由講求之者，素也。而惜乎無有能記其拍以寫其聲者，銷沈數百年間，幾於廣陵散絶。説者以爲元曲興而詞亡，吾謂詞之亡，亦填詞家有以甚之耳。

元、明已來，以詞鳴者代不乏人，而且著之爲圖，演之爲譜，其用心亦勞矣，而或以意爲出入，變易平仄，自詭於諧聲。其究也，并句讀而亂之，如七言五言，一準詩家之體。不知詞之拗句，所以協於歌喉，而七言間有上三下四，五言亦有上一下四之分，如是其不相入也。譌訛日久，習爲故常，尺度蕩然，而宫商無問矣。夫古人之詞，所爲比切聲調，以合諸五音十二律者，固非荒陋小儒驟能窺其窔奥於不傳之後。然古人之詞具在也，其音節之和平，與夫頓挫抑揚往復之致，其皆可攷而知也。學者不憚櫛比以求合度，而迎而距之，徐審其音於喉舌唇齒，覆其微而律吕陰陽，則凡有所作，必有可歌。

今天子以天縱之聖，不遺一藝，而先生復爲學者道夫先路。此吾所以爲人文，幸而知唐宋遺音，庶乎其不終澌滅也。抑吾聞之，射設正鵠，而鵠爲小鳥，疾飛而中難。先生是書示之的，而復難言之者，何歟？先生之所能傳者，法也。所謂融情景、會句意，以成一家之言者，豈徒法哉？不得先生之旨，而規模形似於古人，妥貼輕圓之妙，猶隔膜也。昔人謂詞難於詩，知其難者，可與言詞矣。質之先生，其益我也夫！

康熙四十四年乙酉冬十月，毘陵後學陳聶恒拜書於宣武坊南之亦山亭。

詞鵠凡例

一　凡平仄互異及字句長短者，必另列體以次第别之。

一　本集收詞非選本可比，衹以備體，始於唐，終於元，若明詞多有不合律者，故隻字不收。

一　凡韻脚皆識以「Δ」，有一調數換韻者，如《菩薩蠻》、《減字木蘭花》、《離别難》及《六州歌頭》之類，皆各另識「ㄴ ᑎ ㄴ ◊」，有平仄互協，如《渡江雲》、《稍遍》、《乾荷葉》等類，悉從「Δ」。有短柱、暗韻如《滿庭芳》、《沁園春》之類，並从「Δ」，句、讀皆从「、」。

一　字數從少至多，自十四字起，至二百四十字自止，一洗《草堂》小令、中調、長調名色。

一　調名同，字句悉同，而各注宫調者，必並列。如柳永《玉樓春》、《傾盃》之類。蓋古人作詞，必歸宫調，其間字面陰陽，所以别宫商、分律吕，必使諧協。如張玉田仿夢窻《西子粧》注云，「惜乎舊譜零落，不能倚聲」，可見古人鄭重亦不敢輕自度腔也。

一　凡平仄必不可改，本集不敢妄易一字，若可平可仄處，左旁列○以識之，然亦讎校再三，未嘗貿貿。

一　凡字有應發圈者必注明。

一　首列姓氏，如無名氏歷朝皆有，必因歲久代遷，遺失所致，必注明某朝無名氏。他如同一孫夫人，而一爲黄銖母，一爲鄭文妻，此等亦必注明。

一　本集收詞秖以備體，不計工拙。故所收周、柳詞最多，以其音律諧，宫調協也。

一　《詞律》極論不應列第一體、第二體，以作者世代與字數多寡難於分别前後。其説良是，所以紅友類聚於一。此譜以字少者居前，爲第一、第二，字多者居後，爲第三、第四，聊以别異同，勿拘其前後世次可耳。

有調同名異者，如張輯改舊名爲《垂楊碧》、《山漸青》之類，竟歸爲一，不必另列。仍注明某人改某名，或注别名某某。若平仄不同，及名同字句亦同而各分宫調者，則並存之，以俟審音者。

一　詞有前後段字句相同者，亦有迥異者，原非必於板對。《詞律》必欲前段比後段，究未有古人定論可据。兹集聚數十百本，再三讎校，始能成譜。如或止此一詞，而無他詞可證者，寧止就此一體，悉遵平仄，不敢亂加旁圈以誤後人。

一　《憶王孫》、《嘯餘譜》註云：「加一疊改仄即《漁家傲》。」殊不知加一疊乃雙調，又多三十一字，改仄豈不大費更張，而其中换羽移宫，迥然不同矣。又如《消息》一詞，晁補之注曰：「是《永遇樂》過腔，即越調也。」看此則明與諸家不同。即如一百四字之《永遇樂》，柳耆卿注作歇指調，陳西麓又作平韻，東坡又於前段第十句折腰下多一字，作百五字，注是商調，而蔣竹山及諸家平仄雷同，與柳詞稍異，則是並當列體，而於《消息》下須注明「即《永遇樂》之過腔，屬越調」方是，豈可混併爲一，而竟去諸體乎？

上去入三聲派入平聲者，周德清《中原音韻》之法也。止可施於曲韻，若填詞又不然，其間或有一二用之者，當看是暗叶、借叶，須看明，或仍用一入聲字。暗叶照古人填法，萬無一失，切勿弄巧，以入代平、以上去代平之說擅改成法。

詞貴清空，忌質實。朱竹垞太史云：「字面要生新，須化去陳腐，鍊俗爲雅。」如蔣竹山《霜天曉角》、《折花詞》、李易安「被冷香銷」等類是也。

要明折腰句。如《步蟾宫》、《夜行船》、《念奴嬌》、《絳都春》、《渡江雲》、《一萼紅》之類。

有煉句法、煉韻法，已詳《樂府指迷》。若煉韻則有應上、應去處，正須用得妥當，如《齊天樂》、《瑣窗寒》等詞，於前結猶可，於後段結處必須用上聲韻結住，乃見婉轉廻圓之致。若竟用去聲字，便一去不返，索然無生趣矣。此正煉韻而煉聲法也。請看白石、放翁、玉田諸闋，倘有佳思妙句，勿爲韻脚牽肘，又當融通，幸毋膠柱鼓瑟。

要明比對法。如《柳梢青》「岸草平沙」一詞，先以「雨後寒輕」對「風前香軟」，然後以「春在梨花」句結住。竹山「遊女」一詞則先用「柳雨花風」一句作冒頭，補出「翠鬆裙褶，紅膩鞋幫」來。又如葛長庚

《沁園春》則曰，「被灘聲喧夜，鷄聲破曉」，兩句爲對。嚴參則四句散對曰：「有東籬菊，有西園桂，有南溪月，有北山薇。」劉改之則曰：「踏花芳徑，亂紅不損，步苔幽砌，嫩緑無痕。」用四句兩聯對法。總則一詞各自圓融變化得妥耳。

用韻嚴正當如陸放翁，可法可師。如《齊天樂》「角殘鐘晚關山路，行人乍依孤店」等闋是也。須戒重疊字面。前後相犯，雖絶妙好詞，畢竟不妥，萬不得已用之。如李易安《聲聲慢》疊用三「怎」字，雖曰讀者全然不覺，究竟敲打出來，終成白璧微瑕，况未能盡如易安之善，運用慎之是也。

犯意更甚。如東坡赤壁詞云，「人道是，三國周郎赤壁」，殊不知犯下「公瑾」字，今從善本改正作「三國孫吴赤壁」，使兩不相犯，作者幸留意焉。

詞鵠初編卷之一

嘉定孫致彌愷似偶輯
受業餘姚樓儼儼若補訂

起十四字，至四十字止，凡詞一百二十六調

竹枝　第一體　又名《巴渝詞》

皇甫松(一)

檳榔花發竹枝鷓鴣啼。女兒雄飛烟瘴竹枝雌亦飛。女兒

竹枝　第二體　亦名《巴渝詞》(第二體)　仄韻

皇甫松

山頭桃花竹枝谷底杏。女兒兩花窈窕竹枝遥相映。女兒

(一) 原誤作「皇甫嵩」，下同，不再注。

蒼梧謠　一名《十六字令》　周晴川別作美成，非

眠。月影穿窗白玉錢。無人弄，移過枕函邊。此詞首句以一字斷，別本誤「眠」爲「明」，作三字句，非。

閒中好　第一體　段成式

閒中好，塵務不關心。坐對當窗木，看移三面陰。

閒中好　第二體　仄韻　鄭符

閒中好，盡日松爲侶。此趣人不知，輕風度僧語。

梧桐影　一名《落日斜》　○景德寺僧房　吕嵒

落日斜，西風冷。今夜故人來不來，教人立盡梧桐影。日，別本作「月」，非。今從《北夢瑣言》更正。又景德寺蛾眉院壁所題「今夜故人」作「幽人今夜」。

紇那曲 劉禹錫

楊柳鬱青青。竹枝無限情。同郎一回顧，聽唱紇那聲。

羅嗊曲 劉采春

借問東園柳，枯來得幾年。自無枝葉分，莫怨太陽偏。分，去聲。

醉粧詞 蜀主 王衍

者邊走。那邊走。只是尋花柳。那邊走。者邊走。莫厭金杯酒。

南歌子 「歌」一作「柯」 第一體 一名《春宵曲》 温庭筠

手裏金鸚鵡，胸前繡鳳凰。偷眼暗形相。不如從嫁與，作鴛鴦。

荷葉盃 第一體 温庭筠

鏡水夜來秋月。如雪。采蓮時小娘紅粉對寒浪惆悵正思惟一作「相思」。

一點春　侯夫人

砌雪初消日，捲簾時自顰。庭梅對我如有意，先露枝頭一點春。如有意，一作「有憐意」。

舞馬詞　張說

綵旄八佾成行。時龍五色因方。屈膝啣盃赴節，傾心獻壽無疆。

踏陽春　宋無名氏

踏陽春，人間二月雨和塵。陽春踏盡秋風起，腸斷人間白髮人。

三臺令　第一體　一名《宫中三臺》，又名《翠華引》，又名《江南三臺》　王建

魚藻池邊射鴨，芙蓉苑裏看花。日色赭黄相似，不着紅鸞扇遮。

塞姑　唐無名氏

昨日盧龍塞口。整見諸人鎮守。都護三年不歸，折盡江邊楊柳。

回波詞 第一體 沈佺期

回波爾時佺期。流向嶺外生歸。身名已蒙齒録，袍笏未復牙緋。

回波詞 第二體 仄韻 裴談

回波爾時栲栳。怕婦也是大好。外邊秖有裴談，内裏無過李老。

凭闌人 第一體 邵亨貞

誰寫江南一段秋。粧點錢塘蘇小樓。樓中多少愁。楚山無盡頭。

凭闌人 第二體 倪瓚

客有吴郎吹洞簫。明月沉窗春霧曉。湘靈不可招。水雲中，珮環摇。窗，一作「江」。

花非花 白居易

花非花，霧非霧。夜半來，天明去。來如春夢不多時，去似朝雲無覓處。

摘得新　皇甫松

酌一巵。須教玉笛吹。錦筵紅爉燭，莫來遲。繁紅一夜經風雨，是空枝。

南歌子　第二體　一名《碧窗夢》　張　泌

柳色遮柳暗，桐花落砌香。画堂開處遠風凉。高捲水晶簾額，襯斜陽。

荷葉盃　第二體　顧　敻

記得那時相見。膽顫。鬢亂四肢柔—泥人無語不擡頭—羞摩羞—羞麽羞—泥，去聲。

漁歌子　第一體　一名《漁父詞》　張志和

松江蟹舍主人歡。菰飯蓴羹亦共飡。楓葉落，荻花乾。醉宿漁舟不覺寒。

春曉曲　朱敦儒

西樓月落雞聲急。夜浸疎香淅瀝。玉人醉渴咽春冰，曉色入簾横寶瑟。

解紅 和凝

百戲罷，五音清。解紅一曲新教成。兩箇瑶池小仙子，此時奪却柘枝名。

樂遊曲 閩后 陳氏

龍舟摇曳東復東。采蓮湖上紅復紅。波淡淡，水溶溶。奴隔荷花路不通。

謝秋娘 别名《望江南》（第一體），又名《江南好》、《夢江南》、《春去也》、《憶江南》、《歸塞北》 白居易

江南憶，其次憶吴宫。吴酒一盃春竹葉，吴娃雙舞醉芙蓉。早晚得相逢。此調本衛公李太尉爲亾妓謝秋娘而作，應存原名。後人易爲《望江南》諸名。今以温飛卿詞爲《望江南》正體。

望江南 第二體 一名《望江梅》、《夢江口》 温庭筠

梳洗罷，獨倚望江樓。過盡千帆皆不是，斜暉脉脉水悠悠。腸斷白蘋洲。

桂殿秋　李白

仙女下，董雙成。漢殿夜涼吹玉笙。曲終却從仙官去，萬户千門惟月明。

南鄉子　第一體　歐陽炯

畫舸停橈。槿花籬外竹横橋。水上遊人沙上女，迴顧，笑指芭蕉林裏住。

章臺柳　寄柳氏　韓翃

章臺柳。章臺柳。往日依依一作「青青」今在否。縱使長條似舊垂，也應攀折他人手。

楊柳枝　第一體　一名《折楊柳》　柳氏

楊柳枝，芳菲節，可恨年年贈離別。一葉隨風忽報秋，縱使君來豈堪折。

法曲獻仙音　第一體　薩都剌

髩未銀，東風早掛冠。侑詞酲、鄉稱人瑞，度蓬瀛、仙祝靈丹。遶膝舞斕斑。

瀟湘神　一名《瀟湘曲》　劉禹錫

斑竹枝。斑竹枝。淚痕點點寄相思。楚客欲聽瑤瑟怨，瀟湘深夜月明時。

赤棗子　歐陽炯

夜悄悄，燭熒熒。金爐香燼酒初醒。春睡起來回雪面，含羞不語倚銀屏。銀，一作「雲」。醒，平聲。

擣練子　第一體　一名《深夜月》　南唐　後主李煜

深院靜，小庭空。斷續寒砧斷續風。無奈夜長人不寐，數聲和月到簾櫳。

清平調引　李　白

雲想衣裳花想容。春風拂檻露華濃。若非羣玉山頭見，會向瑤臺月下逢。

回心院詞(一)　第一體　遼后　蕭氏

掃深殿。閉久金鋪暗。遊絲絡網塵作堆，積歲青苔厚堦面。掃深殿。待君宴。

回心院詞　第二體　遼后　蕭氏

拂象牀。憑夢借高唐。敲壞半邊知妾臥，恰當天處少風光。拂象牀。待君王。

阿娜曲　宋名《雞叫子》　〇贈張雲容舞　楊玉環

羅袖動香香不已。紅蕖嬝嬝秋煙裏。輕雲嶺上乍摇風，嫩柳池中初拂水。

柳枝　第一體　一名《楊柳枝》(第二體)　索四娘

帶雨拖雲百尺長。折來空自斷人腸。柳絲繫得郎舟住，再向江邊插幾行。

(一) 按：此調見《焚椒録》，《詞律》、《詞譜》不載。

竹枝 第三體

唐 無名氏

盤塘江口是奴家，郎若閒時來吃茶，黄土築牆茆蓋屋，門前一樹紫荊花。

浪淘沙 第一體

皇甫松

灘頭細草接疎林。浪惡罾舡半欲沉。宿鷺眠鷗非舊浦，去年沙嘴是江心。

欸乃曲

元 結

千里楓林煙雨深。無朝無暮有猿吟。停橈靜聽曲中意，好似雲山韶濩音。欸，音靄。乃，如字。蓋歌聲也。今人多誤讀作「襖靄」音，非。附注於此。

天淨沙

元 無名氏

枯籐老樹昏鴉。小橋流水平沙。古道淒風瘦馬。夕陽西下。斷腸人在天涯。

小秦王

唐 無名氏

柳條金嫩不勝鵶。青粉牆頭道韞家。燕子不來春寂寞，小窗和雨夢梨花。勝，平聲。

遣隊

毛 滂

歌長漸落杏梁塵。舞罷香風拂繡裀。更擬緑雲弄清切，尊前恐有斷腸人。此宋人歌舞欲散必作此一闋。蓋「遣」猶散意，「隊」舞隊也，抑若今之下場詩。

陽關曲

蘇 軾

受降城下紫髯郎。戲馬臺南舊戰場。恨君不取契丹首，金甲牙旗歸故鄉。

甘州曲

王 衍

畫羅裙。能解束，稱腰身，柳眉桃臉不勝春。薄媚足精神。可惜淪落在風塵。稱，去聲；勝，平聲。

八拍蠻　閻選

愁鎖黛眉烟易慘，淚飄紅臉粉難勻。憔悴不知緣底事，遇人推道不宜春。

字字雙　王麗真

床頭錦衾斑復斑。架上朱衣殷復殷。空庭明月閒復閒。夜長路遠山復山。

南鄉子　第二體　歐陽炯

路入南中。桄榔葉暗蓼花紅。兩岸人家微雨後ㄴ收紅豆ㄴ樹底纖纖擡素手ㄴ

乾荷葉　劉秉忠

乾荷葉，色蒼蒼。老柄風搖蕩。減青香。越添黃。都因昨夜一番霜。寂寞秋江上。

九張機　第一體　宋　無名氏

輕絲。象床玉手出新奇。千花萬草光凝碧，裁縫衣着，春天歌舞，飛蝶語黄鸝。衣，去聲。

九張機　第二體　宋　無名氏

一張機。采桑陌上試春衣。風晴日暖慵無力，桃花枝上，啼鶯言語，不肯放人歸。

拋毬樂　第一體　劉禹錫

五色繡團圓。登君玳瑁筵。最宜紅燭下，偏稱落花前。上客如先起，應須贈一船。稱，去聲。

南鄉子　第三體(一)　李珣

乘綵舫，過蓮塘。棹歌驚起睡鴛鴦。帶香遊女一作「遊女帶香」偎人一作「伴」笑⌞爭窈窕⌞競折團荷遮晚照⌞

江南春　寇準

波渺渺，柳依依。孤村芳草遠，斜日杏花飛。江南春盡離腸斷，蘋滿汀洲人未歸。

(一) 原誤作第二體。

法駕導引

赤城韓夫人

東風起，東風起，海上百花摇。十八風鬟雲半動，飛花和雨着輕綃。歸路碧迢迢。

踏歌詞

崔　液

綵女迎金屋，仙姬出畫堂。鴛鴦裁錦袖，翡翠貼花黄。歌響舞行分豔色，動流光。

憶王孫　第一體(一)　別名《豆葉黄》

秦　觀別作李重元(二)

萋萋芳草憶王孫。柳外樓高空斷魂。杜宇聲聲不忍聞。欲黄昏。雨打梨花深閉門。

番女怨

温庭筠

磧南沙上驚鴈起。飛雪千里。玉聯環，金簇箭∟年年征戰∟畫樓離恨錦屏空⌐杏花紅⌐

(一) 按：「第一體」原無，據目録補。

(二) 按：《唐宋諸賢絶妙詞選》、《類編草堂詩餘》作者爲李重元，秦觀本集未見，《詞學筌蹄》作秦觀詞，《詞學筌蹄》所據應是某種《草堂詩餘》，或與本書所據底本相同。

一葉落　後唐　莊宗李存勗

一葉落，褰朱箔。此時景物正蕭索。畫樓月影寒，西風吹羅幕。吹羅幕。往事思量着。

調笑　第一體　一名《轉應曲》，又名《宫中調笑》，又名《三臺令》（第二體）　王　建

團扇。團扇。美人並來遮面。玉容憔悴三年。誰復商量管絃。絃管。絃管。春草昭陽路斷。

遐方怨　第一體　温庭筠

凴繡檻，解羅幃。未得君書，腸斷瀟湘春雁飛。不知征馬幾時歸。海棠花盡也，雨霏霏。

後庭花破子　第一體　王　惲

緑樹遠連洲。青山壓樹頭。落日高城望，烟霏翠滿樓。木蘭舟。彼汾一曲，春風佳可遊。

後庭花破子　第二體　趙孟頫

清溪一葉舟。芙蓉兩岸秋。採菱誰家女，歌聲起暮鷗。亂雲愁。滿頭風雨，戴荷葉，歸

去休。

思帝鄉　第一體

韋　莊

雲髻墜，鳳釵垂。髻墜釵垂，無力枕函欹。翡翠屏深、落月漏依依。説盡人間天上、兩心知。

宴桃源　一名《如夢令》（第一體），又名《憶仙姿》、《比梅》

後唐　莊宗李存勗

曾宴桃源仙洞。一曲舞鸞歌鳳。長記別伊時，和淚出門相送。如夢。如夢。殘月落花烟重。

此《如夢令》之祖也，本名《宴桃源》，因詞中有「如夢」二語，後人因而易名。

如夢令　第二體　平韻

吴文英

秋千爭鬧粉墻。閒看燕紫鶯黄。啼到緑陰處，喚回浪子閒忙。春光。春光。正是拾翠尋芳。

西溪子　第一體　　牛嶠

捍撥雙盤金鳳。蟬鬢玉釵搖動。畫堂前，人不語˪絃解語˪彈到昭君怨處˪翠蛾愁⁻不擡頭⁻

甘州子　　顧敻

○一爐龍麝錦幃傍，屏掩映，燭熒煌。○禁樓○刁斗喜初長，○羅薦繡鴛鴦。山枕上，○私語口脂香。

訴衷情　第一體　　韋莊

○燈燼一作「燭燼」香殘簾半捲，夢初驚。花欲謝，深夜月籠明。○何處按歌聲。輕輕。○舞衣塵暗生。負春情。

訴衷情　第二體　一名《一絲風》（第一體）　　温庭筠

鶯語。花舞。春晝午。雨霏微˪金帶枕⁻宮錦⁻鳳凰帷˪柳弱燕交飛˪依依˪遼陽音信

稀乚夢中歸乚

風流子　第一體　孫光憲

樓倚長衢一作「堤」欲暮。瞥見神仙伴侶。微傳粉，攏梳頭，隱映畫簾開處。無語。無緒。慢曳羅裙歸去。裙，一作「裳」。

思佳客　第一體　趙彥端

天似水。秋到芙蓉如亂綺。芙蓉意與黄花倚。歷歷黄花矜酒美。清露委。山間有箇閒人喜。

歸國遥　第一體　一名《歸自謡》　馮延巳

寒一作「江」水碧。水上何人吹玉笛。扁舟遠送瀟湘客。蘆花千里霜月白。傷行色。來朝便是關山隔。

天仙子　第一體　一名《萬斯年曲》　皇甫松

晴野鷺鷥飛一隻。水葓花發秋江碧。劉郎此日別天仙，登綺席。淚珠滴。十二晚峰高一作「青」歷歷。

天仙子　第二體　韋莊

悵望前回夢裏期。看花不語苦尋思。露桃宮裏小腰肢。眉眼細，鬢雲垂。唯有多情宋玉知。

天仙子　第三體　韋莊

深夜歸來常酩酊。扶入羅幃猶未醒。熏熏酒氣麝蘭和∟驚睡覺，笑呵呵∟長道人生能幾何∟

思帝鄉　第二體　韋莊

春日遊。杏花吹滿頭。陌上誰家年少，足風流。妾擬將身嫁與、一生休。縱被無情棄，不能羞。

西溪子 第二體 李珣

金縷翠鈿浮動。粧罷小窗圓夢。日高時，花已老」人未到」滿地落花慵掃」無語倚屏風」泣殘紅」《尊前集》作：「離思正難緘。燕喃喃。」

定西番 牛嶠

紫塞月明千里，金甲冷，戍樓寒。夢長安。鄉思望中天闊，漏殘星亦殘。畫角數聲嗚咽，雪漫漫。

連理枝 第一體 黄鐘宫 李白

雪蓋宫樓閉。羅幕昏金翠。鬬鴨闌干，香心淡泊，梅梢輕倚。噴、寶猊香燼，麝煙濃馥，紅綃翠被。

江城子　第一體　一名《江神子》，又名《水晶簾》　張　泌

碧闌干外小中庭。雨初晴。曉鶯聲。飛絮落花時節、近清明。睡起捲簾無一事，勻面了，没心情。

望江怨　牛　嶠

東風急。惜别花時手頻執。羅幃愁獨一作「復」入。馬嘶殘雨春蕪濕。倚門一作「馬」立。寄語薄情郎，粉香和淚滴。

武林桃(一)　出小説

碧霞宫殿，海上十三洲。玉簫新調，雲際響箜篌。報道高人來也，數聲鐵笛，幾點浮漚。一片清秋。

(一) 按：此調《詞律》、《詞譜》不載，見明清溪道人《禪真逸史》小説第二十三回。

風光好　宋　無名氏

柳陰陰。水沉沉。風約雙鳧立不禁。碧波心。孤村橋斷人迷路∟舟橫渡∟旋買村醪淺淺斟。更微吟。

思帝鄉　第三體　孫光憲

如何。遣情情更多。永日水晶簾下、斂羞蛾。六幅羅裙窣地、微行曳碧波。看盡滿池疎雨、打團荷。

相見懽　別名《憶真妃》、《憶真娘》、《上西樓》、《西樓子》、《月上瓜洲》、《烏夜啼》(第一體)、《秋夜月》(第一體)　陸　游

江頭綠暗紅稀。燕交飛。忽到當年行處，恨依依。灑清淚。歎人事。與心違。滿酌玉壺花露，送春歸。平仄互叶。

長相思　第一體　別名《雙紅豆》、《憶多嬌》、《山漸青》　吳二娘(一)

深畫眉。淺畫眉。蟬鬢蓬鬆雲滿衣。陽臺行雨迴。　巫山高，巫山低。暮雨瀟瀟郎不歸。空房獨守時。「高」字亦可用韻。

河滿子　第一體　和凝

寫得魚牋無限，其如花鎖春暉。目斷巫山雲雨，空教殘夢依依。却愛熏香小鴨，羨他長在屏幃。

江城子　第二體　尹鶚

裊拖碧，步飄香。纖腰束素長。鬢雲光拂面，瓏璁膩玉碎凝粧。寶柱秦箏彈向晚，絃促鴈，更思量。

(一) 按：此詞《類編草堂詩餘》、《唐宋諸賢絶妙詞選》作白居易詞，《吟窗雜録》作吴二娘《長相思令》，字句不同，亦見《歐陽文忠公集》。

江城子 第三體 歐陽炯

曉日金陵岸草平。落霞明。水無情。六代繁華、暗逐逝波聲。空有姑蘇臺上月，如西子鏡，照江城。

訴衷情 第三體 顧敻

永夜抛人何處去，絶來音。香閣掩，眉斂月將沉。爭忍不相尋。怨孤衾。換我心。爲你心。始知相憶深。

河滿子 第二體 歐陽炯

正是破瓜年紀。含情慣得人饒。桃李精神鸚鵡舌，可堪虚度良宵。郄愛藍羅裠子，羨他長束纖腰。

憶秦娥 第一體 毛滂

夜夜。夜了花朝也。連忺⌞指點銀缾索酒嘗⌞明朝花落知多少⌐莫把殘紅掃⌐愁人』一片花飛減却春』

江城子　第四體　牛嶠

極浦煙消水鳥飛。離筵分首時。送金卮。渡口楊花狂雪、任風吹。日暮空江波浪急，芳草岸，柳如絲。

憶秦娥　第二體　馮延巳

風淅淅。夜雨連雲黑。滴滴。窗外芭蕉燈下客。除非魂夢到鄉國。免被關山隔。憶憶。一句枕前爭忘得。忘，去聲。

調笑令　亦名《調笑》（第二體）　秦觀

若耶溪邊天氣秋。采蓮女兒溪岸頭。笑隔荷花共人語，烟波渺渺蕩輕舟。數聲水調紅橋晚乚棹轉舟廻笑人遠乚腸斷誰家游冶郎，盡日踟躕臨柳岸乚柳岸乚水清淺乚笑折荷花呼女伴乚盈盈日照新粧面乚水調空傳幽怨乚扁丹日暮笑聲遠乚對此令人腸斷乚令，平聲。

上行盃　第一體

孫光憲

草草離亭鞍馬，從遠道、此地分襟。燕宋秦吴千萬里，(一)無辭一醉野棠開，江草濕乚佇立乚沾泣乚征騎駸駸。此詞疑有脱落。

擣練子　第二體

宋　無名氏

林下路，水邊亭。凉吹水曲散餘酲。小藤床，隨意横。猶記得，舊時經。翠荷鬧雨做秋聲。恁時節，不堪聽。

(一) 按：底本於「千萬里」處點句，有違常例，或是認爲此詞有譌落。

望梅花　第一體　和　凝

春草全無消息。臘雪猶餘蹤跡。越嶺寒枝香自折。冷艷奇芳堪惜。何事壽陽無處覓。吹入誰家横笛。

望梅花　第二體　孫光憲

數枝開與短墻平。見、雪蕚紅跗相映，引起誰人邊塞情。簾外欲三更。吹斷離愁月正明。空聽隔江聲。

傷春曲(一)　唐　無名氏

芳菲時節。花壓枝折。蜂蝶撩亂，闌檻光發。一旦碎花魄。葬花骨。蜂兮蝶兮，何不知，空使雕闌對明月。

(一) 按：此調見《夷堅支志》、《宋藝圃集》、《艷異編》，《詞律》、《詞譜》不載。

醉太平 第一體 一名《醉思凡》、《凌波曲》、《四字令》 劉過

○情高意真。眉長鬢青。○小樓明月調箏。寫、春風數聲。○思君憶君。○魂牽夢縈。○翠綃香煖銀屏。更、○那堪酒醒。此詞真字、君字俱借韻。◯曲譜作正宮過曲，亦應入正宮。更，去聲；醒，平聲。

感恩多 第一體 牛嶠

兩條紅粉淚。多少香閨意。强攀桃李枝。斂愁眉。陌上鶯啼蝶舞，柳花飛。柳花飛。願得郎心，憶家還早歸。强，上聲。

上行盃 第二體 孫光憲

離棹逡巡欲動。臨極浦、故人相送。去住心情知不共。金船滿捧綺羅愁，絲管咽└迴別└帆影滅└江浪如雪└

薄命女　一名《長命女》　和凝

天欲曉。宮漏穿花聲繚繞。窗裏星光少。冷霞寒侵帳額，殘月光沉樹杪。夢斷錦幃空悄悄。强起愁眉小。

生查子　第一體　南呂　朱淑真

去年元夜時，花市燈如晝。月上柳梢頭，人約黄昏後。今年元夜時，月與燈依舊。不見去年人，淚濕春衫袖。後段首句劉侍□用韻。

楊柳枝　第三體　顧敻

秋夜香閨思寂寥。漏迢迢。鴛幃羅帳麝煙銷。燭光摇。正憶玉郎遊蕩去」無尋處」更聞簾外雨瀟瀟。滴芭蕉。思、更，並去聲。

太平時　一名《賀聖朝影》　宋　無名氏

簌簌花飛一雨殘。乍衣單。屏風數幅画江山。水雲閒。別易會難無計那，淚潸潸。

夕陽樓上凭闌干。望長安。凭，去聲。

醉公子　第一體　一名《醉翁子》　　唐　無名氏

○門外猧兒吠。知是蕭郎至。○剗襪下香堦，○冤家今夜醉。○扶得入羅幃，○不肯脱羅衣。○醉則從他醉，還勝獨睡時。勝，平聲。

四換頭　　顧敻

○漠漠秋雲淡。○紅○藕香○侵檻。枕倚小山屏」○金鋪○向晚扃」○睡○起○横波慢」○獨○望情○何限」○衰柳數聲蟬』蒐銷似去年』

昭君怨　一名《宴西園》，又名《洛妃怨》、《一痕沙》　　陸游

○晝○永蟬○聲庭院。○人倦○嬾搖○團扇。○小景寫瀟湘」自生凉」○簾外○蹴花○雙燕。○簾下有人○同

見。○寶篆拆官黃」炷熏香」此詞四換韻。

抛毬樂　第二體　　馮延巳

霜積秋山萬樹紅。倚巖樓上掛朱櫳。白雲天遠重重恨，黃葉煙深淅淅風。髣髴涼州曲，吹在誰家玉笛中。

春光好　第一體　一名《愁倚闌》　　和凝

紗○窗暖，畫屏閒。嚲雲鬟。○睡○起四肢無力、半春閑。○玉○指剪裁羅勝，金盤○點綴酥山。○窺○宋深心無限事，小眉彎。

酒泉子　第一體　　顧夐

羅帶縷金。蘭麝煙凝魂斷」畫樓欹，雲髻亂」恨難任。幾迴垂淚滴鴛衾。薄情何處去」月臨窗，花滿樹」信沉沉。任，平聲。

酒泉子 第二體 顧　敻

日映紗窗。金鴨小屏山碧，故鄉春，烟靄隔，背蘭釭。宿粧惆悵倚高閣，千里雲影薄，草初齊，花又落，燕雙雙。

蝴蝶兒 牛　嶠(一)

蝴蝶兒。晚春時。阿嬌初着淡黄衣。倚窗學畫伊。還似花間見，雙雙對對飛。無端和淚拭臙脂。惹教雙翅垂。此詞詠本意。

感恩多 第二體 牛　嶠

自從南浦別。愁見丁香結。近來情轉深，憶鴛衾。幾度將書託煙雁，淚盈襟，淚盈襟，禮月求天，願君知我心。

(一) 按：《花間集》作張泌詞。

怨回紇　　皇甫松

白首南朝女，愁聽異域歌。收兵頡利國，飲馬胡盧河。毳布腥羶久，穹廬歲月多。雕窠城上宿，吹笛淚滂沱。

上林春　第一體　　楊无咎

穠李夭桃堆纈。正暖日、如薰芳酒。少年未用稱遐壽。願來歲、如今時候。相將得意皇都，同攜手。上林春晝。

花落寒窗（一）　　出宋人小説

人情惟有相思切，乍去還來無徘徊無語倚南樓。目送歸鴻淚轉流。羅帶緩，倩誰收。盡頭。爭似水，只東流。

（一）按：此詞見於明人金木散人小説《鼓掌絶塵》，《詞律》、《詞譜》不載。

詞鵠初編卷之二

嘉定孫致彌愷似偶輯

受業餘姚樓儼儼若補訂

起四十一字，至五十字止，凡詞二百三十四調

醉花間　第一體

毛文錫

休相問。怕相問。相問還添恨。春水滿塘生，鸂鶒還相趁。昨夜雨霏霏，臨明寒一陣。偏憶戍樓人，久絕邊庭信。戍，去聲。

生查子　第二體㈠

牛希濟

春山烟欲收，天淡稀星小。殘月臉邊明，別淚臨清曉。語已多，情未了。回首臨平道。

㈠ 原誤作第三體。

記得緑羅裙，處處憐芳草。

點絳唇　黄鐘宫　别名《點櫻桃》、《南浦月》、《沙頭雨》　韓　琦

病起懨懨，庭前花影添憔悴。亂紅飄砌。滴盡珍珠淚。惆悵前春，誰向花前醉。愁無際。武陵凝睇。人遠波空翠。

女冠子　第一體　薛昭藴

求仙去也。翠鈿金篦盡捨。入巖巒└霧捲黄羅帔，雲雕白玉冠└野烟溪洞冷，林月石橋寒└静夜松風下，禮天壇└

酒泉子　第三體　温庭筠

楚女不歸。樓枕小河春水。月孤明，風又起。杏花稀。玉釵斜篸雲鬟重└裙上鏤金

雙鳳」八行書，千里夢」雁南飛。換頭亦可叶原韻。重，去聲。

玉蝴蝶 第一體　　温庭筠

秋風凄切傷離。行客未歸時。塞外草先衰。江南雁到遲。芙蓉凋嫩臉，楊柳墮新眉。搖落使人悲。斷腸誰得知。「衰」字叶。

紗窗恨 第一體　　毛文錫

新春燕子還來至。一雙飛。壘巢泥濕時時墜。涴人衣。後園裏看百花發，香風拂、繡户朱扉。月照紗窗，恨依依。

上行盃 第三體　　韋莊

芳草灞陵春岸。柳烟深、滿樓絃管。一曲離歌腸寸斷。今夜送君千萬。紅縷玉盤金縷醆。須勸。珍重意，莫辭滿。重，去聲。

春光好 第二體 一名《雀沖天》(第一體)、《愁倚闌令》 和凝

蘋葉軟，杏花明。畫船輕。雙浴鴛鴦出緑汀。棹歌聲。春水無風無浪，春天半雨半晴。紅粉相隨南浦晚，幾多情一作「含情」。

中興樂 第一體 毛文錫

荳蔻花繁烟豔深。丁香軟，結同心。翠鬟女，相與共淘金。紅蕉葉裏猩猩語└鴛鴦浦└鏡中鸞舞└絲雨└隔荔枝陰。

訴衷情 第四體 一名《桃花水》 魏承班

春情滿眼臉紅銷。嬌妬索人饒。星靨小，玉璫摇。幾共醉春朝。別後憶纖腰。夢魂勞。如今風葉又蕭蕭。恨迢迢。

憶秦娥 第三體 張先

參差竹。吹斷相思曲。情不足。西北有樓窮遠目。憶苕溪，寒影透青玉。秋鴈南飛

速。菰草緑。應下溪頭沙上宿。

醉垂鞭

張先

雙蝶繡羅裙。東池宴，初相見，朱粉不深勻。閒花淡淡春。細看諸處好，人人道，柳腰身。昨日亂山昏，來時衣上雲。看，平聲。

清商怨

第一體　一名《傷情怨》

陸游

江頭日暮痛飲。乍、雪晴猶凜。山驛淒期，燈昏人獨寢。鴛機新寄斷錦。歎往事，不堪重省。夢破南樓，緑雲堆一枕。

浣溪紗

第一體　一名《山花子》(第一體)，又名《浣紗溪》、《小庭花》

晏殊

一曲新詞酒一盃。去年天氣舊亭臺。夕陽西下幾時迴。無可奈何花落去，似曾相識燕歸來。小園香徑獨徘徊。

浣溪紗 第二體 薛昭藴

紅蓼渡頭秋正雨，印沙鷗跡自成行。整鬟飄袖野風香。不語含顰深浦裏，幾回愁煞棹船郎。燕歸帆盡水茫茫。行，音杭。

浣溪紗 第三體 南唐 後主李煜

紅日已高三丈透。金爐次第添香獸。紅錦地衣隨步皺。佳人舞點金釵溜。酒惡時拈花蘂嗅，別殿遥聞簫鼓奏。

玉蝴蝶 第二體 孫光憲

春欲盡，景仍長。滿園花正黄。粉蝶翅悠揚。翩翩過短墻。鮮飈暖乚牽遊伴乚飛去立殘芳。無語對蕭孃。舞衫沉麝香。

戀情深　毛文錫

玉殿春濃花爛熳└簇神仙伴└羅裛窣地縷黃金。奏清音。酒闌歌罷兩沉沉。一笑動君心。永願作、鴛鴦伴，戀情深。

小桃紅　第一體　一名《平湖樂》（第一體）　王惲

秋風嫋嫋白雲飛。人在平湖醉。雲影湖光淡無際。錦屏圍。故人遠在千山外。百年心事，一尊濁酒，長使此心違。

小桃紅　第二體　張可久(一)

一汀煙柳索春饒。添得楊花鬧。盼殺歸舟木蘭棹。水迢迢。畫樓明月空相照。今番瘦了。多情知道。寬褪翠裛腰。此詞後段第二、第三句用韻，與王詞微不同。

(一) 原誤刻爲「張可大」。

春光好　第三體　程　垓

春猶淺，柳初芽。杏初花。楊柳杏花交影處，有人家。玉窗明暖烘霞。小屏上、水遠山斜。昨夜酒多春睡重，莫驚他。重，去聲。

歸國遥　第二體　温庭筠

香玉。翠鳳寶釵垂㬹䌲。鈿筐交勝金粟。越羅春水緑。畫堂照簾殘燭。夢餘更漏促。謝娘無限心曲。曉屏山斷續。勝，去聲；更，平聲。

紗窗恨　第二體　毛文錫

雙雙蝶翅塗鉛粉。咂花心。綺窗繡户飛來穩。畫堂陰。二三月愛隨飄絮，伴落花、來拂衣襟。更剪輕羅片，傅黄金。更，去聲。

中興樂　第二體　別名《濕羅衣》、《西興樂》　牛希濟

池塘嫩碧浸晴暉。濛濛柳絮輕飛。紅蘂凋來，醉夢還稀。春雲空有鴈歸。珠簾垂。

○東○風○寂寞，恨郎抛擲˪淚濕羅衣˪

酒泉子 第四體 李珣

○秋月嬋娟，皎潔碧紗窗外，照花穿竹冷沉沉。印池心。凝露滴，砌蛩吟。驚○覺謝娘殘夢，夜深斜傍枕前來˪影徘徊˪覺，去聲。

酒泉子 第五體 顧敻

○黛薄紅深。約掠綠鬟雲膩˪小鴛鴦，金翡翠˪稱人心。○錦鱗無處傳幽意˪○海燕蘭堂春又去ˉ隔年書ˉ千點淚˪恨難任。任，平聲。

酒泉子 第六體 牛嶠

○記得去年，烟煖杏園花正發，雪飄香。江草綠，柳絲長。○鈿○車○纖手捲簾望。○眉學春山樣。鳳釵低裊翠鬟上。落梅粧。

生查子　第三體　陳　亞

相思意已深，白紙書難足。字字若參商，故要檳郎讀。分明記得約當歸，遠至櫻桃熟。何事菊花時，猶未回鄉曲。

生查子　第四體　牛　嶠

相見稀，喜相見。相見還相遠。檀畫荔枝垂，金蔓蜻蜓軟。魚雁疎，芳信斷。花落庭陰晚。可惜玉肌膚，消瘦成慵懶。

贊浦子　毛文錫

錦帳添香睡，金爐換夕熏。嬾結芙蓉帶，慵拖翡翠裙。正是桃夭柳媚，那堪暮雨朝雲。宋玉高唐意，裁瓊欲贈君。

雪花飛

黄庭堅

攜手青雲路穩，天聲迤邐傳呼。袍笏恩章乍賜，春滿皇都。何處難忘盃酒，瓊花照玉壺。歸裊絲梢競醉，雪舞郊衢。

清商怨　第二體

沈會宗

城上鴉啼斗轉。漸、玉壺冰滿。月淡寒梅，清香來小苑。誰遣鸞箋寫怨。翻錦字，疊疊如愁捲。夢破胡笳，江南煙樹遠。

關河令

晏　殊

關河愁思望處滿。漸素秋向晚。鴈過南樓，行人回淚眼。雙鸞衾裯悔展。夜又永、枕孤人遠。夢未成歸，梅花聞塞管。思，去聲。

霜天曉角　第一體　一名《月當窗》　◯詠梅

林　逋

冰清霜潔。昨夜梅花發。甚處玉龍三弄，聲搖動，枝頭月。夢絶。金獸熱。曉寒蘭燼滅。要捲珠簾清賞，且莫掃，堦前雪。

霜天曉角　第二體　平韻　◯折花　蔣　捷

人影窗紗。是誰來折花。折則從他折去，知折向，阿誰家。　簷牙。枝最佳。折時、高折些。說與折花人道，須插向，鬢邊斜。

傷春怨　王安石

雨打江南樹。一夜花開無數。綠葉漸成陰，下有遊人歸路。　與君相逢處。不道春將暮。把酒祝東風，且莫恁，匆匆去。

酒泉子　第七體　張　泌

紫陌青門，三十六宮春色，御溝輦路暗相通。杏園風。　咸陽沽酒寶釵空。笑指未央歸去，插花走馬落殘紅。月明中。

酒泉子　第八體　　張泌

春雨打窗∟驚夢覺來天氣曉。畫堂深，紅燄小，背蘭釭∟　酒香噴鼻懶開釭∟惆悵更無人共醉，舊巢中，新燕子，語雙雙∟　更，去聲。

酒泉子　第九體　　李珣

寂寞青樓。風觸繡簾珠碎撼∟月朦朧，花黯淡∟鎖春愁。　尋思往事依稀夢ˉ淚臉露桃紅色重ˉ鬢欹蟬，釵墜鳳∟思悠悠。　重、思，並去聲。

酒泉子　第十體　　李珣

秋雨聯緜，聲散敗荷叢裏，那堪深夜枕前聽。酒初醒。　牽愁惹思更無停。燭暗香凝天欲曙∟細和煙，冷和雨∟透簾旌。　醒，平聲；思、更，並去聲。

酒泉子　第十一體　　顧敻

小檻日斜，風度綠窗人悄悄∟翠幃閑掩舞雙鸞。舊香寒。　別來情緒轉難攘，韶顏看却老┗依稀粉上有啼痕—暗銷魂—看，平聲。

殿前歡　　倪瓚

揾啼紅。杏花消息雨聲中。十年一覺揚州夢。春水如空。雁波寒，寫去踪。離愁重。南浦行雲送。冰絃玉柱，彈怨東風。覺、重，並去聲。

歸國遥　第三體　　韋莊

金翡翠。爲我南飛傳我意。罨畫橋邊春水。幾年花下醉。別後只知相愧。淚珠難遠寄。羅幕繡幃鴛被。舊歡如夢裏。

小桃紅　第三體　別名《平湖樂》（第二體）　　王惲

採蓮人語隔秋烟。波靜横如練。入手風光共流轉。莫流連。畫船一笑春風面。江山信美，終非我土，問何日，是歸年。

水仙子

倪瓚

東風花外小紅樓。南浦山横眉黛愁。春寒不管花枝瘦。無情水自流。簷間燕，語嬌柔。驚回幽夢，難尋舊遊。落日簾鈎。

菩薩蠻

別名《子夜歌》、《巫山一片雲》（並第一體），又名《重疊金》 ○蠻，楊用修改做「鬘」

南唐　後主李煜

花明月暗籠一作「飛」輕霧。今宵好向郎邊去。剗一作「衩」襪下香堦一作「步香苔」，手提金縷鞋。畫堂南畔見，一晌偎人顫，奴一作「好」爲出一作「去」來難，教君恣意憐。爲，去聲；教，平聲。

減字木蘭花

仙呂調　○題雄州驛壁

蔣興祖女

朝雲横度。轆轆車聲如水去。白草黄沙，月照孤村三兩家。飛鴻過也，百結愁腸無晝夜」漸近燕山』回首鄉關歸路難』

卜算子　第一體　仙吕宫　一名《百尺樓》◯詠梅　陸　游

驛外斷橋邊，寂寞開無主。已是黄昏獨自愁，更着風和雨。無意苦爭春，一任羣芳妒。零落成泥碾作塵，只有香如故。石孝友前後首句皆仄叶。

訴衷情　第五體　别名《訴衷情令》、《一絲風》（第二體）　晏　殊

青梅煑酒鬭時新。天氣欲殘春。東城南陌花下，逢着意中人。回繡袂，展香裀。敘情親。此時攙作，千尺遊絲，惹住朝雲。

訴衷情　第六體　林鐘商　柳　永

一聲畫角日西曛。催促掩朱門。不堪更倚朱闌，腸斷已消魂。年漸晚，雁空頻。問無

因。思心欲碎，愁淚難收，又是黃昏。更，去聲。

霜天曉角 第三體 趙長卿

閣兒幽靜處，圍爐面小窗。好似鬬頭兒坐，梅烟炷，返寬香。對火怯夜冷，猛飲消漏長。飲罷且收拾睡，斜月照，滿林霜。

霜天曉角 第四體 程垓

玉清冰樣潔。幾夜相思切。誰料濃雲遮擁，同心帶，甚時結。匆匆休惜別。還有來時節。記取江陰歸路，須共踏，夜深月。

後庭花 第一體 一名《玉樹後庭花》 毛熙震

越羅小袖新香蒨。薄籠金釧。倚闌無語搖輕扇。半遮勻面。春殘日暖鶯嬌懶。滿庭花片一作「綻」。爭不教人長相見，畫堂深院。教，平聲。

醜奴兒　或多「令」字，別名《羅敷媚》、《羅敷艷歌》、《羅敷令》、《采桑子》，俱第一體

大石調　晏　殊

人生樂事知多少，且酌金盃。管咽絃哀。慢引蕭娘舞袖迴。《尊前集》以此詞入羽調，不知何據。

櫻桃謝了梨花發，紅白相催。燕子歸來。幾處香風一作「風簾」繡户開。

巫山一叚雲　第一體　別名《巫山一片雲》（第二體）　毛文錫

雨霽巫山上，雲輕映碧天。遠風吹散又相連。十二晚峰前。

暗濕啼猿樹，高籠過客船。朝朝暮暮楚江邊。幾度降神仙。

歸田樂令(一)　黄庭堅

引調得甚，近日心腸不戀家。寧寧地思量他。思量他。兩情各自肯甚忙，咱意思裏莫是賺人，唦噉奴，真個嘚，共人嘚，此詞既用俳體，又雜土音，絶無文理。

(一) 按：此詞段末未點韻，有違常例，當是認爲此詞有譌落。

浣溪紗 第四體　孫光憲

風撼芳菲滿院香。四簾慵捲日初長。鬌雲垂枕響微鍠。春夢未成愁寂寂，佳期難會信茈茈。萬般心，千點淚，泣蘭堂。

柳枝（一） 第二體　朱敦儒

江南岸、柳枝。江北岸、柳枝。折送行人無盡時。恨分離。柳枝。酒一盃。柳枝。淚雙垂。柳枝。君到長安百事違。幾時歸。柳枝。按此調應「江南岸柳枝江北岸柳枝」，如卷首十四字《竹枝》相似，今從本集，姑仍舊。

伊川令 寄外　花仲胤妻

西風昨夜穿簾幕。閨院添蕭索。最是梧桐零落。迤邐秋光過却。人情音信難託。教

（一）按：此詞中「離」、「盃」、「垂」爲字間點，與讀之「、」同理，意爲前後須相連，且此處押韻。《詞譜》：「此見朱敦儒《樵歌詞》，一名《柳枝》。按《竹枝詞》以『竹枝』二字爲和聲，此以『柳枝』二字爲和聲，亦其例也。但『枝』字即本詞韻，亦添聲之意，故爲類列。」樓儼《洗硯齋集》：「朱敦儒《柳枝》詞兩遍有六《柳枝》句，曩在書局注爲和聲，如《竹枝》之例。」

奴獨自守空房，淚珠與、燈花共落。教，平聲。

酒泉子　第十二體　顧　敻

黛○怨紅○羞。掩映畫堂春欲暮┗殘○花微雨隔青樓。思悠悠。芳○菲時節看○將度┗寂○寞無人還獨語┗畫羅襦┗香粉汗┗不勝羞。思，去聲；看，平聲。

謁金門　第一體　張輯改名爲《垂楊碧》、《花自落》、《出塞》　成幼文一作馮延巳(一)

風乍起。吹○皺一○池春水。閒○引鴛○鴦芳徑裏。手○挼紅杏蘂。鬬○鴨闌干遍倚。碧玉搔○頭斜墜。終○日望○君君不至。舉頭聞鵲喜。

謁金門　第二體　孫光憲

留不得。留得也應無益。白紵春衫如雪色。揚州初去日。輕別離，乾抛擲。江上滿

(一) 按：此詞《花間集》、《唐宋諸賢絶妙詞選》皆作馮延巳詞，《直齋書録解題》、《類説》言爲成幼文，《苕溪漁隱叢話》記爲成幼文。

帆風疾。却羡彩鴛三十六，孤鸞還一隻。

好事近 第一體 張輯改名爲《釣船笛》 謝逸

疎雨洗烟波，雨過滿江秋色。風起白鷗零亂，破、嵐光深碧。荻花楓葉只供愁，清吟寫岑寂。吟罷倚闌無語，聽、一聲羌篴。供，平聲。

清平樂 第一體 或多「令」字 程垓

山城桃李。催促春無幾。日日為花須早起。猶惜花無計。阿誰留得春風ㄴ長教遶緑園紅ㄴ莫遣十分芳意，輸他萬點愁容ㄴ爲，去聲；教，平聲。

酒泉子 第十三體 司空圖

買得杏花，十載歸來方始坼，假山西畔藥欄東。滿枝紅。旋開旋落旋成空。白髪多情人更惜，黄昏把酒祝東風。且從容。從，音匆；旋，第三字，去聲；更，去聲。

散餘霞
毛　滂

墻頭花□寒猶噤。放繡簾晝靜。簾外時有蜂兒，趂楊花不定。闌干、又還獨凭。念、翠低眉暈。春夢枉斷人腸，更懨懨酒病。凭，去聲；更，去聲。

好女兒　第一體　一名《繡帶子》
黄庭堅

小院一枝梅。衝破曉寒開。偶到張園遊戲，沾袖帶香回。玉酒覆銀盃。盡醉去，猶待重來。東鄰何事，驚吹怨笛，雪片成堆。

好女兒　第二體
黄庭堅

春去幾時還。問、桃李無言。燕子歸栖風動，梨雪亂西園。惟有月嬋娟。似人人，難近如天。聽教清影常相見，更乞取團圓。教，平聲；更，去聲。

訴衷情　第七體

歐陽修

清晨簾幕捲輕霜。呵手試梅粧。都緣自有離恨，故畫作、遠山長。思往事，惜流光。易成傷。擬歌先斂，欲笑還顰，最斷人腸。「故画作」句亦可不折腰。

憶悶令

晏幾道

取次臨鸞勻畫淺。酒醒遲來晚。多情愛惹閒愁，長黛眉低斂。月底相逢見。有、深深良願。願期信、似月如花。須更教長遠。醒，上聲；更，去聲。

一落索　別名《玉聯環》、《洛陽春》（並第一體）、《上林春》（第二體）

呂渭老

宮錦裁書寄遠。意長辭短。香蘭泣露雨催蓮，暑氣昏池館。向晚小園行遍。石榴紅滿。花花葉葉盡成雙，渾似我、梁間燕。

綵鸞歸令

張元幹

珠履爭圍。小立春風趂拍低。態閒不管樂催伊。整朱衣。粉融香汗隨人勸，玉困花嬌越樣宜。鳳城燈夜舊家時。數他誰。

卜算子　第二體

趙長卿

春水滿江南，三月多芳草。幽鳥啣將幽恨來，一一都啼了。不學鴛鴦老。回首臨平道。人道長眉似遠山，山不似、長眉好。

卜算子　第三體

李之儀

我住長江頭，君住長江尾。日日思君不見君，共飲長江水。此水幾時休，此恨何時已。

只願君心似我心，定不負、相思意。

卜算子 第四體 黄公度

薄宦各西東，往事隨風雨。先自離歌不忍聞，又何況、春將暮。愁共落花多，人逐征鴻去。君向瀟湘我向秦，後會知何處。

華清引 蘇　軾

平時十月幸蓮湯。玉甃瓊梁。五家車馬如水，珠璣滿路旁。翠華一去掩方床。獨留煙樹蒼蒼。至今清夜月，依舊過繚墻。

醉太平 第二體 辛棄疾

態濃意遠。顰輕笑淺。薄羅衣窄絮風軟。鬢雲欺翠捲。南園花樹春暖。香徑裏、榆錢正滿。欲上秋千又驚嬾。且歸休怕晚。

漁父家風　張元幹

八年不見荔枝紅。腸斷故山東。風枝露葉新採，悵望冷香濃。　冰透骨，玉爲容。想筠籠。今宵歸夢，滿頰天漿，更御泠風。《詞律》曰「第三句去一字即《訴衷情》」，不知一字增損便關通首宮調。更，去聲。

柳含烟　毛文錫

章臺柳，近垂旒。低拂往來冠蓋。朦朧春色滿皇州。瑞煙浮。　直與路旁一作「邊」江上別」免被離人攀折」最憐京兆畫蛾眉」葉纖時」此詞詠本意。

杏園芳　尹鶚

嚴粧嫩臉花明。教人見了關情。含羞舉步越輕盈。稱娉婷。　終朝咫尺窺香閣，迢遥似隔層城。何時休遣夢相縈。入雲屏。教，平聲；稱，去聲。

天門謠　李之儀

天塹休論險。盡極目、與天俱占。山水斂。稱霜晴披覽。　正、風靜雲閒平瀲灩。想見高吟名不濫。頻扣檻。杳杳落、沙鷗數點。論，平聲；占、稱，並去聲。

更漏子　第一體

歐陽炯

玉闌干，金甃井。月照碧梧桐影。獨自箇，立多時，露華濃濕衣。一向凝情望，待得不成模樣。雖叵耐，又尋思，怎生嗔得伊。

好時光

唐　玄宗皇帝

寶髻偏宜宮樣，蓮臉嫩，體紅香。眉黛不須張敞畫，天教入鬢長。莫倚傾國貌，嫁取箇、有情郎。彼此當年少，莫負好時光。教，平聲。

憶秦娥　第四體　別名《秦樓月》、《碧雲深》、《雙荷葉》

李　白

簫聲咽。秦娥夢斷秦樓月。秦樓月。年年柳色，灞陵傷別。樂游原上清秋節。咸陽古道音塵絕。音塵絕。西風殘照，漢家陵闕。望，一作「夢」；陵，一作「宮」。

憶秦娥　第五體　平韻　一名《花深深》　孫夫人

花深深。一鈎羅襪行花陰。行花陰。閒將柳帶，試結同心。日邊消息空沉沉。畫眉樓上愁登臨。愁登臨。海棠開後，望到如今。

憶秦娥　第六體　石孝友

秦樓月。秦娥本是秦宮客。秦宮客。夢雲風韻，借仙標格。相從無計不如休，如今去也空相憶。空相憶。尊前歡笑，夢中尋覓。

卜算子　第五體　杜安世

尊前一曲歌，歌裏千金意。才欲歌時淚已流，恨應更，多于淚。試問緣何事。不語如痴醉。我亦情多不忍聞，怕和我、成憔悴。更，去聲。

卜算子　第六體　杜安世

深院花鋪地。淡淡陰天氣。水榭風亭朱明景，又別是，愁情味。有情奈無計。謾惹成憔悴。欲把羅巾暗傳寄。細認取，班點淚。

卜算子　第七體　黄庭堅

要見不得見，要近不得近。試問得君多少憐，管不解，多于恨。禁止不得淚，忍管不得悶。天上人間有底愁，向箇裏，都諳盡。解、禁，並去聲。

金蕉葉　第一體　周竹坡改名《定風波令》　蔣　捷

雲褰翠幕。滿天星碎珠迸索。孤蟾闌外，照我看看過轉角。酒醒寒砧正作。待眠來、夢魂怕惡。枕屏那更畫了。平沙斷鴈落。看，平聲；更，去聲。

琴調相思引　劉仲尹

蠶欲眠時日已曛。柔桑葉大緑團雲。羅敷猶小，陌上看行人。翠實低條梅弄色，輕花吹壠麥初匀。鳴鳩聲裏，過盡太平村。看，去聲。

浣溪紗 第五體 顧夐

紅藕香殘翠渚平，月籠虛閣夜蛩清。天際鴻，枕上夢，兩牽情。寶帳玉爐殘麝冷，羅衣金縷暗塵生。小窗深，孤燭背，淚縱橫。

後庭花 第二體 孫光憲

景陽鐘動宮鶯囀。露涼金殿。鮮飈吹起瓊花旋。玉葉如剪。晚來高閣上，珠簾捲。見墜香千片。修蛾慢臉陪雕輦。後庭新宴。旋，去聲。

後庭花 第三體 孫光憲

石城依舊空江國。故宮春色。七尺青絲芳草碧。絕世難得。玉英雕落盡，更何人識。野棠如織。只是教人添怨憶。悵望無極。更，去聲；教，平聲。

更漏子 第二體 大石調 温庭筠

玉爐香，紅蠟淚。偏照畫堂秋思。眉翠薄，鬢雲殘，夜長衾枕寒。梧桐樹，三更雨，不道離情正苦「一葉葉，一聲聲』空堦滴到明』孫光憲一體不換韻，後叚第二句平叶。思，去聲。

一落索 第二體 別名《洛陽春》（第二體） 周邦彥

眉共遠山爭秀。可憐長皺。莫將清淚濕花枝，恐花也，如人瘦。清潤玉簫閒久。知音稀有。欲知日日倚闌愁，但問取，亭前柳。

江亭怨 一名《荊州亭》 吳城小龍女

簾捲曲闌獨倚。江展暮天無際。淚眼不曾晴，家在吳頭楚尾。數點雪花亂委。撲漉沙鷗驚起。詩句欲成時，没入蒼烟叢裏。《冷齋夜話》云：「黄魯直登荊州亭，柱間有此詞，夜夢一女子云有感而作，魯直驚悟曰：『此必吳城小龍女也。』」

萬里春 周邦彥

千紅萬翠。簇定清明天氣。最憐他、種種清香，好難爲不醉。我愛深如你。我心在箇人心裏。便相看、老却春風，莫無些懽意。看，平聲。

占春芳　蘇　軾

紅杏了，夭桃盡，獨自占春芳。不比人間蘭麝，自然透骨生香。對酒莫相忘。似佳人、兼合明光。只憂長笛吹花落，除是寧王。占，去聲。

十二時　一名《憶少年》（並第一體）　宋　無名氏

疎疎整整，斜斜淡淡，盈盈脉脉。徒憐暗香句，笑、梨花顏色。羈馬蕭蕭行又急。空回首、水寒沙白。天涯倦牢落，忽、一聲羌笛。

西地錦　第一體　周紫芝

雨細欲收還滴。滿、一庭秋色。闌干獨倚，無人共説，這些愁寂。手把玉郎書跡。怎不教人憶。看看又是黃昏也。斂、眉峰輕碧。教、看，並平聲。

西地錦　第二體　　　　蔡　伸

寂寞悲秋懷抱。掩、重門悄悄。清風皓月，朱闌畫閣，雙鴛池沼。　不忍今宵重到。惹、離愁多少。蓬山路杳，藍橋信阻，黃花空老。

眉峰碧　　　　宋　無名氏

蹙破眉峯碧。纖手還重執。鎮日相看未足時，忍、便使鴛鴦隻。　薄暮投村驛。風雨愁通夕。窗外芭蕉窗裏人，分別本多一「明」字、葉上心頭滴。

巫山一段雲　第二體　雙調　　　　唐　昭宗皇帝

蝶舞梨園雪，鶯啼柳帶烟。小池殘日豔陽天。苧蘿山又山。　青鳥不來愁絕忍看鴛鴦雙結春風一等少年心閒情恨不禁看，去聲；禁，平聲。

喜遷鶯　第一體　　　　南唐　後主李煜

曉月墜。宿烟微。無語枕頻欹。夢回芳草依依。天遠鴈聲稀。　啼鶯散餘花亂寂寞畫堂深院┗片紅休掃儘從伊。留得舞人歸。

珠簾捲

歐陽修

珠簾捲暮愁。垂楊暗鎖青樓。煙雨濛濛如畫，輕風吹旋收。香斷錦屏初別，人閒玉簟初秋。多少舊歡新恨，書杳杳、夢悠悠。別本作「珠簾捲，暮雲愁」二句，多一字。旋，去聲。

望仙門

晏　殊

紫薇枝上露華濃。起秋風。管絃聲細出簾櫳。象筵中。仙酒斟雲液，仙歌轉遶梁虹。此時佳會慶相逢。慶相逢。歡醉且從容。從，音匆。

朝天子

楊无咎

小閣寬如掌。占螺浦、山川彝曠。千奇萬狀。見、雲烟收放。更、永夜風生明月上。用取真誠無盡藏。誰共賞。徙倚撫危闌吟望。此詞平仄互叶，絕類北曲，但補之《逃蟬集》載有此詞，故不敢擅去，畱俟考証。占、更，並去聲。

甘草子 第一體 正宮 柳永

秋盡。葉剪紅綃，砌菊遺金粉。鴈字一行來，還有邊庭信。 池上凭闌風緊。動翠幕、曉寒猶嫩。中酒心情慵整頓。惹、兩眉離恨。中，去聲。

清平樂 第二體 越調 一名《憶蘿月》 ◯夏日游湖 朱淑貞

惱烟撩露。畱我須臾住。攜手藕花堤上路。一霎黄梅細雨。 嬌癡不怕人猜」和衣倒在人懷」最是分攜時候，歸來嬾傍粧臺」

阮郎歸 別名《醉桃源》、《碧桃春》、《鶴沖天》（第二體） 蘇軾

緑槐高柳咽新蟬。薰風初入絃。碧紗窗下水沉煙。棋聲驚晝眠。 微雨過，小荷翻。

榴花開欲然。玉盆纖手弄清泉。瓊珠碎又圓。

画堂春 第一體　秦觀

東風吹柳日初長。雨餘芳草斜陽。杏花零落燕泥香。睡損紅粧。寶篆烟銷龍鳳，画屏雲鎖瀟湘。夜寒微透薄羅裳。無限思量。

甘草子 第二體　楊无咎

秋暮。夜永西樓，冷月明窗户。夢破櫓聲中，憶在松江路。欹枕試尋曾遊處。記、歷歷風光堪數。誰與浮家五湖去。儘、醉眠秋雨。

相思兒令　晏殊

昨日探春消息，湖上緑波平。無奈遶堤芳草，還向舊痕生。有酒且醉瑶觥。更何妨、檀板新聲。誰教楊柳千絲，就中牽繫人情。更，去聲；教，平聲。

憶少年 第二體 ◯葛氏姪女告歸送之 孫道絢

雨晴雲斂，烟花淡蕩，遥山凝碧。驅車問征路，賞、春風南陌。正、雨後梨花幽豔白。悔匆匆、過了寒食。歸家漸春暮，探、荼蘪消息。

望仙樓 晏幾道

小春花信日邊來，水上江梅先拆。今歲東君消息。還自南枝得。素衣曾染天香，玉酒添成春色。一自故溪疎隔。腸斷長相憶。

喜遷鶯 第二體 馮延巳

宿鶯啼，鄉夢斷，春樹曉朦朧。殘燈和燼閉朱櫳。人語隔屏風。香已寒，燈已絶，忽

憶去年離別｜石城花雨倚江樓∟波上木蘭舟∟

鶴沖天　第三體　別名《喜遷鶯令》、《喜遷鶯》（第三體）　歐陽修

梅謝粉，柳拖金。香滿舊園林。養花天氣半晴陰。花好却愁深。　花無數∟愁無數∟花好却愁春去∟戴花持酒祝東風｜千萬莫匆匆｜

喜遷鶯　第四體　毛文錫

芳春景，曖晴烟。喬木見鶯遷。傳枝偎葉語關關。飛過綺叢間。　錦翼鮮，金毳軟∟百囀千嬌相喚∟碧紗窗曉怕聞聲，驚破鴛鴦暖∟

一落索　第三體　呂渭老

蟬帶殘聲移別樹。晚凉房户。秋風有意染黄花，下幾點、凄凉雨。　渺渺雙鴻飛去。亂

雲深處。一山紅葉爲誰愁，供不斷，相思句。斷，一作「盡」。供，平聲。

燕歸來(一)

晏幾道

蓮葉雨，蓼花風。秋恨幾枝紅。遠烟收盡水溶溶。飛鴈碧雲中。衷腸事└ 魚箋字└ 情緒年年相似└ 凭高雙袖晚寒濃。人在月橋東。

聖無憂　一名《烏夜啼》(第二體)

歐陽修

世路風波險，十年一別須臾。人生聚散長如此，相見且歡娛。好酒能消光景，春風不染髭鬚。爲公一醉花前倒，紅袖莫來扶。

山花子　第二體　一名《添字浣溪紗》

和凝

銀字笙寒調正長。氷紋簟冷画屏凉。玉腕重，金扼臂，淡梳粧。幾度試香纖手煖，一

(一) 原下注「第一體」，然並無第二體，删。

廻嘗酒絳脣光。佯弄紅絲蠅拂子，打檀郎。

賀聖朝　第一體　黄庭堅

脱霜披茜初登第。名高得意。櫻桃榮宴玉墀遊，領、羣仙行綴。佳人何事輕相戲。道、得之何濟。君家聲譽古無雙，且、均平爲二。

賀聖朝　第二體　杜安世

牡丹盛拆春將暮。羣芳羞妒。幾時流落在人間，半開仙露。馨香豔冶，吟看醉賞，歎、誰能留住。莫辭持燭夜深深，怨、等閒風雨。盛，去聲；看，平聲。

賀聖朝　第三體　杜安世

東君造物無凝滯。芳容相替。杏花桃萼一時開，就中明媚。緑叢金朶，枝長葉細。

稱、花王相待。萬般堪愛。暫時見了，斷腸無計。稱，去聲。待、愛，借叶。

玉連環 第二體　　張　先

來時露濕衣香潤。綵縧垂鬢。捲簾還喜月相親，把酒與、花相近。西去陽關休問。未歌先恨。玉峰山下水長流，流水盡、情無盡。此詞與《一落索》近似，平仄微不同。

隴頭月　　宋　無名氏鬼仙

曉星明滅。白露點、秋風落葉。故址頹垣，冷煙衰草，前朝宮闕。長安道上行客。依舊名深利切。改換容顏，消磨今古，隴頭殘月。客，借叶。

桃源憶故人 一名《虞美人影》　　蘇　軾

華胥夢斷人何處。聽得鶯啼紅樹。幾點薔薇香雨。寂寞閒庭户。暖風不解留花住。片片着人無數。樓上望春歸去。芳草迷歸路。聽、解，並去聲。

春光好　第四體　葛立方

禁烟却釀春愁。正、繫馬清淮渡頭。後日清明催疊鼓，應在揚州。歸時元巳臨流。要、綺陌芳郊恣遊。三月羈懷當一洗，莫放觥籌。禁，去聲。

画堂春　第二體　趙長卿

小亭烟柳水溶溶。野花、白白紅紅。惱人池上晚來風。吹損春容。又是清明天氣，記當年、小院相逢。憑闌幽思幾千重。殘杏香中。思，去聲。

海棠春令　或無「令」字　秦　觀

流鶯窗外啼聲巧。睡未足、把人驚覺。翠被曉寒輕，寶篆沉烟裊。宿酲未解宫娥報。道、別院笙歌會早。試問海棠花，昨夜開多少。覺，去聲。〇此詞疑是李後主作。解，上聲。

雙鸂鶒　朱敦儒

拂破秋江烟碧。一對雙飛鸂鶒。應自遠來無力。稍下相偎沙磧。小管誰吹横笛。驚起不知消息。悔不當初描得。如今何處尋覔。

眼兒媚 第一體 一名《秋波媚》 朱淑貞

風日遲遲弄輕柔。花徑暗香流。清明過了，不堪回首，雲鎖朱樓。午窗睡起鶯聲巧，何處喚春愁。緑楊影裏，海棠枝上，紅杏梢頭。

鬲溪梅令 仙吕調 姜夔

好花不與殢香人。浪粼粼。又恐春風歸去、緑成陰。玉鈿何處尋。木蘭雙槳夢中雲。水横陳。謾向孤山山下、覔盈盈。翠禽啼一春。

一落索 第四體 秦觀

楊花終日空飛舞。奈、久長難駐。海潮雖是暫時來，却有箇、堪凴處。紫府碧雲爲路。好、相將歸去。肯如薄倖五更風，不解與、花爲主。解，去聲。

洞天春　歐陽修

鶯啼綠樹春早。檻外殘紅未掃。露點珍珠遍芳草。正、簾幃清曉。秋千宅院悄悄。又是清明過了。燕蝶輕狂，柳絲撩亂，春心多少。

武陵春　第一體　◯書岐陽郵亭　趙秋官妻

人道有情還有夢，無夢豈無情。夜夜思量直到明。有夢怎教成。昨夜偶然來夢裏，鄰笛又還驚。笛韻凄凄不忍聽。總是斷腸聲。教、聽，並平聲。

烏夜啼　第三體　陸　游

金鴨餘香尚煖，綠窗斜日偏明。蘭膏香染雲鬟膩，釵墜滑無聲。冷落秋千伴侶，闌珊打馬心情。繡屏驚斷瀟湘夢，花外一聲鶯。

錦堂春　第一體　趙令時

樓上縈簾弱絮，墻頭礙月低花。年年春事關心事，腸斷欲棲鴉。舞鏡鸞衾翠減，啼珠鳳蠟紅斜。重門不鎖相思夢，隨意遶天涯。此詞與《烏夜啼》近似。

秋蘂香　第一體

晏　殊

梅蘂雪殘香瘦。羅幕輕寒微透。多情只是春楊柳。占斷可憐時候。蕭娘勸我杯中酒。翻紅袖。金烏玉兔長飛走。爭得朱顏依舊。占，去聲。

朝中措

陸　游

怕歌愁舞懶逢迎。粧晚託春醒。總是向人深處，當時枉道無情。關心近日，啼紅密訴，剪緑深盟。杏館花陰恨淺，畫堂銀燭嫌明。趙長卿一體，後段第一句作七字，第二句五字，與前段同，竟作二句，不另收。

胡搗練　第一體

晏　殊

小桃花與早梅花，盡是芳妍品格。未上東風先拆。分付春消息。佳人釵上玉尊前，朵朶穠香堪惜。誰把彩毫描得。○免恁輕拋擲。

撼亭秋　晏殊

別來音信千里。恨、此情難寄。碧紗秋月，梧桐夜雨，幾回無寐。　樓高目斷，天遥雲黯，只堪憔悴。念、蘭堂紅燭，心長焰短，向人垂淚。

燭影摇紅　第一體　王仲

○煙雨江城，望中緑暗花枝少。○惜春長待醉東風，却恨春歸早。　縱有幽歡會巧。奈如今、○風情漸老。鳳○樓何處，画○闌○愁倚，○天涯芳草。

山花子　第三體　別名《攤破浣溪紗》、《南唐浣溪紗》　南唐　中宗李景

○手捲珠簾上玉鈎。○依○前春恨鎖重樓。風○裏落花誰是主，思悠悠。　○青○鳥不傳雲外信，○丁

香空結雨中愁。回首緑波三峽暮，接天流。思，去聲。

三字令 第一體 歐陽炯

春欲盡，日遲遲。牡丹時。羅幌捲，翠簾垂。彩箋書，紅粉淚，兩心知。人不在，燕空歸。負佳期。香燼落，枕函欹。月分明，花淡薄，惹相思。

惜分飛 第一體 辛棄疾

翡翠樓前芳草路。寶馬墜鞭暫駐。最是周郎顧。幾度歌聲誤。望斷碧雲空日暮。流水桃源何處。古道春歸去。更無人昝飄紅雨。更，去聲。

添字醜奴兒 一名《醜奴兒》（第二體） 李清照

窗前誰種芭蕉樹，陰滿中庭。陰滿中庭。葉葉心心舒卷、有餘情。傷心枕上三更雨，點滴凄清。點滴凄清。愁損北人不慣、起來聽。更、聽，並去聲。

西地錦　第三體　石孝友

回望玉樓金闕。正水遮山隔。風兒又起，雨兒又煞，好愁人天色。兩岸荻花楓葉。爭舞紅吹白。中秋過也，重陽近也，作天涯行客。

雙頭蓮令　趙師俠

太平和氣兆嘉祥。草木總成雙。紅苞翠蓋出橫塘。兩兩鬬芬芳。幹搖碧玉並青房。仙髻擁新粧。連枝不解引鸞凰。留取映鴛鴦。此詞咏本意。解，去聲。

碧玉簫(一)　宋　無名氏

輕暖吹香，薰風漲緑。北窗添得琅玕玉。新粉微含，翠浪明如沭。珠淚偷彈，纖腰減

(一) 按：此詞《詞律》、《詞譜》不載，《全宋詞》言此詞最早見於《詞鵠初編》。

束。天涯勞我危樓目。燕子無情，斜語闌干曲。

伊州三臺 趙師俠

桂花移自雲巖。更被靈砂染丹。清露濕酡顏。醉臨風、下臨世間。素娥襟韻蕭閒。不與羣芳並看。蔌蔌絳綃單。覺身輕、夢回廣寒。更，去聲；看，平聲。

人月圓 第一體 一名《青衫濕》 吴激

南朝千古傷心地，還唱後庭花。舊時王謝，堂前燕子，飛入人家。恍然在遇，天姿勝雪，宮髻堆鴉。江州司馬，青衫淚濕，同是天涯。洪景盧云：「先公在燕山赴北人張總侍御家集，出侍兒佐酒，中有一人，意狀摧抑可憐。叩之，乃宣和殿小宮姬也，坐客翰林直學士吴激作詞紀之。聞者揮涕，蓋即此也。」

人月圓 第二體 楊无咎

風和日薄餘烟嫩，側側透鮫綃。相逢且喜，人圓玳席，月滿丹霄。爛遊勝賞，高低燈火，鼎沸笙簫。一年三百六十日，願、長似今宵。

人月圓　第三體　楊无咎

月華燈影光相射。還是元宵也。綺羅如画。笙歌遞響，無限風雅。鬧蛾斜插，青衫乍試，閒趂尖耍。百年三萬六千夜，願、長似今夜。

賀聖朝　第四體　中吕調　葉清臣

滿斟緑醑留君住。莫、匆匆歸去。三分春色二分愁，更、一分風雨。花開花謝花無語。且、高歌休訴。不知來歲牡丹時，再、相逢何處。按此詞句法諸本不同，或作「三分春色，二分愁悶，一分風雨」，作三句。後「花開花謝，都來幾日」，又作「都來几許」，作二句，又「不知來歲，牡丹時候，相逢何處」，作三句。蓋此詞作者既多，漫無定準。叅看前後諸體，句法紛然不一。則其法原可圓融，大抵仍其正者爲是。

慶春時　晏幾道

倚天樓殿，昇平風月，彩仗春移。鸞絲鳳竹，長生調裏，迎得翠輿歸。雕鞍遊罷，何處還有心期。濃香翠被，深停画燭，人約月西時。

喜團圓

晏幾道

危樓靜鎖，窗中迢岫，門外垂楊。珠簾不捲春風度，解、偷送餘香。眠思夢想，不如雙燕，得到蘭房。別來只是，憑高淚眼，感舊離腸。解，去聲。

陽臺夢

後唐　莊宗李存勗

薄羅衫子泥金縫。困纖腰怯銖衣重。笑迎移步小蘭叢，嚲、金翹玉鳳。嬌多情脉脉，羞把同心撚弄。楚天雲雨却相和，又入陽臺夢。重，去聲。

太常引　第一體

張　雨

莫將西子比西湖。千古一陶朱。生怕在樓居。也用着、風帆雨蒲。銀餅索酒，并刀斫鱠，船背錦模糊。堤上早傳呼。是那個、烟波釣徒。并，平聲。

品令　第一體　顏博文

夜蕭索。側耳聽、青海樓頭吹角。停歸棹，不覺重門閉，恨暮潮落。偷想紅啼緑怨，道我真箇情薄。紗窗外，厭厭新月上，應也睡不着。聽，去聲。

品令　第二體　石孝友

困無力。幾度偎人，翠顰紅濕。低低問，幾時麽，道不遠，三五日。你也自家寧耐，我也自家將息。蓦然地煩惱，教一箇病，一箇怎知得。麽，平聲。

酒泉子　第十四體　潘閬

長憶西湖，靈隱寺前天竺後。冷泉亭上舊曾遊。三伏似清秋。白猿時見攀高樹，長嘯一聲何處去。別來幾向画圖看，終是欠峰巒。看，平聲。

柳梢青 第一體 中吕調 遊女 蔣 捷

學唱新腔。秋千架上，釵股敲雙。柳雨花風，翠鬆裙褶，紅膩鞋幫。歸來、門掩銀釭。淡月裏、踈鐘漸撞。嬌欲人扶，醉嫌人問，斜倚樓窗。撞，平聲。

柳梢青 第二體 仄韻 中吕調 謝 逸

香肩輕拍。尊前忍聽，一聲將息。昨夜濃歡，今宵别酒，明日行客。後回、來則須來，便去也、如何去得。無限離情，無窮江水，無邊山色。聽，去聲。

早春怨 張 雨

盼得春來，春寒春困，陡頓無聊。半剔殘釭，片時春夢，過了元宵。空山暮暮朝朝。到此際、無寃可消。却倚東風，水如衣帶，草似裙腰。此詞絶類《柳梢青》，但首句不用韻。

少年遊 第一體 晁補之

當年攜手，是處成雙，無人不羡。自間阻、五年也一夢，擁嬌嬌粉面。柳昝輕掃，杏腮微拂，依前雙靨。甚睡裏、起來尋覓，却眼前不見。間、靨，並去聲。

河瀆神　第一體　孫光憲

江上草芊芊。春晚湘妃廟前。一方卵色楚南天。數行征鴈聯翩。獨倚朱闌情不極，魂斷終朝相憶。兩槳不知消息，遠汀時起鸂鶒。

河瀆神　第二體　張　泌

古樹噪寒鴉。滿庭楓葉蘆花。晝燈當午隔輕紗。画閣珠簾影斜。門外往來祈賽客，翩翩帆落天涯。回首隔江煙火，渡頭三兩人家。二詞皆咏本意，後段孫換韻，而張叶原韻，稍覺不同，並存備體。

賀聖朝　第五體　趙師俠

千林脱落羣芳息。有一枝先白。孤標疎影壓花叢，更清香堪惜。吟情無盡，賞音未已，早、紛紛籍籍。想貪結子去調羹，任、叫雲橫笛。此詞詠梅。更，去聲。

武陵春　第二體　　李清照

風住塵香花已盡，日晚倦梳頭。物是人非事事休。欲語淚先流。聞説雙溪春尚好，也擬泛輕舟。只恐雙溪舴艋舟。載不動、許多愁。

應天長　第一體　　馮延巳別作歐陽修

一鈎初月臨粧鏡。蟬鬢鳳釵慵不整。重簾静。層樓迥。惆悵落花風不定。緑烟低柳逕。何處轆轤金井。昨夜更闌酒醒。春愁過却病。更、過，並平聲。

洛陽春　第三體　別名《一落索》（第五體）　　歐陽修

紅紗未曉黄鸝語。蕙爐銷蘭炷。錦屏羅幕護春寒，昨夜三更雨。繡簾閒倚吹輕絮。

斂、眉山無緒。看花拭淚向歸鴻，問來處、逢郎否。更，平聲。否，叶府。

玉聯環　第三體　〇送別　陳鳳儀

蜀江春色濃如霧。擁、雙旌歸去。海棠也似別君難，一點點、飛紅雨。　此去馬蹄何處。向、沙堤新路。禁林賜宴賞花時，還憶得、西樓否。否，叶府。

極相思　陸游

江頭疎雨輕烟。寒食落花天。翻紅墜素，殘霞暗錦，一段淒然。　惆悵東君堪恨處，也不念、冷落尊前。那堪更看，滿空相趁，柳絮榆錢。更，去聲。

歸去來　第一體　平調　柳永

初過元宵三五。慵困春情緒。燈月闌珊嬉遊處。遊人盡厭歡聚。　憑仗如花女。持盃謝、酒朋詩侶。餘酲更不禁香醑。歌筵罷、且歸去。更，去聲；禁，平聲。

畫堂春　第三體　張　先

外湖蓮子長參差。霽山青處鷗飛。水天溶漾画橈遲。人影鑑中移。桃葉淺聲雙唱，杏紅深色輕衣。小荷障面避斜暉。分得翠雲歸。長，上聲；差，音侈。

更漏子　第三體　歐陽炯

三十六宮秋夜永，露華點滴高梧。丁丁玉漏咽銅壺。明月上金鋪。紅線毯，博山爐。香風暗觸流蘇。羊車一去長青蕪。鏡塵鸞綵孤。丁，音爭。◯此詞亦咏本意。長，上聲。

沙塞子　第一體　葛立方

天生玉骨冰肌。瘦損也、知他爲誰。寒窗底，傲霜凌雪，不教春知。高樓橫笛試輕吹。要一片、花飛酒卮。攙沉醉，帽簷斜插，折取南枝。此詞咏梅。爲、教，並去聲。

沙塞子　第二體　仄韻　趙彦端

春水緑波南浦。漸理棹、行人欲去。黯銷魂、柳際輕烟，花梢微雨。長亭放醆無計住。但芳草、迷人去路。忍回頭，斷雲殘日，長安何處。

鳳孤飛　晏幾道

一曲畫樓鐘動，宛轉歌聲緩。綺席飛塵座滿。更、小待金蕉煖。細雨輕寒今夜短。依前是、粉墻別館。端的歡期猶未晚。奈、歸雲難晉。更，去聲。

越江吟　蘇易簡

非煙非霧瑶池宴。片片碧桃，冷落黄金殿。蝦鬚半捲。天香散。春雲和、孤竹清婉。入霄漢。紅顔醉態，爛漫金輿轉。霓旌影斷。簫聲遠。

燕歸梁　第一體　杜安世

○風擺紅緗捲画簾。寶鑑慵拈。日高梳洗幾時忺。金盆水，弄纖纖。○髻雲○鬆鬅衣斜褪，和嬌嬾，瘦巖巖。離愁更，宿酲兼。空贏得，病厭厭。更，去聲；厭，平聲。

醉鄉春　　秦　觀

喚起一聲人悄。衾冷夢寒窗曉。瘴雨過，海棠開，春色又添多少。社甕釀成微笑。半缺椰瓢共舀。覺傾倒。急投牀，醉鄉廣大人間小。

月宮春　　毛文錫

水晶宮裏桂花開。神仙探幾迴。紅芳金蘂繡重苔。低傾瑪瑙盃。玉兔銀蟾爭守護，嫦娥姹女戲相偎。遥聽鈞天九奏，玉皇親看來。聽、看，並去聲。

醉花間　第二體　　趙以夫

獨立堦前星又月。簾櫳偏皎潔。霜樹盡空枝，腸斷丁香結。夜深寒不徹。凝恨何曾歇。凭闌干欲折。兩條玉筯爲君垂，此宵情，誰共説。折，音舌；爲，去聲。

少年遊　第二體　向子諲

去年同醉荼蘼下，儘筆賦新詞。今年君去，荼蘼欲破，誰與醉爲期。舊曲重歌傾別酒，風露泣花枝。漳水能長湘水遠，流不盡，兩相思。

少年遊　第三體　林鐘商　柳永

世間尤物意中人。輕細好腰身。香幃睡足，發粧酒釅，紅臉杏花春。嬌多愛把齊紈扇，和笑掩朱唇。心性温柔，品流詳雅，不稱在風塵。稱，去聲。

小闌干　薩都剌

去年人在鳳凰池。銀燭夜彈絲。沉水香消，梨雲夢煖，深院繡簾垂。今年冷落江南夜，心事有誰知。楊柳風柔，海棠月淡，獨自倚闌時。此詞絶類《少年遊》，原本並未別立他名，又恐宫調有別，不敢擅爲删併。

西江月 第一體 中呂調 一名《步虛詞》 柳永

鳳額繡簾高卷，獸鐶朱户頻摇。兩竿紅日上花梢。春睡懨懨難覺。好夢枉隨飛絮，閒愁濃勝香醪。不成雨暮與雲朝。又是韶光過了。覺，叶攪。

西江月 第二體 毛文錫

水上鴛鴦比翼。巧將繡作羅衣。鏡中重画遠山眉。春睡起來無力。細雀穩簪雲髻。含羞時想佳期。臉邊紅豔對花枝。猶占鳳樓春色。翼、力、色，俱借叶，此詞句句用韻。占，去聲。

西江月 第三體 黄庭堅

斷送一生惟有，破除萬事無過。遠山横黛蘸秋波。不飲旁人笑我。花病等閑瘦損，春愁没處遮攔。盃行到手莫留殘。不道月斜人散。此詞前後各用一韻。

醉高歌

姚□□號牧菴[一]

十年燕月歌聲。幾點吴霜髩影。西風吹起鱸魚興。已在桑榆暮景。榮枯枕上三更。傀儡場中四并。人生幻化如泡影。幾箇臨危自省。興，去聲；更，平聲。

望漢月[二]　平調

柳　永

明月明月明月。何事乍圓還缺。恰如年少洞房人，歡會旋離别。小樓凭檻處，正是去年時節。千里清光又依舊，奈何、夜永厭厭人絶。厭，平聲。

憶漢月

晏　殊

千縷萬條堪結。占斷好風良月。謝娘春晚先多愁，更撩亂。絮如雪。短亭相送處，長憶得，醉中攀折。年年歲歲好時節。怎奈有人離别。占，去聲。○此詞咏柳。

[一] 按：「姚」後兩字原爲墨釘，應爲元代姚燧詞。《花草稡編》、《詞品》皆注「姚牧菴」。

[二] 按：此調《詞譜》歸入《憶漢月》。

鹽角兒 詠梅　　晁補之

開時似雪。謝時似雪。花中奇絶。香非在蕊，香非在萼，骨中香徹。占溪風，畱谿月。堪羞損，小桃如血。直饒更、疎疎淡淡，終有一般情別。占、更，並去聲；別，波列切。

思越人 第一體　　趙長卿

好事客。宮商内，吟得風清月白。主人幸有豪家意，後堂煞有春色。花壓金翹俏相映，酒滿玉纖無力。你若待我些兒酒，儘喫得喫得。好，去聲。

柳梢青 第三體　○贈妓小瓊英　　倪瓚

樓上玉笙吹徹。白露冷，飛瓊珮玦。黛淺含顰，香殘棲夢，子規啼血。揚州往事荒涼，有多少，愁縈思結。燕語空津，鷗盟寒渚，画闌飄雪。血，一作「月」。思，去聲。

燕歸梁 第二體　平調　　柳永

織錦裁篇寫意深。字值千金。一回披翫一愁吟。腸成結，淚盈襟。幽歡已散前期遠，無聊賴，是而今。密憑歸雁寄芳音。恐冷落，舊時心。杜安世、石孝友俱有此體，但多遺落，且字句稍異，不可爲法，故不另收。

惜分飛 第二體 一名《惜雙雙》○贈妓瓊芳

毛滂

淚濕闌干花着露。愁到眉峰碧聚。此恨平分取。更無言語空相覷。短雨殘雲無意緒。寂寞朝朝暮暮。今夜山深處。斷魂分付潮回去。更，去聲。

月中行

周邦彦

蜀絲趁日染乾紅。微煖口脂融。博山細篆靄房櫳。靜看打窗虫。愁多膽怯疑虛幕，聲不斷、暮景疎鐘。團圞四壁小屏風。淚盡夢啼中。看，去聲。

應天長 第二體

毛文錫

平江波暖鴛鴦語。兩兩釣船歸極浦。蘆洲一夜風和雨。飛起淺沙翹雪鷺。漁燈明遠渚。蘭棹今宵何處。羅袂從風輕舉。愁殺採蓮女。

應天長 第三體 韋　莊

別來半載音書絶。一寸離腸千萬結。難相見，易離別。又是玉樓花似雪。暗相思，無處説。惆悵夜來煙月。想得此時情切。淚沾紅袖黦。

畱春令 第一體 晏幾道

画屏天畔，夢回依約，十洲雲水。手撚紅箋寄人書，寫無限，傷心字。別浦高樓曾謾倚。對江南千里。樓下分流水聲中，有當日，憑高淚。

畱春令 第二體 李之儀

夢斷難尋，酒醒猶困，那堪春暮。香閣深沉，紅窗翠暗，莫羨顛狂絮。綠滿當時攜手路。懶見同歡處。何時却得，低幃昵枕，盡訴情千縷。醒，平聲。

怨三三

李之儀

春風不動重簾。清溪一派瀉柔藍。岸草毶毶。添得黃鸝語画檐。喚狂裏，醉重三。似三五、初圓素蟾。鎮淚眼廉纖。何時歌舞，再和池南。和，去聲。

偷聲木蘭花

張　先

嫌波不動銀釭小「今夜夜長爭得曉「欲夢高唐』秖恐覺來添斷腸』雪，一作「雲」。〇上二句是《木蘭花》，下二句是《減字木蘭花》。

雪籠瓊苑梅花瘦。外院重扉聯寶獸。海月新生」上得高樓沒奈情」

城頭月

李昴英

一身二五之精工夫作用中宵晝。點化無中有。真氣常存，童顏不改，底用呵眉皺。

嬶。稱得嬰兒就。試問霞翁，三田熟未，還解冲霄否。稱、解，並去聲。

竹香子(一)

劉　過

一桁窗兒明快。料得那人不在。熏籠脱下舊衣裳，件件香難賽。匆匆去得忒煞。這鏡兒、也不曾蓋。千朝百日不曾來，没這些兒箇采。

滴滴金　第一體

晏　殊

梅花漏泄春消息。柳絲長，草芽碧。不覺星霜鬢邊白。念時光堪惜。蘭堂把酒留佳客。對離筵，駐行色。千里音塵便疎隔。合有人相憶。

滴滴金　第二體

李遵勗

帝城五夜宴遊歇。殘燈外，看殘月。都來猶在醉鄉中，聽、更漏初徹。行樂已成閒話

(一) 按：此詞汲古閣《龍洲詞》作《竹香子》，《龍洲集》、百家詞本《龍洲詞》皆作《行香子》。

說。如春夢，覺時節。大家同約探春行，問、甚花先發。看、更、覺，並去聲。

惜雙雙　第二體　賀鑄　明月多情隨舵

皎鏡平湖三十里。碧玉山圍四際。蓮蕩香風裏。綵鴛鴦覺雙飛起。明月多情隨舵尾。空照空牀翠被。回首笙歌地。醉更衣處長相記。

一落索　第六體　黄庭堅　紫萸黄菊繁華

誰道秋來烟景素。任、遊人不顧。一番時態一番新，到得意，皆歡慕。紫萸黄菊繁華處。對、月庭風露。愁來即便去尋芳，更作甚，悲秋賦。更，去聲。

四犯令　一名《四和香》　侯寘　明日江郊芳草

月破輕雲天淡注。夜悄花無語。莫聽陽關牽離緒。擪酩酊，花深處。明日江郊芳草路。春逐行人去。不似酴醾開獨步。能着意，留春住。聽，去聲。

荷葉杯　第三體

韋　莊

絶代佳人難得。傾國。花下見無期」一雙愁黛遠山眉」不忍更思惟。閒掩翠屏金鳳」殘夢」羅幕画堂空」碧天無路信難通」惆悵舊房櫳」《古今詞話》云：「韋莊以才名寓蜀，王建割據，遂羈留之。莊有寵人，資質艷麗，兼善詞翰。建聞之，託以教内人爲詞，强莊奪去。莊追念悒怏，作《小重山》及此詞，情意悽怨，人相傳播，盛行於世。姬後傳聞之，遂不食而卒。」

太常引　第二體

辛棄疾

君王着意履聲間。便合押紫宸班。今代又尊韓。道、吏部文章泰山。一盃千歲，問公何事，早伴赤松閒。功業後來看。似江左、風流謝安。看，平聲。

鳳來朝　第一體

周邦彦

逗曉看嬌面。小窗前，弄明未辨。愛殘粧、宿粉雲鬟亂。最好是，帳中見。説夢雙蛾微斂。錦衾温，獸香不斷。待起難捨撡。任日炙，画楼暖。「撡」字叶。

眼兒媚 第二體 林少瞻

霽霞散曉月猶明。疎木掛殘星。山徑人稀，翠蘿深處，啼鳥兩三聲。霜華重逼寒裘冷。心共馬蹄輕。十里青山，一溪流水，都做許多情。此詞與《小闌干》近似。

茶瓶兒 第一體 石孝友

相對盈盈一水。多聲價，閙名得字。剛能見也還拋棄。負了萬紅千翠。留無計。來無計。成何况味。而今若没些兒事。却枉了，做人一世。

憶故人 又名《燭影摇紅》（第二體） 王詵

燭影摇紅向夜闌。漸、酒醒心情懶。尊前誰謂唱陽關。離恨天涯遠。無奈雲沉雨散。

凭闌干。東風淚眼。海棠開後，燕子來時，黄昏庭院。《能改齋漫録》：「都尉憶故人作，徽宗喜其詞意，猶以不豐容宛轉爲憾。遂令大晟府别撰腔，周美成增益其詞，而以首句爲名，爲《燭影摇紅》」。

滿宮花 第一體 一名《滿宫春》 魏承班

月沉沉，人悄悄。一炷後庭香裊。風流帝子不歸來，滿地禁花慵掃。離恨多，相見少。何處醉迷三島。漏清宫樹子規啼，愁鎖碧窗春曉。禁，去聲。

梁州令 第一體 晏幾道

莫唱陽關曲。淚濕當年金縷。離歌自古最鎖魂，于今更在銷魂處。南橋楊柳多情緒。不繫行人住。人情却似飛絮。悠揚便逐春風去。更，去聲。

□□□(一)

漁歌子 第二體

曉風清，幽沼緑。倚闌凝望珍禽浴。画簾垂，翠屏曲。滿袖荷香馥郁。好攄懷，堪寓目。身閒心靜平生足。酒盃深，光景促。名利無心較逐。

珍珠令 張　炎

桃花扇底歌聲杳。愁多少。便覺道、花陰閒了。因甚不歸來，甚、歸來不早。滿院花飛休要掃。待留與、薄情知道。怕一似飛花，和春都老。

沙塞子 第三體 周紫芝

玉溪秋月浸寒波。忍持酒，重聽驪歌。不堪對、緑陰飛閣，月下修蛾。夜深鷩鵲轉南柯。慘別意、無奈愁何。他年事，不須重問，轉更愁多。重，並平聲；聽、更，並去聲。

(一) 按：此處原爲墨釘。此詞見《花間集》，應爲顧敻詞。

胡搗練 第二體 杜安世

數枝半斂半開時，洞閣曉粧新注。寶香格，艷姿天賦。甘被羣芳妒。狂風横雨且相饒，又恐有、彩雲迎去。牽破少年心緒。無計長爲主。寶香句疑有誤。横，去聲。

惜春令 第一體 杜安世

春夢無憑猶懶起。銀燭盡，画簾低垂。小庭楊柳黄金翠。桃臉兩三枝。粧閣慵梳洗。悶無緒，玉簫抛擲。絮飄紛紛，人踈遠，空對日遲遲。

惜春令 第二體 杜安世

今夕重陽秋意深。籬邊散嫩菊開金。萬里霜天林葉墜，蕭索動離心。臂上茱萸新。似舊年、堪賞光陰。百盞香醑且酬身。牛山會難尋。此二詞俱疑有脱訛。

桂華明 關注

縹緲神仙開洞府。遇廣寒宫女。問我雙鬟梁溪舞。還記得，當時否。碧玉詞章教仙女。爲按歌宫羽。皓月滿窗人何處。聲永斷，瑶臺路。否，叶府。教、爲，並去聲。

歸田樂　第一體　　蔡　伸

風生蘋末蓮香細。新浴晚凉天氣。猶自倚朱闌，波面雙雙彩鴛戲。鸞釵委墜雲堆髻。誰念此時情意。冰簟玉琴横，還是明月人千里。

歸田樂　第二體　　晁補之

春又去，似别佳人幽恨積。閒庭院，翠陰滿，添晝寂。一枝梅最好，至今憶。正夢斷爐烟裊，參差疎簾隔。爲何事、年年春恨，問花應會得。爲，去聲。

詞鵠初編卷之三

嘉定孫致彌愷似偶輯

受業餘姚樓儼儼若補訂

起五十一字，至六十字止，凡詞二百十一調

少年遊 第四體 歐陽修

闌干十二獨凭春，晴碧遠連雲。千里萬里，二月三月，行色苦愁人。謝家池上，江淹浦畔，吟魄與離魂。那堪疎雨滴黃昏。更特地，憶王孫。更，去聲。

少年遊 第五體 林鐘商 柳永

一生贏得凄凉。追前事，暗心傷。好天良夜，深屏香被，爭忍便相忘。王孫動是經年別，貪迷戀，有何長。萬種千般，托伊情分，顛倒盡猜量。分，去聲。

少年遊　第六體　林鐘商　柳　永

佳人巧笑值千金。當日偶情深。幾回飲散，燈殘香㶿，好事盡鴛衾。如今萬水千山隔，魂杳杳，信沉沉。孤棹烟波，小樓風月，兩處一般心。

少年遊　第七體　張　耒

含羞倚醉不成歌。纖手掩香羅。偎花映燭，偷傳深意，酒思入横波。看朱成碧心迷亂，飜脉脉，斂雙蛾。相見時稀隔別多。又春盡，奈愁何。思，去聲。

少年遊　第八體　周邦彦

并刀如水，吴鹽勝雪，纖手破新橙。錦幄初温，獸香不斷，相對坐調箏。低聲問向誰行宿，城上已三更。馬滑霜濃，不如休去，直是少人行。并，平聲；行，音杭，下如字；箏，或作「笙」。

少年遊 第九體　晏幾道

雕梁燕去，裁詩寄遠，庭院舊風流。黄昏醉了，碧梧題罷，閒臥對高秋。繁雲破後，分明素月，凉影掛金鈎。有人凝注倚西樓。新樣兩眉愁。

少年遊 第十體　蘇　軾

去年相送，餘杭門外，飛雪似楊花。今年春盡，楊花似雪，猶不見還家。對酒捲簾邀明月，風露透牕紗。恰似嫦娥憐雙燕，分明照，畫梁斜。

醉花間 第三體(一)　馮延巳

林鵲歸棲撩亂語。堦前還日暮。屏掩畫堂深，簾卷瀟瀟雨。玉人何處去。鵲喜渾無據。雙眉愁幾許。漏聲看却夜將闌，點寒燈，撚扃繡户。看，平聲。

(一) 原誤作第二體。

梁州令　第二體　晁補之

二月春猶淺。去年櫻桃開遍。今年春色恠遲遲，紅梅常早，未露胭脂臉。東君遣春來緩。似會人深願。蟠桃新鏤雙盞。相期似此春長遠。

秋夜雨　蔣　捷

金衣露濕鶯喉咽。春情不解分雪。寶箏絃斷盡，但萬縷閒愁難撧。長紅小白誰亭館，過禁烟、彈指芳歇。今夜休要別。且醉宿，緗桃花月。禁，去聲。

瑤池燕　琴曲　蘇　軾

飛花成陣。春心困。寸寸。別腸多少愁悶。無人問。偷啼自揾。殘粧粉。抱瑤琴、尋出新韻。玉纖趁。南風未解幽慍。低雲鬢。眉峯斂暈。嬌和恨。解，上聲。

河傳　第一體　張　泌

渺莽雲水。惆悵暮帆，去程迢遞。夕陽芳草，千里萬里。雁聲無限起。夢魂悄斷烟波裡。心如醉。相見何處是。錦屏香冷無睡。被頭多少淚。

河傳 第二體 牛嶠

紅杏。交枝相映。密密濛濛。一庭濃艷倚東風。香融。透簾櫳。斜陽似共春光語」蝶爭舞」更引流鶯妬」魂消千片玉尊前┐神仙┐瑶池醉暮天┐更，去聲。

鳳來朝 第二體 史達祖(一)

一夢蒲香暈粉就粧鏡。掩金閨，彩絲未整。趂無人，學指鴛鴦頸。恨難踏，蘚花逕。葵冷。墮銀缾，脆繩挂井。扇底并團圓影。只此是，沈郎病。

滿宮花 第二體 牛嶠

嬌艷輕盈香雪花正芳，樓似綺。寂寞上陽宮裡。鈿籠金鎖睡鴛鴦，簾冷露華珠翠。

(一) 原誤作「史祖達」。

膩。細雨黄鶯飛起。東風惆悵欲清明，公子橋邊沉醉。

探春令　第一體　徽宗皇帝

簾旌微動，悄寒天氣，龍池水泮。杏花笑吐香猶淺。又還是，春將半。清歌妙舞從頭按。等芳時開宴。記去年，對着東風，曾許不負鶯花願。

探春令　第二體　蔣　捷

玉牕蠅字。記春寒，滿茸絲紅處。畫翠鴛，雙展金蜩翅。未抵我，愁紅膩。芳心一點天涯去。絮濛濛遮住。對花彈阮纖瓊指。爲粉靨，空彈淚。此詞韻雜。

燕歸梁　第三體　正宫　石延年

芳草年年惹恨幽。想前事悠悠。傷春傷别幾時休。算從古，爲風流。春山總把，深匀翠黛，千叠在眉頭。不知供得幾多愁。更斜日，凭高樓。凭、爲、更，並去聲；供，平聲。

燕歸梁 第四體 正宮　史達祖

楚夢吹成樹外雲。乍雁影斜分。黄花心事一簾塵。但頻憶，小腰身。　今宵素壁冰絃冷，怕彈斷，沈郎魂。秋衣因甚滿愁痕。是干預，幾黄昏。

滴滴金 第三體　孫夫人

月光飛入林前屋。風策策，度庭竹。夜半江城擊柝聲，動寒梢棲宿。　等閒老去年華促，秖有江梅伴幽獨。夢繞彝門舊家山，恨驚回難續。

迎春樂 第一體 林鐘商　柳　永

近來憔悴人驚怪。爲別相思瞧。我前生，負你愁煩債。便苦恁，難開解。　良夜永，牽情無計。錦被裡，餘香猶在。怎得依前燈下，恣意憐嬌態。解，上聲。「計」字應叶韻。

迎春樂 第二體　秦　觀

菖蒲葉葉知多少。惟有箇，蜂兒妙。雨晴紅粉齊開了。露一點，嬌黄小。　早是被，曉風力暴。更、春共斜陽俱老。怎得花香深處，作個蜂兒抱。更，去聲；作，音做。

迎春樂　第三體　楊无咎

新來特特更門地。都收拾，山和水。看明年事事如意。迎福禄，俱來至。莫管明朝添一歲。儘同向，尊前沉醉。且共唱迎春樂，祝母千秋歲。更，平聲。

思遠人　晏幾道

紅葉黄花秋意晚，千里念行客。飛雲過盡，歸鴻無信，何處寄書得。淚彈不盡臨牕滴。就硯旋研墨。漸寫到别來，此情深處，紅箋爲無色。爲，去聲。

思越人　第二體　孫光憲

古臺平，芳草遠，館娃宫外春深。翠黛空留千載恨，教人何處相尋。綺羅無復當時事⌊露花點滴香淚⌊惆悵遥天横緑水⌊鴛鴦對對飛起⌊教,平聲。

思越人 第三體 趙長卿

情難托。離愁重,悄愁没處安着。那堪更一葉知秋,天色兒,漸冷落。馬上征衫頻挹淚,一半斑斑污却。别來爲憶叮嚀話,空贏得,瘦如削。重、更,並去聲。

品令 第三體 秦觀

幸自得一分,索强教人難喫。好好地,惡了十來日。恰而今,較些不。須管啜持教笑,又也何須肐織。衠倚賴臉兒,得人惜。放輕頑,道不得。分,去聲;强,上聲;教,平聲。

雨中花 第一體 一名《夜行船》(第一體) 晏殊

剪翠粧紅欲就。折得清香滿袖。一對鴛鴦眠未足,葉下長相守。莫傍細條尋嫩藕。怕緑刺,罥衣傷手。可惜許、月明風露好,恰在人歸後。

應天長　第四體　牛嶠(一)

雙眉淡薄藏心事。清夜背燈嬌又醉。碧玉釵横珊枕膩。寶帳鴛鴦春睡美。別經時，無限意。虚道相思憔悴。莫信彩箋書裡。賺人腸斷字。

南柯子　第一體(二)　一名《南歌子》(第三體)、《風蝶令》、《望秦川》　秦觀

香墨彎彎畫，臙脂淡淡匀。揉藍衫子杏黄裙。獨倚玉闌無語，點檀唇。人去空流水，花飛半掩門。亂山何處覓行雲。又是一勾新月，照黄昏。

南柯子　第二體　仄韻　石孝友

春淺梅英小，山寒嵐翠薄。斜風細雨入簾幕。夢覺南樓，嗚咽數聲角。歌酒工夫嬾，

(一) 按：原爲墨釘，據《花間集》應爲牛嶠詞。

(二) 按：《詞鴿》中《南歌子》與《南柯子》分別排列，《南歌子》共五體，《南柯子》共三體，《南柯子》分體目録與正文皆作第二體、第三體、第三體，於理不合，改爲第一體、第二體、第三體。

別離情緒惡。舞衫寬盡不堪着。若比那回相見，更消削。覺、更，並去聲。

尋芳草　一名《王孫信》

辛棄疾

有得許多淚。更閒却，許多鴛被。枕頭兒，放處都不是。舊家時，怎生睡。更也没書來，那堪被，雁兒調戲。道無書，却有書中意。排幾箇，人人字。更，並去聲。

醉紅粧　一名《醉紅樓》、《雙雁兒》

張　先

瓊林綠樹不相饒。薄雲衣，細柳腰。一般粧樣百般嬌。眉眼秀，總如描。東風搖草雜花飄。恨無計，上青條。更起雙歌郎且飲，郎未醉，有金貂。按：《雙雁兒》首字俱可平可仄，後叚第三句叶韻，用「仄平仄仄平平平平」。更，去聲。

木蘭花　第一體

魏承班

掩朱扉，鈎翠箔。滿院鶯聲春寂寞。匀粉淚，恨檀郎，一去不歸花又落。對斜暉，臨小閣。前事豈堪重省着。金帶冷，畫屏幽，寶帳慵熏蘭麝薄。

惜雙雙令 劉弇

風外橘花香暗度。飛絮綰、殘春歸去。醖造黄梅雨。冷烟曉占横塘路。翠屏人在天低處。驚夢斷，行雲無據。此恨憑誰訴。恁時却倩危絃語。占，去聲。

探春令 第三體 仙吕宫 晏幾道

緑楊枝上曉鶯啼，報融和天氣。被數聲吹入紗牕裡。又驚起，嬌娥睡。緑雲斜嚲金釵墜。惹芳心如醉。爲少年濕了，鮫綃帕上，都是相思淚。此詞得于坊本小山集，逸、爲，去聲。

探春令 第四體 楊无咎

東風初到，小梅枝上，又驚春近。料天台不比，人間日月，桃萼紅英暈。劉郎浪跡憑誰問。莫因詩瘦損。怕桑田變海，仙源重返，老大無人認。

探春令 第五體 楊无咎

梅英粉淡，柳梢金軟，蘭芽依舊。見萬家燈火明如畫。正、人月圓時候。挨香倚玉偷携手。儘、輕衫寒透。聽一聲、畫角催殘漏。惜歸去，頻回首。

探春令 第六體 趙長卿

笙歌間錯華筵啓。喜、新春新歲。菜傳纖手，青絲輕細。和氣入，東風裏。幡兒勝兒都姑嫭。戴得更忔戲。願、新春已後，吉吉利利。百事都如意。間、更，去聲。

酒泉子 第十五體 一名《憶餘杭》 潘閬

長憶西湖湖水上。盡日憑闌樓上望。三三兩兩釣魚舟」島嶼正清秋」笛聲依約蘆花裡，白鳥成行忽飛起，別來閒想整綸竿，思入水雲寒。行，音杭。

玉團兒

周邦彦

鉛華淡注新粧束。好風韻，天然異俗。彼此知名，雖然初見，情分先熟。　爐烟淡淡雲屏曲。睡半醒、生香透肉。賴得相逢，若還虛過，生世不足。分，去聲。

雨中花

一名《夜行船》（並第二體）

歐陽修

千古都門行路。能使離歌聲苦。送盡行人，花殘春晚，又到君東去。　醉藉落花吹暖絮。多少曲堤芳樹。且、携手留連，良辰美景，留作相思處。

入塞

程　垓

好思量。正、秋風半夜長。奈銀缸一點，耿耿背西牕。衾又凉。枕又凉。　露華淒淒月半床。照得人，眞箇斷腸。牕前誰浸木樨黄。花也香。夢也香。

傾盃令　呂渭老

隔座藏鈎，分曹射覆，蠟焰頻催三鼓。箏按教坊新譜。樓外月生春浦。徘徊爭忍忙歸去。怕明朝，無情風雨。珍花美酒團坐，且作尊前笑侶。

迎春樂　第四體　周邦彦

桃谿柳曲閒蹤跡。俱曾是，大堤客。解春衣，貰酒城南陌。頻醉臥，胡姬側。鬌點吴霜嗟早白。更誰念，玉溪消息。他日水雲身，相望處，無南北。更，去聲。

青門引　張先

乍暖還輕冷。風雨晚來方定。庭軒寂寞近清明，殘花中酒，又是去年病。樓頭畫角風吹醒。入夜重門靜。那堪更被明月，隔牆送過秋千影。中、更，並去聲。

搗練子　第三體　五代　無名氏

雲染幕，綠堆烟。霏霏細雨濕花鈿。一片芳菲吹不起，閒愁損，更啼鵑。人去後，景依然。畫堂誰復聽哀絃。鸚鵡不知情意懶，頻催我，下犀簾。更、聽，並去聲。

品令　第四體　　秦　觀

掉又臞，天然箇品格。於中壓一。簾兒下，時把鞋兒踢。語低低，笑咕咕。每每秦樓相見，見了無限憐惜。人前强不欲，相沾識。把不定，臉兒赤。强，上聲。凡此調，諸家俱作俳體，甚至句讀不能者，未知何故，抑當時所尚耶？

醉花陰　　李清照

薄霧濃雲愁永晝。瑞腦噴金獸。佳節又重陽，寶枕紗厨，夜半秋初透。東籬把酒黄昏後。有、暗香盈袖。莫道不消魂，簾捲西風，人似黄花瘦。「酒」字疑是短韻，蓋後叚換頭各體，原多有不同，且第二句又一「有」字領起，作者須味其意，于酒字讀斷，後字再斷作折腰句亦無不可，審音者幸留意焉。

菊花新　中吕調　　柳　永

欲掩香幃論繾綣。先斂雙蛾愁夜短。催促少年郎，先去睡，鴛衾圖煖。須臾放了殘針線。脱羅裳，恣情無限。留着帳前燈，時時待，看伊嬌面。看，去聲。

歸去來　第二體　中呂宮　柳永

一夜狂風雨。花英墜，碎紅無數。垂楊慢結黃金縷。儘春殘，縈不住。蝶稀蜂散知何處。殢尊酒，轉添愁緒。多情不慣相思苦。休惆悵，好歸去。

少年遊　第十一體　晏幾道

離多最是，東西流水，終解兩相逢。淺情誰似，行雲無定，猶到夢魂中。可憐人意，薄於雲水，佳會更難重。細想從來，斷腸多處，不與這番同。解，去聲。

望江東　黃庭堅

江水西頭隔烟樹。望不見，江東路。思量只有夢來去。更不怕，江攔住。燈前寫了書無數。算没箇，人傳與。直饒尋得雁分付。又還是，秋將暮。更、與，並去聲。

燕歸梁　第五體　中吕調　柳　永

輕躡羅鞋掩絳綃。傳音耗，若相招。語聲猶顫不成嬌。乍得見，兩魂銷。匆匆草草難留戀，還歸去，又無聊。若偕雨夕與雲朝。得似箇，有囂囂。

鋸解令　楊无咎

送人歸後酒醒時，睡不穩、衾翻翠縷。應將別淚洒西風，盡化作，斷腸夜雨。卸帆鋪淑。一種悽惶兩處。尋思却是我無情，便不解寄將夢去。淚化爲雨與希文翻案極新，後結亦極有情，俱顯化舊爲新，心手補之。南渡高士孝義之思未嘗少怠，每見之筆下，詞格亦高，惜未見全集，可勝怏悵。作、解，並去聲。

引駕行　第一體　晁補之

梅梢瓊綻，東君次第開桃李。痛年年，好風景，無事對花垂淚。園裏。舊賞處，幽葩柔條，一一動芳意。恨心事。春來間阻，憶年時，把羅袂雅戲。間，去聲。

戀繡衾　第一體　　蔣捷

蒨金小袖花下行。過橋亭，倚樹聽鶯。被柳線低縈髻，紺雲垂，釵鳳半橫。紅薇影轉晴牕，畫樣蘭心，未到繡絣。奈、一點春恨，在、青蛾彎處又生。聽，去聲。

上林春　第三體　　毛滂

蝴蝶初翻簾繡。萬玉女，齊回舞袖。落花飛絮濛濛，長憶着，灞橋別後。濃香斗帳自永漏。任滿地、月深雲厚。夜寒不近流蘇，祇憐他，後庭花瘦。

河傳　第三體　　韋莊

春晚。風暖。錦城花滿。狂殺遊人」玉鞭金勒，尋勝馳驟╷輕塵惜良辰。翠娥爭勸臨邛酒｜纖纖手，拂面垂絲柳｜歸時烟裡鐘鼓，正是黄昏｜暗銷魂」

河傳 第四體　韋莊

○何處。烟雨。○隋堤春暮。柳色葱蘢」畫橈金縷。○翠旗高颭香風」水光融」○青娥殿脚春粧媚｜輕雲裡｜綽約司花妓｜江都宫闕，清淮月映迷樓』古今愁』

河傳 第五體　韋莊

○錦浦。春女。○繡衣金縷。霧薄雲輕」花深柳暗，○時節正是清明」雨初晴」○玉鞭魂斷烟霞路。鶯鶯語。一望巫山雨。香塵隱映，遥望翠檻紅樓｜黛眉愁｜

河傳 第六體　孫光憲

柳拖金縷。着烟籠霧。○濛濛落絮。鳳凰舟上楚女。○妙舞。○雷喧波上鼓。龍爭虎戰分中土。人無主。○桃葉江南渡。襞花箋㇄○艷思牽㇄○成篇㇄○宮娥相與傳㇄思，上聲。

河傳　第七體　顧夐

曲檻。春晚。碧流紋細，○綠楊絲軟。露花鮮。杏枝繁。鶯囀。○野蕪平似剪。直是人間到天上㇄堪遊賞㇄○醉眼疑屏障㇄步池塘㇄○惜流光㇄○斷腸㇄○為花須盡狂㇄爲，去聲。

河傳　第八體　閻選

秋雨秋雨，無晝無夜，滴滴霏霏。暗燈涼簟怨分離。○妖姬。不勝悲。○西風稍急喧庭竹㇄○停又續㇄膩臉懸雙玉㇄幾回邀約雁來時。○違期。雁歸人不歸。勝，平聲。

河傳　第九體　辛棄疾

○春水。千里。○孤舟浪起。夢携西子。覺來村巷夕陽斜㇄○幾家㇄短牆紅杏花㇄○晚雲做造些兒雨﹂折花去﹂岸上誰家女﹂太狂顛』那邊』柳線被風吹上天』綫，疑是「綿」。覺，去聲。

夜行船　第三體　　趙長卿

龜甲爐烟輕裊。簾櫳靜，乳鴉啼曉。拂掠新粧，時宜頭面，繡草冠兒小。衫子揉藍初着了。身材稱，就中恰好。手撚雙丸，菱花重照。帶朶宜男草。稱，去聲。

紅牕聽　一作《紅牕睡》（第一體）　　晏殊

淡薄梳粧輕結束。天付與、臉紅眉綠。斷環書素傳情久，許雙飛同宿。一晌無端分比目。誰知道、風前月底，相看未足。此心終擬覓鸞絃重續。看，平聲。

浪淘沙　第二體　歇指調　　柳永

有一箇人人。飛燕精神。急鏘環珮上華茵。促拍盡隨紅袖舉，風柳腰身。簌簌輕裙。

妙盡尖新。曲終獨立斂香塵。應是四肢嬌困也，眉黛雙顰。

天下樂　　楊无咎

雪後雨兒雨後雪。鎮日價，長不歇。今番爲寒忒太切。和天地，也來廝㩜。睡不着，身心自暗擷。況味憑誰説。枕衾冷得渾似鐵。秪心頭，些個熱。

怨王孫　　李清照

帝里春晚。重門深院。草緑堦前。暮天雁斷。樓上遠信誰傳。恨緜緜。多情自是多沾惹┗難拌捨┗又是寒食也┗秋千巷陌人靜，皎月初斜┗浸梨花┗

南柯子　第四體（一）　別名《南歌子》（第四體）、《望秦川》、《風蝶令》（並第二體）　周邦彦

膩頸凝酥白，輕衫淡粉紅。碧油凉氣透簾櫳。指點庭花低映，雲母屏風。恨逐瑶琴

（一）原誤作第三體。

寫，書勞玉指封。等閒贏得瘦儀容。何事不教雲雨，下巫峰。教，平聲。

折桂令　第一體　倪瓚

片帆輕，水遠山長。鴻雁將來，菊蘂初黃碧海鯨鯢，蘭苕翡翠，風露鴛鴦。問音信、何人蒂當。想情懷、舊日風光。楊柳池塘。隨處凋零，無限思量。

望遠行　第一體　李珣

春日遲遲思寂寥。行客關山路遥。瓊牕時聽語鶯嬌。柳絲牽恨一條條。休暈繡，罷吹簫。貌逐殘花暗凋。同心猶結舊裠腰。忍辜風月度良宵。思，去聲。

迎春樂　第五體　晏殊

長安紫陌春歸早。嚲垂楊，染芳草。被、啼鶯語燕催清曉。正、好夢頻驚覺。當此際、青樓臨大道。幽會處，兩情多少。莫惜明珠百琲，占取長年少。覺、占，並去聲。

東坡引(一)　第一體

趙師俠 一作周誠可

相看情未足。離觴已催促。停歌欲語眉先蹙。何期歸太速。如今去也，無計追逐。怎忍聽，陽關曲。扁舟後夜灘頭宿。愁隨烟樹簇。愁隨烟樹簇。按：此調前後俱疊句，惟此調與東坡有此體。

河傳　第十體

孫光憲

太平天子。等閒遊戲。疏河千里。柳如絲。偎倚。緑波春水。長淮風不起。如花殿脚三千女┕爭雲雨┕何處留人住┕錦帆風┐烟際紅┐燒空┐魂迷大業中┐

(一) 按：汲古閣本《坦庵詞》注「別周誠可」。此詞上闋「何期歸太速」爲疊句，汲古閣本脱，《詞譜》據《花草稡編》增補。

河傳　第十一體　顧　敻

燕颺晴景。○小牕屏煖，○鴛鴦交頸。○菱花掩却翠鬟欹，慵整。○海棠簾外影。○繡幃○香斷金鸂

鶒∟無消息∟心事空相憶∟倚東風ˉ春正濃ˉ愁紅ˉ○淚痕衣上重ˉ

河傳　第十二體　顧　敻

棹舉。○舟去。○波光渺渺，○不知何處。○岸花汀草兩依依∟○雨微∟○鷓鴣相逐飛∟○天涯離恨

江聲咽ˉ啼猿切ˉ○此意向誰説ˉ倚蘭橈』○獨無憀』魂銷』小爐香欲焦』

河傳　第十三體　孫光憲

○花落。烟薄。謝家池閣。寂寞春深∟翠蛾輕斂意沉吟∟○沾襟∟○無人知此心∟○玉爐香

斷霜灰冷ˉ簾鋪影ˉ○梁燕歸紅杏ˉ晚來天』○空悄然』孤眠』枕檀雲髻偏』

木蘭花 第二體　　魏承班

小芙蓉，香旖旎。碧玉堂深清似水。閉寶匣，掩金鋪，倚屏拖袖愁如醉。遲遲好景烟花媚，曲渚鴛鴦眠錦翅。凝然愁望靜相思，一雙笑靨顰香蘂。靨，入聲。

君來路　　葉李

君來路，余歸路。天理昭昭胡不悟。公田關會竟如何，子細思量真是悞。雷州户。崖州户。人生會有相逢處。客中邂逅欠蒸羊，聊贈一篇長短句。

南歌子 第五體　　楊无咎

小雨疎疎過，長江滚滚流。落霞殘照晚明樓。又是一番重午，身寄南州。羅綺紛香陌，魚龍漾彩舟。不堪回首鳳池頭。誰道於今霜鬢，猶是淹留。

江月晃重山　元好問

塞上秋風鼓角，城頭落日旌旗。少年鞍馬適相宜。從軍樂，莫問所從誰。　候騎纔通薊北，先聲已動遼西，歸期猶及柳依依。春閨月，紅袖不須啼。按：此調前三句是《西江月》，後二句是《小重山》，故名。

留春令　第三體　黄庭堅

江南一雁橫秋水。歎咫尺、斷行千里。迴文機上字縱横，欲寄遠、憑誰是。　謝客池塘春都未。微微動、短墻桃李。半陰纔暖却清寒，是瘦損、人天氣。

憶王孫　第二體　周紫芝

梅子生時春漸老。紅滿地，落花誰掃。舊年池館不歸來，又緑盡，今年草。　思量千里鄉關道。山共水，幾時得到。杜鵑只解怨殘春，也不管，人煩惱。此詞與《留春令》近似。

望江南　第三體　　王　琪

江南岸，雲樹半晴陰。帆去帆來天亦老，潮生潮落日空沉。南北別離心。　興廢事，千古一沾襟。山下孤烟漁市遠，柳邊踈雨酒家深。行客莫登臨。別本以李後主「多少恨昨夜五更頭」及「多少淚斷臉復横頤」作兩韻一調，細味詞意，實是單調二首，豈可混并。

浪淘沙　第三體　越調　一名《賣花聲》（第一體），又名《過龍門曲》、《入冥》　南唐　後主李煜

簾外雨潺潺，春意闌珊。羅衾不煖五更寒，夢裏不知身是客，一晌貪歡。　獨自莫凴闌，無限江山。別時容易見時難，流水落花春去也，天上人間。

浪淘沙　第四體　　宋　祁

少年不管。流光如箭。因循不覺韶華換。到如今始惜，月滿花滿酒滿。　扁舟欲解垂楊岸。尚同歡宴。日斜歌闋將分散。倚蘭橈望，水遠天遠人遠。解，上聲。

杏花天　第一體　越調　史達祖

細風微月垂楊院。記年少，春愁一點。棲鶯未覺花梢顫。踏損殘紅幾片。長安共，日邊近遠。況老去、芳情漸減。屏山幾夜春寒淺。却將因而夢見。

端正好　一名《於中好》，又名《杏花天》（第二體）　楊无咎

墻頭艷杏花初試。遶珍叢，細挼紅蘂。欲知占盡春明媚。悄無意，看桃李。持杯準擬花前醉。早、一葉兩葉飛墜。晚來漸漸深無地。更聽得，東風起。占、更，並去聲；看，平聲。

臨江仙　第一體　和凝

海棠香老春江晚，小樓霧縠空濛。翠鬟初出繡簾中，麝烟鸞珮惹蘋風。碾玉釵搖鸂鶒顫，雪肌雲鬢將融。含情遥指碧波東。越王臺畔蓼花紅。

紅牕睡 第二體 仙呂調 柳永

如削肌膚紅玉瑩。看舉措有、許多端正。二年三歲同鴛寢，表温柔心性。別後無非良夜永。如何向、名牽利役，歸期未定。算伊心裏，却、冤人薄倖。

紅羅襖 周邦彦

畫燭尋歡去，羸馬載愁歸。念取酒東壚，罇罍雖近，採花南圃，蜂蝶須知。自分袂，天濶鴻稀。空懷乖，夢約心期。楚客憶江蘺。算宋玉，未必爲秋悲。爲，去聲。

戀繡衾 第二體 陸游

不惜貂裘換釣篷。嗟時人、誰識放翁。歸棹借風輕穩，數聲聞，林外莫鐘。幽棲莫笑蝸廬小，有雲山、烟水萬重。半世向、丹青看，喜如今、身在畫中。

南鄉子　第四體　一名《減字南鄉子》　歐陽修

雨後斜陽。細細風來細細香。風定波平花映水，休藏。照出輕盈半面粧。路隔秋江。蓮子深深隱翠房。意在蓮心無問處，難忘。淚裛紅腮不記行。行，叶杭。

南鄉一剪梅　虞集

南阜小亭臺。薄有山花取次開。寄語多情熊少府，晴也須來。雨也須來。隨意且啣盃。莫惜春衣坐緑苔。若待明朝風雨過，人在天涯。春在天涯。

鸚鵡曲　和白旡咎韻　馮子振

巍峩峰頂移家住。旦暮見上下樵父。爛柯時樹老無花，葉葉枝枝風雨。故人曾喚我歸來，却道不如休去。指門前萬疊青山，是不費青蚨買處。此詞與《黑漆弩》相似，惟第二句連用五仄聲字不同。

黑漆弩　正宮　第一體　◯錢塘初夏　馮子振

錢塘江上親曾住。司馬槱不是村父。縷金衣唱徹流年，幾陣紗窗梅雨。夢回時不見犀梳，燕子又啣春去。便人間月缺花殘，是小小香魂斷處。

黑漆弩　第二體　馮子振

長繩短繫虛名住。傾濁酒□勸鄰父。草亭前矮樹當門，画出輕烟疎雨。看燕南陌上紅塵，馬耳北風吹去。一年年月夜花朝，自占取溪山好處。燕，平聲；占，去聲。以上二詞，平仄微不同，與《鸚鵡曲》近似，雖出一手，亦用一韻，忽易一名，又加宮調，不知何謂，今並存。

玉闌干　杜安世

珠簾捲，春殘景。小雨牡丹零盡。庭前悄悄燕高空，風飄絮，緑苔暗侵。欲將幽恨傳愁信。想後期，今無憑定。幾回獨睡不思量，還悠悠，夢裡尋趁。

三字令　第二體　向子諲

春盡日，雨餘時。紅蔌蔌，緑漪漪。花滿地，水平池。烟光裡，雲影上，畫船移。文鴛並，白鷗飛。歌韻響，酒行遲。將我意，入新詩。春欲去，留且住，莫教歸。教，平聲。

睿恩新　晏　殊

芙蓉一朵霜秋色。迎曉露、依依先拆。佳人獨立傾城，傍朱檻，暗傳消息。靜對西風脉脉。金蘂綻、粉紅如滴。向蘭堂、莫厭重新，免清夜，微寒漸逼。別本「佳人」上多一「似」字。

夜行船　第四體　劉一止

十頃踈梅開半就。折芳條，嫩香滿袖。今度何郎，尊前疑怪，花共那人俱瘦。測測輕寒吹散酒。高城近，怕聽更漏。可惜溪橋，月明風露，長是人歸後。更，平聲。

雨中花　第三體　或多「令」字，一名《夜行船》（第五體）　程　垓

小院閉門聞説海棠開盡了。怎生得，夜來一笑。顰綠枝頭，落紅點裡，問有愁多少。

春悄悄。禁不得，瘦腰如裊。荳蔻濃時，酴醾香處，試把菱花照。此二詞大同小異，楊无咎首句折腰。

釵頭鳳　第一體　別名《擷芳詞》、《摘紅英》　宋　無名氏

風摇動。雨濛茸，翠條柔弱花頭重。春衫窄∟香肌濕∟記得年時，共伊曾摘∟都如夢。何曾共。可憐孤似釵頭鳳。關山隔∟晚雲碧∟燕兒來也，又無消息∟此詞見《古今詞話》。

茶瓶兒　第二體　趙彦端

澹月華燈春夜。送東風、柳烟梅麝。寶釵宮髻連嬌馬。似記得，帝鄉遊冶。悦親戚之情話。况溪山、坐中如畫。凌波微步人歸也。看酒醒，鳳鸞誰跨。看，去聲；醒，上聲。

月照梨花　黄昇

晝景方永。重簾花影。好夢猶酣，鶯聲喚醒。門外風絮交飛∟送春歸∟修蛾畫了無

人問丨幾多別恨丨淚洗殘粧粉丨不知斷馬何處，烟草萋迷∟鷓鴣啼∟

亭前柳　第一體　宋　朱雍

拜月南樓上，面嬋○娟，却對殘粧。誰凭欄杆處，笛聲長。追○往事，遍凄涼。　看○素質臨○風

消瘦盡，粉○痕輕，依舊真香。瀟洒春塵境，過橫塘。度○清影，在回廊。

徵招調中腔　王安中

紅雲蒨霧籠天闕。聖運叶、星虹佳節。紫禁曉風馥天香，奏九韶，帝心悅。　瑤堦萬歲

蟠桃結。睿算永、壺天風月。日觀幾時六龍來，金鏤玉牒告功業。觀，去聲。

河傳　第十四體　孫光憲

風颭。波斂。團荷閃閃。珠傾露點。木蘭舟上，何處越娃吴艷。藕花紅照臉。　大○堤

枉殺襄陽客∟烟波隔∟渺○渺湖光白∟身已歸丨心不歸丨斜○暉丨遠汀鸂鶒飛丨

河傳 第十五體 温庭筠

江畔。相喚。曉粧鮮。仙景，箇女採蓮。請君莫向那岸邊。少年。好花新滿船。紅袖摇曳逐風軟。垂玉腕。腸向柳絲斷。浦南歸」浦北歸」莫知」晚來人已稀」

河傳 第十六體 温庭筠

湖上。閒望。雨蕭蕭」烟浦畫橋」路遥」謝娘翠蛾愁不消」終朝」夢魂迷晚潮」蕩子天涯歸棹遠「春已晚「鶯語空腸斷「若耶溪』溪水西』柳堤』不聞郎馬嘶』

河傳 第十七體 李珣

春暮。微雨。送君南浦。愁斂雙蛾」落花深處。啼鳥似逐離歌」粉檀珠淚和」臨流更把同心結「情哽咽「後會何時節「不堪回首相望，已隔汀洲』艫聲幽』更，去聲。

河傳　第十八體　李珣

去去。何處。迢迢巴楚。山水相連┗朝雲暮雨。依舊十二峯前┗猿聲到客船┗愁腸豈異丁香結┘因離別┘故國音書絕┘想佳人、花下對明月┘春風『恨應同』

杏花天　第三體　侯寘

寶釵整髻雙鬟鬭。睡未醒、薰風襟袖。綵絲皓腕宜清晝。更、艾虎衫兒新就。玉盃共飲菖蒲酒。願耐夏、宜春厮守。榴花故意紅添皺。映得人來越瘦。更，去聲；醒，上聲。

品令　第五體　周邦彦

夜闌人靜。月痕寄，梅梢疎影。簾外曲角闌干近。舊携手處，花霧寒成陣。應是不禁愁與恨。縱相逢難問。黛眉會把春山印。後期無定。腸斷香銷燼。

金鳳鈎　晁補之

春辭我，向何處。怪草草夜來風雨。一簪華髮，少歡饒恨，無計殢春且住。春回常恨尋無路。試向我、小園徐步。一闌紅藥，倚風含露。春自未會歸去。華，音花。

鷓鴣天 平調 別名《瑞鷓鴣》(第一體)、《思佳客》(第二體) 柳 永

吹破殘烟入夜風。一軒明月上簾櫳。因驚路遠人還遠，縱得心同寢未同。情脉脉，意沖沖。碧雲歸去認無蹤。祇應會向前生裡，愛把鴛鴦兩處籠。

梁州令 第三體 中呂宮 柳 永

夢覺紗牕曉。殘燈黯然空照。因思人事苦縈牽，離愁別恨，無限何時了。憐深定是心腸小。往往成煩惱。一生惆悵情多感。月不長圓，春色易爲老。覺，音叫。

思歸樂 林鐘商 柳 永

天幕清和堪宴聚。相得盡、高陽儔侶。皓齒善歌紅袖舞。漸引入、醉鄉深處。晚歲光陰能幾許。這巧宦、不須多取。共君把酒勸杜宇。再三喚人歸去。

芳草渡　馮延巳一作歐陽修

梧桐落，寥花秋。烟初冷，雨初收。蕭條風物正堪愁。人去後，多少恨，在心頭。　燕鴻遠，羌笛怨，渺渺澄波一片，山如黛，月如鈎。笙歌散，魂夢斷，倚高樓。

夜行船　第六體　謝絳

昨夜佳期初共。鬢雲低、翠翹金鳳。尊前和笑不成歌，意偷轉、眼波微送。　草草不容成楚夢。漸寒深、翠簾霜重。相看送到斷腸時，日西斜、畫樓鐘動。看，平聲。

鼓笛令　黄庭堅

寶犀未解心先透。惱殺人、遠山微皺。意淡言疎情最厚。枉教作、背行官柳。　小雨勒花時候。抱琵琶、爲誰清瘦。翡翠金籠思珍偶。忽攧與、山鷄僝僽。山谷又二體，語俳不足法，不收。解，上聲；作、爲，並去聲。

戀繡衾　第三體　辛棄疾

長夜偏冷添被兒。枕頭兒移了又移。我自是笑別人的。却原來，當局者迷。　如今只恨姻緣淺，也不曾、抵死恨伊。合手下、安排了，那筵席，須有散時。

望遠行 第二體　　南唐 後主李煜

碧砌花光照眼明，朱扉長日鎮長扃。餘寒欲去夢難成。爐香烟冷自亭亭。遼陽月，秣陵砧。不傳消息但傳情。黃金臺下忽然驚。征人歸日二毛生。

木蘭花 第三體　　韋 莊

獨上小樓春欲暮。愁望玉關芳草路。消息斷，不逢人，却斂細眉歸繡户。坐看落花空歎息，羅袂濕班紅淚滴，千山萬山不曾行，魂夢欲教何處覓。看，去聲；教，平聲。

玉樓春 第一體 大石調　　柳 永

皇都今夕知何夕。特地風光盈綺陌。金絲玉管咽春空，蠟炬蘭燈燒夜色。鳳樓十二神仙宅。朱履三千鵷鷺客。金吾不禁六街遊，狂殺雲踪並雨跡。吾，平聲；禁，去聲。

玉樓春　第二體　仙吕調　柳　永

有箇人人真堪羨。問却佯羞遮却面。你若無意向咱行，為甚夢中頻相見。不如及早還却願。免使牽人魂梦亂。風流腸肚不堅牢，只恐被伊牽惹斷。行，音杭；爲，去聲。

玉樓春　第三體　林鐘商　柳　永

心娘自小能歌舞，舉意動容皆濟楚。解教天上念奴羞，不怕掌中飛燕妒。瓊瓏繡扇花藏語。宛轉香裀雲襯步。王孫若擬贈千金，只在畫樓東畔住。解，去聲。

玉樓春　第四體　温庭筠

家臨長信往來道。乳燕雙雙拂烟草。油壁車輕金犢肥，流蘇帳曉金鷄報。籠中嬌鳥暖猶睡，簾外落花春不掃。衰桃一樹近前池，似惜紅顔鏡中老。後段首句不叶。

玉樓春 第五體[一] 夜起摩訶池上納凉 蜀主 孟昶

冰肌玉骨清無汗。水殿風來暗香滿。繡簾一點月窺人，欹枕釵横雲鬢亂。起來瓊户啟無聲，時見疎星渡河漢。屈指西風幾時來，只恐流年暗中换。後段首句平聲。

惜春容 一名《春曉曲》（第二體） 盼 盼瀘南官妓

少年看花雙鬢緑。走馬章臺絃管逐。而今老更惜花深，終日看花花不足。坐中有女顔如玉。爲我同歌金縷曲。歸時壓得帽簷低，頭上春風紅蔌蔌。此詞别本悮作《玉樓春》。看、更、爲，並去聲。

木蘭花 第四體 或加令字 賈昌朝

都城水渌嬉遊處。仙棹往來人笑語。紅隨遠浪泛桃花，雪散平堤飛柳絮。東君欲共春

[一] 原誤作第六體。

歸去。一陣狂風和驟雨。璧油紅旆錦障泥，斜日畫橋芳草路。許岷一體前後用兩韻，字句皆同，不另收。

竹枝

第四體　孫光憲

門前春水竹枝白蘋花。女兒岸上無人竹枝小艇斜。女兒商女經過竹枝江欲暮，女兒散拋殘食竹枝飼神鴉。女兒

亂繩千結竹枝絆人深一女兒越羅萬丈竹枝表長尋一女兒楊柳在身竹枝垂意(一)緒，女兒藕花落盡竹枝見蓮心一女兒過，平聲。

採蓮子

皇甫松

菡萏香連十頃陂。舉棹小姑貪戲採蓮時。年少晚來弄水船頭濕，舉棹更脱紅裙裹鴨兒。年少　船動湖光灩灩秋一舉棹貪看年少信船流一年少無端隔水拋蓮子，舉棹遥被人知半日羞一年少更，去聲；看，平聲。

(一) 按：「意」字原缺，據《花間集》補。

卓牌兒 第一體 別名《卓牌子》、《卓牌兒慢》 楊无咎

西樓天將晚。流素月、寒光正滿。樓上笑揖姮娥，似看羅襪生塵，髩雲風亂。珠簾終夕捲。判不寐、闌干凭煖。好在影落清樽，冷侵香幄，歡餘未教人散。判，平聲；凭，去聲。

夜行船 第七體 一名《明月棹孤舟》 史達祖

不剪春衫愁意態。過收燈、有些寒在。小雨簾幃，無人深巷，已早杏花先賣。白髮潘郎寬沈帶。怕看山、憶他眉黛。草色拖裙，烟光惹髩，常記故園挑菜。看，平聲。

夜行船 第八體 歐陽修

憶昔西都懽縱。自別後、有誰能共。伊川山水洛川花，細尋思、舊遊如夢。今日相逢情愈重。愁聞唱、畫樓鐘動。白髮天涯逢此景，倒金樽、殢誰相送。重，去聲。

雨中花　第四體　王觀

○百○清泉聲陸續。映瀟灑、碧梧翠竹。面、千步迴廊，○重重○簾幕，小枕寒敧玉。○試展○鮫綃看畫軸。○見一片、○瀟湘凝綠。待、玉漏穿花，銀河垂地，月上闌干曲。

南鄉子　第五體　陸游

○歸夢寄吳檣。○水驛江程去路長。○想○見芳洲初繫纜，斜陽。○烟樹參差認武昌。○愁鬢點新霜。○曾是朝衣惹御香。○重○到故鄉交舊少，凄涼。○却恐他鄉勝故鄉。差，音傪。

南鄉子　第六體　馮延巳

○細雨濕秋風，○金鳳花殘滿地紅。○閒○蹙黛眉慵不語∣情緒∣○寂寞相思情幾許∣○玉枕擁孤衾∟○抱恨還同歲月深∟○簾○卷曲房誰共醉』憔悴』○惆悵秦樓彈粉淚』此詞四韻。

鵲橋仙 第一體 仙吕 秦 觀

纖雲弄巧，飛星傳恨，銀漢迢迢暗度。金風玉露一相逢，便勝却、人間無數。柔情似水，佳期如夢，忍顧鵲橋歸路。兩情若似久長時，又豈在、朝朝暮暮。

步蟾宫 第一體 南吕 蔣 捷

緑華碎剪嬌雲瘦。臢粧點、菊前芙後。涓涓月也染成香，又何況、纖羅襟袖。秋牕一夜西風驟。翠奩鎖、瓊珠花鏤。人間富貴總腥羶，且和露、攀花三嗅。杨无咎一體「人間」句多一字，餘同，不另收。

錦帳春 第一體 戴復古

處處逢花，家家插柳。正寒食、清明時候。奉板輿行樂，使星隨後。人間稀有。出郭尋僊，綉衣春晝。馬上列、兩行紅袖。對韶華一笑，勸國夫酒。百千長壽。行，音杭。

樓上曲

張元幹

樓外夕陽明遠水。樓中人倚東風裏。何事有情怨别離。低鬟背立君應知。東望雲山君去路「斷腸迢迢盡愁處「明朝不忍見雲山」從今休倚曲闌干」

市橋柳

宋　蜀中妓

欲寄意、渾無所有。折盡市橋官柳。看君着上征衫，又相將、放船楚江口。後會不知何日又。是男兒、休要鎮長相守。苟富貴，毋相忘，若相忘，有如此酒。着，音酌；毋，音無。

茶缾兒　第三體

李元膺

去年相逢深院宇。海棠下、曾歌金縷。歌罷花如雨。翠羅衫上，點點紅無數。今歲重尋携手處。空物是、人非春暮。回首青門路。亂英飛絮，相逐東風去。别刻「空」作「恐」，非。

瑞鷓鴣　第二體　一名《舞春風》，又名《鷓鴣詞》

尤　袤

清溪西畔小橋東。落月紛紛水映空。午夜客愁花片裏，一年春事角聲中。歌殘玉樹人何在，舞破山香曲未終。却憶孤山醉歸路，馬蹄香雪襯東風。

翻香令

蘇軾

金爐猶煖麝煤殘。惜香猶把寶釵翻。重聞處、餘熏在，這一翻、氣味勝從前。背人偷蓋小屏山。更將沉水暗同然。且圖得、氤氳久，爲情深嫌怕斷頭烟。勝、更、爲，並去聲。

鳳啣杯 第一體

晏殊

青蘋昨夜秋風起。無限箇、露蓮相倚。獨凭朱闌，愁放晴天際。空目斷、遥山翠。彩箋長，錦書細。誰信道、兩情難寄。可惜良辰好景，歡娱地。只凭空憔悴。凭，去聲。

鳳啣盃 第二體

晏殊

留花不住怨花飛。向南園、情緒依依。可惜倒紅斜白、一枝枝。經宿雨，又離披。凭朱檻，把金巵。對芳叢、惆悵多時。何況舊歡新寵、阻心期。滿眼是相思。

西江月　第四體　　趙以仁

夜半沙痕依約，雨餘天氣溟濛。起行微月遍池東。水影浮花、花影動簾櫳。量減難追醉白，恨長莫盡題紅。雁聲能到畫樓中。也要玉人、知道有秋風。量，去聲。

臨江仙　第二體　　向子諲

新月低垂簾額，小梅半出簷牙。高堂開宴靜無譁。麟孫鳳女，學語正咿啞。寶鴨膹熏沉水，瓊彝爛醉流霞。薌林同老此生涯。一川風露，總道自仙家。

廳前柳　　趙師俠

景清佳。正倦客凝秋思，浩無涯。遞、千里香芬馥，桂初華。向碧葉，露芳葩。爲、粟粒鵝兒情淡薄，倩西風、染就丹砂。不比黃金雨，燦餘霞。送幽夢，到仙家。思，去聲；華，音花。

虞美人 第一體 中呂調

沈端節

去年寒食初相見。花上雙飛燕。今年寒食又花開。垂下重簾、不許燕歸來」隔簾聽燕呢喃語「似説相思苦「東君都不管閑愁』一任落花、飛絮兩悠悠』

新念别

賀鑄

湖上蘭舟暮發。揚州夢斷燈明滅。想見瓊花開似雪。帽檐香，玉纖纖，曾爲折。漁管吹還咽。問何意、煎人愁絶。江北江南新念别。掩芳尊，與誰同，今夜月。爲，去聲。

一斛珠 第一體

南唐 後主李煜

晚粧初過。沉檀輕注些兒箇。向人微露丁香顆。一曲清歌，暫引櫻桃破。羅袖裛殘殷色可。盃深旋被香醪涴。繡牀斜凭嬌無那。爛嚼紅茸，笑向檀郎唾。此詞與《醉落魄》近似，然其實微有不同，所以不敢并入。○凭，去聲。

一斛珠　第二體　楊无咎

水寒江靜。浸一抹、青山倒影。樓外指點漁村近。笛聲誰噴。驚起賓鴻陣。往事總歸眉際恨。這相思、情味誰問。淚痕空把羅襟印。淚應啼盡。爭奈情無盡。

醉落魄　晏幾道

天教命薄。青樓占得聲名惡。對酒當歌思量着。月户星牕，多少舊期約。相逢細語初心錯。兩行紅淚樽前落。霞觴且共深深酌。惱亂春宵，翠被都閒却。占，去聲。

梅花引　第一體　一名《小梅花》　万俟雅言

曉風酸。曉霜乾。一雁南飛人度關。客衣單。客衣單。千里斷魂，空歌行路難。寒梅驚破前村雪。寒鷄啼破前村月。酒腸寬。酒腸寬。家在月邊，不堪頻倚闌。

貧也樂　　　高　憲

城下路。悽風露。今人犁田昔人墓。岸頭沙∟帶蒹葭∟漫漫昔時流水，今人家∟　黄埃赤日長安道ㄧ倦客無漿馬無草ㄧ開函關』閉函關』千古如何，不見一人閑』此詞賀鑄集作《小梅花》，不分段，另有後段，闕文甚多，然百四十字《梅花引》已備，不另録。

夜遊宮　第一體　　　周邦彦

葉下斜陽照水。捲輕浪、沉沉千里。橋上酸風射眸子。立多時。看黄昏、燈火市。　古屋寒牕底。聽幾片、井梧飛墜。不戀單衾再三起。有誰知。爲蕭娘、書一紙。此與《新念别》近似。

夜遊宮　第二體　　　張元幹

半吐寒梅未折。雙魚洗、氷澌初結。戶外明簾風任揭。擁紅爐、灑牕間稷雪。　此日去年時節。這心事、有人歡悦。斗帳重、鴛鴦被疊。酒微醺，管燈花今夜別。重，去聲。

徧地花　毛滂

白玉闌邊自凝竚。滿枝頭、新彩雲雕霧。甚芳菲、繡得成團，砌合出、韶華好處。暖風前、一笑盈盈，吐檀心、向誰分付。莫與他、西子精神，不枉了、東君雨露。

鵲橋仙　第二體　黄庭堅

八年不見，清都絳闕，望銀漢、溶溶漾漾。年年牛女恨風波，算此事、人間天上。野麋豐草，江鷗遠水，老夫唯便疎放。百錢端往問君平，早晚具、歸田小舫。

河傳　第十九體　仙呂調　一名《河轉》　柳永

淮岸。漸晚。圓荷向背，芙蓉深淺。仙娥畫舸，露影紅芳交亂。難分花與面。採多漸覺輕船滿。呼歸伴。急槳烟波遠。隱隱棹歌，漸被蒹葭遮斷。曲終人不見。波，一作「村」。

河傳 第二十體 仙呂調 柳永

翠深紅淺。愁蛾黛蹙，嬌波刀剪。奇容妙技，互逞舞裀歌扇。粧光生粉面。坐中醉客風流慣。樽前見。特地驚狂眼。不似少年時節，千金爭選。相逢何太晚。

河傳 第二十一體 徐昌圖

秋光滿目，風清露白，蓮紅水緑。何處夢回，弄珠拾翠盈盈。倚闌橈，眉黛蹙。採蓮調穩，吴侶聲相續。倚棹吴江曲。鷺起暮天，幾雙交頸鴛鴦，入蘆花深處宿。

小重山 第一體 「重」一作「沖」 岳飛

昨夜寒蛩不住鳴。驚回千里夢，已三更。起來獨自遶堦行。人悄悄，簾外月朧明。白首爲功名。故山松竹老，阻歸程。欲將心事付瑶琴。知音少，絃斷有誰聽。

小重山　第二體　仄韻　黃子行

一點斜陽紅欲滴。白鷗飛不盡，楚天碧。漁歌聲斷晚風急。攬蘆花，飛雪滿林濕。孤館百憂集。家山千里遠，夢難覓。江湖風月好收拾。故溪雲，深處着蓑笠。

夜行船　第九體　趙長卿

緑蓋紅幢籠碧水。魚跳處，浪痕匀碎。惜別殷勤，留連無計，歌聲與淚和柔脆。一葉扁舟烟浪裡。曲灘頭，此情無際。窈窕眉山，暮霞紅處，雨雲愁、翠峯十二。

繫裙腰　第一體　魏夫人

燈花耿耿漏遲遲。人別後，夜涼時。西風瀟灑夢初回。誰念我，就單枕，皺雙眉。錦屏繡幌與秋期。腸欲斷，淚偷垂。月明還到小牕西。我恨你，我憶你，你爭知。

臨江仙 第三體 仙吕調 柳 永

鳴珂碎撼都門曉，旌幢擁下天神。馬摇金轡破香塵。壺漿盈路，歡動帝城春。揚州曾是追遊地，酒臺花徑仍存。鳳簫依舊月中聞。荆王魂夢，應認嶺頭雲。此調亦有前後各用一韵者。

臨江仙 第四體 毛文錫

暮蟬聲盡咽斜陽。銀蟾影掛瀟湘。黄陵廟側水茫茫。楚山紅樹，烟雨隔高唐。岸泊漁燈風颭碎，白蘋遠散濃香。靈娥鼓瑟韵清商。朱絃悽切，雲散碧天長。

臨江仙 第五體 史達祖

草脚青回細膩，柳梢緑轉條苗。舊遊重到合魂銷。棹横春水渡，人凭赤闌橋。歸夢有時曾見，新愁未肯相饒。酒香紅被夜迢迢。莫教無用月，來照可憐宵。

虞美人　第二體(一)　毛文錫

寶檀金縷鴛鴦枕。綬帶盤宮錦。夕陽低映小牕明」南園緑樹語鶯鶯」夢難成」玉爐香煖頻添炷ㄧ滿地飄輕絮ㄧ珠簾不捲度沉烟』庭前閒立畫秋千』艷陽天』

踏莎行　一名《柳長春》　晏幾道

宿雨收塵，朝霞破暝。風光暗許花期定。玉人呵手試粧時，粉香簾幕陰陰靜。斜雁朱絃，孤鸞緑鏡。傷春誤了尋芳信。去年今日杏牆西，鶯啼喚得閒愁醒。

亭前柳　第二體　石孝友

有件偷遮，算好事，大家都知。被新冤家，矍索後，没别底。似别底。也難爲。識盡千千并萬萬，那得恁、海底猴兒。這百十錢一個潑性命，不分付，待分付與誰。

(一) 原誤作第三體。

花上月令

吴文英

文園消渴愛江清。酒腸怯，怕深觥。玉舟曾洗芙蓉水，瀉清冰。秋夢淺，醉雲輕。庭竹不收簾影去，人睡起，月空明。瓦瓶汲井和秋葉，薦吟醒。夜深重，怨遥更。

七娘子　第一體　正宫

蔡　伸

天涯觸目傷離緒。登臨況值秋光暮。手撚黄花，憑誰分付。嗈嗈雁落蒹葭浦。凭高目斷桃谿路。屏山樓外青無數。绿水紅橋，瑣牕朱户。如今總是銷魂處。

東坡引　第二體

辛棄疾

君如梁上燕。妾如手中扇。團團青影雙雙伴。秋來腸欲斷。秋來腸欲斷。黄昏淚眼。青山隔岸。但咫尺、如天遠。病來只謝旁人勸。龍華三會願。龍華三會願。

惜分釵　呂渭老

春將半。鶯聲亂。柳絲拂馬花迎面。小堂風┗暮樓鐘┗草色連雲┗暝色連空┗重重┗秋千畔。何人見。寶釵斜照春粧淺。酒霞紅┗與誰同┗試問別來，近日情悰┗忡忡┗

紅牕迥　一名《虹牕影》　周邦彦

幾日來，真箇醉。不知道、牕外亂紅，已深半指。花影被風揺碎。擁春酲、乍起。有箇人人，生得濟楚，來向耳畔問道，今朝醒未。情性兒、慢騰騰地。惱得人、又醉。

惜瓊花　張先

汀蘋白。苕水碧。每逢花駐樂，隨處歡席。別時攜手看春色。螢火而今，飛破秋夕。河流如帶窄。任輕舟似葉，何計歸得。斷雲孤鶩青山極。樓上徘徊，無限相憶。

東坡引　第三體　辛棄疾

花稍紅未足。條破鶯新緑。重簾下徧闌干曲。有人春睡熟。有人春睡熟。鳴禽破夢雲偏目。蹙起來、香腮褪紅玉。花時愛與愁相續。羅裙過半幅。羅裠過半幅。過，平聲。

望江南 第四體 馮延巳

今日相逢花未發。正是去年，别離時節。東風次第有花開┗恁時須約却重來┗重來不怕花堪折。祇怕明年、花發人離别。别離若向百花時╶東風彈淚有誰知╶

臨江仙 第六體 王　觀

别浦相逢何草草，扁舟兩岸垂楊。繡屏珠箔綺香囊。酒深歌拍緩，愁入翠眉長。燕子歸來人去也，此時無奈昏黄。桃花應似我柔腸。不禁微雨，流淚濕紅粧。

步蟾宫 第二體 黄庭堅

蟲兒真箇惡靈利。惱亂得，道人眼起。醉歸來、恰似出桃源，但目斷、落花流水。不如隨我歸雲際。共作箇，住山活計。照清溪，勻粉面，插山花，算終勝、風塵滋味。

錦堂春　第二體　程珌

最是元來，苦無風雨。只恁匆匆歸去。看遊絲，都不恨，恨、秦淮新漲，向人東注。醉裡仙人，惜春曾賦。却不解、留春且住。問何人、留得住。怕小山，更有、碧蕪春句。

接賢賓　毛文錫

香韉鏤襜五花驄。值、春景初融。流珠噴沫躞蹀，汗血流紅。少年公子能乘馭，金鑣玉轡瓏璁。爲惜珊瑚鞭不下，驕生百步千蹤。信穿花，從拂柳，向、九陌追風。

遐方怨　第二體　孫光憲

紅綬帶，錦香囊。爲表花前意，慇勤贈玉郎。此時更役心腸轉，添秋夜，夢魂狂。思艷質，想嬌粧。願蚤傳金盞，同歡臥醉鄉。任人猜妬惡猜防。到頭須使似鴛鴦。爲，去聲。

朝玉堦　第一體　杜安世

春色欺人拂眼清。柳條絲緑軟，雪花輕。黄金纔鉞掩銀屏。陰沉深院静，語嬌鶯。美人春困寶釵横。惜花芳態淚盈盈。風流何處最多情。千金一笑，須信傾城。

冉冉雲　盧炳

雨洗千紅又春晚。留牡丹、倚闌初綻。嬌婭姹，偏賦精神君看。算、費盡工夫點染。帶路天香最清遠。太真妃、曉粧體叚。拚對花，滿把流霞頻勸。怕逐東風零亂。

撥棹子　第一體　尹鶚

風切切。深秋月。十朶芙蓉繁艷歇。小檻細腰無力，空贏得，目斷魂飛何處説。寸心恰似丁香結。看看瘦盡胸前雪。偏掛恨，少年拋擲，羞都見，繡被堆紅閑不徹。

唐多令　仙吕調　一名《南樓令》　劉過

蘆葉滿汀洲。塞沙帶淺流。二十年、重度南樓。柳下繫舟猶未穩，能幾日，又中秋。

黃鶴斷磯頭。故人曾到不。舊江山、都是新愁。欲買桂花重載酒，終不似，少年遊。曾到不，「不」音浮。

蝶戀花　第一體　小石調　別名《鳳棲梧》、《鵲踏枝》、《黃金縷》、《一籮金》、《魚水同歡》、《捲珠簾》、《明月生南浦》　趙令畤(一)

欲減羅衣寒未去。不捲珠簾，人在深深處。殘杏枝頭花幾許。啼痕正恨清明雨。盡日水沉烟一縷。宿酒醒遲，惱破春情緒。遠信還因雙燕誤。小屏風上西江路。縷，一作「炷」。醒，平聲。

蝶戀花　第二體　石孝友

別來相思無限期。欲說相思。要見終無計。擬寫相思持送伊。如何盡得相思意。眼

(一) 按：《群英草堂詩餘》、《唐宋諸賢絶妙詞選》、《詞綜》作趙令畤詞，汲古閣本《小山詞》、《花草稡編》亦載此詞，作者爲晏幾道。

底相思心裡事。從把相思。寫盡憑誰寄。多少相思都做淚。一齊淚損相思字。此調句句用平仄互叶。

一剪梅 第一體 南呂調 蔣捷

一片春愁带酒澆。江上舟搖，樓上帘招。秋娘容與泰娘嬌。風又飄飄，雨又瀟瀟。何日銀帆卸浦橋。銀字笙調。心字香燒。流光容易把人拋。紅了櫻桃。綠了芭蕉。「招」、「搖」二字亦可不叶，并有用仄字者。「何日銀帆」句一刻作「何日歸家洗客袍」。

一剪梅 第二體 李清照

紅藕香殘玉簟秋。輕解羅裳，獨上蘭舟。雲中誰寄錦書來，雁字回時，月滿西樓。花自飄零水自流。一種相思，兩處閒愁。此情無計可消除。纔下眉頭。却上心頭。一刻無「西」字。〇解，上聲。

秋蕊香引　小石調　柳　永

留不得。光陰催促。奈芳蘭歇，好花謝，唯頃刻。彩雲易散瑠璃脆，驗、前事端的。風月夜，幾處前蹤舊跡。忍思憶。這回望斷，永作終天隔。向、仙島歸宴，兩路無消息。

臨江仙　第七體　南吕調　李　石

烟柳疎疎人悄悄，畫樓風外吹笙。倚闌聞唤小紅聲。熏香臨欲睡，玉漏已三更。坐待不來來又去，一方明月中庭。粉牆東畔小橋横。起來花影下，扇子撲流螢。

臨江仙　第八體　顧　敻

碧染長空池似鏡，倚樓閒望凝情。滿衣紅藕細香清。象牀珍簟，山障掩，玉琴横。暗想昔時歡笑事，如今贏得愁生。博山爐煖淡烟輕。蟬吟人静，殘日傍，小牕明。

遐方怨　第三體　顧　敻

簾影細，簟紋平。象紗籠玉指，鏤金羅扇輕。嫩紅雙臉似花明。兩條眉黛遠山横。鳳簫歇，鏡塵生。遼塞音書絶，夢魂長暗驚。玉郎經歲負娉婷。教人爭不恨無情。教，平聲。

望遠行　第三體　　韋　莊

欲別無言倚畫屏。含恨暗傷情。謝家庭樹錦雞鳴。殘月照邊城。　人欲別，馬頻嘶⊥綠槐千里長堤⊥出門芳草路萋萋⊥雲雨別來易東西⊥不忍別君後，却入舊香閨⊥

錦帳春　第二體　　辛棄疾

春色難留，酒懷常淺。更、舊恨新愁相間。五更風，千里夢，看、飛紅幾片。這般庭院。　幾許風流，幾般嬌嬾。問、相見如何不見。燕飛忙，鶯語亂。恨、重簾不捲。翠屏天遠。更、間、看，並去聲；「五更」，平聲。

攤破醜奴兒　第一體　　趙長卿

樹頭紅葉飛都盡，景物凄涼。秀出羣芳。又見江梅淺淺粧。也囉，真箇是，可人香。　蘭魂蕙魄應羞死，獨占風光。夢斷高唐。月送疎枝過女墻。也囉，真箇是，可人香。占，去聲。

七娘子　第二體　○舟中早秋　毛滂

山屏霧障玲瓏碧。更、綺牕臨水新凉入。雨短烟長，柳橋蕭瑟。這番一日凉一日。　離多緑鬢多時白。這離情、不似而今昔。雲外長安，斜暉脉脉。西風吹夢來無跡。更，去聲。

後庭宴　唐無名氏

千里故鄉，十年華屋。亂雲飛過屏山簇。眼重眉褪不勝春，菱花知我銷香玉。　雙雙燕子歸來，應解笑人幽獨。斷歌零舞，遺恨清江曲。萬樹緑低迷，一庭紅撲簌。勝，平聲；解，去聲。

釵頭鳳　第二體　別名《折紅英》（第一體）、《玉瓏璁》　○憶舊　陸游

紅酥手。黄藤酒。滿城春色宫墻柳。東風惡┐歡情薄┐一懷離緒，幾年離索┐錯錯錯┐

春如舊。人空瘦。淚痕紅裛鮫綃透。桃花落丨閒池閣丨山盟雖在，錦書難託丨莫莫莫丨

散天花　　舒亶

雲斷長天落葉秋。寒江烟浪盡，月隨舟。西風偏解送離愁。聲聲南去雁，下汀洲。　無奈多情去復留。驪歌齊唱罷，淚爭流。悠悠別恨幾時休。不堪殘酒醒，凭高樓。此詞與《朝玉堦》近似，又似《小重山》，尾處與換頭不同。○解、凭，並去聲。

朝玉堦　第二體　　杜安世

簾捲春寒小雨天。牡丹花落盡，悄庭軒。高空雙燕舞翩翩。無風輕絮墜，暗苔錢。　擬將幽怨寫香牋。中心多少事，語難傳。思量真箇惡姻緣。那堪長夢見，在伊邊。

感皇恩　第一體　　張先

廊廟當時共代工。睢陵千里約，遠相從。欲知賓主與誰同。宗枝内，黃閣舊，有三公。　廣樂起雲中。湖山看畫軸，兩仙翁。武林佳話幾時窮。元豐際，德星聚，照江東。看，平聲。

少年心　第一體　黃庭堅

對景惹起愁悶。染相思、病成方寸。是阿誰先有□意(一)，阿誰薄倖。斗頓恁。少喜多嗔。合下休傳音問。你有我、我無你分。似合歡桃核，真堪人恨。心兒裡，有箇人人。

此俳體。分，去聲。

荷花媚　蘇　軾

霞苞霓荷碧。天然地，別是風流標格。重重青蓋下，千嬌照水，好紅紅白白。每悵望，明月清風夜，甚低迷不語，夭斜無力。終須放船兒去，清香深處住，看伊顏色。看，去聲。

鞓紅　宋　無名氏

粉香猶嫩，霜寒可慣。怎奈向、春心已轉。玉容別是，一般閒婉。悄不管，桃紅杏淺。月影簾櫳，金堤波面。漸細細、香風滿院。一枝折寄，故人雖遠。莫輒使、江南信斷。此詞出《梅苑》。

(一) 按：此處原中空一字，汲古閣本《山谷詞》、《花草粹編》皆爲「有意」，並無缺字。

詞鵠初編卷之四

嘉定孫致彌愷似輯

受業餘姚樓儼儼若補訂

起六十一字，至七十字止，凡詞八十四調

河傳　第二十二體　秦　觀

恨眉醉眼。甚輕輕覷着，神魂迷亂。常記那時，小曲闌干西畔。鬢雲松，羅襪剗。丁香笑吐嬌無限。語軟聲低，道我何曾慣。雲雨未諧，早被東風吹散。悶損人，天不管。

繫裙腰　第二體　張　先

惜霜淡照夜雲天。朦朧影画勾欄。人情縱似長情月，算、一年年。又能得，幾番圓。欲寄西江題葉字，流不到、五亭前。東池始有新荷緑，尚小如錢。問、何日藕，幾時蓮。惜，一作「濃」。

玉堂春　晏殊

斗城池館。二月風和煙煖。繡户珠闌。日影初長∟玉轡金鞍。繚繞沙堤路，幾處行人映緑楊∟小檻朱簾。回倚千花濃露香∟脆管清絃。欲奏新翻曲，依約林間坐夕陽∟此詞用二韻，平仄互叶。

賀聖朝　第六體　歐陽炯

憶昔花間初識面，紅袖半遮粧臉。輕轉石榴裙帶，故將纖纖玉指偷撚。雙鳳金線。碧梧桐鎖深深院。誰料得，兩情何日教繾綣。羨春來雙燕。飛到玉樓，朝暮相見。教，平聲。

撥棹子　第二體　尹鶚

丹臉膩。雙靨媚。冠子縷金裝翡翠。將一朵、瓊花堪比。窠窠綉鸞鳳，衣裳香窣地。銀臺蠟燭滴紅淚。醁酒勸人教半醉。簾幕外。月華如水。特地向，寶帳顛狂不肯睡。教，平聲。

撥棹子　第三體　黄庭堅

歸去來。歸去來。攜手舊山歸去來。有人共對月樽罍。橫一琴，甚處逍遥不自在。閒世界。無利害。何必向，世間甘幻愛。與君釣，晚烟寒瀨。蒸白魚稻飯。溪童供筍菜。

此詞亦平仄互叶。供，平聲。

金蕉葉　第二體　大石調　柳　永

厭厭夜飲平陽第。添銀燭，旋呼佳麗。巧笑難禁，艷歌無間，聲相繼。準擬幕天席地。　金蕉葉泛金波霽。未更闌，已盡狂醉。就中有箇風流，暗向燈花底。惱徧兩行珠翠。厭，平聲；間，去聲。

促拍醜奴兒　別名《青杏兒》、《似娘兒》、《攤破南鄉子》　元好問

朱麝室中香。可憐兒、初浴蘭湯。靈椿未老丹桂秀，東鄰西舍，排家助喜，沽酒牽羊。　天與讀書郎。便安排，富貴文章。高門自有容車日，明年且看，青衫竹馬，鴈鴈成行。曲譜

竟作《似娘兒》，入仙吕調。

定風波　第一體　一名《定風流》

葉夢得

破萼初驚一點紅。又看青子上簾櫳。氷雪肌膚誰復見˪清淺˪尚餘疎影照晴空。惆悵年年桃李伴˪腸斷˪秖應芳信負東風。待得微黄春亦暮｜烟雨｜半和飛絮｜作濛濛。孫光憲一體「半和」句多一字，餘悉同，不另收。◯看，平聲。

定風波　第二體

蘇軾

好睡慵開莫厭遲。自憐氷臉不宜時。偶作小紅桃杏色，閒雅，尚餘孤瘦雪霜姿。休把閒心隨物態，何事，酒生微暈隱瑶肌。詩老不知梅骨在，吟咏，更看緑葉與青枝。看，平聲；更，去聲。

漁家傲　第一體

范仲淹

塞下秋來風景異，衡陽雁去無畱意。四面邊聲連角起。千嶂裏。長烟落日孤城閉。

濁酒一盃家萬里。燕然未勒歸無計，羌管悠悠霜滿地。人不寐，將軍白髮征夫淚。燕，平聲。

六一一體首句多一字作「丿丿丿丨丨丨丨丿丿」，餘同，不另收。(一)

漁家傲　第二體

杜安世

疎雨才收淡淨天。微雲綻處月嬋娟。寒雁一聲人正遠。添幽怨。那堪往事思量徧。

誰道綢繆兩意堅。水萍風絮不相緣。舞鑑鸞腸虛寸斷。芳容變。好將憔悴教伊見。「舞鑒」句，應作「舞鑑鸞虛腸寸斷」，文理乃合。◯教，平聲。

贊成功

毛文錫

海棠未拆，萬點深紅。香包緘結一重重。似含羞態，邀勒春風。蜂來蝶去，任繞芳叢。

昨夜微雨，飄灑庭中，忽聞聲滴井邊桐。美人驚起，坐聽晨鐘，快教折取，戴玉瓏

(一) 按：「丿」即仄，「丨」即平。

璁。教，平聲；聽，去聲。

明月逐人來　李持正

星河明淡。春來深淺。紅蓮正、滿城開遍。禁街行樂，暗塵香拂面。皓月隨人近遠。天半鰲山，光動鳳樓西觀。東風靜，珠簾不捲。玉輦待歸，雲外聞絃管。認得宮花影轉。觀，去聲。

蘇幕遮　一名《鬢雲鬆》　范仲淹

碧雲天，黃葉地。秋色連波，波上寒烟翠。山映斜陽天接水，芳草無情，又在斜陽外。黯鄉魂，追旅思。夜夜除非，好夢留人睡。明月樓高休獨倚。酒入愁腸，化作相思淚。芳草，應作「衰草」；思，去聲，一作「意」。

好女兒　第三體　晏幾道

酌酒殷勤。儘更留春。忍無情、便賦餘花落，待花前，細把一春心事，問個人人。莫似花開還謝，願芳意，且常新。倚嬌紅，待得歡期定，向水沉烟底，金蓮影下，睡過佳晨。更，去聲。

臨江仙　第九體　晏　殊

東野亾來無麗句，于君去後少交親。追思往事好沾巾。白頭王建在，猶見詠詩人。學道深山空自老，畱名千載不干身。酒筵歌席莫辭頻。爭如南陌上，占取一年春。占，去聲。

破陣子　正宫　又名《十拍子》　晏幾道

柳下笙歌庭院，花間姊妹秋千。記得青樓當日事，寫向紅窗夜月前。憑誰寄小蓮。絳蠟等閒陪淚，吴蠶到了纏綿。緑鬢能供多少恨，未肯無情比斷絃。今年老去年。供，平聲。

鳳啣盃　第三體　大石調　柳　永

追悔當初辜深願。經年價，兩成幽怨。任、越水吴山，似屏如峰，堪遊翫。奈獨自、慵擡又爭似、眼。賞烟花，聽絃管。圖歡笑，轉加腸斷。總、時展丹青，强拈書信，頻頻看。親相見。强，上聲；看，去聲。

甘州遍

毛文錫

春光好，公子愛閑遊。足風流。金鞍白馬，雕弓寶劍，紅纓錦襜出長楸。花蔽膝，玉銜頭。尋芳逐勝，歡宴絲竹不曾休。美人唱，揭調是甘州。醉紅樓，堯年舜日，樂聖永無憂。

別怨

趙長卿

素嬌馬頻嘶。曉霜濃，寒色侵衣。鳳帷私語處，翻成離怨不勝悲。更與叮嚀囑後期。約諧心事，重來了比看相思。如何見得，明年春事濃時。穩乘金腰褭，來爛醉，玉東西。勝，平聲；更、看，並去聲。

鳳啣盃　第四體　大石調

柳永

有美瑤卿能染翰。千里寄，小詩長柬。想初襞苔牋，旋揮翠管。紅窗畔。漸、玉筯銀鈎滿。　錦囊收，犀軸捲。常珍重，小齋吟翫。更、寶若珠璣，置之懷袖，時時看。此似、頻見千嬌面。重、更、看，並去聲。

獻衷心　第一體　歐陽炯

見好花顔色，爭笑東風。雙臉上，晚粧同。閉小樓深閣，春景重重。三五夜，偏有恨，月明中。　情未已，信曾通，滿衣猶自染檀紅。恨不如雙燕，飛舞簾櫳。春欲暮，殘絮盡，柳條空。

瑞鷓鴣　第三體(一)　歐陽炯

天將奇艷與寒梅。乍驚繁杏臘前開。暗想花神、巧作江南信，鮮染臙脂細剪裁。　壽陽粧罷無端飲，淩晨酒入香腮。恨聽煙塢聲中，誰恁吹羌笛，逐風來。絳雪紛紛落翠苔。此咏紅梅。

(一) 原誤作第一體。

行香子　第一體

趙長卿

驕馬花驄。柳陌經從。小春天，十里和風。箇人家住，曲巷牆東。好軒窗，好體面，好儀容。

燭炧歌慵。斜月朦朧。夜新寒，斗帳香濃。夢回畫角，雲雨匆匆。恨相逢，恨分散，恨情鐘。

麥秀兩岐

和凝

涼簟鋪斑竹。鴛枕並紅玉。臉邊紅，眉柳緑。胸雪宜新浴。淡黄衫子裁春縠。異香芬馥。

羞道交回燭。未慣雙雙宿。樹連枝，魚比目。掌上腰如束，嬌嬈不爭人拳跼。黛眉微蹙。

風中柳　第一體

劉因

我本漁樵，不是白駒空谷。對西山，悠然自足。北窗疎竹。南窗叢菊。愛村居，數間茅屋。　風煙草履，滿意一川平綠。問前溪，今朝酒熟。幽泉歌曲。清泉琴築。欲歸來，故人留宿。

品令　第六體　○九日上西菴絕頂　周紫芝

霜蓬零亂。笑、綠鬢光陰晚。紫萸時節，小樓長醉，一川平遠。休說龍山佳會，此情不淺。　黃花香滿。記白苧，吳歌軟。如今卻向，亂山叢裏，一枝重看。對着西風搔首，爲誰腸斷。看、爲，並去聲。

殢人嬌　第一體　○席上贈侍人輕輕　向子諲

白似梨花，柔於柳絮。蝴蝶兒，鎮長一處。春風駘蕩，驀然吹去。爭得倩遊絲，半空惹住。　波上精神，掌中態度。分明是，彩雲團做。當年飛燕，從今不數。只恐是高唐，夢中神女。梨花，一作「雪花」。

侍香金童　蔡伸

寶馬行春，緩轡隨油壁。念、一瞬韶光堪重惜。還是去年同醉日。客裏情懷，倍添悽惻。

記、南城錦徑名園曾遍歷。更、柳下人家似織。此際凭闌愁脉脉。滿目江山，暮雲空碧。「人家」句趙長卿多一字作「||||丿丿」，餘悉同，不另收。〇重、更，並去聲。

醉春風　中呂調　趙德仁

陌上清明近。行人難借問。風流何處不歸來，悶悶悶。迴雁峰前，戲魚波上，試尋芳信。

夜久蘭膏燼。春睡何曾穩。枕邊珠淚幾時乾，恨恨恨。惟有窗前，過來明月，照人方寸。

輥繡毬　趙長卿

流水奏鳴琴，風月淨，天無星斗。翠嵐堆裏，蒼巖深處，滿林霜膩，暗香凍了，那禁頻嗅。

馬上再三回首。因記省，去年時候。十分全似，那人風韻，柔腰弄影，冰腮退、做成清瘦。

黃鐘樂

魏承班

池塘烟暖草萋萋。惆悵閒宵含恨。愁坐思堪迷。遥想玉人情事遠，音容渾似隔桃溪。偏記同歡秋月低。簾外論心花畔。和醉暗相攜。何事春來君不見，夢魂長在錦江西。思，去聲。

握金釵

呂渭老

風日困花枝，晴蜂自相趂。晚來紅淺香盡。整頓腰肢暈殘粉。絃上語，夢中人，天外信。青杏已成雙，新樽薦櫻笋。爲誰一和銷損。數着歸期又不穩。春去也，怎當他，清晝永。

品令 第七體

黃庭堅

鳳舞團團餅。恨分破、教孤另。金渠體淨，雙輪慢碾，玉塵光瑩。湯響松風，早減二分酒病。味濃香永。醉鄉路，成佳境。恰如燈下，故人萬里，歸來對影。口不能言，心下快活自省。教，平聲。

轉調踏莎行 第一體　曾　覿

翠幄成陰，誰家簾幙。綺羅香擁處，觥籌錯。清和將近，春寒更薄。高歌看、簌簌梁塵落。好景良辰，人生行樂。金盃無奈是，苦相虐。殘紅飛盡，裊垂楊輕弱。來歲斷、不負鶯花約。更、看，並去聲；斷，音鍜。

感皇恩 第二體　趙長卿

碧水浸芙蓉，秋風楚岸。三歲光陰轉頭換。且留都騎，未許匆匆分散。更持盃酒慇懃勸。休作等閒，別離人看。且對笙歌醉須判。如君才調，掌得玉堂詞翰。定應不久勞州縣。騎、更、看，並去聲。

淡黄柳　正平調近　姜夔

空城曉角，吹入垂楊陌。馬上單衣寒惻惻。看盡鵞黄嫩緑，都是江南舊相識。　正岑寂。明朝又寒食。强攜酒、小橋宅。怕梨花、落盡成秋色。燕燕飛來，問春何在，惟有池塘自碧。强，上聲。

解珮令　第一體　蔣捷

春晴也好。春陰也好。着些兒、春雨越好。春雨如絲，繡出花枝紅裊。怎禁他，孟婆合皁。　梅花風悄。杏花風小。海棠風，驀地寒峭。歲歲春光，被、二十四風吹老。楝花風，爾且慢到。花枝，一作「萬花」。

芭蕉雨　程垓

雨過凉生藕葉。晚庭消盡暑，渾無熱。枕簟不勝香滑。爭奈寶帳情生，金尊意愜。　玉人何處夢蝶。思一見冰雪。須寫箇帖兒叮嚀說。試問道，肯來麽，今夜小院無人，重樓有月。勝，平聲。

喝火令　黄庭堅

見晚情如舊，交疎分已深。舞時歌處動人心。煙水數年魂夢，無處可追尋。　昨夜燈前見，重題漢上襟。便愁雲雨又難禁。曉也星稀，曉也月西沈。曉也雁行低度，不曾寄芳音。

分，去聲。

青玉案　第一體　中吕調　毛滂

芙蕖花上濛濛雨。又冷落，池塘暮。何處風來摇碧户。捲簾凝望，淡烟疏柳，翡翠穿花去。　玉京人去無由駐。忍、獨在、凭闌處。試問緑窗秋到否。可人今夜，新涼一枕，無計相分付。前後短對句亦有叶韻者。○否，叶府。

酷相思　程垓

月掛霜林寒欲墜。正、門外催人起。奈、離别如今真箇是。欲住也，留無計。欲去也，來無計。　馬上離人衣上淚。各自箇，供憔悴。問、江路梅花開也未。春到也，須頻寄。人到也，須頻寄。供，平聲。

轉調踏莎行　第二體

趙師俠

宿雨纔收，餘寒尚力。牡丹將綻也，近寒食。人間好景，算仙家、也惜。因循盡掃斷，蓬萊跡。　舊日天涯，如今咫尺。一月五番價□，共懽集。些兒壽酒，且、莫嫌半滴。一百二十箇，好生日。

聲聲令

俞克成

簾移碎影，香褪衣襟。舊家庭院嫩苔侵。東風過盡，暮雲鎖，綠窗深。怕對人。閒枕剩衾。　樓底輕陰。春信斷，怯登臨。斷腸魂夢兩沉沉。花飛水遠，便從今。莫追尋。又怎禁。驀地上心。人字借韻。

謝池春　一名《賣花聲》（第二體），與《風中柳》近　陸　游

賀監湖邊，初繫放翁歸棹。小疎林，時時醉倒。春眠驚起，聽啼鶯催曉。嘆功名，誤人堪笑。　朱橋翠徑，不許京塵飛到。掛荷衣，東歸欠早。連宵風雨，捲殘紅如掃。恨樽前，送春人老。聽，去聲。

風中柳　第二體　孫　氏鄭文妻

銷減芳容，端的爲郎煩惱。鬢慵梳，宫粧草草。别離情緒，待歸來、都告。怕傷郎，又還休道。　利鎖名繮，幾阻當年歡笑。更那堪，鱗鴻信杳。蟾枝高折，願從今須早。莫辜負，鳳幃人老。更，去聲。

少年心　第二體　黄庭堅

心裏人人暫不見，霎時難過。天生你，要憔悴我。把心頭，從前鬼，着手摩挲。抖擻了，百病銷磨。　見説那，厮脾鱉大。不成我、便與拆破。待來時，鬲上與、厮噉則箇。温存

着，且教推磨。此又土音俳體。

解珮令　第二體

史達祖

人行花塢。衣沾香霧。有新詞、逢春分付。屢欲傳情，奈燕子、不曾飛去。倚珠簾、詠郎秀句。相思一度。濃愁一度。最難忘、遮燈私語。淡月梨花，借夢來、花邊廊廡。指春衫，淚曾濺處。濺，平聲。

慶春澤　第一體

張　先

飛閣危橋相倚。人獨立東風，滿衣輕絮。還記憶江南，如今天氣。正白蘋花，遶堤漲流水。寒梅落盡誰寄。方、春意無窮，青空千里。愁草樹依依，關城初閉。對月黄昏，角聲傍煙起。

玉梅令　高平調　姜夔

疎疎雪片。散入溪南苑。春寒鎖，舊家池館。有玉梅幾樹，背立怨東風，高花未吐，暗香已遠。公來領客，梅花能勸。花長好，願公更健。便揉春爲酒，剪雪作新詩，拚一日、繞花千轉。更，去聲。

行香子　第二體　中吕　蔣捷

紅了櫻桃。緑了芭蕉。送春歸，客尚蓬飄。昨宵穀水，今夜蘭膏。奈、雲溶溶，風淡淡，雨瀟瀟。銀字笙調。心字香燒。料芳蹤、乍整還凋。待將春恨，都付春潮。過、窈娘堤，秋娘渡，泰娘橋。

錦纏道　宋祁

燕子呢喃，景色乍長春晝。覩園林，萬花如繡。海棠經雨臙脂透。柳展宫眉，翠拂行人首。向郊原踏青，恣歡攜手。醉醺醺，尚尋芳酒。問牧童，遥指孤村，道、杏花深處，那裏人家有。

垂絲釣　周邦彦

縷金翠羽。粧成纔見眉嫵。倦倚綉床，看舞風絮。愁幾許。寄鳳絲雁柱。春將暮。向層城苑路。鈿車似水，時時花徑相遇。舊游伴侶。還到曾來處。門掩風和雨。梁燕語。問那人在否。否，叶府。看，去聲。

攤破醜奴兒　第二體　向鎬

自笑好癡迷。只為俺，忒瞅雛兒。近來都得旁人道，帖兒上面，言兒語子。那底都是虚脾。樓上等多時。兩地裏。□(一)爲都飢。低低說與當直底。轎兒擡轉，喝聲靠裏。看俺麼，裸而歸。爲，並去聲。此亦俳體。

(一) 按：此處原缺，紫芝漫抄本《樂齋詞》作「人」。

厭金杯　　賀鑄

風軟香遲，花深漏短。可憐宵，畫堂春半。碧紗窗影，卷帳蠟燈紅，鴛枕畔。密寫烏絲一叚。採蘋溪晚。拾翠沙空，儘愁倚，夢雲飛觀。木蘭艇子，幾日渡江來，心目斷。桃葉青山隔岸。觀，去聲。

看花回　第一體　大石調　　柳永

○玉城金堦舞舜干。○朝野多歡。九衢三市風光麗，萬家急管繁絃。鳳樓臨綺陌，○佳氣非煙。○雅俗熙熙物態妍。○忍負芳年。笑筵歌席連昏晝，在旗亭，○斗酒十千。○賞心何處好，唯有尊前。

看花回　第二體　　柳永

○屈指勞生百歲期。○榮瘁相隨。利牽名惹逡巡過，奈兩輪、玉走金飛。○紅顔成白首，○極品何爲。○塵事常多雅會稀。○忍不開眉。畫堂歌管深深處，難忘酒盞花枝。○醉鄉風景好，攜手同歸。

鳳凰閣 第一體 趙師俠

正薫風初扇，黄梅暑溽。並摇雙槳去程速。那更黄流浩淼，白浪如屋。動歸思，離愁萬斛。

平生奇觀，頗快江山寓目。日斜雲定晚風熟。白鷺飛來，點破一川明緑。展十幅、瀟湘畫軸。曲譜收入商調者，與後叚畧似。思、更、觀，並去聲。

鳳凰閣 第二體 葉清臣

徧園林緑暗，渾如翠幄。下無一片是花萼。可恨狂風横雨，忒煞情薄。盡底把、韶光送却。

楊花無頼，是處穿簾透幕。豈知人意正蕭索。春去也，這般愁，没處安着。怎奈向、黄昏院落。

歸田樂 第三體 晏幾道

試把花期數。便早有、感春情緒。看即梅花吐。願花更不謝，春且長住。只恐去。春去花開還不語。此意年年會否。絳唇青髩，漸少花前語。對花又記得，舊曾遊處。門外垂楊未飄絮。別本作「此意年年春會」。否、更，去聲。否，叶府。

感皇恩 第三體 趙企

騎馬踏紅塵，長安重到。人面依然似花好。舊權纔展，又被新愁分了。未成雲雨夢，巫山曉。千里斷腸，關山古道。回首高城似天杳。滿懷離恨，付與落花啼鳥。故人何處也，青春老。

感皇恩 第四體 賀鑄

蘭芷滿汀洲，游絲横路。羅襪塵生步。回顧。整鬟顰黛，脉脉多情難訴。細風吹柳絮。人南渡。回首舊遊，山無重數。花底深朱户。何處。半黄梅子，向晚一簾疎雨。斷魂分付與。春歸去。步、户、絮、與，皆暗韻。與趙詞不同。

殢人嬌　第二體　林鐘商　柳　永

當日相逢，便有憐才深意。歌筵畔，偶同鴛被。別來光景，看看經歲。昨夜裏。方把舊歡重繼。　曉月將沉，征驂已鞴。愁腸亂，又還分袂。良辰美景，恨浮名牽繫。無分得與妳，恣情睡睡。分得，「分」去聲；看，平聲。

殢人嬌　第三體　王庭珪

小院桃花，烟鎖幾重珠箔。更深海棠睡着。東風吹去，落誰家墻角。平白地，教人爲他情惡。　花若有情應不薄。也須悔，從前事錯。而今夜雨，念他玉顔飄泊。知那裏人家，怎生頓着。更、教，並平聲；爲，去聲。

夢行雲　一名《六幺花十八》　吴文英

簟波皺纖縠。朝炊熟。眠未足。青奴細膩，未揉眞珠斛。素蓮幽怨風前影，搔頭斜墜玉。　畫闌枕水，垂楊梳雨，青絲亂、如乍沐。嬌笙微韻，晚蟬亂秋曲。翠陰明月勝花夜，那愁春去速。勝，平聲；擪，去聲。

青玉案　第二體　中呂

賀　鑄

淩波不過横塘路。但、目送芳塵去。錦瑟年華誰與度。月楼花院，绮窗朱户。惟有春知處。

碧雲苒苒蘅皐暮。彩筆空題斷腸句。試問閒愁知幾許。一川煙草，滿城風絮。梅子黄時雨。趙長卿前段第二句少「但」字。户、絮，可不叶。

三蕅子

王特起（一）

悵、神光奕奕，天上良宵。花露濕，翠釵翹。風回鸞扇影，愁滿紫雲軺。恨相望，雖一水，隔三橋。

朱絃寂寂，心思迢迢。人未老，鬌先凋。翻騰驚世故，機巧到鮫綃。凉夜永，簫聲咽，篆烟飄。思，去聲；望，平聲。

（一）按：此詞見於《秋澗集》，應爲王惲詞。

解珮令 第三體 晏幾道

玉堦秋感，年華暗去。掩深宫、團扇無情緒。記得當時，自剪下、機中輕素。點丹青，畫成秦女。　凉襟猶在，朱絃未改，忍霜紈、飄零何處。是古悲凉，是情事、輕如雲雨。倚么絃，恨長難訴。

折桂令 第二體 倪瓚

草茫茫，秦漢陵闕。世代興亾，却更似、月影圓缺。山人家，堆案圖書，當窗松桂，滿地薇蕨。　侯門深何須刺謁。白雲自可怡悦。到如今、世事難説。天地間，不見一個英雄，不見一個豪傑。更，去聲。

行香子 第三體 〇詠柳 杜安世

黄金葉細，碧玉枝纖。初暖日，當乍晴天。向武昌溪畔，於彭澤門前。陶潛影，張緒態，兩相牽。　數株堤面，幾樹橋邊。嫩垂條，絮蕩輕綿。繫長江舴艋，拂深院秋千。寒食下，半和雨，半和烟。

兩同心　第一體　大石調　柳　永

佇立東風，斷魂南國。花光媚，春醉瓊樓，蟾彩迴，夜遊香陌。憶當時，酒戀花迷，役損詞客。　別有眼長腰搦。痛憐深惜。鴛衾冷，夕雨凄菲，錦書斷，暮雲凝碧。想別來，好景良時，也應相憶。

兩同心　第二體　黄庭堅

秋水遥岑。粧淡情深。儘道教，心堅穿石，更説甚，官不容針。霎時間，雨散雲歸，無處追尋。　小樓朱閣沉沉。一笑千金。你共人女邊着子，爭知我，門裏挑心。最難忩，小院迴廊，月影花陰。教，平聲；更，去聲。

兩同心　第三體　晏幾道

楚鄉春晚。似入仙源。拾翠處，閒尋流水，踏青路，暗惹香塵。心心在，柳外青帘，花下朱門。　對景且醉芳樽。莫話銷魂。好意思，曾同明月，愁滋味，最是黃昏。相思處，一紙紅箋，無限啼痕。意思，「思」去聲。

青玉案　第三體　詠雪　陳瓘

碧空黯淡同雲繞。漸、枕上風聲峭。吹透紗窗天欲曉。珠簾纔捲，美人驚報。一夜青山老。　使君命客金樽倒。正、千里瓊瑤未經掃。欹壓江梅春信早。十分農事，滿城和氣，管取來年好。

青玉案　第四體　張榘

西風亂葉溪橋樹。秋在黃花羞澀處。滿袖塵埃推不去。馬蹄濃露，雞聲淡月，寂歷荒村路。　身名多被儒冠誤。十載重來慢如許。且盡清尊公莫舞。六朝舊事，一江流水，萬感天涯暮。

數花風　一作《鳳凰閣》(第三體)　〇別義興諸友　張　炎

好遊人老，秋鬢蘆花共色。征衣猶戀一作「是」去年客。古道依然，黄葉誰家蕭瑟。自笑我，如何是得。　酒樓仍在，流落天涯醉白。孤城寒樹美人隔。烟水此程應遠，須尋梅驛。又、漸數花風第一。

殢人嬌　第四體　上壽　晏　殊

玉樹微涼，漸覺銀河影轉。林葉靜，疎紅欲遍。朱簾細雨，尚遲留歸燕。嘉慶日，多少世人良願。　楚竹驚鸞，秦簫起雁。縈舞袖，急翻羅薦。雲迴一曲，更輕櫳檀板。香炷遠。同祝壽期無限。更，去聲。

天仙子　第四體　沈會宗

景物因人成勝槩。滿目更無塵可礙。等閒簾幕小闌干，衣未解。心先快。明月清風如有待。誰信門前車馬隘。別是人間閒世界。坐中無物不清涼，山一帶。水一派。流水白雲常自在。更、勝，並去聲。

佳人醉 雙調 柳永

暮景蕭蕭雨霽。雲淡天高風細。正月華如水。金波銀漢，瀲灧無際。冷浸書帷夢斷，却披衣重起。臨軒砌。素光遙指。因念翠眉，音塵何處，相望同千里。儘凝睇。厭厭無寐。漸曉檻闌獨倚。厭，平聲。

獻衷心 第二體 顧敻

繡鴛鴦枕煖，畫孔雀屏欹。人悄悄，月明時。想昔年懽笑，恨今日分離。銀釭背，銅漏永，阻佳期。小爐烟細，虛閣簾垂。幾多心事，暗地思維。被嬌娥牽役，夢魂如癡。金閨裏，山枕上，始應知。

江城子　第五體　秦　觀

西城楊柳弄春柔。動離憂，淚難收。猶記多情，曾爲、繫歸舟。碧野朱橋當日事，人不見，水空流。　韶華不爲少年留。恨悠悠。幾時休。飛絮落花時候、一登樓。便做春江都是淚，流不動，許多愁。爲，去聲。

江城子　第六體　黄庭堅

新來又被眼奚搐。不甘伏。怎拘束。似夢還真，煩亂損心曲。見面暫時還不見，看不足。惜不足。　不成歡笑不成哭。戲人目。遠山蹙。有分看伊，無分共伊宿。一貫一文蹺十貫，千不足。萬不足。分，去聲，下同；看，平聲，下「看」去聲。

惜黄花　史達祖

涵秋寒渚。染霜丹樹。尚依稀，是來時、夢中行路。時節正思家，遠道仍懷古。更對着、滿城風雨。　黄花無數。　碧雲欲暮。　美人兮，美人兮，未知何處。　獨自捲簾看，誰爲開尊俎。　恨不得、御風歸去。更、爲，並去聲；看，平聲。

且坐令

韓　玉

閒院落。　悮了清明約。　杏花雨過臙脂綽。　繫了秋千索。　鬬草人歸，朱門悄掩，梨花寂寞。　書萬紙，恨難憑託。　才封了，又揉却。　冤家何處貪歡樂。　引得我，心兒惡。　怎生全不思量着。　那人人情薄。

月上海棠　第一體

陸　游

蘭房繡户厭厭病。　歎春酲、和悶甚時醒。　燕子空歸，幾曾傳、玉關音信。　傷心處、獨展團窠瑞錦。　薰籠消歇沉烟冷。　淚痕深，展轉看花影。　漫擁餘香，怎禁他、峭寒孤枕。　西窗曉，幾聲銀缾玉井。放翁用韻最嚴整，惟此詞韻極雜。○看，平聲。

月上海棠　第二體　段成己

酒杯何似浮名好。一入枯腸太山小。喚醒夢中身，鵑鳩數聲春曉。昂頭處，幾點青山屋杪。　人生得計魚游沼。視、過眼花陰向來少。須卜一枝安，笑、月底驚烏三繞。無窮事，畢竟何時是了。

小桃紅　第四體　別名《連理枝》（第二體）、《灼灼花》、《紅娘子》　程垓

不恨殘花嚲。不恨殘春破。只恨流光，一年一度，又催新火。縱青天白日繫長繩，也留春得麼。　花院從教鎖。春事從教過。燒笋園林，嘗梅臺榭，有何不可。已安排，珍簟小胡床，待日長閒坐。教，平聲。

漁家傲　第三體　蔡伸

煙鎖池塘秋欲暮。細細前香，直到雙栖處。並枕東窗聽夜雨。偎金縷。雲深不見來時路。　曉色朦朧人去住。香覆重簾，密密聞私語。目斷征帆歸別浦。空凝竚。苔痕綠

印金蓮步。

拾翠羽(一)

張孝祥

春入園林，花信總諸遲速。聽鳴禽稍遷喬木。夭桃美色，海棠芬馥。風雨霽，芳徑草心頻綠。　禊事纔過，相次禁烟追逐。想千歲、楚人遺俗。青旗沽酒，各家炊熟。良夜遊，明月勝燒花燭。

(一) 按：此調見《于湖詞》，《詞律》不載。《漁家傲》第三體、《拾翠羽》兩調目録無。

詞鵠初編卷之五

嘉定孫致彌愷似偶輯
受業餘姚樓儼儼若補訂

起七十一字，至八十字止，凡詞七十九調

千秋歲 第一體 首句亦有不用韻

謝逸

楝花飄砌。蔌蔌清香細。梅雨過，蘋風起。情隨湘水遠，夢遶吳峯翠。琴書倦，鷓鴣喚起南牕睡。　密意無人寄。幽恨憑誰洗。修竹畔，疎簾裡。歌餘塵拂扇，舞罷風掀袂。人散後，一鉤淡月天如水。「琴書」、「人散」二句亦有叶韻者。

西施 第一體 仙呂調

柳永

柳街燈市好花多。盡讓美瓊娥。萬嬌千媚，的的在層波。取次梳粧，自有天然態，愛、淺畫

雙蛾。　斷腸最是金閨客，空憐愛，奈伊何。洞房咫尺，無計枉朝珂。有意憐才，每遇行雲處，幸、時恁相過。過，平聲。

惜奴嬌　　晁補之

歌闋瓊筵，暗失金貂侶。說衷腸，丁寧囑付。棹舉帆開，黯行色、秋將暮。欲去。待却回，高城已暮。　漁火烟村，但觸目、傷離緒。此情向、阿誰分訴。那裡思量爭知我，思量苦。最苦。睡不着，西風夜雨。「暗失」句上史達祖多一仄字，平仄同。石孝友二體殊俳，總不可法，俱不另收。

千秋歲　第二體　　葉夢得

曉烟溪畔。曾記東風面。化工更與重裁剪。額黃侵膩髮，不共妖紅軟。凝露臉。多情正是當時見。　誰向滄波岸。特地移□(一)館。情一縷，愁千點。煩君搜妙句，為我催清

(一) 按：此處原空一字，汲古閣本《石林詞》作「開」。

燕。須細看。紛紛亂蕊空几案。爲、看，並去聲。

于飛樂　第一體　晏幾道

曉日當簾，睡痕猶占香腮。輕盈笑倚鸞臺。暈殘紅，匀宿粉，滿鏡花開。嬌蟬鬢畔，插一枝、淡蘂疎梅。　每到春深，多愁饒恨，粧成嬾下香堦。意中人，從別後，縈繫情懷。良辰好景，相思字、喚不歸來。占，去聲。

小鎮西犯　仙吕調　柳　永

水鄉初禁火，青春未老。芳菲滿，柳汀烟島。波際紅幃縹緲。盡杯盤小。歌祓禊，聲聲諧楚調。　路遼遶。野橋新市裡，花穠妓好。引遊人，競來歡笑。酩酊誰家年少。信玉山傾倒。家何處，落日眠芳草。

憶帝京　第一體　南吕調　柳　永

薄衾小枕凉天氣。乍覺別離滋味。展轉數寒更，起了還重睡。畢竟不成眠，一夜長如歲。也擬把、却回征轡。又争奈、已成行計。萬種思量，多方開解，只恁寂寞厭厭地。繫我一生心，負你千行淚。山谷一體多土音叶，不足據。〇更、厭，並平聲；解，上聲。

粉蝶兒 第一體　辛棄疾

昨日春如，十三女兒學繡，一枝枝、不教花瘦。甚無情，便下得、雨僝風僽。向園林，鋪作地衣紅皺。而今春似，輕薄蕩子難久。記前時，送春歸後。把春波，都釀做、一江醽酎。約清愁。楊柳岸邊相候。教，平聲。作，音做。

粉蝶兒 第二體　毛滂

雪徧梅花，素光都共奇絶。到牕前，認君時節。下重幃，香篆冷，蘭釭明滅。夢悠揚，空遶斷雲殘月。沈郎帶寬，同心放開重結。褪羅衣，楚腰一捻。正春風，新着摸，花花葉葉。粉蝶兒，這回、共花同活。

兩同心　第四體

杜安世

巍巍劍外，寒霜覆林枝。望衰柳，尚色依依。暮天靜，雁陣高飛。入碧雲際。江山秋色，遣客愁悲。　蜀道巇嶮行遲。瞻京都迢遞。聽巴峽、數聲猿啼。惟獨箇，未有歸計。謾空悵望，每每無言，獨對斜暉。聽，去聲。

月上海棠　第三體

党懷英

傲霜枝裊團珠蕾。冷香微，烟雨晚秋意。蕭散繞東籬，尚彷佛，見山清氣。西風外。夢到斜川栗里。　斷霞魚尾明秋水。帶三兩，飛鴻點烟際。疎林颯秋聲，似知人、倦遊無味。家何處。落日西山紫翠。

離亭燕

孫浩然

一帶江山如畫。風物向秋瀟灑。水浸碧天何處斷，霽色冷光相射。蓼嶼荻花洲，掩映竹籬茅舍。　雲際客帆高掛。烟外酒旗低亞。多少六朝興廢事，盡入漁樵閒話。悵望倚層樓，寒日無言西下。「處」字《詞律》不加。○非。晁无咎用「舟」字可據。

撼亭竹　第一體

黄庭堅

嗚咽南樓吹落梅。聞鴉樹驚飛。夢中相見不多時。隔城今夜也應知。坐久水空碧，山月影沉西。　買箇宅兒住着伊。剛不肯相隨。如今却被天嗔你。永落鷄羣受鷄欺。空恁惡憐伊。風日損花枝。曲譜有《感亭秋》，入仙吕過曲，平仄近似，然不敢遽定也。

撼亭竹　第二體

王詵

綽略青梅弄春色。真艷態堪惜。經年費盡東君力。有情先到探春客。無語泣寒香，時暗度瑶席。　月下風前空悵望，思携手同摘。畫闌倚遍無消息。佳辰樂事再難得。還是夕陽天，空暮雲凝碧。

師師令 張先

香鈿寶珥。拂菱花如水。學粧皆道稱時宜，粉色有天然春意。蜀綵衣長勝未起。縱亂霞垂地。　都城池苑誇桃李。問東風何似。不須回扇障清歌，脣一點、小于朱蘂。正值殘英和月墜。寄此情千里。稱，去聲；勝，平聲。

風入松 第一體 康與之

一宵風雨送春歸。綠暗紅稀。畫樓整日無人到，與誰同撚花枝。門外薔薇開也，枝頭梅子酸時。　玉人應是數歸期。翠斂愁眉。塞鴻不到雙魚遠，歎樓前流水難西。新恨欲題紅葉，東風滿院花飛。趙彥端一體「歎樓前」句少「歎」字，周紫芝一體「與誰」句多一字領起，餘同，俱不另收。

隔簾聽 林鐘商 柳永

咫尺鳳衾鴛帳，欲去無因到。蝦鬚窣地重門悄。認繡履頻移，洞房杳杳。彊語笑。逞如簧，再三輕巧。梳粧早。琵琶閑抱。愛品相思調。聲聲似把芳心告。隔簾贏得，斷腸多少。恁煩惱。除非共伊知道。彊，上聲。

隔浦蓮 或多「近拍」二字　周邦彦

新篁搖動翠葆。曲徑通深窈。夏果收新脆，金丸落驚飛鳥。濃靄迷岸草。蛙聲鬧。驟雨鳴池沼。水亭小。浮萍破處，簾花簷影顛倒。綸巾羽扇，困臥北牕清曉。屏裡吴山夢自到。驚覺。依然身在江表。綸，音關；覺，音攪。

歸田樂 第四體　黄庭堅

對景還消受。被箇人，把人調戲，我也心兒有。憶我又喚我，見我嗔我，天甚教人怎生受。看承幸則勾。又是尊前眉峰皺。是人驚怪，冤我忒撋就。攃了又捨了，一定是，這回休了，及至相逢又依舊。此詞亦俳體。看，平聲。

西施　第二體　吕調(一)　柳　永

苧蘿妖艷世難□(二)。善媚悦君懷。後庭恃愛寵，盡使絶嫌猜。正恁朝歡暮宴，情未足，早江上兵來。　捧心調態軍前死，羅綺旋變塵埃。至今想，怨魂無主尚徘徊。夜夜姑蘇城外，當時月，但、空照荒臺。

郭郎兒近拍　仙吕調　柳　永

帝里閒居，小曲深坊，庭院沉沉朱户閉。新霽。畏景天氣。薰風簾幕，無人永晝，厭厭如度歲。愁瘁。　枕簟微凉，睡久轉轉慵起。硯席塵生，新詩小闋，等閒都盡廢。這些兒、寂寞情懷，何事新來常恁地。厭，平聲。

荔枝香近　第一體　周邦彦

向夜寒侵酒席，露微泫。舄履初會，香澤方熏，無端暗雨催人，但怪燈偏簾捲。回顧，始覺、

(一) 按：應爲「仙吕調」。
(二) 按：此處原空一格，勞權抄本《樂章集》作「偕」。

大都世間，最苦惟聚散。到得春殘，看即是開離宴。細思別後，柳眼花鬚更誰剪。此懷何處消遣。首句一作「夜來寒侵」。○看、更，並去聲。

驚鴻去遠。

于飛樂 第二體 張先

寶奩開，菱鏡淨，一掬清蟾。新粧臉，旋學花添。蜀紅衫。雙繡蝶，裙縷鶼鶼。尋思前事，小屏風、仍畫江南。　怎空教，草解宜男。柔桑暗，又過春蠶。正、陰晴天氣，更、暝色相兼。幽期消息，曲房西，碎月篩簾。解、更，並去聲。

碧牡丹 第一體 晏幾道

翠袖疏紈扇。涼葉催歸燕。一夜西風，幾處傷高懷遠。細菊枝頭，開嫩香還徧。月痕依舊庭院。　事何限。悵望秋意晚。離人鬢華將滿。靜憶天涯路，比此情猶短。試約鸞箋，傳素期良願。南雲猶有新雁。華，音花。

臨江仙　第十體　南吕調　柳　永

渡口向晚，乘瘦馬，涉崇岡。西郊又送秋光。對、暮山横翠，襯、殘葉飄黄。憑高念遠素景，楚天無處不凄凉。香閨别來無信息，雲愁雨恨難忘。指、帝城歸路，但、烟水茫茫。凝情望斷淚眼，盡日獨立斜陽。

傳言玉女　黄鐘(一)　晁沖之

一夜東風，吹散柳梢殘雪。御樓烟煖，對、鼇山綵結。簫鼓向晚，鳳輦初回宫闕。千門燈火，九衢風月。　繡閣人人，乍嬉遊，困又歇。艷粧初試，把朱簾半揭。嬌羞向人，手撚玉梅低説。相逢長是，上元時節。

(一) 按：此詞《唐宋諸賢絶妙詞選》、《樂府雅詞》、《詞綜》皆未注宫調，此處所注「黄鐘」應是「黄鐘宫」，或出曲譜。

百媚娘　　張先

珠閣五雲仙子。未省有誰能似。百媚等應天乞與，淨飾艷粧俱美。取次芳華皆可意。何處無桃李。蜀被錦紋鋪水。不放綵鴛雙戲。樂事也應存後會。爭奈眼前心裏。緑皺小池紅疊砌。花外東風起。

剔銀燈　第一體　　毛滂

簾下風光自足。忽到席間屏曲。瑤甕酥融，羽觴蟻鬭，花映酃湖寒緑。汨羅愁獨。又何似，紅圍翠簇。聚散悲歡箭速。不易一杯相屬。頻剔銀燈，别聽牙板，尚有龍膏堪續。羅熏繡馥。錦瑟畔，低迷醉玉。

河滿子　第三體　　孫洙

悵望浮生急景，凄凉寶瑟餘音。楚客多情偏怨别，碧山遠水登臨。目送連天衰草，夜闌幾處疎砧。　黄葉無風自落，秋雲不雨長陰。天若有情天亦老，摇摇幽恨難禁。惆悵舊歡如夢，覺來無處追尋。

蕊珠閒　　趙彦端

浦雲融，梅風斷，碧水無情輕度。有嬌黄，上林梢，向春欲舞。緑烟迷晝，淺寒欺暮。不勝小樓凝佇。　倦遊處。故人相見易阻。花事從今堪數。片帆無恙，好在一篙新雨。袍宫錦，畫羅金縷。莫教恨傳幽句。勝、教，並平聲。

剔銀燈　仙呂調　第二體　　柳　永

何事春工用意。繡畫出、萬紅千翠。艷杏夭桃，垂楊芳草，各鬬雨膏烟膩。如斯佳致。早晚是、讀書天氣。　漸漸園林明媚。便好安排懽計。論籃買花，盈車載酒，百琲千金邀妓。何妨沉醉。有人伴、日高春睡。杜安世一體後段次句作七字，因字句悉同，與前段無異，不另列。○此詞曲譜收入中呂。○論，去聲。

訴衷情近　林鍾商　柳　永

幽閨晝永，漸入清和氣序。榆錢飄滿庭堦，蓮葉嫩生翠沼。遥望水邊幽徑，山崦孤村，是處園林好。　閒情悄。綺陌遊人漸少。少年風韻，自覺隨春老。追先好。帝城信阻，天涯目斷，暮雲芳草。竚立空殘照。幽閨，一作「景閒」。

解蹀躞　周邦彦

候館丹楓吹盡，面旋隨風舞。夜寒霜月，飛來伴孤旅。還是獨擁秋衾，夢餘酒困都醒，滿懷離苦。　甚情緒。深念淩波微步。幽房暗相遇。淚珠都作，秋宵枕前雨。此恨音驛難通，待憑征雁歸時，帶將愁去。「面」字疑作「回」，「盡」字亦疑有誤。○楊无咎一體兩結作四字一句，三字兩句「丿丨丿丿，丨丿丿，丨丨丿」，餘同，不另列。○作，音做。醒，平聲。

荔枝香近 第二體

周邦彦

照水殘紅，零亂風掀去。盡日惻惻輕寒，簾底吹香霧。黄昏客枕無聊，細響當牕雨。看、兩兩相依燕新乳。　樓下水，漸、緑遍行舟浦。暮往朝來，心逐片帆輕舉。何日迎門，小檻朱櫳報鸚鵡。共剪西窗蜜炬。看，去聲。

千年調

辛棄疾

巵酒向人時，和氣先傾倒。最要然然可可，萬事稱好。滑稽座上，更對鴟夷笑。寒與熱，總隨人，甘國老。　少年使酒，出口人嫌拗。此箇和合道理，近日方曉。學人言語，未會十分巧。看他們，得人憐，秦吉了。更，去聲。

長生樂 第一體

晏殊

閬苑神仙平地見，碧海架蓬瀛。洞門相向，倚金鋪微明。處處天花撩亂，飄散歌聲。裝真筵壽，賜與流霞，滿瑶觥。紅鸞翠節，紫鳳銀笙。玉女雙來，近彩雲隨步，朝夕拜三清。爲傳王母金籙，祝千歲長生。爲，去聲。

長生樂 第二體

晏 殊

玉露金風月正圓。臺榭早凉天。畫堂佳會，組繡列芳筵。洞府星辰，龜鶴來添福壽，歡聲喜色，同入金爐，泛濃烟。清歌妙舞，急管繁絃。榴花滿酌觥船。人盡説，富貴又長年。莫教紅日西晚，留着醉神仙。教，平聲。

越溪春

歐陽修

三月十三寒食日，春色遍天涯。越溪閬苑繁華地，傍禁垣、珠翠烟霞。紅粉墻頭，秋千影裡，臨水人家。歸來晚駐香車。銀箭透牕紗。有時三點兩點雨霽，朱門柳細風斜。沉麝不燒金鴨，玲瓏月照梨花。禁，去聲。

瑞雲濃　　楊无咎

暌離漫久，年華誰信曾換。依舊當時似花面。幽歡小會，記永夜杯行無算。醉裏屢忘歸，任、虛簷月轉。　能變新聲，隨語意、悲歡感怨。可更餘音寄羌管。倦游江浙，問似伊、阿誰曾見。度已無腸，爲伊可斷。更、爲，並去聲；度，入聲；己，音紀。

碧牡丹　第二體　　張先

步障搖紅綺。曉月墜。沉烟砌。緩板香檀，唱徹伊州新製。怨入眉頭，斂黛峯橫翠。芭蕉寒，雨聲碎。　鏡華翳。閒照孤鸞戲。思量去時容易。鈿合瑶釵，至今冷落輕棄。望極藍橋，但暮雲千里。幾重山，幾重水。

番槍子　一名《春草碧》（第一體）　　韓玉

莫把團扇雙鸞隔。要看玉溪頭，春風客。妙處風骨瀟閒，翠羅金縷瘦宜窄。轉面兩眉攢，青山色。到此月想精神，花似秀質。待與不清狂，如何得。奈何難駐朝雲，易成春夢。恨又積。送上七香車，春草碧。按，此詞末句有「春草碧」三字，以此得名，應作《春草碧》第一體，後李獻能諸人易名本於此。◯看，去聲。

春草碧 第二體 李獻能

紫簫吹破黄昏月。簌簌小梅花，飄香雪。寂寞花底風鬟，顔色如花命如葉。千里涴凝塵，凌波襪。心事鑑影鸞孤，箏絃雁絶。舊時雪堂人，今華髮。斷腸金縷新聲，杯深不覺琉璃滑。醉夢遶南雲，花上蝶。此詞與《番槍子》名異，體畧似，然而平仄迥乎不同。

撲蝴蝶 第一體 或加「近」字 趙彦端(一)

清和時候，薰風來小院。琅玕脱籜，方塘荷翠颭。柳絲輕度流鶯，畫棟低飛乳燕。園林緑

(一) 按：據汲古閣本《坦庵詞》此調作者應爲趙師使，《詞律》誤作趙彦端，《詞鵠》沿誤。

陰初遍。景何限。輕紗細葛，綸巾和羽扇。披襟散髮，心清塵不染。一盃洗滌無餘，萬事消磨去遠。浮名薄利休羨。綸，音關。

下水船　第一體　晁補之

百紫千紅翠。惟有瓊花特異。便是當年，唐昌觀中玉蕊。尚記得，月裡仙人來賞，明日喧傳都市。甚時又，分與揚州本，一朵冰姿難比。曾向無雙亭邊，半酣獨倚。似夢覺，曉出瑤臺十里。猶憶飛瓊標致。黃山谷一體「尚記得」句叶，「又」字叶，「本」字叶，「無雙」句讀斷，「覺」字叶，「里」字不叶，餘同，不另收。〇覺，音攪；觀，去聲。

下水船　第二體　晁補之

上客驪駒繫。驚喚銀缾睡起。困倚粧臺，盈盈正解螺髻。鳳釵墜，繚繞金盤玉指。巫山一段雲委。半窺鏡，向我橫秋水。斜頷花枝交鏡裡。淡拂鉛華，匆匆自整羅綺。斂眉翠。雖有愔愔密意。空作江邊解珮。解，並上聲。

御街行　第一體　雙調

柳　永

燔柴烟斷星河曙。寶輦回天步。端門羽衛簇雕闌，六樂舜韶先舉。鶴書飛下，雞竿高聳，恩霈均寰寓。赤霜袍爛飄香霧。喜色成春煦。九儀三事仰天顏，八彩旋生眉宇。椿齡無盡，蘿圖有慶，長作乾坤主。霈，去聲。

荔枝香　歇指調

柳　永

甚處尋芳賞翠，歸去晚。緩步羅襪生塵，來繞瓊筵看。金縷霞衣輕褪，似覺春遊倦。遥認，衆裡盈盈好身段。擬回首，又佇立簾幃畔。素臉紅眉，時揭蓋頭微見。笑整金翹，一點芳心在嬌眼。王孫空恁腸斷。看，去聲。

荔枝香近　第三體　吴文英

輕睡時聞，晚鵲噪庭樹。又説今夕，天津西畔重歡遇。珠絲暗鎖，紅樓燕子穿簾處。天上□(一)，比人間更情苦。秋鬢改，妬、月姊長眉嫵。過雨西風，數葉井梧秋舞。夢入藍橋，幾點疎星映朱户。淡濕沙邊凝竚。此詞與柳不同。更，去聲。

憶帝京　第二體　黄庭堅

銀燭生花如紅豆。占好事、今宵有。人醉曲屏深，借寶瑟，輕搖手。一陣白蘋風，故滅燭，教相就。花帶雨，冰肌香透。恨啼烏，轆轤聲曉。柳岸微凉吹殘酒。斷腸人依舊鏡中消瘦。恐那人知後。鎮把你來僝僽。山谷江西土音與閩人差似，如林外《洞仙歌》「曉」字叶朽。教，平聲。

(一) 按：此處原空一格，汲古閣本《夢窗詞》作「未」。

于飛樂　第三體　毛滂

正瞢騰濃睡裡，一片雲行。未多時，夢破雲驚。聽轆轤聲斷也，井底銀缾。不如羅帶，等閒便、結得同心。　繫畫船，楊柳岸，曉月亭亭。記陽關，斷韻殘聲。被西風，吹玉枕，酒魄還清。有些言語，獨自箇，說與誰聽。

望遠行　第四體　黄庭堅

自見來，虛過却。好時好日，這池尿，粘膩得處，煞是律據眼前言定，也有十分七八。冤我無心除告佛。　管人閒底，且放我快活。嘚便索些別茶祇待又，怎不遇，偎花映月。且與一班半點，只怕你，没丁香核。此體俳，不可法。

望月婆羅門引　別本無「望月」二字（並第一體）　曹組

漲雲暮捲，漏聲不到小簾櫳。銀河淡掃澄空。皓月當軒高掛，秋入廣寒宮。正金波不動，桂影朦朧。佳人未逢。歎此夕，與誰同。望遠傷懷對影，霜滿秋紅。南樓何處，想人在、長笛一聲中。凝淚眼，立盡西風。

風入松　第二體　于國寶(一)

一春常廢買花錢。日日醉湖邊。玉驄慣識西湖路，驕嘶過、沽酒樓前。紅杏香中歌舞，緑楊影裡秋千。暖風十里麗人天。花壓髩雲偏。畫船載取春歸去，餘情付、湖水湖烟。明日重扶殘醉，來尋陌上花鈿。此詞本作「明日重携殘酒」，高宗見之曰「未免措大氣」，因改爲「明日重扶殘醉」。

孤雁兒　第一體　李清照

藤牀紙帳朝眠起。説不盡，無佳思。沉香烟斷玉爐寒，伴我情懷如水，笛聲三弄，梅

(一) 按：《武林舊事》、《詞綜》作俞國寶。

心驚破，多少春情意。　小風疎雨瀟瀟地。又催下、千行淚。吹簫人去玉樓空，腸斷與同倚。一枝折得，人間天上，没箇人堪寄。此詞絶類《御街行》，較范詞少一字，「但腸斷」句必脱落一字。

四園竹「四」或作「西」　　周邦彦

浮雲護月，未放滿朱扉。鼠摇暗壁，螢度破牕，偷入書幃。秋意濃，閒佇立、亭柯影裡。好風襟袖先知。　夜何其。江南路繞重山，心知漫與前期。奈向燈前墮淚，腸斷蕭娘，舊日書辭。猶在紙。雁信絶，清宵夢又稀。

撲蝴蝶　第二體　　宋　無名氏

烟條雨葉，緑遍江南岸。思歸倦客，尋芳來較晚。岫邊紅日初斜，陌上飛花正滿。凄涼數聲羌管。　怨春短。玉人應在，月明樓中畫眉嬾。鸞牋小字，多少魚雁斷。恨隨去水東流，事與行雲俱遠。羅衾舊香猶煖。少，一作「時」。

祝英臺近　越調　一名《月底修簫譜》　辛棄疾

寶釵分，桃葉渡。烟柳暗南浦。怕上層樓，十日九風雨。斷腸點點飛紅，都無人管，倩誰勸、流鶯聲住。　鬢邊覷。試把花卜歸期，纔簪又重數。羅帳燈昏，哽咽夢中語。是他春帶愁來，春歸何處。又不解、帶將愁去。怕，一作「陌」。解，去聲。

側犯　周邦彦

暮霞霽雨，小蓮出水紅粧靚。風定。看步襪江妃照明鏡。飛螢度暗草，秉燭遊花徑。人靜，携艷質追凉就槐影。　金環皓腕，雪藕清泉瑩。誰念省。滿身香，猶是舊荀令。見説胡姬，酒壚寂靜。烟鎖漠漠，藻池苔井。一本無「念」字。「烟鎖」句本四字，方千里作「愁聽葉落」亦四字句，《詞律》以「聽」字作叶，非。〇看，去聲。

上西平　第一體　〇會稽秋風亭觀雪　辛棄疾

九衢中，盃逐馬，帶隨車。問誰解，愛惜瓊華。何如竹外，靜聽窣窣蟹行沙，自憐是，海山頭、種玉人家。　紛如鬬嬌如舞，纔整整，又斜斜。要圖畫，還我漁蓑。凍吟應笑，羔兒無分漫煎茶。起來極目，向瀰茫，數盡歸鴉。解，去聲。「蓑」字叶。分，去聲。

甘州令　仙吕調

柳　永

凍雲深，淑氣淺，寒欺緑野。輕雪畔，早梅飄謝。艷陽天，正明媚，却成瀟灑。玉人歌，畫樓酒，對此早、驟增高價。　賣花巷陌，放燈臺榭。好時代，怎生輕捨。賴和風，蕩霽靄，廓清良夜。玉塵鋪，桂莖滿，素光裡，更堪遊冶。更，去聲。

陽關引　一名《古陽關》

寇　準

塞草烟光濶。渭水波聲咽。春朝雨霽，輕塵斂，征鞍發。指青青楊柳，又是輕攀折。動黯然，知有後會甚時節。　更盡一杯酒，歌一闋。歎人生裡，難懽聚，易離别。且莫辭沉醉，聽取陽關徹。念故人千里，自此共明月。更、聽、塞，並去聲。

一叢花

張　先

傷高懷遠幾時窮。無物似情濃。離心正引千絲亂，更南陌、飛絮濛濛。嘶騎漸遥，征塵不斷，何處問郎蹤。　雙鴛池沼水溶溶。南北小橋通。梯横畫閣黄昏後，又還是、斜月簾櫳。沉恨細思，不如桃杏，猶解嫁東風。更、解，並去聲。

鳳樓春

歐陽修(一)

鳳髻緑雲叢。深掩房櫳。錦書通。夢中相見覺來慵。匀粉臉，淚珠融。因想玉郎何處去，對此景誰同。　小樓中。春思無窮。倚闌凝望，闇牽愁緒，柳花飛趁東風。斜日照簾櫳。羅幌香冷粉屏空。海棠零落，鶯語殘紅。簾櫳，「櫳」字犯重，疑有誤，或「簾」字上有「珠」、「繡」等字而於「幌」字斷句也，然無他本校對，姑仍舊。○覺、思，並去聲。

(一) 按：應爲歐陽炯詞，見《花間集》。

御街行 一名《孤雁兒》（並第二體）

范仲淹

紛紛墜葉飄堦砌。夜寂靜、寒聲碎。真珠簾捲玉樓空，天淡銀河垂地。年年今夜，月華如練，長是人千里。　愁腸已斷無由醉。酒未到，先成淚。殘燈明滅枕頭欹，諳盡孤眠滋味。都來此事，眉間心上，無計相迴避。

小鎮西

柳　永

意中有箇人，芳顔二八。天然俏，自來奸黠。最奇絶。是笑時、媚靨深深，百態千嬌，再三偎着。再三香滑。　久離缺。夜來魂夢裡，尤花殢雪。分明似，舊家時節。正懽悦。被鷄聲喚起，一場寂寞，無眠向曉，空有半牕殘月。

鎮西

蔡　伸

秋風吹雨，覺重衾寒透。傷心聽，曉鐘殘漏。凝情久。記紅牕夜雪，促膝圍鑪，交杯勸酒。如今頓孤歡偶。　念别後。菱花清鏡裡。眉峯暗鬬。想標容，怎禁銷瘦。忍回首。但雲牋墨妙，鴛錦啼粧，依然似舊。臨風淚沾襟袖。禁，平聲；聽，去聲。

夢還京 大石調　　柳永

夜來匆匆飲散，欹枕背燈睡。酒力全輕，醉魂易醒，風揭簾櫳，夢斷披衣重起。悄無寐。　追悔。當初繡閣，話別太容易。日許時，猶阻歸計。甚況味。旅館虛度殘歲。想嬌媚。那裡。獨守鴛幃靜，永漏迢迢，也應暗同此意。

金人捧露盤 「金」一作「銅」，又名《上西平》（第二體）、《西平曲》、《上南平》　　高觀國

念瑤姬。翻瑤珮，下瑤池。冷香夢，吹上南枝。羅浮路杳，憶曾清曉見仙姿。天寒翠袖，可憐是、倚竹依依。　溪痕淺，雲痕凍，月痕淡，粉痕微。江樓怨，一笛休吹。芳音待寄，玉堂烟驛雨凄遲。新愁萬斛，為春瘦，却怕春知。

紅林檎近　　周邦彥

高柳春纔軟，凍梅寒更香。暮雪助清峭，玉塵散林塘。那堪飄風遞冷，故遺度幕穿牕。似

欲料理新粧。呵手弄絲簧。冷落詞賦客，蕭索水雲鄉。援毫授簡，風流猶憶東梁。望虛簷徐轉，廻廊未掃，夜長莫惜空酒觴。更，去聲。

望雲涯引

李　甲

秋容江上，岸花老，蘋洲白。露濕蒹葭，浦嶼漸增寒色。閒漁唱晚，鶩雁驚飛處，映遠磧。數點輕帆，送天際歸客。鳳臺人散，漫回首、沉消息。素鯉無憑，樓上暮雲凝碧。時向西風下，認遠笛。宋玉悲懷，未信金樽消得。

山亭柳　第一體　〇贈歌者

晏　殊

家住西秦。賭博藝隨身。花柳上，鬬尖新。偶學念奴聲調，有時高遏行雲。蜀錦纏頭無數，不負辛勤。　　幾年來往咸陽道，殘盃冷炙漫銷魂。衷腸事，託何人。若有知音見採，不辭遍唱陽春。一曲當筵淚落，重掩羅巾。

山亭柳　第二體　杜安世

曉來風雨，萬花飄落。歎韶光，虛過却。芳草萋萋，映樓臺、淡烟漠漠。紛紛絮飛院宇，燕子過朱閣。玉容淡粧添寂寞。檀郎孤願太情薄。數歸期，絕信約。暗添春宵恨，平康恣迷歡樂。時時悶飲醁醑，甚轉轉思量着。

過澗歇　中呂調　柳　永一刻周邦彥

淮楚。曠望極，千里火雲燒空，盡日西郊無雨。厭行旅。數幅輕帆旋落，艤棹蒹葭浦。避畏景，兩兩舟人夜深語。此際爭可便恁，奔名競利、去九衢塵裡，衣冠冒炎暑。回首江鄉，月觀風亭，水邊石上，幸有散髮披襟處。一刻作「便恁奔利名九衢」云云，脱「競」。「回首江鄉」三句《琴趣》作六字二句。旋、觀，並去聲。

早梅芳近　第一體　或無「近」字　呂渭老

畫簾深，粧閣小。曲徑明花草。風聲約雨，暝色啼鴉暮天杳。染眉山對碧，匀臉要相照。

漸更衣對客，微坐自輕笑。　醉紅明，金葉倒。恣看還新好。　瑩注粉，淚滴皪，波光射庭沼。　犀心通密語，珠唱翻新調。　佳期定約秋了。更，平聲；看，去聲。

踏青遊　第一體　○贈妓崔廿四

無名氏一刻作蘇軾

識箇人人，恰正年年歡會。　似賭賽，六隻渾四。　向巫山，重重去，如魚水。　兩情美。　同倚畫闌十二。　倚畫闌，又還重倚。　兩日不來，時時在人心裡。　擬、問卜長占歸計。　擬三八清齊，望永同鴛被。　驀然被驚覺，夢也有頭無尾。一本「年年」作「二年」，又「同倚」下作「倚了又還重倚」，又「驀然」句作「到夢裡驀然被驚覺」，多三字，然字面重疊，不取也，姑仍舊。○覺，去聲。

瑤堦草

程　垓

空山子規叫，月破黃昏冷。　簾幕風輕，綠暗紅又盡。　自從別後，粉消香膩，一春成病。　那堪晝閒日永。　恨難整。　起來無語，綠萍破處池光淨。　悶理殘粧，照花獨自憐瘦影。　睡來又怕，飲來越醉，醒來却悶。　看誰似，我孤另。醒，上聲；看，去聲。

安公子　中呂調　第一體　柳　永

長川波瀲灩。楚鄉淮岸。迢遞，一霎烟汀雨過，芳草青如染。驅驅攜書劍。當此好天好景，自覺多愁多病，行役心情厭。望處、曠野沉沉，暮雲黯黯。行侵夜色，又是急槳投村店。認去程將近，舟子相呼，遥指漁燈一點。曲譜收此詞作正宫調慢詞。

御街行　第三體　宋　無名氏見《古今詞話》

霜風漸緊寒侵袂。聽孤雁聲嘹唳。一聲聲送一聲悲，雲淡碧天如水。披衣告語，雁兒略住，聽我些兒事。塔兒南畔城兒裡。第三箇橋兒外。瀕河西岸小紅樓，門外梧桐雕砌。請教且與，低聲飛過那裡，有人人、無寐。聽，去聲。

詞鵠初編卷之六

嘉定孫致彌愷似偶輯

受業餘姚樓儼儼若補訂

起八十一字，至九十字止，凡詞九十三調

鬭百花 第一體 一名《夏州》(一) 晁補之

小小盈盈珠翠。憶得眉長眼細。曾共映花低語，已解傷春情意。重向溪堂，臨風看舞涼州，依舊照人秋水。轉更添姿媚。與問堦上，簸錢時節猶記。微笑但把纖腰，向人嬌倚。不見還休，誰教見了，厭厭還是。向來情味。解、看、更，並去聲；教、厭，並平聲。

(一) 按：目録中爲「《夏州》(並第一體)」。

鬭百花　正宮　亦名《夏州》（並第二體）　柳　永

滿搦宫腰纖細。年紀正當笄歲。剛被風流沾惹，與合垂楊雙髻。初學嚴粧，如描似削身材，怯雨羞雲情意。舉措多嬌媚。　争奈心性，未會先憐佳婿。長是夜深，不肯便入鴛被。與解羅裳，盈盈背立銀釭，却道你但先睡。解，上聲。

柳初新　大石調　柳　永

東郊向曉星杓亞。報、帝里春來也。柳擡烟眼，花匀露臉，漸覺緑嬌紅姹。粧點層臺芳榭。運神功，丹青無價。　別有堯階試罷。新郎君，成行如畫。杏園風細，桃花浪煖，競喜羽遷鱗化。遍九陌，相將遊冶。驟香塵，寶鞍驕馬。行，音杭。

御街行　第四體　◯賦轎　高觀國

藤筠巧織花紋細。稱、穩步如流水。踏青陌上雨初晴，嫌怕濕、文鴛雙履。要人送上，逢花須住，繞過處、香風起。裊兒掛在簾兒底。更不把、牕兒閉。紅紅白白簇花枝，恰稱得、尋春芳意。歸來時晚，紗籠引道，扶下人微醉。此調本應八十一字，而《詞律》收竹屋賦簾一闋作八十二字，蓋以結句必欲前後相同，强作誤落一字，何不看此闋。稱、更，並去聲。

彩鳳飛

陳　亮

人立玉，天如水，特地如何撰。海南沉，燒着欲寒猶煖。算從頭，有多少，厚德陰功，人家上，一一舊時香案。　暾經慣。小駐吾州，纔爾依然歡聲滿。莫也教，公子王孫眼見。這些兒、穎脱處，高出書卷。經綸自入手，不了判斷。吾、教，並平聲。

倒垂柳

楊无咎

曉來烟露重，爲重陽、增勝致。記一年好處，無似此天氣。東籬白衣至。南陌芳筵啟。風流曾未遠，登臨都在眼底。　人生如寄。慢把茱萸看仔細。擊節聽高歌，痛飲莫辭醉。烏帽任教，顛倒風裡墜。黃花明日，縱好無情味。「露重」，去聲；「重陽」平聲；勝、看，並去聲。

皂羅特髻　采菱拾翠

蘇　軾

采菱拾翠，算、似此佳名，阿誰消得。采菱拾翠，稱、使君知客。千金買、采菱拾翠，更、羅裙滿把真珠結。采菱拾翠，正、髻還初合。真箇、采菱拾翠，但、深憐輕拍。一雙手、采菱拾翠，繡衾下、抱着俱香滑。采菱拾翠，待、到京尋覓。此詞全用一字領起句。○稱、更，並去聲。

有有令

趙長卿

前山減翠。疎竹度輕風，日移金影碎。還又年華暮，看看是、新春至。那更堪，有箇人人，似花似玉，温柔伶俐。準擬。恩情忔戲。拈弄上，則人難比。我也埋根豎柱，你也爭些氣。大家一捺頭地。美中更美。廝守定，共伊百歲。看，平聲；更，並去聲。

最高樓　第一體　○催春

蔣　捷

新春景，明媚在何時。宜早不宜遲。暖塵巷陌青油幰，重簾深院畫羅衣。要些兒。晴日曬，暖風吹。 一片片雪兒休要下，一點點雨兒休要灑，纔恁地，越愆期。悠悠不趂梅花到，匆匆枉帶柳花飛。倩黃鶯，將我話，報春知。

最高樓 第二體 中呂宮 柳永

微雨過，深院芰荷中。香冉冉，繡重重。玉人共倚闌干角，月華猶在小池東。入人懷，吹鬢影，可憐風。 分散去，輕如雲與葉，剩下了，許多風與月，侵枕簟，冷簾櫳。剛能小睡還驚覺，畧成輕醉早惺忪。仗行雲，將此恨，到眉峯。覺，音攪。

柳腰輕 中呂宮 柳永

英英妙舞腰肢軟。章臺柳，昭陽燕。錦衣冠蓋，綺堂筵宴。是處千金爭選。顧香砌、絲管初調，倚輕風、環珮微顫。 乍入霓裳促遍。逞盈盈、漸催檀板。慢垂霞袖，急趨蓮步，進退奇容千變。笑何止、傾國傾城，暫回眸、萬人腸斷。調，平聲。

新荷葉　第一體

僧　揮

雨過迴塘，圓荷嫩緑新抽。越女輕盈，畫橈穩泛蘭舟。波光艷，粉紅相間、脉脉嬌羞。菱歌隱隱漸遥，依約凝眸。堤上郎心，波間粧影遲留。不覺歸時，暮天碧襯蟾鈎。風蟬噪晚，餘霞映、幾點沙鷗。漁笛不道有人，獨倚危樓。間，去聲。

新荷葉　第二體

辛棄疾

人已歸來，杜鵑欲勸誰歸。緑樹如雲。等閑付與鶯飛。兔葵燕麥，問劉郎、幾度沾衣。翠屏幽夢覺來水遶山圍。有酒重攜。小園隨意芳菲。往日繁華，而今物是人非。春風半面，記當年、初識崔徽。南雲雁少，錦書無箇因依。覺，音叫。

千秋歲引

王安石

別館寒砧，孤城畫角。一派秋聲入寥廓。東歸燕從海上去，南來雁向沙頭落。楚臺風，庾樓月，宛如昨。　無奈被些名利縛。無奈被他情擔閣。可惜風流總閒却。當初漫留華表語，而今誤我秦樓約。夢闌時，酒醒後，思量着。

驀山溪　第一體　大石調　一名《陽春》　王庭堅(一)

鴛鴦翡翠，小小思珍偶。眉黛斂秋波，儘湖南、山明水秀。娉娉嫋嫋，恰似十三餘，春未透。花枝瘦。正是愁時候。　尋芳載酒。肯落誰人後。祇恐遠歸來，緑成陰、青梅如豆。心期得處，每自不由人，長亭柳。君知否。千里猶回首。

驀山溪　第二體　大石調　辛棄疾

飯蔬飲水，客莫嘲吾拙。高處看浮雲，一丘壑、中間甚樂。功名妙手，壯也不如人，今老矣，

(一) 按：此詞《琴趣外篇》、《群英草堂詩餘》、《唐宋諸賢絶妙詞選》皆作黄庭堅，但並無「大石調」一説。《詞譜》：「《驀山溪》，金詞注大石調。」明嘉靖刻本《董解元西厢記》中《驀山溪》爲「大石調」。

尚何堪，堪釣前溪月。病來止酒，辜負鸕鷀杓。歲晚念平生，待都與、鄰翁細説。人間萬事，先覺者賢乎，深雪裡，一枝開，春事梅先覺。看，平聲。

早梅芳 第二體(一) 周邦彥

花竹深，房櫳好。夜閴無人到。隔牕寒雨，向壁孤燈弄餘照。淚多羅袖重，意密鶯聲小。正魂驚夢怯，門外已知曉。去難留，話未了。早促登長道。風披宿霧，露洗初陽射林表。亂愁迷遠覽，苦語縈懷抱。漫回頭，更堪歸路杳。更、重，並去聲。

洞仙歌 第一體 吳文英

花中慣識，壓架瓏璁雪。乍見湘英間琅葉。恨、春風將了，染額人歸，留得箇、裊裊垂香帶

(一) 按：原作第三體，但前並無第一體、第二體，前有《早梅芳近》，如充作第一體，則此應爲第二體。

月。鶯兒真似酒，我愛幽芳，還比荼蘼又嬌絶。自種古松根，待黄龍、亂飛上蒼髯五鬣。更老仙、添與筆端香，敢喚起桃花，問誰優劣。問、更，並去聲。

爪茉莉　柳永

每到秋來，轉添甚況味。金風動、冷清清地。殘蟬噪晚，甚聒得、人心欲碎。更休道、宋玉多悲，石人也須下淚。　衾寒枕冷，夜迢迢、更無寐。深院靜、月明風細。巴巴望曉，怎生捱，更迢遞。料可兒、只在枕頭根底。等人睡，來夢裡。更，並去聲。

秋夜月　第二體　雙調　柳永

當初聚散。便喚作無由，再逢伊面。近日來，不期而會重歡宴。向尊前、閑暇裡，斂着眉兒長歎。惹起舊愁無限。　盈盈淚眼。漫向我耳邊，作萬般幽怨。奈你自家，心下事難見。待音信，真箇恁、別無縈絆。不免收心，共伊長遠。

夢玉人引

呂渭老

上危梯。望、畫閣迴，繡簾垂。曲水飄香，小園鶯喚春歸。舞袖弓彎，正、滿城烟草凄迷。結伴踏青，趂、蝴蝶雙飛。賞心懽計，從別後，無意到西池。自檢羅囊，要尋紅葉留詩。懶約無憑據，鶯花都不知。怕人問，强開懷、細酌酴醿。

拂霓裳 第一體

晏殊

笑秋天。晚荷花綴露珠圓。風日好，數行征雁貼寒烟。銀簧調翠管，瓊柱撥清絃。捧觥船。一聲聲、齊唱太平年。人生百歲，離別易，會逢難。無事日，剩呼賓友啟芳筵。星霜催緑鬢，風露損朱顏。惜清歡。又何妨、沉醉玉樽前。調，平聲。

拂霓裳 第二體

晏殊

喜秋成。見千門萬户樂昇平。金風細，玉池波浪縠紋生。宿霧沾羅幕，微凉入畫屏。張綺宴，傍、熏爐蕙炷、和新聲。神仙雅會，會、此日象蓬瀛。管絃清。旋翻紅袖學飛瓊。

光陰無暫住，懽醉有閒情。祝辰星。願、百千爲壽、獻瑶觥。和，去聲。

滿路花　第一體

周邦彦

簾烘淚雨乾，酒壓愁城破。冰壺防飲渴，焙殘火。朱消粉退，絶勝新梳裹。不是寒宵短，日上三竿，殢人猶要同卧。

如今多病，寂寞章臺左。黄昏風弄雪，門深鎖。蘭房密愛，萬種思量過。也須知有我。着甚情悰，你但忘了人呵。焙，平聲；勝，去聲。

滿路花　第二體

秦　觀

露顆添花色。月彩投牕隙。春思如中酒，恨無力。洞房咫尺。曾記青鸞翼。雲散無蹤跡。羅帳熏殘，夢回無處尋覓。

輕紅膩白。步步熏蘭澤。約腕金環重，宜裝飾。未知安否，一向無消息。不是尋常憶。憶後教人。片時存濟不得。此詞用韻與前不同。思、中、重，並去聲。

滿路花　第三體　平韻　呂渭老

西風晴日短，小雨菊花寒。斷雲低古木，暗江天。星娥尺五，佳約誤當年。小語憑肩處，猶記西園。畫橋斜月闌干。　鳥啼花落，春信遣誰傳。尚容清夜夢，小留連。青樓何處，寶鏡注嬋娟。應念紅箋事，微暈春山。背牕愁枕孤眠。

促拍滿路花　仙呂調　或無「促拍」二字，應作第四體　柳　永

香靨融春雪，翠鬢嚲秋烟。楚腰纖細正□□(一)。鳳幃夜短，偏愛日高眠。起來貪顛傻，只恁殘却黛眉，不整花鈿。　有時攜手閒坐，偎倚綠牕前。温柔情態儘人憐。畫堂春過，悄悄落花天。長是嬌癡處，尤殢檀郎，未教拆了秋千。秦少游前後首句俱用韻，餘同，不另列。○教，平聲。

(一) 按：此處原爲墨釘，汲古閣本《樂章集》此處亦缺，勞權抄本《樂章集》作「笄年」。

黄鶴引

方□□[一]

先逢垂拱。不識干戈免田隴。士林書圃終年，庸非天寵。才初闒茸。老去支離何用。浩然歸，算是、黄鶴□[二]風相送。　塵事塞翁心，浮世莊生夢。漾舟遥指烟波，羣山森動。神閒意聳。回首利韁名韁，此情誰共。問幾許，淋浪春甕。宋方勺《泊宅編》云：「先子晚鄧州于紹聖改元致政歸隱，遂爲此詞。序曰：『因閲阮田曹所製《黄鶴引》詞調清高，寄爲一闋，命稚子歌焉。』」○按方勺父名無可考，阮田曹亦未知爲誰，録之以存其調耳。○浪，平聲。

洞仙歌　第二體

王安中

深庭夜寂，但涼蟾如晝。鵲起高槐露華透。聽曲樓玉管，吹徹伊州，金釧響，軋軋朱扉暗扣。　迎人巧笑道，好箇今宵，怎不相尋暫携手。見淡淨，晚粧殘對月偏宜，多情更越饒纖瘦。早促分飛霎時休，便恰似陽臺，夢雲歸後。

[一] 按：此詞作者《詞律》作「方」，《詞譜》作「方失名」，按語云：「此詞見《泊宅編》，乃方勺之父所作，方勺父名無可考，阮田曹亦未知其人，録之以存其調。」

[二] 按：此處原爲墨釘，明刻稗海本《泊宅編》作「秋」。

長壽樂　平調　柳永

尤紅殢翠。近日來，陡把狂心牽繫。羅綺叢中，笙歌筵上，有箇人人可意。解嚴粧、巧笑次。姿則成嬌媚。知幾度，密約秦樓盡醉。　仍攜手、眷戀香衾繡被。情漸美。算好把、夕雨朝雲相繼。便似、仙禁春深，御爐烟裊，臨軒親試對。禁，去聲。

迷仙引　雙調　柳永

才過笄年，初綰雲鬟，便學歌舞。席上尊前，王孫隨分相許。算等閒、酬一笑，但千金慵覷。常只恐、容易瞬華偷換，光陰虛度。　已受君恩顧。好與花爲主。萬里丹霄，何妨攜手同去去。永棄却、烟花伴侶。免教人，見妾朝雲暮雨。分，去聲；教，平聲。

洞仙歌　第三體　蘇軾

冰肌玉骨，自清涼無汗。水殿風來暗香滿。繡簾開、一點明月窺人，人未寢，攲枕釵橫鬢亂。　起來攜素手，庭户無聲，時見疎星度河漢。試問夜如何，夜已三更，金波淡。玉繩低轉。但屈指西風幾時來，又不道流年暗中偷換。更，平聲。

清波引 第一體

〇橫舟是時以湖湘廉使歸　張炎

江濤如許。更一夜、聽風聽雨。短篷容與。盤礴那堪數。弭節澄江一作「扶踈」樹。不爲蓴鱸歸去。怕教冷落蘆花，誰招得、舊鷗鷺。寒汀一作「洲」古溆一作「斷浦」。盡日無人喚渡。此中清楚。寄情在譚麈。難覓真閒處。肯被水雲留住。泠然棹入川流，去一作「近」天尺五。更、爲，並去聲；教，平聲。

歸去難

周邦彥

佳約人未知，背地伊先變。惡會稱停，事看深淺。如今信我，委的論長遠。好彩無可怨。自合教伊，推些事後分散。密意都休，待說先腸斷。此恨除非是、天相念。堅心更守，未死終須見。多少閑磨難。到得其時，知他做甚頭眼。稱、看、論、教，俱平聲；更、難，並去聲。

踏青遊　第二體　周邦彦

金勒絨鞍，西城嫩寒春曉。路漸入、垂楊芳草。過平堤，穿緑徑，幾聲啼鳥。是處裏誰家，杏花臨水，依約靚粧斜照。極目高原，東風露桃烟裊。望十里、紅圍翠遶。更相將，乘酒興，幽情多少。待向晚，從頭記將歸去，説與鳳樓人道。更、興，並去聲。

鶴沖天　大石調　第四體　柳　永

閒牕漏永，月冷霜華墮。悄悄下簾幕，殘燈火。再三思往事，離魂亂，愁腸鎖。無語沉吟坐。好天好景，未省展眉則箇。從前早是多成破。何況經歲月，相抛彈。假使重相見，還得似、當初麼。悔恨無計那。迢迢良夜，自家只恁摧挫。

蕙蘭芳引　周邦彦

寒瑩晚，空點青鏡，斷霞孤鶩。對客館深扃，霜草未衰更緑。倦遊厭旅，但、夢繞阿嬌金屋。

想故人別後，盡日空疑風竹。　塞北氍毹，江南圖障，是處温燠。更花管雲箋，猶寫寄情舊曲。音塵迢遞，但勞遠目。今夜長，爭奈枕單人獨。更，並去聲。

八六子　第一體　　李　湑

乍鷗邊，一番腴緑流紅，又怨蘋花。看曉吹、約晴歸路，夕陽分、半落漁家。輕寒半遮。　縈情芳草無涯。還報舞香一曲，玉瓢幾許春華。正細柳烟青，小桃朱户，去年人面，知此日重來繫馬。東風淡墨欹鴉。暗牕紗。人歸緑陰自斜。看、吹，並去聲。

祭天神　中吕調　第一體　　柳　永

歎笑筵歌席輕抛彈。背孤城，幾舍烟村停畫舸。更深釣叟歸來，數點殘燈火。被連綿、宿酒醺醺，愁無那。　寂寞擁、重衾卧。又聞得、行客扁舟過。篷牕近，蘭棹急，好夢還驚破。念平生、單棲蹤跡，多感情懷，到此厭厭，向曉披衣坐。更、厭，並去聲。

清波引　第二體　姜夔

冷雲迷浦。倩誰喚，玉妃起舞。歲華如許。野梅弄眉嫵。屐齒印蒼蘚，漸爲尋花來去。自隨秋雁南來，望江國，渺何處。新詩漫與。好風景，長是暗度。故人知否。抱幽恨難語。何時共漁艇，莫負滄浪烟雨。況有清夜啼猿，怨人良苦。否，叶韻。浪，平聲。

洞仙歌　第四體　蔣捷

枝枝葉葉，受東風調弄。便是鶯穿也微動。自鵞黃千縷，數到飛綿，閒無事，誰管將春迎送。輕柔心性在，教得遊人，酒舞花吟恣狂縱。更誰家鸞鏡裡，貪學纖蛾，移來、傍粧樓新種。總不道、江頭鎖清愁，正雨渺烟茫，翠陰如夢。更，去聲。

洞仙歌　第五體　◯寄茅峰梁中砥　張炎

中峯壁立，掛飛來孤劍。蒼雪紛紛墮晴蘚。自當年詩酒，客裡相逢，春尚好，鷗散烟波茂陵苑。　只今誰最老，種玉人間，消得梅花共清淺。問我入山期，但恐山深，松風把、紅塵吹斷。望蓬萊一作「弱水」、知隔幾重雲，料只隔中間，白雲一片。此詞與前句法稍異。

洞仙歌　第六體　○贈宜春官妓趙佛奴　　阮　閱

趙家姊妹，合在昭陽殿。因甚人間有飛燕。見伊底盡道，獨步江南，便江北、也何曾慣見。　惜伊情性好，不解嗔人，長帶桃花笑時臉。向尊前酒底，見了須歸，似恁地，能得幾回細看。待、不眨眼兒覷着伊，將眨眼工夫，看伊幾遍。解、看，並去聲。

秋夜月　第三體　　尹　鶚

三秋佳節。罩晴空，凝碎露，茱萸千結。菊蘂和烟輕撚，酒浮金屑。徵雲雨，調絲竹，此時難輟。歡極，一片艷歌聲揭。　黃昏慵別，炷沉烟，熏繡被，翠帷同歇。並鴛鴦雙枕，煖偎春雪。語丁寧，情委曲，論心正切。夜深□，牕透數條斜月。調、論，並平聲。

兀令

賀鑄

盤馬樓前風日好。雪消塵掃。樓上宮裝早。認、簾箔微開，一面嫣妍笑。攜手、別院重廊，窈窕花房小。任碧羅窻曉。間濶時多書問少。鏡鸞空老。身寄吴雲杳。想轣轆車音，幾度青門道。占得春色年年，隨處隨人到。恨不如芳草。間、占，並去聲。

中興樂　第三體

李珣

後庭寂寂日初長，翩翩蝶舞紅芳。繡簾垂地，金鴨無香，誰知春思如狂。憶蕭郎。等閒一去，程遥信斷，五嶺三湘。休開鸞鏡學宮粧。可能更理絲簧。倚屏凝睇，淚落成行。手尋裊帶鴛鴦。暗思量。忍孛前約，教人花貌，虛老風光。春思，「思」、「更」，並去聲。教，平聲。

簇水

趙長卿

長憶當初，是他見我心先有。一鉤纔下，便引得、魚兒開口。好事重門深院，寂寞黄昏後。

廝覷着，一面兒酒。　試擱就。便把我、得意人處，閔子裡、施纖手。雲情雨意，似、十二巫山舊。更向枕前言約，許我長相守。　歡人也，猶自眉頭皺。更，去聲。

洞仙歌　第七體　　李元膺

雪雲散盡，放、曉晴庭院。楊柳于人便青眼。更、風流多處，一點梅心相映遠。約略嚬輕笑淺。　一年春好處，不在濃芳，小艷疎香最嬌軟。到清明時候，百紫千紅花正亂。已失春風一半。早占取、韶光共追遊，但、莫管春寒，醉紅自煖。更、占，並去聲。

洞仙歌　第八體　　林　外

飛梁壓水，虹影澄清曉。橘里漁村半烟草。歎、今來古往，物換人非，天地裡，惟有江山不老。　雨巾風帽。四海誰知我。一劍横空幾番過。按、玉龍嘶未斷，月冷波寒歸也，林屋洞天無鎖。認雲屏、烟障是吾廬，任、滿地蒼苔，年年不掃。此詞閩音，「過」叶告，「我」叶傲，「鎖」叶掃等字，俱不可法，然句法不同，姑存其調。

祭天神　歇指調　第二體　柳　永

憶、繡衾相向輕輕語。屏山掩、紅蠟長明，金獸盛熏蘭炷。何期到此，酒態花情頓孳負。愁腸斷、還是黄昏，那更滿庭風雨。　聽空堦和漏，碎聲鬭滴愁眉聚。算伊還共誰人，爭知此冤苦。念千里烟波，迢迢前約，舊歡省，一向無心緒。盛、更、聽，並去聲。

華胥引　第一體　周邦彦

川原澄映，烟月溟濛，去舟似葉。岸足沙平，蒲根水冷，留雁唼。別有孤角吟秋，對曉風嗚軋。紅日三竿，醉頭扶起還怯。　離思相縈，漸看看、鬢絲堪鑷。舞衫歌扇，何人輕憐細閲。檢點從前恩愛，鳳箋盈篋，愁剪燈花，夜來和淚雙疊。思，去聲；看，平聲。

鶴沖天　第五體　杜安世

清明天氣。永日愁如醉。臺榭緑陰濃，薰風細。燕子巢方就，盆池小，新荷蔽。恰似逍遥際。單夾衣裳，半籠軟玉肌體。　石榴美艷，一撮紅綃比。牕外數脩篁，寒相倚。有箇關心處，難相見，空凝睇。行坐深閨裡。嬾更梳粧，自知新來憔悴。更，去聲。

婆羅門令　雙調　第二體

柳　永

昨宵裡。恁和衣睡。今宵裡。又恁和衣睡。小飲歸來，初更過，醺醺醉。中夜後，何事還驚起。　霜天冷風細細。觸疎牕，閃閃燈摇曳。空床展轉重追想，雲雨夢，任攲枕、難繼。寸心萬緒，咫尺千里。好景良天，彼此空有相憐意。未有相憐計。

滿園花

秦　觀

一向沈吟久。淚珠盈襟袖。我當初、不合苦撋就。慣縱得，軟頑到底心先有。行待癡心守。甚捻着脉子，倒把人來僝僽。　近日來，非常羅皂醜。佛也須眉皺。怎掩得，衆人口。待、收了孛羅，罷了從來斗。從今後。休道共我，夢見也、不能勾。別刻作「不能得勾」。此體亦俳。

愛恩深　大石調

柳　永

雅致裝庭宇。黄花開淡泞。細香明艶，盡天與助。秀色堪飡，向曉自有真珠露。剛被金錢妬。擬買斷秋天，容易獨步。　粉蝶無情蜂已去。要上金尊，惟有詩人曾許。待宴賞重陽，恁時盡把芳心吐。陶令輕回顧。免憔悴東籬，冷烟寒雨。

滿路花　第五體　趙師俠

連枝蟠古木，瑞蔭映晴空。桃江江上景，古今同。忙中取靜，心地儘從容。掃盡荊榛蔽，結屋誅茅，道人一段家風。　任、烏飛兔走匆匆。世事亦何窮。官閒民不擾，更年豐。簞瓢雲水，時與話西東。真樂誰能識，兀坐忘言，浩然天地之中。從，音匆；更，去聲。

明月引　和白雲趙宗簿自度曲　陳允平

雨餘芳草碧蕭蕭。暗春潮。蕩雙橈。紫鳳青鸞，舊夢帶文簫。綽約珮環風不定，雲欲墮，六銖香，天外飄。　相思、爲誰蘭恨銷。渺湘冤、無處招。素紈猶在，真真意、還倩誰描。舞鏡空懸，羞對月明宵。鏡裡心，心裏月，君去矣，舊東風，新畫橋。

洞仙歌 第九體 呂直夫

征鞍帶月，濃露沾襟袖。馬上輕衫峭寒透。望翠峰深淺，憶着眉兒，腰肢嫋，忍看風前細柳。

別時頻囑付，早寄書來，能及清明到家否。這言語，便夢裡也、在心頭，重相見，不知伊瘦、儂瘦。縱、百卉千花已離披，須趂得荼蘼，牡丹時候。

洞仙歌 第十體 蔡伸

鶯鶯燕燕。本是于飛伴。風月佳時阻幽願。但人心、堅固後，天也憐人，相逢處，依舊桃花人面。

綠牕攜手乍，簾幕重重，燭影搖紅夜將半。對尊前如夢，欲語魂驚，語未竟，已覺、衣襟淚滿。我只爲、相思特特來，這度更休推，後回相見。爲、更，並去聲。

華胥引 第二體 ○爲錢舜舉題幅紙畫牡丹梨花 張炎

溫泉浴罷，酣酒纔甦，洗粧猶濕。落暮雲深，瑤臺月下逢太白。素衣初染天香，對東風傾國。惆悵東闌，炯然玉樹獨立。只恐江空，頓忘却、錦袍清逸。柳迷歸院，欲遠花妖未得。誰寫一枝淡雅，倚沉香亭北。說與鶯鶯，怕人錯認秋色。

洞仙歌　第十一體　或多「令」字　◯荷花　康與之

若耶溪路。別岸花無數。欲斂嬌紅向人語。與緑荷相倚，恨回首西風，波淼淼、三十六陂烟雨。新粧明照水，汀渚生香，不嫁東風被誰誤。遣踟躕，騷客意，千里緜緜，仙浪遠、何處凌波微步。想南浦潮生畫橈歸，正月曉風清，斷腸凝竚。

離別難　第一體　薛昭蘊

寶馬曉鞴雕鞍。羅幃乍別情難。那堪春景媚˥送君千萬里˥半粧珠翠落，露華寒。紅蠟燭˪青絲曲˪偏能勾引淚闌干。良夜促˪香塵緑˪魂欲迷』檀眉半斂愁低』未別心先咽『欲語情難說『出芳草，路東西』搖袖立。春風急。鶯花楊柳雨凄凄』此詞凡六轉韻。

江城梅花引　第一體　　康與之[一]

娟娟霜月冷侵門。怕黄昏。又黄昏。手撚一枝，獨自對芳樽。酒又不禁花又惱，漏聲遠，一更更，總斷魂。　斷魂。[二]斷魂。不堪聞。被半温。香半熏。睡也睡也、睡不穩。誰與温存。惟有床前銀燭、照啼痕。一夜為花憔悴損，人瘦也，比梅花，瘦幾分。禁、更，並平聲。

江城梅花引　第二體　　吴文英

江頭何處帶春歸。玉川迷。路東西。一雁不飛。雪壓、凍雲低。十里黄昏成曉色，竹根籬。分流水，過翠微。　帶書傍月自鉏畦。苦吟詩。生鬢絲。半黄細雨，翠禽語、似説相思。惆悵孤山花盡、草離離。半幅寒香家住遠，小簾垂。玉人悮，聽馬嘶。

(一) 按：此詞汲古閣本《書舟詞》調名作《攤破江城子》，爲程垓詞。《群英草堂詩餘》無作者，《類編草堂詩餘》增改作者與前調同，作「康伯可」。

(二) 按：此處爲字間空心點，意爲此乃句中暗韻。

江梅引 洪皓

天涯除館憶江梅。幾枝開。使南來。還帶餘杭春信、到燕臺。準擬寒英聊慰遠，隔山水，應銷落，赴愬誰。空恁遐想笑摘蕊。斷回腸，思故里。漫彈綠綺引三弄，不覺魂飛。更聽胡笳哀怨、淚沾衣。亂插繁花須異日，待孤諷，怕東風，一夜吹。燕，平聲；更，去聲。

鵲橋仙 第三體 歇指調 柳永

屆征途，携書劍，迢迢匹馬東去。慘離懷，嗟少年，易分難聚。佳人方恁繾綣，便忍分鴛侶。當媚景，算密意幽歡，盡成輕負。此際、寸腸萬緒。慘愁顏、斷魂無語。和淚眼片時，幾番回顧。傷心脉脉誰訴。但、黯然凝竚。暮烟寒雨。望秦樓何處。

鶴沖天 第六體(一) 仙吕宫 柳永

黄金榜上。偶失龍頭望。明代暫遺賢，如何向。未遂風雲便，爭不恣游狂蕩。何須論得

(一) 原誤作第五體。

丧。才子詞人，自是白衣卿相。烟花巷陌，依約丹青屏障。幸有意中人，堪尋訪。且恁偎紅倚翠，風流事，平生暢。青春都一晌。忍把浮名，換了淺斟低唱。丧、相，並去聲。

瑞鷓鴣　第四體　南呂調

柳　永

寶髻瑤簪。嚴粧巧，天然綠媚紅深。綺羅叢裡，獨逞謳吟。一曲陽春定價，何啻值千金。傾聽處，王孫帝子，鶴蓋成陰。凝態掩霞襟。動象板，聲聲怨思難任。嘹亮處回壓，絃管低沉。時恁迴眸斂黛，空役五陵心。須信道，緣情寄意，別有知音。思，去聲；任，平聲。

玉人歌

楊　炎(一)

風西起。又老盡籬花，寒輕香細。漫題紅葉，句裡意誰會。長天不恨江南遠，苦恨無書寄。最相思，盤橘千枚，膾鱸十尾。鴻雁、阻歸計。算愁滿離腸，十分豈止。倦倚闌干，顧

(一) 按：此調《詞律》歸入《探芳信》，《詞譜》另立一調。此詞見《西樵語業》，作者應爲楊炎正。

影在天際。淩烟圖畫青山約，總是浮生事。判從今，買取朝醒夕醉。判、醒，並平聲。

醉思仙

呂渭老

斷人腸。正西樓獨上，愁倚斜陽。稱鴛鴦鸂鶒，兩兩池塘。春又老，人何處，怎慣不思量。到如今，瘦損我，又還無計禁當。小院呼盧夜，當時醉倒殘缸。被天風吹散，鳳翼難雙。南牕雨，西牕月，尚未散，拂天香。聽鶯聲，悄記得，那時舞板歌梁。稱，去聲；禁，平聲。

惜紅衣　無射宮　白石自度腔

姜　夔

枕簟邀涼，琴書換日。睡餘無力。細灑冰泉，并刀破甘碧。墻頭喚酒，誰問訊、城南詩客。岑寂。高樹晚蟬，説西風消息。虹梁水陌。魚浪吹香，紅衣半狼藉。維舟試望故國。渺天北。可惜柳邊沙外，不共美人遊歷。問甚時同賦，三十六陂秋色。并，平聲。

八六子 第二體　　秦　觀

倚危亭。恨如芳草萋萋，剗盡還生。念柳外青驄別後，水邊紅袂分時，愴然暗驚。無端天與娉婷。夜月一簾幽夢，春風十里柔情。怎奈向一作「何」歡娱漸隨流水，素絃聲斷，翠綃香減，那堪片片飛花弄晚，濛濛殘雨籠晴。正銷凝。黄鸝又啼數聲。

洞仙歌 第十二體(一)　　趙長卿

廣寒宫殿，不在人間世。分付天香與岩桂。向西風摇曳處，數十里知聞，金翠裡。别有出羣標致。　東園盛事。五畝濃陰芘。必以詩書取榮貴。況一門三秀才，未足欽崇，那更是。異姓同居兄弟。更細把繁英祝姮娥，看禹浪飛騰，定應來歲。更、看，並去聲。

羽仙歌　　潘　牥

雕簷綺户，倚晴空如畫。曾是吴王舊臺榭。自浣紗人去後，落日平蕪，行雲斷，幾見花開花

(一) 原誤作第十一體。

謝。淒涼闌檻外，一簇青山，多少圖王共爭霸。莫問愁、金盃瀲灩，對酒當歌，歡娛地，夢中興亡休話。漸倚遍、西風晚潮生，明月裡鷺鷥，背人飛下。此詞與《洞仙歌》絶似，但句法稍異，或恐宮調有別，不敢擅易其名。

勸金船 和元素韻撰腔命名　蘇　軾

無情流水多情客。勸我如曾識。杯行到手休辭却，這公道難得。曲水池上，小字更書年月。如對茂林修竹，似永和節。　纖纖素手如霜雪。咲把秋花插。尊前莫怪歌聲咽。又還是輕別。此去翱翔，遍賞玉堂金闕。欲問再來何歲，應有華髮。更，去聲；華，音花。

愁春未醒 第一體　吴文英

東風未起，花上纖塵無影。峭雲失凝酥，深塢洗梅清。釣倦愁絲冷。浮虹氣，海空明。若耶門閉，扁舟去懶，客思鷗輕。　幾度問春，娼紅冶翠，空媚陰晴。看真色，千巖一素，天淡無情。醒看重開，玉鈎簾外曉峰青。相扶輕醉，越山更上，臺最高層。思、更，並去聲。

芳草渡 第二體 周邦彥

昨夜裡，又再宿桃源，醉邀仙侶。聽碧牕風快，疎簾半捲愁雨。多少離恨苦。方留連啼訴。鳳帳曉，又是匆匆，獨自歸去。愁顧。滿懷淚粉，瘦馬衝泥尋去路。慢回首，烟迷望眼，依稀見朱户。似癡似醉，暗惱損、凭闌情緒。澹暮色，看盡棲鴉亂舞。

八六子 第三體 楊纘

怨殘紅。夜來無賴，雨催春去匆匆。但暗水新流芳恨，蝶悽蜂慘，千林嫩綠迷空。那知國色還逢。柔弱華清扶倦，輕盈洛浦臨風。細認得凝粧，點脂勻粉，露蟬聳翠，蕊金團玉成叢。幾許愁隨笑解，一聲歌轉春融。眼朦朧。凭闌干、半醒醉中。

雪獅兒 第一體 程垓

斷雲低晚，輕烟帶暝，風驚羅幕。數點梅花，香倚雪牕搖落。紅爐對謔。正、酒面瓊酥初削。雲屏煖，不知門外，月寒風惡。　迤邐慵雲半掠。笑盈盈閒弄，寶箏絃索。煖極生春，已向橫波先覺。花嬌柳弱。漸倚醉、要人摟着。低告託。早把被兒熏却。

石湖仙　越調，白石自度　姜夔

松江烟浦。是千古三高，游衍佳處。須信石湖仙，似鴟夷，翩然引去。浮雲安在，我自愛、綠香紅嫵。容與。看世間、幾度今古。　盧溝舊曾駐馬，爲黄花、閒吟秀句。見説胡兒，也學綸巾欹雨。玉友金蕉，玉人金縷。緩移箏柱。聞好語。明年定在槐府。綸，音關。

遠朝歸　趙耆孫

金谷先春，見、乍開江梅玉膩。珠簾院落，人靜雨疏烟細。橫斜帶月，別是一般風味。金尊裡。任遺英亂點，殘粉低墜。　惆悵、秦隴當年，念水遠天長，故人難寄。山城倦眼，無緒更看夭李。當時醉魄，算依舊、徘徊花底。斜陽外。漫回首，畫樓十二。更，去聲。

卜算子 第八體 歇指調 ◯别本多「慢」字(一) 柳　永

江楓漸老，汀蕙半凋，滿目敗紅衰翠。楚客登臨，正是暮秋天氣。引疎碪、斷續殘陽裡。對晚景、傷懷念遠，新愁舊恨相繼。　脉脉人千里。念兩處風情，萬重烟水。雨歇天高，望斷翠峯十二。儘無言，誰會憑高意。縱寫得、離腸萬種，奈歸雲一作「鴻」誰寄。

滿江紅 第一體 ◯《冥音録》云「原名《上江紅》」 吕渭老

晚浴新凉，風蒲亂、松梢見月。庭陰静，暮蟬啼歇。螢遶井闌簾入燕，荷香蘭氣供摇箑。賴晚來、一雨洗游塵，無些熱。　心下事，蜂重疊。人甚處，星明滅。想行雲應在，鳳凰城闕。曾約佳期同菊蘂，當時共指燈花説。攄眼前何日是西風，凉吹葉。

魚游春水 宋　無名氏

秦樓東風裏，燕子還來尋舊壘。餘寒猶峭，紅日薄侵羅綺。嫩草方抽碧玉茵，媚柳輕拂黄

(一) 按：此處目録作「一作《卜算子慢》(第一體)」。

金縷。鶯囀上林，魚游春水。　幾曲闌干半倚。又是一番新桃李。佳人應怪歸遲，梅粧淚洗。鳳簫聲絶沉孤雁，望斷清波無雙鯉。雲山萬重，寸心千里。

探芳信　第一體

張　炎

坐清晝。正治思縈花，餘酲倦酒。甚探芳人老，芳心尚如舊。消魂忍説銅駝事，不是因春瘦。向西園、竹掃頽垣，蔓蘿荒甃。　風雨夜來驟。歎歌冷鶯簾，恨凝蛾岫。愁到今年，都是去年否。賦情嬾聽山陽笛，目極空搔首。我何堪，老却江潭漢柳。

一枝花　南吕(一)

辛棄疾

千丈擎天手。萬卷懸河口。黄金腰下印，大如斗。更千騎弓刀，揮霍遮前後。百計千方久。似鬭草兒童，贏箇他家偏有。　算、枉了雙眉長皺。白髮空回首。那時閒説向山中

(一) 按：「南吕」一説不見於詞集文獻，應爲「南吕調」。《詞譜》：「《促拍滿路花》，《太平樂府》注南吕調。」

友。看丘隴牛羊，更辨賢愚否。且是栽花柳。怕有人來，但只道、今朝病酒。騎，去聲。

探芳信 第二體　　蔣　捷

翠吟哨。似有人、黄裳孤竚埃表。漸老侵芳歲，識君恨不早。料應陶令吟魂在，凝此秋香妙。傲霜姿，尚想前身，倚𢤱餘傲。　回首、醉年少。控、駿馬芙邊，紅𩋾茸帽。淡泊東籬，有誰肯、夢飛到。正襟三誦悠然句，聊遣花微笑。酒休賒，醒眼看花正好。

遥天奉翠華引　　侯　寘

雪消樓外山。正秦淮、翠藴同瀾。香梢豆蔻，紅輕猶怕春寒。曉光浮畫戟，捲繡簾、風暖玉鈎閒。紫府仙人，花圍羽帔星冠。　蓬萊閬苑，意倦游、常戲世間。佩麟舊都江左，襦袴歌懽。只恐催歸覲，賸、宴都休訴酒盃寬。明歲應看君，鈞容舞袖歌鬟。

謝池春慢 玉仙觀逢謝媚卿　　張　先

繚牆重院，時、聞有啼鶯到。繡被掩餘寒，畫幕明新曉。朱檻連空濶，飛絮無多少。徑莎平，沙水渺。日長風靜，花影閒相照。塵香拂馬，逢謝女、城南道。秀艷過施粉，多媚生輕笑。鬭色鮮衣薄，碾玉雙蟬小。歡難偶，春過了。琵琶流怨，都入相思調。聞，一作「間」。別本無「時」字。舞，一作「無」。過，平聲。

醜奴兒慢　一名《愁春未醒》（第二體）　潘元質

愁春未醒，還是清和天氣。對濃緑陰中庭院，燕語鶯啼。數點新荷，翠鈿輕泛水平池。一簾風絮，才晴又雨，梅子黄時。忍記那回，玉人嬌困，初試單衣。共携手、紅牕描繡，畫扇題詩。怎有而今，半床明月兩天涯。章臺何處，多應爲我，蹙損雙眉。涯，音奚，叶。爲，去聲。

八六子　第四體(一)　杜牧

洞房深。畫屏燈照，山色凝翠沉沉。聽夜雨、冷滴芭蕉，驚斷紅牕好夢，龍烟細飄繡

(一) 原誤作第二體。

衾。　辭恩久歸長信。鳳帳蕭疎，椒殿閒扃。輦路苔侵。繡簾垂，遲遲漏傳丹禁。蕣華偷悴，翠鬟羞整。愁坐望處，金輿漸遠，何時綵仗重臨。正銷魂。梧桐又移翠陰。別本於「椒殿」句分斷，非。禁，去聲。

玉京秋

周　密

烟水濶。高林弄殘照，晚蜩凄切。碧砧度韻，銀床飄葉。衣濕桐陰露冷，採涼花、時賦秋雪。難輕別。一襟幽事，砌蛩能說。　客思吟商還怯。怨歌長、瓊壺暗缺。翠扇疎紅，衣香褪、翻成銷歇。玉骨西風，恨最恨、閒却新涼時節。楚簫咽。誰倚西樓淡月。思，去聲。

戀香衾

吕渭老

記得花陰同攜手，指定日、許我同懽。喚做真成熱心安。打疊從來不成器，待做箇，平地神仙。又却不成些事，驀地心殘。　據我如今没投奔，見着你、淚早偷彈。對月臨風，一味埋冤。笑則人前不妨笑，行笑裡、斗覺心煩。怎分得煩惱，兩處匀攤。

詞鵠初編卷之七

嘉定孫致彌愷似偶輯
受業餘姚樓儼儼若補訂

起九十一字，至九十六字止，凡詞八十九調

凄凉犯 第一體 一名《瑞鶴仙影》

吴文英

空江浪闊清塵凝，層層刻碎冰葉。水邊照影，華裾曳翠，露搔淚濕。湘烟莫合。塵襪凌波半涉。怕臨風欺瘦骨，護冷素衣疊。樊姊玉奴，恨小鈿疎唇，洗粧輕怯。汜人最苦，粉痕深，幾重愁靨。花溢香濃，猛熏透，霜綃細摺。倚瑤臺十二，金錢暈半□(一)。凝、莫、鈿，並去聲；靨，入聲。

(一) 按：此處原空一格，與汲古閣本《夢窗丁稿》同，《彊村叢書》本作「掐」。

滿江紅 第二體 吕本中

東里先生，家何在，山陰溪曲。對、一川平野，數椽茆屋。昨夜岡頭新雨過，門前流水清如玉。抱小橋回合柳參天，摇新綠。疎籬下，蔌蔌菊。虚簷外，蕭蕭竹。歎、古今得失，是非榮辱。須信人生歸去好，世間萬事何時足。問此春、春醖酒何如，今朝熟。此詞於「對一川」句較他作少二字。

八六子 第五體 晁補之

喜秋晴。淡雲縈縷，天高羣雁南征。正露冷，初減蘭紅，風緊潛雕柳翠，愁人夢長漏驚。重陽景物凄清。漸老何時無事，當歌好在多情。暗自想，朱顔並遊同醉，宦名韁鎖，世路蓬萍。難相見，賴有黄花滿把，從教綠酒深傾。醉休醒。醒來舊愁旋生。教、醒，並平聲；旋，去聲。

采蓮令 雙調 柳永

月華收，雲澹霜天曙。西征客，此時清苦。翠娥執手送臨岐，軋軋開朱户。千嬌血，盈盈竚立，無言有淚，斷腸爭忍回顧。　一葉蘭舟，便恁急槳淩波去。貪行色，豈知離緒。萬般方寸，但飲恨，脉脉同誰語。更回首、重城不見，寒江天外，隱隱兩三烟樹。更，去聲。

夏雲峰　歇指調　柳　永

宴堂深。軒楹一作「暫檻」雨輕壓，暑氣低沉。花洞彩舟泛斝，坐遶清潯。楚臺風快，湘簟冷、永日披襟。坐久覺，疎絃脆管，時換新音。　越娥蕙態蘭心。逞妖艷，昵懽邀寵難禁。筵上笑歌間發，舄履交侵。醉鄉深處，須盡興，滿酌高吟。向此免，名韁利鎖，虛費光陰。

間、興，並去聲。

醉翁操　琴曲　蘇　軾

琅然。清圜。誰彈。響空山無言。惟翁醉中和其天。月明風露娟娟。人未眠。荷蕢過山前。曰，有心也哉、此賢。　醉翁嘯咏，聲和流泉。醉翁去後，空有朝吟夜怨。山有時而

童巔。水有時而回川。思翁無歲年。翁今爲飛仙。此意在人間。試聽徽外兩三絃。聲和，

「和」字，「荷」，並去聲。怨，平聲。

十二時慢

朱　雍

粉痕輕，謝池泛玉，波暎瑠璃初暖。覩靚芳、塵冥春浦，水曲漪生遥岸。麝氣柔，雲容影淡，正日邊寒淺。閑院寂，幽管聲中，萬感併生，心事曾陪瓊宴。春暗。南枝依舊，但得當初繾綣。晝永亂英，繽紛解珮，映人輕盈面。香暗酒醒處，年年共副良願。「波暖」句二「暖」字，「春暗」與「香暗」，必有誤。

法曲獻仙音　第二體　小石調

柳　永

追想秦樓心事，當年便約，于飛比翼。悔恨臨岐處，正攜手翻成，雲雨離拆。念倚玉偎香前事，慣輕擲。慣憐惜。　饒心性，正厭厭多病，柳腰花態嬌無力。早是乍清減，別後忍教愁寂。記取盟言少孜煎，剩好將息。遇佳景，臨風對月，爭須時恁相憶。教、厭，並平聲。

法曲獻仙音　第三體　周邦彦

蟬咽凉柯，燕飛塵幕，漏閣籤聲時度。倦脱綸巾，困便湘竹，桐陰半侵朱户。向抱影凝情處。時聞打窗雨。耿無語。　歎文園、近來多病，情緒嬾，尊酒易成間阻。縹緲玉京人，想依然京兆眉嫵。翠幕深中，對徽容、空在紈素。待花前月下，見了不教歸去。別刻于「打窗雨」下分段。綸，音關；便，平聲；間，去聲。

探芳信　第三體　吴文英

九街頭。正軟塵潤酥，雪消殘溜。禊賞祇園，花艷雲陰籠晝。層梯空麝散，擁凌波，縈翠袖。歎年端，連環轉，爛熳遊人如繡。　腸斷廻廊竚久。便寫意濺波，傳愁蹙岫。漸没飄鴻，空惹閒情春瘦。椒杯香乾醉醒，怕西牕，人散後。暮雲深，遲回處，自攀花柳。

金盞倒垂蓮　晁補之

諸阮英游，盡千鐘飲量，百丈詞源。對舞春風，螺髻小雙蓮。念兩處登高臨遠，又傷芳物新年。此景不待，桓伊危柱哀絃。 身閒未應無事，趁栽梅逕裏，插柳池邊。野鶴飄飄，幽興在青田。也莫話、書生豪氣，更銘功業燕然。畢竟得意，何如月下花前。量、興、更，並去聲；燕，平聲。

東風齊着力

胡浩然

殘臘收寒，三陽初轉，已換年華。東君律管，迤邐到山家。處處笙歌鼎沸，會佳宴，坐列仙娃。花蕤裏，金爐滿爇，龍麝烟斜。 此景轉堪誇。深意祝，壽山福海增加。玉觥滿泛，且莫厭流霞。幸有迎春壽酒，銀瓶浸，幾朵梅花。休辭醉，園林秀色，百草排芽。

宣清

林鐘商　柳永

殘月朦朧，小宴闌珊，歸來輕寒森森。背銀釭、孤館乍眠，擁重衾，醉魂猶噤。永漏頻傳，前懽已去，離愁一枕。暗尋思，舊追遊，神京風物如錦。 念擲果朋儕，絕纓宴會，當時曾痛飲。命舞燕翩翻，鳳樓鴛寢。玉釵亂橫信。任、散盡高陽，這懽娛，甚時重恁。森，上聲。

駐馬聽　林鐘商　柳　永

鳳枕鸞幃。兩三載，如魚似水相知。良天好景，深憐多愛，無非盡意依隨。奈何伊。恣性靈、撻嗽些兒。無事孜煎，萬回千度，怎免分離。　而今漸疎漸遠，漸覺雖悔難追。謾恁寄消息，終久奚爲。也擬重論繾綣，爭奈翻復思維。縱再會，恐恩情、難似舊時。

塞翁吟　周邦彥

暗葉啼風雨，窗外曉色瓏璁。散水麝，小池東。亂一岸芙蓉。蘄州簟展雙紋浪，輕帳翠縷如空。夢遠別，淚痕重。淡鉛臉斜紅。　忡忡。嗟憔悴，新寬帶結，羞艷冶、都銷鏡中。有蜀紙堪憑寄恨，等今夜、洒血書詞，剪燭親封。菖蒲漸老，早晚成花，教見熏風。教，平聲。

意難忘　南呂(一)　周邦彥

衣染鶯黃。愛停歌駐拍，勸酒持觴。低鬟蟬影動，私語口脂香。蓮露滴，竹風涼。攗、劇飲

(一) 按：此調汲古閣本《清真集》、《詳注周美成詞片玉集》皆作中吕。《詞譜》：「《意難忘》，元高拭詞注南吕調。」

淋浪。夜漸深、籠燈就月，仔細端相。知音、見説無雙。解移宫换羽，未怕周郎。長顰知有恨，貪耍不成粧。些箇事，惱人腸。細説與、何妨。只恐伊，尋消問息，瘦減容光。浪，平聲；解，去聲。

露華 第一體 ○碧桃 王沂孫

紺葩乍拆。笑爛熳嬌紅，不是春色。换了素粧，重把青螺輕拂。舊歌共渡烟江，却占玉奴標格。風霜峭，瑶臺種時，付與仙骨。 閑門晝掩凄惻。似淡月梨花，重化清魄。尚帶唾痕香凝，怎忍攀摘。嫩緑漸暝溪陰，簌簌粉雲飛出。芳艷冷，劉郎未應消得。消，别作「認」。占、凝，並去聲。

雪獅兒 第二體 ○次仇山村韻 張雨

含香弄粉，便勾引，游騎尋芳，城南城北。别有西村斷巷，冰澌微緑。孤山路熟。伴老鶴，晚先尋宿。怕凍損、三花兩蘂，寒泉幽谷。　幾番花影濯足。記歸來，醉臥雪深平屋。春夢無憑，鬢底鬧娥爭撲。不如圖畫，相對展，官梅風竹。燒黄燭一作「獨」。自聽鉼笙調曲。

騎、調，並去聲。

轆轤金井

劉　過

翠眉重拂，後房深，自喚小蠻嬌小。繡帶羅垂，報濃粧纔了。堂虚夜悄。但、夜約，鼓簫聲鬧。一曲梅花，樽前舞徹，梨園新調。　高陽醉山未倒。看鞋飛鳳翼，釵裭微溜。秋滿東湖，更西風凉早。桃源路杳。記流水泛舟曾到。桂子香濃，梧桐影轉，月寒天曉。「溜」字叶。更，去聲。

掃花遊　第一體　〇绿陰

王沂孫

小庭蔭碧，遇驟雨疎風，剩紅如掃。翠交徑小。問攀條弄蘂，有誰重到。謾説青青，比似花時更好。怎知道。一別漢南，遺恨多少。清晝，人悄悄。任密護簾寒，暗迷窗曉。舊盟悮了。又新枝嫩子，總隨春老。漸隔相思，長亭路杳。攬懷抱。聽蒙茸，數聲啼鳥。此詞于「長亭」句上較他作少二字。更，去聲。

玉漏遲　第一體　○題吴夢窗《霜花腴》詞集

周　密

老來歡意少。錦鯨去，紫簫聲杳。怕展金奩，依舊故人懷抱。猶想烏絲醉墨，驚醉語，香紅圍繞。閑自笑。與君共是，承平年少。　雨窗短夢無憑，是幾調宫商，幾番吟嘯。淚眼東風，回首四橋烟草。載酒倦遊處，已换却，花間啼鳥。春恨悄。天涯暮雲殘照。少，上聲；「年少」，去聲。

薄媚摘遍

趙以夫

桂香消，梧影瘦，黄菊迷深院。倚西風，看、落日長江，東去如練。先生底事，有賦飄然。剛道爲田園。獨醒何爲，持盃自勸。未能免。　休把茱萸吟翫。但管年年健。千古事，幾凭闌。吾生九十强半。歡娱終日，富貴何時，一笑醉鄉寬。倒載歸來，回廊又月滿。

滿庭芳 第一體

黄公度

一徑叉分，三亭鼎峙，小園別是清幽。曲闌低檻，春色四時留。恠石糸差卧虎，長松偃蹇挐虬。擕筇晚，風來萬里，冷撼一天秋。 優游。(一)消永晝，琴尊左右，賓主風流。且偷閑，不妨身在南州。故國歸帆隱隱，西崑往事悠悠。都休問，金釵十二，滿酌聽輕謳。

瀟湘夜雨 第一體

趙長卿

斜點銀釭，高擎蓮炬，夜深不耐微風。重重簾幕掩捲堂中。香漸遠、長烟裊穟，光不定、寒影摇紅。偏奇處，當庭月暗，吐焰如虹。 紅裳呈艷，麗娥一見，無奈狂蹤。試煩他纖手，捲上紗籠。開正好，銀花照夜，堆不盡，金粟凝空。丁寧語，頻將好事，來報主人公。

(一) 按：此處爲字間空心點，意爲句中暗韻。

凄凉犯　第二體（一）　〇此調石帚注仙吕調犯商調，一作《凄凉調》

姜　夔

緑楊巷陌西風起，邊城一片離索。馬嘶漸遠，人歸甚處，戍樓吹角。情懷正惡。更、衰草寒烟淡薄。似當時，將軍部曲，迤邐渡沙漠。　追念西湖上，小舫攜歌，晚花行樂。舊游在否，想如今，翠凋紅落。謾寫羊裘，等、新雁來時繫着。怕匆匆，不肯寄與，悮後約。戍、更，並去聲。

梅子黄時雨

張　炎

流水孤村，愛塵事頓消，來訪深隱。向醉裏誰扶，滿身花影。鷗鷺相看如瘦，近來不是傷春病。嗟流景。竹外野橋，猶繫烟艇。　誰引。斜川歸興。便啼鴂縱少，無奈時聽。待棹擊空明，漁波千頃。彈斷琵琶留不住，最愁人是黄昏近。江風緊。一行柳陰吹暝。興，去聲；行，音杭；看，平聲。

（一）原誤作第三體。

臨江僊　第十一體　◯僊吕調　柳　永

夢覺小庭院，冷風淅淅，疎雨瀟瀟。綺牕外，秋聲敗葉狂飄。心摇。奈寒漏永，孤幃悄，淚燭空燒。無端處，是繡衾鴛枕，閒過清宵。　蕭條。牽情繫恨，爭向年少偏饒。覺新來憔悴，舊日風標。䰟銷。念歡娱事，烟波阻，後約方遥。還經歲，問怎生禁得，如許無聊。夢覺，「覺」叶叫。禁，平聲。

滿江紅　第三體　仙吕調（一）　張　炎

近日衰遲，但隨分，蝸涎自足。底須共，紅塵爭道，頓荒松菊。壯志已荒圯上履，正音恐是溝中木。又安知、幕下有詞人，歸心速。　書尚在，憐魚腹。珠何處，驚魚目。且依然詩思，灞橋人獨。不用回頭看墮甑，不愁抱石疑非玉。忽一聲、長嘯出山來，黄粱熟。分、思，並去聲；看，平聲。

（一）按：《滿江紅》一調《樂章集》注仙吕調，張炎詞未注宫調。

滿江紅　第四體　辛棄疾

浪蘂浮花，當不住、晚風吹了。微雨過，池塘飛絮，一簾晴晝。寂寂山光春似夢，依依草色熏如酒。近新來，怕上小紅樓，凭闌眺。　心事阻，詩情少。東皇去，良辰杳。想故園閑趣，水村烟柳。此日鵑聲天不管，當年燕子人何有。歎江南離別酒初醒，頻回首。此詞兩韻互叶。醒，平聲。

滿江紅　第五體　◯平韻　吳文英

雲氣樓臺，分一派、滄浪翠蓬。開小景，玉盆寒浸，巧石盤松。風送流花時過岸，浪摇晴棟欲飛空。算鮫宮、祇隔一紅塵，無路通。　神女駕，淩曉風。明月低，響丁東。對兩蛾猶鎖，怨緑烟中。秋色未教飛盡雁，夕陽長是墜疎鐘。又一聲、欵乃過前岩，移釣篷。欵，音靄；教，平聲。

惜秋華　第一體　吳文英

路遠仙城，自玉郎去却，芳卿憔悴。錦段鏡空，重鋪步幛新綺。凡花瘦不禁秋，幻膩玉、腴紅鮮麗。相攜試新粧乍畢，交扶輕醉。長記。斷橋外。驟玉驄過處，千嬌凝睇。昨夢頓醒，依約舊時眉翠。愁邊暮合碧雲，倩唱入、六么聲裏。風起。舞斜陽、闌干十二。禁，平聲。

如魚水 仙呂調

柳　永

輕靄浮空，亂峰倒影，瀲灩十里銀塘。繞岸垂楊。紅樓朱閣相望。芰荷香。雙雙戲、鸂鶒鴛鴦。乍雨過、蘭芷汀洲，望中依約似瀟湘。風淡淡，水茫茫。動一片晴光。畫舫相將。盈盈紅粉清商。紫薇郎。修禊飲，且樂仙鄉。便歸去，遍歷鑾坡鳳沼，此景也難忘。望，平聲。

探春 第一體

吴文英

苔徑曲深深，不見故人，輕敲幽户。細草春回，目斷流光一羽。重雲冷，哀雁斷，翠微空，愁蝶舞。逞鳴鞭，遊蓬小夢，枕殘鶯寤。還識西湖醉路。向柳下並鞍，銀袍吹絮。事影難追，那負燈床聞雨。氷溪凭誰照影，有明月，乘興去。暗相思，梅孤瘦，共江亭暮。興，去聲。

卜算子慢 第二體(一)

張先

溪山别意，烟樹去程，日落采蘋春晚。欲上征鞍，更掩翠簾回面。相盼。惜彎彎、淺黛長長眼。奈畫閣歡游，也學狂花亂絮輕散。水影横池館。對静夜無人，月高雲遠。一晌凝思，兩眼淚痕還滿。難遣。恨私書、又逐東風斷。縱、夢澤層樓萬尺，望湖城那見。更，去聲。

浣溪紗慢

周邦彦

水竹舊院落，櫻笋新蔬果。嫩英翠幄，紅杏交榴火。心事暗卜，葉底尋雙朶。深夜歸青鎖。燈盡酒醒時，曉牕明，釵横鬌嚲。怎生那。被間阻時多。奈、愁腸數疊，幽恨萬端，好夢還驚破。可怜近來，傳語也無箇。莫是嗔人呵。真箇若嗔人，却原何，逢人問我。醒，平

(一) 按：「第二體」原缺。《卜算子》第八體爲《卜算子慢》第一體，此詞應爲《卜算子慢》第二體。

聲；那，音奴，上聲；間，去聲。

尾犯　第一體　◯正宮　一名《碧芙蓉》　柳　永

夜雨滴空堦，孤館夢回，情緒蕭索。一片閑愁，想丹青難貌。秋漸老，蛩聲正苦，夜將闌，燈花旋落。最無端處，總把良宵，秖恁孤眠却。　佳人應怪我，別後寡信輕諾。記得當初，剪香雲爲約。甚時向，深閨幽處，按新詞、流霞共酌。再同歡笑，肯把金玉珍珠博。貌，入聲，音莫；秖，音止。◯別本無「想」字，非。

六幺令　仙呂調　◯又名《緑腰》、《樂世》　晏幾道

緑陰春盡，飛絮遶香閣。晚來翠眉宮樣，巧把遠山學。一寸狂心未説，已向横波覺。畫簾遮匝，新翻曲妙，暗許閑人帶偷掐。　前度書多隱語，意淺愁難答。昨夜詩有迴文，韻險還慵押。都待笙歌罷了，記取畱時霎。不消紅蠟。閑雲歸後，月在庭花舊闌角。掐，乞押切。

惜秋華　第二體　　吴文英

魚渺西風，悵行踪浪逐，南飛高雁。怯上翠微，危樓更堪凭晚。蓬萊對起幽雲淡。野色山容愁捲。清淺。瞰滄波靜銜，秋痕一線。　十載寄吴苑。慣東籬深處，把露黄偷剪。移暮景，照越鏡，意消香斷。秋娥賦得閑情，倚翠尊，小眉初展。深勸。待明朝，醉巾重岸。

魚，别本作「思」。

玉漏遲　第二體　　宋　祁

杏香飄禁苑，須知是古，皇都春早。燕子來時，綉陌漸熏芳艸。蕙圃夭桃過雨，弄碎影、紅篩清沼。深院悄。緑楊影裏，鶯聲低巧。　早是賦得多情，更對景臨風，鎮辜懽笑。數曲闌干，故人漫勞登眺。天際微雲過盡，亂峯鎖、一竿斜照。歸路杳。東風淚零多少。更，去聲。

滿江紅　第六體　　晁補之

東武城南，新堤固，漣漪初溢。隱隱遍、長陵高阜，卧紅堆碧。枝上殘花飛盡也，與君試向江邊覓。問向前、猶有幾多春，三之一。　官裏事，何時畢。風雨外，無多日。相將泛、緑水，滿城爭出。君不見、蘭亭修禊事，當時座上皆豪逸。到如今、修竹滿山陰，空陳迹。

掃地花　第一體(一)　周邦彦

曉雲翳日，正霧靄烟横，遠迷平楚。暗黄萬縷。聽鳴禽按曲，小腰欲舞。細遶回堤，駐馬河橋避雨。信流去。一葉怨題，今在何處。　春事、能幾許。任占地持杯，掃花尋路。淚珠濺俎。歎將愁度日，病傷幽素。恨入金徽，見説文君更苦。黯凝竚。掩重關、遍城鐘鼓。

占、更，並去聲。

步月　第一體　施岳

玉宇薰風，寶堦明月，翠叢萬點晴雪。煉霜不就，散廣寒霏屑。采珠蓓、緑萼露滋，嗔銀艷、

(一) 按：原誤作第二體。《詞鵠》中《掃地花》、《掃花遊》分爲兩調，各有「第一體」，兩調共用吴文英「水園沁碧」詞爲「並第二體」。

小蓮冰潔。花魂在，纖指嫩痕，素英重結。　枝頭香未絶。還是過中秋，丹桂時節。醉香冷境，怕翻成消歇。玩芳味、春焙旋薰。貯穠韻、水沉頻爇。堪憐處，輸與夜凉睡蝶。焙，去聲。

傾杯樂　第一體　○水調　　柳　永

樓鎖輕烟，水横斜照，遥山半隱愁碧。片帆岸遠，行客路杳，簇一天寒色。楚梅映雪，數枝艶，報青春消息。年華夢促，音信斷，聲遠飛鴻南北。　算伊別來無緒，翠銷紅減，雙帶長拋擲。但淚眼沉迷，看朱成碧。惹閒愁堆積。雨意雲心，酒情花態，辜負高陽客。看，去聲。

應天長　第五體　○林鐘商　一作《應天長慢》(第一體)　　柳　永

殘蟬聲漸絶。傍碧砌修梧，敗葉微脱。風露淒清，正是登高時節。東籬霜乍結。縱金蘂、嫩香堪折。聚宴處，落帽風流，未饒前哲。把酒與君説。恁好景佳辰，怎忍虛設。休效牛山，空對江天凝咽。塵勞無暫歇。遇良會剩偷歡悦。歌未闋。盃興方濃，莫便中輟。

興，去聲。

雪梅香　正宮

柳　永

景蕭索，危樓獨立面晴空。動悲秋情緒，當時宋玉應同。漁市孤烟鳥寒碧，水村殘葉舞愁紅。楚天闊，浪浸斜陽，千里溶溶。　臨風想佳麗，別後愁顔，鎮斂眉峰。可惜當年，頓乖雨跡雲蹤。雅態妍姿正懽洽，落花流水忽西東。無憀恨，相思意，盡分付征鴻。

四犯剪梅花

劉　過

水殿風凉，賜環歸，正是夢熊華旦。《解連環》疊雪羅輕，稱雲章題扇。《醉蓬萊》西清侍宴。望黄傘、日華籠輦。《雪獅兒》金券三王，玉堂四世，帝恩偏眷。《醉蓬萊》　臨安。記龍飛鳳舞，信神明有後，竹梧陰滿。《解連環》笑折花看橐，荷香紅潤。《醉蓬萊》功名歲晚。帶河與、礪山長遠。《雪獅兒》麟脯杯行，狨薦金穩，內家宣勸。《醉蓬萊》○稱、看，並去聲。此詞起即《解連環》首三句，次即《醉蓬萊》四、五句，次《雪獅兒》六、七、八句，又《醉蓬萊》九、十、十一句，後段又用《解連環》後段首四句，次《醉蓬萊》五、六句，次《雪獅兒》六、七句，結用末三句。

一枝春 酒邊聞歌和韻

周 密

淡碧春姿，柳眠醒，似怯朝來疎雨。芳程乍數。喚起探花。情緒。東風尚淺，甚、先有翠嬌紅嫵。應自把、羅綺圍春，占得畫屏春聚。　罶連繡蔌深處。愛歌雲裊裊，低隨香縷。瓊牕夜暖，試與細評新譜。粧眉媚粉，料無奈弄顰佯妬。還只怕，簾外籠鶯，笑人醉語。醒，平聲；占，去聲。

露華 第二體 平韻

張 炎

亂紅自雨，正翠蹊誤曉，玉洞明春。蛾眉淡掃，背風不語盈盈。莫恨小溪流水，引、劉郎不是飛瓊。羅扇底，從教淨冶，遠障歌塵。　一掬瑩然生意，伴、壓架荼蘼，相惱芳吟。玄都觀裏，幾回錯認梨雲。花下可憐仙子，醉東風、猶自吹笙。殘照晚，漁翁正迷武陵。觀，去聲；教，平聲。

漢宮春　第一體　元夕　彭元遜

十日春風，又一番調弄，怕暖愁陰。夜來風雨，摇得楊柳黄深。熏篝未斷，夢舊寒、殘醉同衾。便是聞燈見月，看花對酒驚心。　攜手滿身花影，香霏苒苒，露濕羅襟。笙歌行人歸去，回首沉沉。人間此夜，誤春光、一刻千金。明日問，紅巾青鳥，蒼苔自拾遺簪。調，平聲；看，去聲。

凄凉犯　第三體(一)　張炎

蕭疎野柳嘶寒馬，蘆花深處見遊獵。山勢北來，甚時曾到，醉魂飛越。酸風自咽。擁吟鼻、

(一) 原誤作第四體。

征衣暗裂。正凄迷，天涯羈旅，不似灞橋雪。　誰念而今老，嬾賦長楊，倦懷休說。空憐斷梗，夢依依、歲華輕別。待擊歌壺，怕如意、和氷凍折。且行行，平沙萬里盡是月。折，音舌。

白雪

楊无咎

蟾收雨脚，雲乍斂，依舊又滿長空。紋蠟熖低，熏爐爐冷，寒衾擁盡重重。隔簾櫳。聽撩亂、撲漉春虫。曉來見，玉樓金殿，恍若在蟾宮。　長愛越水泛舟，藍關立馬畫圖中。悵望幾多時，無句可形容。誰與問、已經三白，或是報年豐。未應真箇情多，老却天公。

𠺕客住　第一體

周邦彦

嗟烏兔。正茫茫、相催無定，只恁東生西没，半均寒暑。昨見花紅柳緑，處處林茂。又覩霜前籬畔，菊散餘香，看看又還秋暮。　忍思慮。念古往賢愚，終歸何處。爭似高堂，日夜笙歌齊舉。選甚連宵徹晝，再三𠺕住。待擬沉醉，扶上馬，怎生向，主人未肯教去。茂，叶韻。看，平聲。

金浮圖　尹鶚

繁華地。王孫富貴。玳瑁筵開，下朝無事。壓紅裀，鳳舞黃金翅。玉立纖腰，一片揭天歌吹。滿目綺羅珠翠，和風淡蕩，偷散沉檀氣。　堪判醉。韶光正媚。折盡牡丹，艷迷人意。金張許史應難比，貪戀歡娛，不覺金烏墜。還惜會難別易。金船更勸，勒住花驄轡。

吹、更，去聲；判，平聲。

芙蓉月　趙以夫

黃葉舞碧空，臨水處。照眼紅苞齊吐。柔情媚態，竚立西風如訴。遙想仙家城闕，十萬綠衣童女。雲縹緲，玉娉婷，隱隱彩鸞飛舞。　樽前更風度。記天香國色，曾占春暮。依然好在，還伴清霜涼露。一曲闌干，敲遍悄無語。空相顧。殘月淡，酒闌時，滿城鐘鼓。更、占，去聲。

瀟湘夜雨　第二體　一名《江南好》　周紫芝

樓上寒深，江邊雪滿，楚臺烟靄空濛。一天飛絮，零亂點孤篷。似我華顛雪頹，渾無定，漂泊孤蹤。空凄黯，江天又晚，風袖倚蒙茸。　　吾廬猶記得，波橫素練，玉做寒峰。更短坡烟竹，聲碎玲瓏。擬問山陰舊路，家何在，水遠山重。漁蓑冷，扁舟夢斷，燈暗小窗中。頹，疑是「頷」。吾，平聲。與《滿庭芳》近似。

古香慢　自度腔，夷則商犯無射宫，賦滄浪看桂　吴文英

怨蛾墜柳，離佩摇葓，霜訊南圃。謾掩橋扉，倚竹袖寒日暮。還問月中游夢，飛過金風翠羽。把殘雲剩水萬頃，暗熏冷麝凄苦。　　漸浩渺淩山高處。秋澹無光，殘照誰主。露粟侵肌，夜約羽林輕誤。剪碎惜秋心，更腸斷珠塵蘚路。怕重陽，又催近滿城風雨。

八聲甘州　第一體　劉過

問紫嵓去後，漢公卿，不知幾貂蟬。誰能借、畱侯筯，着祖生鞭。依舊塵沙萬里，河洛染腥

羶。誰識道山客，衣鉢曾傳。共記玉堂對策，欲、先明大義，次第籌邊。況重湖八柱，袖手已多年。望中原。驅馳去也，擁、十洲牙纛正翩翩。春風早，看東南王氣，飛繞星躔。王，去聲。

八聲甘州　第二體　蕭列

可憐生，飄零到荼蘼，依然舊銷魂。殘春幾許，風風雨雨，客裏又黄昏。無奈一江烟霧，腥浪捲河豚。身世忽如葉，那是清渾。莫厭悲歌笑語，奈天涯有夢，白髮無根。怕相思別後，無字寫回文。更月明洲渚，杜鵑聲裏，立向臨分。三生石，情緣千里，風月柴門。更，去聲。

水調歌頭　第一體　○夢窗作《江南好》（第三體）㈠，白石作《花犯念奴》，又名《凱歌》　蘇軾

明月幾時有，把酒問青天。不知天上宫闕，此夕是何年。我欲乘風歸去，只恐瓊樓玉宇，高

㈠ 按：此處或與前《謝秋娘》異名《江南好》、《瀟湘夜雨》異名《江南好》相混稱爲「第三體」。

處不勝寒。起舞弄清影，何似在人間。　轉朱閣，低綺户，照無眠。不應有恨，何事常向別時圓。人有悲歡離合，月有陰晴完缺，此事古難全。但願人長久，千里共嬋娟。勝，平聲。

徵招

趙以夫

玉壺凍裂，琅玕折，颼颼逼人衣袂。暖絮漲空飛，失前山橫翠。欲低還又起。似粧點、滿園春意。記憶當時，剡中情味。一溪雲水。　天際。㈠絶人行，高吟處，依稀、灞橋鄰里。更剪剪梅花，落雲階月砌。化工真解事。强勾引、老來詩思。楚天暮，驛使不來，悵曲闌獨倚。更、解、思，並去聲；强，上聲；折，音舌。

鳳凰臺上憶吹簫　第一體

李清照

香冷金猊，被翻紅浪，起來慵自梳頭。任寶奩塵滿，日上簾鈎。生怕離懷別苦，多少事，欲

㈠ 按：此處爲字間空心點，意爲句中暗韻。

説還休。新來瘦，非干病酒，不是悲秋。 休休。㈠這回去也，千萬遍陽關，也只難留。念武陵人遠，烟鎖秦樓。惟有樓前流水，應念我，終日凝眸。凝眸處，從今又添，一段新愁。

尾犯　第二體　　蔣捷

夜倚讀書床，敲碎唾壺，燈暈明滅。多事西風，把齋鈴頻掣。人共語、温温芋火，雁孤飛、蕭蕭檢雪。徧闌干外，萬頃魚天，未了予愁絶。 雞邊長舞劍，念不到、此樣豪傑。瘦骨稜稜，但凄其衾鐵。是非夢，無痕堪記，似雙瞳，繽紛翠纈。浩然心在我，逢着梅花便説。

聲聲慢　第一體　◯仙呂調　「聲」一作「勝」　周密

燕泥沾粉，魚浪吹香，芳堤十里新晴。靜惹遊絲，花邊裊裊扶春。多憐漂泊，記章臺、曾挽

㈠ 按：此處爲字間空心點，意爲句中暗韻。

青青。堪愛處，是撲簾嬌嫩，隨馬輕盈。長是河橋三月，做一番晴雪，惱亂詩鼃。帶雨沾衣，羅襟點點離痕。休綴潘郎髩影，怕緑窗、年少人驚。卷春去，剪東風、千縷碎雲。此詞詠楊花。

掃花遊 一名《掃地遊》 ◯《掃地花》（並第二體） 吴文英

水園沁碧，驟夜雨飄紅，竟空林島。艷春過了。有塵香墜鈿，尚遺芳草。步繞新陰，漸覺交枝逕小。醉深窈。愛緑葉翠圓，勝看花好。芳架、雪未掃。怪翠被佳人，困迷清曉。柳絲繫棹。問閶門、自古送春多少。倦蝶慵飛，故撲簪花破帽。酹殘照。掩重城、暮鐘不到。鈿、勝，並去聲；看，平聲。

雙瑞蓮 趙以夫

千機雲錦裏。看並蒂新房，駢頭芳蘂。清標艷態，兩兩翠裳霞袂。似是商量心事。倚、緑蓋無言相對。天蘸水。彩舟過處，鴛鴦驚起。縹緲漾影摇香，想劉阮風流，雙仙姝麗。

閑情未斷，猶戀人間歡會。莫待西風吹老，薦玉醴，碧筒擎醉。清露底。月一襟歸思。

看、思，並去聲。

玉女迎春慢

彭元遜

纔入新年逢人日，拂拂淡烟無雨。葉底妖禽自語。小啄幽香還吐。東風辛苦，便怕有、踏青人誤。清明寒食，消得渡江，黄翠千縷。

看臨小帖宜春，填輕暈濕，碧花生霧。爲説釵頭裊裊，繫着輕盈不住。問郎留否。似昨夜、教成鸚鵡。走馬章臺，憶得画眉歸去。否，音府，叶。看、爲，去聲。

滿庭芳　第二體

○中吕(一)　《鎖陽臺》、《滿庭霜》　○改淮海詞

琴操

山抹微雲，天黏衰草，画角聲斷斜陽。暫停征棹，聊共飲離觴。多少蓬萊舊事，空回首、烟

(一) 按：此調並次調「中吕」一説不見於詞集文獻。《詞譜》：「《滿庭芳》，《太平樂府》注中吕宮，高拭詞注中吕調。」

靄茫茫。殘陽外，寒鴉數點，流水遶紅墻。 魂傷。(一)當此際，輕分羅帶，暗解香囊。漫贏得秦樓，薄倖名狂。此去何時見也，襟袖上、空染啼行。傷情處，高城望斷，燈火已昏黃。

解，上聲。

滿庭芳 第三體 中呂 辛棄疾

急管哀絃，長歌慢舞，連娟十樣宫眉。不堪紅紫，風雨曉稀稀。惟有楊花飛絮，依舊是、萍滿芳池。酴醾在，青虬快剪，插遍古銅彝。 誰將春色去，鸞膠難覓，絃斷蛛絲。恨牡丹多病，也費醫治。夢裏尋春不見，空腸斷、怎得春知。休惆悵，一觴一詠，須刻右軍碑。治，平聲，叶。

傾盃樂 第二體 林鐘商 柳永

離譙殷勤，蘭舟凝滯，看看送行南浦。情知道、世人難使，皓月長圓，彩雲鎮聚。算人生，悲

(一) 按：此處爲字間空心點，意爲句中暗韻。

莫悲於輕别、最苦。正懽娱，便分鴛侣。淚滴瓊臉，梨花一枝春帶雨。慘黛别，臨行猶是，再三問道君須去。頻耳畔低語。知多少，他日深盟，平生丹素。從此、盡把凴鱗羽。看，平聲。

天香 第一體 ○咏梅

劉方叔

漠漠江皋，迢迢驛路，天教爲春傳信。萬木蓺邊，百花頭上，不管雪飛風緊。尋交訪舊，惟翠竹寒松相認。不意牽詩動興。何心襯粧添暈。孤標最甘冷落，不許蝶親蜂近。直自從來潔白，箇中清韻。儘做重聞塞管，也何害、香消粉痕盡。待到和羹，纔明底蘊。興，去聲；教，平聲。

塞孤 般涉調

柳永

一聲雞，又報殘更歇。秣馬巾車催發。草草主人燈下别。山路險，新霜滑。瑶珂響起棲烏，金鐙冷敲殘月。漸西風緊，襟袖凄裂。遥指白玉京，望斷黄金闕。遠道何時行徹。

算得佳人凝恨切。應念念、歸時節。相見了，執柔荑，幽會處，偎香雪。免鴛衾、兩恁虛設。

雨中花 第五體　　京鏜

玉局祠前，銅壺閣畔，錦城藥市爭奇。正紫萸綴席，黃菊浮卮。巷陌連鑣並轡，樓臺吹竹彈絲。登高望遠，一年好景，九日佳期。　自憐行客，猶對佳賓，留連豈是貪癡。誰會得、心馳北闕，興寄東籬。惜別未催鷁首，追懽且醉蛾眉。明年此會，他鄉今日、總是相思。興，去聲。

夢揚州　　秦觀

晚雲收。正柳塘烟雨初休。燕子未歸，惻惻輕寒如秋。小闌干外、東風軟，透繡幃、花蜜香稠。江南遠、人何處，鷓鴣啼破春愁。　長記曾陪宴遊。酬、妙舞清歌，麗錦纏頭。殢酒困花，十載因誰淹留。醉鞭拂面歸來晚，望翠樓、簾捲金鈎。佳會阻，離情正亂，頻夢揚州。

鳳凰臺上憶吹簫　第二體　吴元可

更不成愁，何曾是醉，豆花雨後輕陰。似此心情自可，多了閒吟。秋在西樓西畔，秋較淺、不似情深。夜來月、為誰瘦小，塵鏡羞臨。　彈箏。(一)舊家伴侣，記雁啼秋水，下指成音。聽未穩、當時自誤，又況如今。那是柔腸易斷，人間事、獨此難禁。雕籠近，數聲别似春禽。更、爲，並去聲。

漢宫春　第二體　○一名《慶千秋》　辛棄疾

春已歸來，看美人頭上，裊裊春旛。無端風雨，未肯收盡餘寒。年時燕子，料今宵、夢到西園。聊共賞，黄柑薦酒，更傳青韭堆盤。　却笑東風，從此便薰梅染柳，更没些閒。閒時又來鏡裏，轉變朱顔。清愁不斷，問何人、會解連環。生怕見，花開花落，朝來塞雁先還。

(一) 按：此處爲字間空心點，意爲句中暗韻。

看、更，並去聲。

漢宮春 第三體　　京　鏜

暖律初回。又燒燈市井，賣酒樓臺。誰將星移萬點，月滿千街。輕車細馬，隘通衢蹴起香埃。今歲好，土牛作伴，挽留春色同來。不是天工省事，要一時壯觀，特地安排。何妨綵樓鼓吹，綺席樽罍。良宵勝景，語邦人、莫惜徘徊。休笑我，痴頑不去，年年爛醉金釵。吹，去聲。

漢宮春 第四體　仄韻　　康與之

雲海沉沉，峭寒收建章，雪殘鳷鵲。華燈照夜，萬井禁城行樂。春隨鬢影，映參差、柳絲梅萼。丹禁杳，鰲峯對聳，三山上通寥廓。春衫繡羅香薄。步金蓮影下，三千綽約。冰輪桂滿，皓色冷浸樓閣。霓裳帝樂，奏昇平、天風吹落。留鳳輦、通宵宴賞，莫放漏聲閒却。

差，音雌；禁，去聲。

雙雙燕 第一體 〇本意 吴文英

小桃謝後，雙雙燕、飛來幾家庭户。輕烟曉暝，湘水暮雲遥度。簾外餘香未捲，共斜入、紅樓深處。相將占得雕梁，似約韶光留住。堪舉。翩翩翠羽。楊柳岸，泥香半知梅雨。落花風軟，戲逐亂紅飛舞。多少呢喃意緒。盡日向、流鶯分訴。還過短墻，誰會萬千言語。

知，應作「和」。〇占，去聲。

燭影摇紅 第三體 〇大石調 一名《玉珥墜金環》 孫夫人鄭文妻

乳燕穿簾，亂鶯啼樹清明近。隔簾時見柳花飛，猶覺寒成陣。長記眉峯偷隱。臉桃紅、猶藏酒暈。背人微笑，半彈鸞釵，輕籠蟬鬢。别久啼多，眼應不似當時俊。滿園珠翠逞春嬌，没箇他風韻。若見賓鴻試問。待相將、綵牋寄恨。幾時得見，鬭草歸來，雙鴛微潤。

採明珠 杜安世

雨乍收，小院塵消，雲淡天高露冷。坐看月華生，射玉樓清瑩。蟋蟀鳴金井。下簾幃悄悄，空堦敗葉，墜猛風，惹動閒愁，千端萬緒難整。　秋夜永。涼天迴。可不念光景。嗟薄命。倏忽少年，忍教孤另。燈閃紅窗影。步迴廊嬾，香閨暗落珠滿面，誰人知我，爲伊成病。看，去聲；教，平聲。

天香　第二體

吴文英

珠絡玲瓏，羅囊閒鬬，酥懷煖麝相倚。百和花鬚，十分風韻，半襲鳳箱重綺。茜羅四角，慵未結、流蘇春睡。熏度紅薇院落，烟銷画屏沉水。　温泉絳綃乍試。露華侵、透肌蘭泚。漫省淺溪月夜，暗浮花氣。荀令如今老矣。但、未識韓郎舊風味。遠寄相思，餘熏夢裏。

和，去聲。

倦尋芳　第一體

王雱

露晞向曉，簾幕風輕，小院閒晝。翠徑鶯來，驚下亂紅鋪繡。倚危欄，登高榭，海棠着雨臙脂透。算韶華，又因循過了，清明時候。　倦遊燕，風光滿目，好景良辰，誰共攜手。恨被榆錢，買斷兩眉長鬬。憶高陽人散後。落花流水仍依舊。這情懷，對東風，盡成消瘦。

步月 第二體

史達祖

剪柳章臺，問梅東閣，醉中携手初歸。逗香簾下，璀璨縷金衣。正依約，冰絲射眼，更荏苒、蟾玉西飛。輕塵外，雙鴛細蹙，誰賦洛濱妃。霏霏。（一）紅霧遶，步摇共鬢影，吹入花圍。管絃將散，人静燭龍稀。泥私語、香櫻乍破，怕夜寒、羅襪先知。歸來也，相偎未肯入重幃。更、泥，去聲。

塞垣春 第一體

周邦彦

暮色分平野。傍葦岸、征帆卸。烟村極浦，樹藏孤館，秋景如畫。漸、别離氣味難禁也。更、物象供瀟灑。念多才，渾衰減，一懷幽恨難寫。追念綺窗人，天然自、風韻嫺雅。

（一）按：此處爲字間空心點，意爲句中暗韻。

竟夕起相思，漫嗟怨遥夜。又還將、兩袖珠淚，沉吟向、寂寞寒燈下。玉骨爲多感，瘦來無一把。寞，一作「寥」。禁、供，平聲；更，去聲。

滿江紅 第七體 仙吕調

柳永

萬恨千愁，將年少衷腸牽繫。殘夢斷，酒醒孤館，夜長滋味。可惜許、枕前多少意，到如今、兩總無終始。獨自箇，贏得不成眠，成憔悴。添傷感，□(一)何計。空只恁，厭厭地。無人處，思量幾度垂淚。不會得、都來些子事。甚恁底、死難拚棄。待到頭、終久問伊着，如何是。別本「底」字下多一「抵」字。厭、醒，並平聲。

陽臺路

林鐘商

柳永

楚天晚。墜冷楓敗葉，疎紅零亂。冒征塵匹馬，區區愁見，水遥山遠。追念平時，正恁鳳

(一) 按：此處原缺，勞權抄本《樂章集》作「將」。

幃，倚香偎煖。嬉遊慣。又豈知，前懽雲雨分散。此際空勞回首，望帝里難收淚眼。暮烟衰草，算暗鎖、路歧無限。今宵又，依前寄宿，甚處葦村山館。寒燈半夜，厭厭憑何消遣。厭，平聲。

黃鶯兒　正宮　第一體　　柳　永

園林晴晝誰爲主。暖律潛催，幽谷暄和。黃鸝翩翩，乍遷芳樹。觀露濕縷金衣，葉映如簧語。曉來枝上綿蠻，似把、芳心深意低訴。無據。乍出暖烟來，又趁遊蜂去。恣狂蹤跡，兩兩相呼，終朝霧吟風舞。當、上苑柳濃時，別館花深處。此際海燕偏饒，都把韶光與。和，去聲。

聲聲慢　第二體　　石孝友

花前月下，好景良辰，廝守日，許多時。正美之間，何事便有輕離。無端珠淚暗蔌，染征衫、點點紅滋。最苦是、殷勤密約，做就相思。　　咿啞櫓聲□(一)岸，奄斷處，高城隱隱天涯。

(一)按：此處原缺，《花草粹編》作「離」。

萬水千山，一去定失花期。東君鬬來無賴，散春紅、點破梅枝。病成也，到而今、着箇甚醫。

涯，音移，叶。

粉蝶兒慢

周邦彦

宿霧藏春，餘寒帶雨，占得羣芳開晚艷。初弄秀，倚東風嬌嬾。隔葉黄鸝傳好音，喚入深叢中探。數枝新，比昨朝又早，紅稀香淺。眷戀。重來倚檻。當韶華，未可輕辜雙眼。賞心隨分樂，有清樽檀板。每歲嬉遊能幾日，莫使一生歌欠。忍因循，片花飛，又成春減。

占、分，去聲。

芰荷香　第一體

趙以夫

倚晴空。愛湖光瀲灧，樓影青紅。綵絲金粟，水邊還又相逢。懷沙人問，二千年、猶帶酸風。騷人灑墨香濃。幽情窅眇，雅調惺鬆。天上菖蒲五色，倩摻摻、玉手入雕鐘。新懽往恨，一時付與歌童。斜陽正好，且留連、休要匆匆。應須倒盡郫筒。歸鞭笑指，月掛蒼龍。

夢芙蓉(一)

吴文英

西風摇步綺。記長堤驟過，紫騮十里。斷橋南岸，人在晚霞外。錦温花共醉。當時曾共秋被。自别霓裳，應紅銷翠冷，霜枕正慵起。　慘淡西湖柳底。摇蕩秋魂，夜月歸環佩。畫閣重展，驚認舊梳洗。去來雙翡翠。難傳眼恨眉意。夢斷瓊娘，仙雲深路杳，城影蘸流水。

(一) 按：此調目录不載。

詞鵠初編卷之八

嘉定孫致彌愷似輯
受業餘姚樓儼儼若補訂

起九十七字，至九十九字止，凡詞九十八調

倦尋芳　第二體

蘇庠一作潘元質

獸環半掩，鴛甃無塵，庭院瀟灑。樹色沉沉，春盡燕嬌鶯姹。夢草池塘青漸滿，海棠軒檻紅相亞。聽簫聲，記秦樓夜。約彩鸞齊跨。漸迤邐、更催銀箭，何處貪歡，猶繫驕馬。旋剪燈花，兩點翠眉誰畫。香滅羞回空帳裡，月高猶在重簾下。恨疏狂，待歸來，碎揉花打。

驕，一作「驄」。○更，平聲。

鳳凰臺上憶吹簫　第三體　○爲趙孤篷賦

張炎

水國浮家，漁村古隱，浪游慣占花深。猶記得、琵琶半面，曾濕衫青。不道江空歲晚，桃葉

渡、還嘆飄零。因乘興、醉夢醒時，却是山陰。　投閒倦呼儔侶，竞棹入蘆花、俗客難尋。風渺渺、雲拖暮雪，獨釣寒清。遠遡流光萬里，渾錯認、片竹寰瀛。元來是、天上太乙真人。

此詞韻難。〇占、興，並去聲；醒，平聲。

聲聲慢　第三體　仙呂調　〇閏重九飲郭園　吴文英

檀欒金碧，婀娜蓬萊，遊雲不蘸芳洲。露柳霜蓮，十分點綴殘秋。新彎畫眉未穩，似含羞、低度墻頭。愁送遠，駐西臺車馬，共惜臨流。　知道池亭多宴，掩庭花長是、驚落秦謳。膩粉闌干，猶聞凭袖香留。輸他翠漣拍甃，瞰新粧、終日凝眸簾半捲，戴黄花、人在小樓。

凭，去聲。

聲聲慢　第四體　仙呂調　仄韻　李清照

尋尋覓覓，冷冷清清，淒淒慘慘戚戚。乍暖還寒，時候最難將息。三盃兩盞淡酒，怎敵他晚來風力。雁過也，正傷心，却是舊時相識。　滿地黃花堆積。憔悴損而今，有誰堪摘。守着牕兒，獨自怎生得黑。梧桐更兼細雨，到黃昏點點滴滴。這次第，怎一箇、愁字了得。

晚來，一作「曉來」。力，一作「急」。◯更，去聲。

西子粧　第一體　一作《西子粧慢》　◯吴夢牕自製此曲，余喜其聲調妍雅，久欲述之而未能。甲午春，寓羅江，與羅景良野遊江上，綠陰芳草，景況離離，因填此解。惜舊譜零落，不能倚聲也。◯別本羅景良作陳文卿。

張　炎

白浪搖天，清陰漲地。一片野懷幽意。楊花點點似春心，替風前萬花吹淚。遙岑寸碧，有誰識、朝來清氣。自沉吟，甚流光，輕擲繁華如此。　斜陽外。隱約孤村，隔塢閒門閉。漁舟何事不歸來，想桃源、路通人世。危橋靜倚。千年事。都消一醉。漫依依，愁落鵑聲萬里。

別本「遙岑寸碧」作「殘山剩水」，「識」作「看」，「流光」作「風光」，「擲」作「把」，「何似」作「何自」，「不」作「莫」，「路通人世」作「問桃開未」，「橋」作「樓」，又作「闌」，玉田詞率多改句。

被花惱 楊纘

疎疎宿雨釀輕寒，簾幕靜垂清曉。寶鴨微温睡烟少。簷聲不動，春禽對語，夢怯頻驚覺。欹珀枕，倚銀床，半牕花影明東照。惆悵夜來風生，怕、嬌香混瑶草。披衣便起，小徑廻廊，處處都行到。正千紅萬紫競芳妍，又還似、年時被花惱。驀忽地、省得而今，雙鬢老。覺，音攪。

帝臺春 李甲 一刻李爆

芳草碧色。萋萋遍南陌。飛絮亂紅，也似知人，春愁無力。憶得盈盈拾翠侶，共携賞、鳳城寒食。到今來、海角逢春，天涯行客。愁旋釋。還似織。淚暗拭。又偷滴。漫遍倚危闌，儘黄昏，也只是、莫雲凝碧。擲則，而今已擲了，忘則怎生便忘得。又還問鱗鴻，試重尋消息。飛絮，一作「暖絮」。也似，別本無「似」字。寒食，一作「春色」。行客，一作「倦客」。

慶清朝慢 第一體 王觀

調雨爲酥，懸冰作水，東風分付春還。何人便將輕暖，點破殘寒。結伴踏青去好，平頭鞋子小雙鸞。烟柳外，望中秀色，如有無間。晴則箇，陰則箇，餖飣得、天氣有許多般。須教撩花撥柳，争要先看。不道吴綾繡襪，香泥斜沁幾行斑。東風巧，盡收翠緑，吹在眉山。

作，音做；調、教、看，並平聲。

慶清朝慢 第二體 別本作《慶清朝》

史達祖

墜絮孳萍，狂鞭孕竹，偷移紅紫池亭。餘花未落，似供殘蝶經營。賦得送春詩了，夏帷攏斷緑陰成。桑麻外，乳鳩稊燕，別樣芳情。 荀令舊香易冷，歎俊遊疎嬾，枉自銷凝。塵侵謝屐，幽徑斑駁苔生。便覺寸心尚老，故人前度漫丁寧。空相悮，祓蘭曲水，挑菜東城。

玉簟凉

史達祖

秋是愁鄉。自錦瑟斷絃，有淚如江。平生花裡活，奈舊夢難忘。藍橋雲樹正緑，料抱月、幾夜眠香。河漢阻、但鳳音傳恨，闌影微凉。 新粧。蓮嬌試曉，梅瘦破春，因甚却扇臨牕。紅巾銜翠翼，早弱水茫茫。柔指各自未剪，問此去、莫負王昌。芳信準，更敢尋、紅杏西厢。

雨中花慢　第一體　辛棄疾

舊雨常來，今雨不來，佳人淹蹇誰留。幸山中芋栗，今歲全收。貧賤交情落落，古今吾道悠悠。怪新來、却見，文友離騷，詩發秦州。　功名只道，無之不樂，那知有更堪憂。怎奈向兒曹，抵死、喚不回頭。石臥山前認虎，蟻喧床下聞牛。爲誰西望，憑闌一晌，却下層樓。

吾，平聲；更，去聲。

夜合花　第一體　牡丹　晁補之

百紫千紅，占春多少，共推絶世花王。西都萬家俱好，不爲姚黄。漫腸斷巫陽。對沉香亭北新粧。記清平調，詞成進了，一夢仙鄉。　天葩秀出無雙。倚晴暉、半如酣酒成狂。無言自有，檀心一點偷芳。念往事情傷。又新艷，曾説滁陽。縱歸來晚，君王殿後，别是風光。占，去聲。

暗香　仙吕宫　一名《紅情》　姜夔

舊時月色。算幾番照我，梅邊吹笛。喚起玉人，不管清寒與攀摘。何遜而今漸老，都忘却、春風詞筆。但怪得。竹外疎花，香冷入瑶席。江國。正寂寂。嘆寄與路遥，夜雪初積。翠樽易泣。紅萼無言耿相憶。長記曾携手處，千樹壓、西湖寒碧。又片片吹盡也，幾時見得。

長亭怨慢 第一體 中吕宫　　姜　夔

漸吹盡枝頭香絮。是處人家，緑深門户。遠浦縈廻，暮帆零亂向何所。閲人多矣，誰得似長亭樹。樹若有情時，不會得，青青如許。日暮。望高城不見，只見亂山無數。韋郎去也，怎忘得玉環分付。第·是、早早歸來，怕、紅萼無人爲主。算只有并刀，難剪離愁千縷。并，平聲。

長亭怨　　張　炎

記横笛玉關高處。萬里沙寒，雪深無路。敝却貂裘，遠遊歸後與誰語。故人何許。渾忘了、江南舊雨。不擬重逢，應笑我、飄零如羽。同去。(一)釣珊瑚海樹。底事又成行旅。烟迷斷浦。更幾點、戀人飛絮。如今又、京洛尋春，定應被、薇花留住。且莫把孤愁，説與當時歌舞。與，一作「共」。洛，一作「國」。○此詞起於白石而玉田追宗之，則應列作《長亭怨慢》第一體，少一「慢」字，或傳寫譌落，但不敢貿貿，姑仍舊。○更，去聲。

八聲甘州　第三體　仙吕調　○别本無「八聲」二字，又名《瀟瀟雨》

柳　永

對瀟瀟暮雨灑江天，一番洗清秋。漸霜風凄緊，關河冷落，殘照當樓。是處紅衰緑減，苒苒物華休。惟有長江水，無語東流。不忍登高臨遠，望故鄉渺邈，歸思難收。歎年來蹤跡，何事苦淹留。想佳人、粧樓凝望，悮幾回、天際識歸舟。争知我，倚闌干處，正恁凝愁。凝望，一作「顒望」。○思，去聲。

(一) 按：此處爲字間空心點，意爲句中暗韻。

醉蓬萊　林鐘商　柳永

漸、亭皋葉下，隴首雲飛，素秋新霽。華闕中天，鎖葱葱佳氣。嫩菊黄深，拒霜紅淺，近寶堦香砌。玉宇無塵，金莖有露，碧天如水。正值昇平，萬幾多暇，夜色澄鮮，漏聲迢遞。南極星中，有老人呈瑞。此際宸遊鳳輦，何處度、管絃清脆。太液波翻，披香簾捲，月明風細。

迷神引　第一體　仙吕調　柳永

一葉扁舟輕帆捲，暫泊楚江南岸。孤城暮角，引胡笳怨。水茫茫、平沙雁。旋驚散。烟斂。寒林簇，畫屏展。天際遥山小，黛眉淺。舊賞輕拋，到此成遊宦。覺客程勞，年光晚。異鄉風物，忍瀟索，當愁眼。帝城賒，秦樓阻，旅魂亂。芳草連空濶，殘照滿。佳人無消息，斷雲遠。旋，去聲。

迷神引　第二體　中吕調　柳　永

紅板橋頭秋光暮。淡月映、烟方煦。寒溪蘸碧，遶垂楊路。重分飛，携纖手，淚如雨。波急隋堤遠，片颿舉。倏忽年華改，尚期阻。　暗覺春殘，漸漸飄花絮，好夕良天長辜負。洞房閒掩小屏空，無心覷。指歸雲、仙鄉杳在何處。遥夜香衾煖，算難與。知他深深約，記得否。重，去聲；否，音府。

留客住　第二體　林鐘商　柳　永

偶登眺。凭小樓艷陽時節，乍晴天氣，是處閒花芳草。遥山萬疊雲散，漲海千里潮平，波浩渺。烟村院落，是誰家緑樹，數聲啼鳥。　旅情悄。遠信沉沉，離魂杳杳。對景傷懷，度日無言誰表。惆悵舊歡何處，後約難凴，看看春又老。盈盈淚眼，望仙鄉隱隱，斷霞殘照。看，平聲。

燕春臺　第一體　張　先

麗日千門，紫烟雙闕，瓊林又報春回。殿閣風微，當時去燕還來。五侯池館屏開。探芳菲走馬，重簾人語，轔轔車幰，遠近輕雷。　雕觴霞灧，翠幕雲飛，楚腰舞柳，宮面粧梅。金猊夜煖，羅衣暗裛香煤。洞府人歸，笙歌院落，燈火樓臺。下蓬萊。猶有花上月，清影徘徊。

秋蘂香　第二體（一）　○咏桂花　趙以夫

一夜金風，吹成萬粟，枝頭點點明黃。扶疎月殿影，雅淡道家粧。阿誰倩，天女散濃香。十分熏透霓裳。徘徊處、玉繩低轉，人靜天凉。　底事小山幽咏，渾未識清妍，空自情傷。憶佳人、執手訴離湘。招蟾魄，和淚吸秋光。碧雲日暮何妨。惆悵久，瑶琴微弄，一曲清商。

緑葢舞輕風　白蓮　周密

玉立照新粧，翠葢亭亭，淩波步秋綺。真色生香，明璫摇淡月，舞袖斜倚。耿耿芳心，奈千

（一）按：此調前並無《秋蕊香》第一體，此第二體或將前《秋蕊香引》充作《秋蕊香》第一體。

縷、晴絲縈繫。恨開遲、不嫁東風，顰怨嬌蕊。花底。漫卜幽期，素手採珠房，粉艷初洗。雨濕鉛腮，碧雲深，暗聚軟綃清淚。訪藕尋蓮，楚江遠、相思誰寄。棹歌回，衣露滿身花氣。

玉京謡

吴文英

蝶夢迷清曉，萬里無家，歲晚貂裘敝。載取琴書，長安閒看、桃李。爛繡錦、人海花場，任客燕、飄零誰計。春風裏。香泥九陌，文梁孤壘。微吟怕有詩聲翳。鏡慵看、但小樓獨倚。金屋千嬌，從他鴆熳秋被。蕙帳移。烟雨孤山，待對影落梅清泚。終不似。江上翠微流水。閒看，去聲；慵看，平聲。

卓牌兒　春曉

万俟雅言

東風綠楊天，如畫出清明院宇。玉艷淡泊，梨花帶月，臙脂零落，海棠經雨。單衣怯黄昏，人正在、珠簾笑語。相並戲蹴秋千，共携手、同倚闌干，暗香時度。翠憁繡户。路繚繞、潛通幽處。斷魂凝竚。嗟、不似飛絮。閑悶閒愁，難消遣，此日年年意緒。無據。奈酒醒春去。醒，平聲。

瑤臺第一層

張元幹

寶曆祥開飛練，上青冥、萬里光。石城形勝，秦淮風景，威鳳來翔。臘餘春色早，兆鈞璜、賢佐興王。對熙日，正格天同德，全魏分疆。熒煌。五雲深處，化鈞獨運斗魁旁。繡裳龍尾，千官師表，萬事平章。景鐘文瑞世，醉尚方。(一)難老金漿。慶垂裳。看雲屏間坐，象笏堆床。間，去聲。

夏初臨

劉涇

泛水新荷，舞風輕燕，園林夏日初長。庭樹陰濃，雛鶯學弄新簧。小橋飛入橫塘。跨青萍、

(一) 按：此處爲字間空心點，意爲句中暗韻。

綠藻幽香。朱闌斜倚，霜紈未摇，衣袂先凉。歌懽稀遇，怨别多同，路遥水遠，烟淡梅黄。輕衫短帽，相攜洞府流觴。況有紅粧。醉歸來寶蠟成行。拂牙床。紗廚半開，月在廻廊。楊用修作「小橋飛蓋入横塘」，非。

應天長　第六體　王沂孫

疎簾蝶粉，幽徑燕泥，花間小雨初足。又是禁城寒食，輕舟泛晴渌。尋芳地，來去熟。尚彷佛、大堤南北。望楊柳、一片陰陰，摇曳新綠。重訪艷歌人，聽取春聲，猶是杜郎曲。蕩漾去年春色，深深杏花屋。東風曾共宿。記、小刻近牕新竹。舊游遠，沉醉歸來，滿院銀燭。

月邊嬌　周密

酥雨烘晴，早柳盼嬌顰，蘭芽愁醒。九街月淡，千山夜煖，十里寶光花影。塵凝步襪，送艷笑、爭誇清俊。笙簫迫曉，翠幕捲、天香宮粉。少年顧曲疎狂，絮花蹤跡，夜蛾心性。

戲叢圍錦，燈簾轉玉，攧却舞勾歌引。前懽漫省。又輦路、東風吹鬢。醺醺倚醉，任夜深春冷。

水調歌頭　第二體

王　識

一雨洗空濶，象緯迫人清。披襟臺上坐，細看北斗在璇衡。知是南宫列宿，初出極星未遠，龍角正分明。河漢餘千里，風露已三更。　坐未久，書帙散，酒壺傾。涼生殿閣，泠然邀我御風行。擬欲乘槎一問津，但得天孫領畧，安用訪君平。莫咲儒生事，造化掌中生。《福建通誌》：「識，泉州永春人，博覽羣書，尤精星曆，嘗作渾天圖、渾天儀，陳知柔爲之刻碑題跋，一夕因觀星賦此。」按，知柔紹興秦熺榜進士，則識亦南渡後人也。◯看、更，並平聲。

黄鸝繞碧樹

周邦彦

雙闕籠佳氣，寒威日晚，歲華將暮。小院閒庭，對寒梅照雪，淡烟凝素。忍當迅景，動無限，傷春情緒。猶賴是、上苑風光，漸好芳容將煦。　草莢蘭芽漸吐。且尋芳、更休思慮。

這浮世，甚驅馳利禄，奔競塵土。縱有魏珠照乘，未買得流年住。爭如剩引榴花，醉偎瓊樹。更、乘，並去聲。

江南春(一)　第二體

吳文英

風響牙籤，雲寒古硯，芳名猶在堂笏秋牀聽雨，妙謝庭春草吟筆。城市喧鳴轍。清溪上、小山秀潔。便向此搜松訪石，葺屋營花，紅塵遠避風月。　瞿塘路隨漢節。謾憶蓴絲鱸雪車馬從休歇。榮華事、醉歌耳熱。天與此翁，芳芷嘉名，紉蘭佩兮瓊玦。

八節長歡

毛滂

名滿人間。記黄金殿，舊賜清閒。才高鸚鵡賦，風凜惠文冠。波濤何處試蛟鱷，到白頭、猶守溪山。且做龔黄様度，留與人看。　桃溪柳曲陰圓。離唱斷，旌旗却捲春還。襦袴寄餘温，雙石畔、誰聞吏膽長寒。詩翁去，誰細遶、屈曲闌干。從今後，南來幽夢，應隨月

(一) 按：此調《詞律》不載，《詞譜》作《江南春慢》，第一體爲卷一寇準「波渺渺」令詞。

度雲湍。

逍遥樂　　黄庭堅

春意漸歸芳草。故國佳人，千里信沉音杳。雨潤烟光，晚景澄明，極目危闌斜照。夢當年少。對尊前，上客鄒枚，小鬟燕趙。共舞雪歌塵，醉裏談笑。花色枝枝生好。鬢絲年年漸老。如今遇風景，空瘦損、向誰道。東君幸賜與，天幕翠遮紅遶。休休、醉鄉岐路，華胥蓬島。燕，平聲。

瑣牕寒　第一體　　程先

雨洗紅塵，雲迷翠麓，小車難去。凄凉感慨，未有今年春暮。想曲江水邊麗人，影沉香歇誰爲主。但兔葵燕麥，風前摇蕩，徑花成土。空被多情苦。嘉會難逢，少年幾許。紛紛沸鼎，負了青陽百五。待何時、重覩太平，典衣貰酒相爾汝。算蘭亭、有此歡娱，又却悲今古。

珍珠簾　第一體　「珍」或作「真」　吴文英

蜜沉燼煖餘烟裊。竚立行人官道。麟帶壓愁香，聽舞簫雲渺。恨縷情絲春絮遠，悵、夢隔銀屏難到。寒峭。有東風垂柳，學得腰小。　還近緑水清明，歎孤身如燕，將花頻繞。細雨濕黃昏，半醉歸懷抱。蠹損歌紈人去久，漫淚沾、香蘭如笑。書杳。念客枕幽單，看春漸老。

應天長慢　第二體　一名《應天長》（第七體）　周邦彦

條風布暖，微霧弄晴，池臺遍滿春色。正是夜堂無月，沉沉暗寒食。梁間燕，社前客。似笑我、閉門愁寂。亂花過隔院，芸香滿地狼籍。　長記那回時，邂逅相逢，郊外駐油壁。又見漢宮傳蠟，飛烟五侯宅。青青草，迷路陌，强載酒，細尋前跡。市橋遠，柳下人家，猶自相識。强，上聲。

應天長 第八體　康與之

管絃繡陌，燈火畫橋，塵香舊時歸路。腸斷蕭娘，舊日風簾映朱户。鶯能舞。花解語。念後約，頓成輕負。緩雕轡，獨自歸來，凭闌情緒。楚岫、在何處。香夢悠悠，花月更誰主。惆悵後期，空有鱗鴻寄紈素。枕前淚，牕外雨。翠幕冷，夜凉虚度。未應信，此度相思，寸腸千縷。別作「空」、「有」字分句。◯更，去聲。負，叶附。

孤鸞 第一體　一作《孤戀》　◯詠梅　張　棨

荊溪清曉。問昨夜南枝，幾分春到。一點幽芳，不待隴頭音耗。亭亭水邊月下，勝人間、等閒花草。此際風流誰似，有孏窩詩老。　且向虚簷，淡然索笑。任雪壓霜欺，精神越好。最喜庭除下，映紫蘭嬌小。孤山好。喜舊約，况和羹、用功宜早。移傍玉階深處，趁天香繚繞。

孤鸞　第二體　○咏梅　趙以夫

江頭春早。問江上寒梅，占春多少。自照疏星冷，祇許春風到。幽香不知甚處，但迢迢、滿河烟草。回首誰家，竹外有、一枝斜好。記當年，曾共花前笑。念玉雪襟期，有誰知道。唤起羅浮夢，正參横月小。淒凉更吹塞管，漫相思、鬢華驚老。待覓西湖半曲，對霜天清曉。更、占，並去聲。

孤鸞　第三體　朱敦儒

天然標格。是小萼堆紅，芳姿凝白。淡佇新粧，淺點壽陽宫額。東君相留厚意，倩年年、與傳消息。昨夜前村雲裏，有一枝先拆。念故人、何處水雲隔。縱驛使相逢，難寄春色。試問丹青手，是怎生描得。曉來一番雨過，更那堪、數聲羌笛。歸去和羹未晚，勸行人休摘。以上三詞皆詠梅，句法微不同。○更，去聲。

揚州慢　　姜　夔

淮左名都，竹西佳處，解鞍少駐初程。過春風十里，盡薺麥青青。自胡馬窺江去後，廢池喬木，猶厭言兵。漸黄昏清角，吹寒都在空城。杜郎俊賞，算如今、重到須驚。縱豆蔻詞工，青樓夢好，難賦深情。二十四橋仍在，波心蕩、冷月無聲。念橋邊紅藥，年年知爲誰生。

雙雙燕　第二體　　史達祖

過春社了，度簾幕中間，去年塵冷。差池欲住，試入舊巢相並。還相雕梁藻井，又、軟語商量不定。飄然快拂花梢，翠尾分開紅影。芳徑。芹泥雨潤。愛貼地爭飛，競誇輕俊。紅樓歸晚，看足柳昏花暝。應是棲香正穩。便忘了、天涯芳信。愁損翠黛雙娥，日日畫闌獨凭。相，平聲，下「相」字去聲；凭，去聲。此詞韻雜。

雨中花慢　第二體　　蘇　軾

今歲花時，深院盡日，東風蕩漾茶烟。但有緑苔芳草，柳絮榆錢。聞道城西，長廊古寺，甲第名園。有國艷帶酒，天香染袂，為我留連。　清明過了，殘紅無處，對此淚灑尊前。秋向晚，一枝何事，向我依然。高會聊追短景，清商不暇餘妍。不如留取，十分春態，付與明年。

雨中花慢　第三體　秦　觀

指點虛無征路，醉乘斑虯，遠訪西極。見天風吹落，滿空寒□。皇女明星迎笑，何苦自淹塵域。正火輪飛上，霧捲烟開，洞觀金碧。　重重觀閣，横枕鼇峯，水面倒銜蒼石。隨處有、奇香幽火，杳然難測。好似蟠桃熟後，阿環偷報消息。在青天碧海，一枝難遇，占取春色。觀，平聲，下「觀」字去聲；占，去聲。

燕春臺　第二體　趙以夫

錦里春回，玉墀天近，東風穩送雕轙。祖帳移來，流光萬斛金蓮。十分香月娟娟。照人間、一點魁躔。此時心事，飛來雙鳳，催上甘泉。　尋思京雒，少日芳游，柳迷禁雪，花淡宫烟。鰲山擁翠，通宵急管繁絃。再見昇平，想紅雲，縹緲羣仙。看明年。金殿傳柑宴，衮繡貂蟬。禁、看，並去聲。

瑶臺聚八仙　第一體　○爲野舟賦

張　炎

帶雨春潮。人不渡，沙外曉色迢遥。自横深静。誰見隔柳停橈。知我知魚未是樂，轉篷閒趂白鷗招。任風飄。夜來酒醒，何處江皋。泛宅浮家更好。度菰蒲影裡，濯足吹簫。坐閲千帆，空競萬里波濤。他年五湖訪隱，第一是、吴淞第四橋。元真子，共游烟水，人月俱高。更，去聲；醒，上聲。

瑣瓏四犯　第一體

周邦彦

穠李夭桃，是舊日潘郎，親試春艷。自别河陽，長負露房烟臉。憔悴鬢點吴霜，念想夢魂飛亂。歎、畫闌玉砌都换。纔始有緣重見。夜深偷展香羅薦。暗牕前、醉眠葱蒨。浮花浪蘂都相識，誰更曾擡眼。休問舊色舊香，但認取、芳心一點。又片時，一陣風雨惡，吹分散。別本「念想」句上多一「細」字。○更，去聲。

塞垣春　第二體　吴文英

漏瑟侵瓊筦。潤鼓借烘爐煖。藏鈎怯冷，畫難臨曉，隣語鶯囀。殢緑腮、細咒浮梅盞。換、蜜炬花心短。夢驚回，林鴉起，曲屏春事天遠。迎路柳絲裙，看爭拜東風，盈灞橋岸。髻落寶釵寒，恨花勝遲燕。漸、街簾影轉。還似新年，過郵亭，一相見。南陌又燈火，繡囊塵香淺。看、勝，並去聲。

尾犯　第三體　林鐘商　柳永

晴烟冪冪。漸東郊芳草，染成輕碧。野塘風暖，遊魚動觸，氷澌微坼。幾行斷雁，旋次第、歸霜磧。詠新詩，手撚江梅，故人贈我春色。似此光陰催逼。念浮生，不滿百。雖照人軒冕，潤屋金珠，於身何益。一種芳心，力圖利禄，殆非長策。除是恁、檢點笙歌，訪尋羅綺消得。

晝夜樂 第一體 中吕宫　　柳　永

秀香家住桃花徑。算神仙才堪並。層波細剪明眸，膩玉圓搓素頸。愛把歌喉當筵逞。遏天邊、亂雲愁凝。言語似嬌鶯，一聲聲堪聽。　洞房飲散簾幃靜。擁香衾，歡心稱。金爐麝裊青烟，鳳帳燭摇紅影。無限狂心乘酒興。這歡娱、漸入佳境。猶自怨隣鷄，道、秋宵不永。凝、聽、稱、興，並去聲。

瓏璁玉 半閒堂賦春雪　　姚雲文

開歲春遲，早贏得、一白瀟瀟。風牕淅簌，夢驚錦帳春嬌。是處貂裘透煖，任尊前回舞，紅倦柔腰。今朝。　虧、陶家茶鼎寂寥。　料得東皇戲劇，怕蛾兒街柳，先鬭元宵。宇宙低迷，倩誰分，淺亞深凹。休嗟空花無據，便、真箇瓊雕玉琢，總是虛飄。且沈醉，趁樓頭、零片未消。

月下笛　第一體　○次韻　　曾允元

吹老楊花，浮萍點，一溪春色。閒尋舊跡。認溪頭，浣紗磧。柔條折盡成輕別，向空外、瑤簪一擲。算無情更苦，鶯巢暗葉，啼破幽寂。　　凝立。闌干側。記露飲東園，聯鑣西陌。容銷鬢減，相逢應是難識。東風吹得愁似海，漫點染、空堦自碧。獨歸晚，解說心中事，月下短笛。愁似海，一作「愁如海」。更，去聲；解，上聲。

月下笛　第二體　　周邦彦

小雨收塵，涼蟾瑩徹，水光浮碧。誰知怨抑。靜倚官橋吹笛。映宮墻、風葉亂飛，品高調側人未識。想開元舊譜，柯亭遺韻，盡傳胸臆。　　闌干四遶，聽、折柳徘徊，數聲終拍。寒燈陋館，最感平陽孤客。夜沉沉、雁啼正哀，片雲盡捲清漏滴。黯凝魂，但覺、龍吟萬壑天籟息。

芰荷香　第二體　趙彥端

燕初歸。正春陰暗淡，客意凄迷。玉觴無味，晚花雨裀凝脂。多情細柳，對沈腰、渾不勝衣。垂別袖，忍見離披。江南陌上，强半紅飛。樂事從今一夢，縱錦囊空在，金椀誰揮。舞褭歌扇，故應閒鎖幽闈。練江詩就，算艤舟、寧不相思。腸斷莫訴離盃。青雲路穩，白首心期。勝，平聲；强，上聲。

絳都春　第一體　◯黃鐘調　平韻　陳允平

秋千倦倚，正海棠半拆，不耐春寒。殢雨弄晴，飛梭庭院繡簾閒。梅粧欲試芳情嬾。翠顰愁入眉彎。霧蟬香冷，霞綃淚揾，恨襲湘蘭。悄悄池臺步晚。任紅醺杏靨，碧沁苔痕。燕子未來，東風無語又黃昏。琴心不度春雲遠。斷腸難託啼鵑。夜深猶倚，垂楊二十四闌。此詞平仄互叶，用韻亦雜。靨，去聲。痕、魂，俱叶。

並蒂芙蓉

晁端禮

太液波澄，向鑑中照影，芙蓉同蒂。千柄綠荷深，並丹臉爭媚。天心眷臨聖日，殿宇分明敞嘉瑞。弄香嗅蘂。願君王，壽與南山齊比。　池邊屢回翠輦，擁羣仙醉賞，凴闌凝思。萼綠攬飛瓊，共波上遊戲。西風又看露下，更結雙雙新蓮子。鬬粧競美。問鴛鴦、向誰留意。

政和癸巳，大晟樂成，蔡元長以晁次膺薦於徽宗，詔乘驛赴闕。至都下，會禁中嘉蓮生，次膺屬詞以進，名《並蒂芙蓉》，上覽之，稱善，除大晟府協律郎，不克受而卒。〇思、更，並去聲。

玉蝴蝶　第三體

李之儀

坐久燈花開盡，暗驚風葉，初報霜寒。冉冉年華催暮，顏色非丹。攪迴、腸蛩吟似織，留恨意、月彩如攤。慘無歡。篆烟縈素，空轉雕盤。　何難。別來幾日，信沉魚鳥，情滿關山。耳邊依約，常記巧語緜蠻。聚愁窠、蜂房未密，傾淚眼、海水猶慳。掩萸關。漸移銀漢，低泛簾顏。

春草碧　第三體　　万俟雅言

又隨芳渚坐，看翠連霽空，愁遍征路。東風裏，誰望斷西塞，恨迷南浦。天涯地角，意不盡、消沉萬古。曾是、送別長亭下，細緑暗烟雨。　何處。亂紅鋪繡茵，有醉眠蕩子，拾翠遊女。王孫遠，柳外共、殘照斷雲無語。池塘夢生，謝公後、還能繼否。獨上畫樓，春山暝、雁飛去。坐，或作「生」。○此詞詠本意。否，音府，叶。看，去聲。

雲仙引　　馮偉壽

紫鳳臺高，紅鸞鏡裡，馡馡幾度秋聲。黄金重，緑雲輕。丹砂髩邊滴粟，翠葉玲瓏烟剪成。含咲出簾，月香滿袖，天霧縈身。　年時花下逢迎。有遊女翩翩如五雲。亂擲芳英。爲簪斜朶，事事關心。長向金風，一枝在手，嗅蘂悲歌雙黛顰。遠臨溪樹，對初絃月，露下更深。此詞韻雜。○重，去聲；更，平聲。

三部樂　第一體　　蘇　軾

美人如月。乍見掩暮雲，更增妍絶。算應無恨，安用陰晴圓缺。嬌甚空只成愁，待下床又嬾，未語先咽。數日不來，落盡一庭紅葉。今朝置酒强起，問爲誰減動，一分香雪。何事散花却病，維摩無疾。却低眉、慘然不答。唱金縷，一聲怨切。堪折便折。且惜取，少年花發。《片玉》首句不用韻，平聲。○强，上聲；爲、更，去聲。

繡停針

陸　游

歎半紀，跨萬里秦吴，頓覺衰謝。回首鵷行，英俊並游，咫尺玉堂金馬。氣凌嵩華。負壯畧，縱横王霸。夢經洛浦梁園，覺來淚流如瀉。山林定去也。却自恐、説着少年時話。靜院焚香，閒倚素屏，今古總成虛假。趂時婚嫁。幸自有、湖邊茅舍。燕歸應笑，客中又還過社。華，去聲；過，平聲。

二郎神　第一體

呂渭老

西池舊約。燕語柳梢桃萼。向紫陌、秋千影下，同綰雙雙鳳索。過了鶯花休則問，風共月、一時閒却。知誰去喚秋陰，滿眼敗紅藥。　飄泊。江湖載酒，十年行樂。甚近日、傷高念遠，不覺風前淚落。橘熟橙黃堪一醉，斷未負、晚涼池閣。只愁被、撩撥春心，煩惱怎生安着。

燕山亭　見杏花作

宋　徽宗皇帝

裁剪冰綃，輕疊數重，冷淡胭脂勻注。新樣靚粧，艷溢香融，羞殺蘂珠宮女。易得凋零，更多少、無情風雨。愁苦。問院落凄涼，幾番春暮。　憑寄離恨重重，這雙燕何曾、會人言語。天遥地遠，萬水千山，知他故宫何處。怎不思量，除夢裡、有時曾去。無據。和夢也、有時一作「新來」不做。更，去聲。

鳳池吟

吴文英

萬丈巍臺，碧罘罳外，衮衮野馬遊塵。舊文書几閣，昏朝醉暮，覆雨翻雲。忽變清明，紫垣敕使下星辰。經年事靜，公門如水，帝甸陽春。長安父老相語，幾百年見此，獨駕冰輪。又鳳鳴黃幕，玉霄平遡，鵲錦輕恩。事省中書，半紅梅子薦鹽新。歸來晚，待、慶吟殿閣南薰。

三姝媚　第一體

史達祖

烟光摇縹瓦。望晴簷多風一作「風裊」，柳花如灑。錦瑟横床，想淚痕塵影，鳳絃常下。倦出犀帷，頻夢見、王孫驕馬。諱道相思，偷理綃裙，自驚腰衩。　惆悵南樓遥夜。記翠箔張燈，枕肩歌罷。又入銅駝，遍舊家門巷，首詢聲價。可惜東風，將恨與、閒花俱謝。記取崔徽模樣，歸來暗寫。

催雪

吴文英

霓節飛瓊，鸞駕弄玉，杳隔平雲弱水。倩皓鶴傳書，衛姨呼起。莫待粉河凝曉，趁、夜月瑶笙飛環珮。蹇驢吟影，茶烟竈冷，酒亭門閉。　歌麗。泛碧蟻。放繡箔半鉤，寶臺臨砌。要須借東風，灞陵春意。曉夢先迷楚蝶，早、風戾重寒侵羅綺。還怕掩、深院梨花，又作故人清淚。作，音做。

無悶　第一體　　王沂孫

陰積龍荒，寒度雁門，西北高樓獨倚。悵短景無多，亂山如此。欲喚飛瓊起舞，怕、攪碎紛紛銀河水。凍雲一片，藏花護玉，未教輕墜。　清致。悄無似。有照水南枝，已攙春意。誤幾度凭闌，莫愁凝睇。應是梨花夢好，未肯放、東風來人世。待翠管、吹破蒼茫，看取玉壺天地。此詞與《催雪》雖近似，但恐宮調有別，不敢混并，而《詞律》竟以此作《催雪》，今特并列，以備識者，再收正伯一闋，稍異於此。○教，平聲；莫、看，並去聲。

無悶　第二體　　程垓

天與多才，不合更與，殢柳粘花情分。甚總爲才情，惱人方寸。早是春殘花褪。也不料、一春都成病。自失咲，因甚腰圍半減，珠淚頻揾。　難省也怨天，也自恨。怎免千般思忖。倩人説與，又却不忍。攧了一生愁悶。又只恐愁多無人問。到這裡，天也憐人，看他穩也不穩。此詞用俳體。按：《書舟集》中作《閨怨無悶》，蓋閨怨是題，汲古刻誤耳，今更正如右。◯更、分、爲、看，並去聲。

尾犯　第四體

晁補之

廬山小隱。漸年來疎嬾，浸濃歸興。緑橋飛過深溪，池底奔雷餘韻。香爐照日，望處與、青霄近。想羣仙呼我，應遠怪，晚來鬐絲垂鏡。　海上雲車回軔。少姑傳、金母信。森翠裾瓊佩，落日初霞，紛紜相映。誰見湖中景。花洞裏，杳然漁艇。别是箇、瀟灑乾坤，世情塵土休問。與，去聲。

丁香結

方千里

烟濕高花，雨藏低葉，爲誰翠消紅隕。歎水流波迅。撫艷景，尚有輕陰餘潤。乳鶯啼處路，思歸意、淚眼暗忍。青青榆莢滿地，縱買閒愁難盡。　勾引。正記着年時，乍怯春寒陣陣。小閣幽牕，殘粧賸粉，黛眉曾暈。迢遞魂夢萬里，恨斷柔腸寸。知何時重見，空爲相思瘦損。

國香　草牕注作夷則商　　張　炎

鶯柳烟堤。記未吟青子，曾比紅兒。嫺嬌弄春微透，鬟翠雙垂。不道留仙不住，便無夢、吹到南枝。相看兩流落，掩面凝羞，怕説當時。　凄涼歌楚調，嫋餘音不放，一朶雲飛。丁香枝上，幾度欵語深期。拜了花梢淡月，最難忘，弄影牽衣。無端動人處，過了黃昏，猶道休歸。玉田自注：「沈梅嬌，杭妓也，忽於京都見之。把酒相勞苦，猶能歌周清真《意難忘》、《臺城路》二曲，因囑余記其事。詞成，以羅帕書之。」〇看，平聲。

瑣牕寒　第二體　別刻《鎖寒牕》，非　　周邦彦

暗柳啼鴉，單衣竚立，小簾朱户。桐花一作「桐陰」半畝。靜鎖一庭愁雨。滴空堦，更闌未休，

故人剪燭西牕語。似楚江暝宿，風燈零亂，少年羇旅。遲暮。嬉遊處。正店舍無烟，禁城百五。旗亭喚酒，付與高陽儔侶。想東園，桃李自春，小脣秀靨今在否。到歸時，定有殘英，待客携尊俎。畝，叶母。更，平聲。否，叶府。

新雁過粧樓 一本無「新」字 ◯賦菊　　張炎

風雨不來深院悄一作「曉」，清事正滿東籬。杖藜重到，秋氣冉冉吹衣。瘦碧飄蕭搖露梗，膩黄秀野拂霜枝。憶芳時。翠微喚酒，江雁初飛。　湘潭無人弔楚，嘆落英自采，誰寄相思。淡泊生涯，聊伴老圃斜暉。寒香應遍故里，想、鶴怨山空猶未歸。歸何晚，問徑松不語，只有花知。一本「潭」作「澤」，「寄」作「記」。◯夢牕首句不用韻。按：此詞與《八寶粧》、《瑶臺聚八仙》字句近似，但無所考據，恐宫調不同，不敢妄併。

八寶粧 第一體　　陳允平

望遠秋平。初過雨、微茫水滿烟汀。亂蕻疎柳，猶帶數點殘螢。待月重樓誰共倚，信鴻斷續兩三聲。夜如何頓凉，驟覺紈扇無情。　還思驂鸞素約，念鳳簫雁瑟，取次塵生。舊日潘郎雙鬢，半已星星。琴心錦意暗嬾，又爭奈、西風吹恨醒。屏山冷，怕夢魂飛渡、藍橋不成。此詞蓋是八調合成，如《四犯剪梅花》是也，較下《瑤臺聚八仙》惟「夜如何」句不用韻。○醒，平聲。

瑤臺聚八仙　第二體　○杭友寄聲以詞答意　　張　炎

秋月娟娟。人正遠，魚雁待拂吟箋。也知遊事，都在第二橋邊。花底鴛鴦深處睡，柳陰淡隔裡湖船。路綿綿。夢吹舊曲，如此山川。　平生幾雨謝屐，便放歌自得，直上風烟。峭壁誰家長嘯，誤落松前。十年孤劍萬里，又、何似畦分抱甕泉。山中酒，且醉飡石髓，白眼青天。此詞亦是八調合成。

陌上花　使歸閩浙歲暮有懷　　張　翥

關山夢裏歸來，還又歲華催晚。馬影鷄聲，諳盡倦郵荒館。綠箋密記多情事，一看一回腸斷。待殷勤寄與，舊游鶯燕，水流雲散。　滿羅衫是，酒香痕凝處，唾碧啼紅相半。只恐梅花，瘦倚夜寒誰煖。不成便没相逢日，重整釵鸞箏雁。但何郎，縱有春風詞筆，病懷渾嬾。看、凝，並去聲。

紫玉簫　晁補之

羅綺叢中，笙歌隊裏，眼狂初認輕盈。無花解比，似一鈎新月，雲際初生。算不虚得，郎占與、第一佳名。卿歸去，那知有人，别後牽情。　襄王自是春夢，休漫説東墻，事更難憑。誰教慕宋，要題詩曾倚，寶柱低聲。似瑶臺曉，空暗想，衆裏飛瓊。餘香冷，猶在小牕，一到魂驚。解、占，並去聲。

定風波　第三體　商角調　張　翥

◯西江客舍酒後聞梅花，吹香滿牕，醒而賦此

恨行雲，特地高寒，牢籠好夢不定。婉娩年華，淒涼客況，泥酒渾成病。畫闌深，碧牕靜。

一樹瑶花可憐影。低映。怕明月照見，青禽相並。　素衾正冷。又、寒香枕上薰愁醒。甚銀床霜凍，山童未起，誰汲墻陰井。玉笙殘，錦書迥。應是多情道薄倖。爭肯。等閒辜負，西湖春興。「看他」、「低映」及「爭肯」等句法與前第一、二體《定風波》短柱叶韻處大同小異。◯泥、興，並去聲。

瓏璁四犯　第二體　◯戲調夢牕　周　密

波熳塵香，正嫩日輕陰，摇蕩清晝。幾日新晴，初展綺牕紋繡。年少忍負才華，儘占斷、艷歌芳酒。奈翠簾蝶舞蜂喧，催趁禁烟時候。　杏腮紅透梅鈿皺。燕歸時，海棠厮勾。尋芳較晚，東風約，還約劉郎歸後。憑問柳陌情人，比似垂楊誰瘦。倚畫闌無語，春恨遠、頻回首。禁、占，並去聲。

瓏璁四犯　第三體　◯越中歲暮　姜　夔

疊鼓夜寒，垂燈春淺，匆匆時事如許。倦遊歡意少，俛仰悲今古。江淹又吟恨賦。記當時、送君南浦。萬里乾坤，百年身世，惟有此情苦。　揚州柳垂官路。有輕盈換馬，端正窺户。酒醒明月下，夢逐潮聲去。文章信美知何用，漫贏得、天涯羈旅。教説與春來，要尋花伴侶。醒、教，並平聲。

垂楊　本意

陳允平

銀屏夢覺。漸淺黄嫩緑，一聲鶯小。細雨輕塵，建章初閉東風悄。依然千樹長安道。翠雲鎖、玉牕深窈。斷橋人、空倚斜陽，帶舊愁多少。　還是清明過了。任烟縷露條，碧纖青嫋。恨隔天涯，幾回惆悵蘇堤曉。飛花滿地誰爲掃。甚薄倖、隨波縹緲。啼鵑不唤春歸，人自老。此詞絶似仄韻《絳都春》，但末句少一字，亦極盡抑揚之妙，而於「人自老」結句終疑有誤。○覺，叶呌。

芳草　一名《鳳簫吟》（並第一體）

韓　縝

鎖離愁，連綿無際，來時陌上初熏。綉幃人念遠，暗垂珠露，泣送征輪。長行長在眼，更重重、遠水孤雲。但望極樓高，盡日目斷王孫。

消魂。[一]池塘別後，曾行處、緑妒輕裠。

恁時携素手，亂花飛絮裡，緩步香茵。朱顔空自改，向年年芳意長新。遍緑野、嬉游醉眼，莫負青春。更，去聲。此詞亦咏本意。

月華清 第一體[二]

洪 瑹

花影摇春虫聲吟暮。九霄雲幕初捲。誰駕冰蟾，擁出桂輪天半。素魄映、□[三]瑣牕前，皓彩散、畫闌干畔。凝盻。見金波滉漾分輝鵲殿。

況是風柔夜暖。正燕子新來，海棠微綻。不似秋光，只照離人腸斷。恨無奈、利鎖名韁，誰爲喚、舞裠歌扇。吟玩。怕銅壺催曉，玉繩低轉。

[一] 按：此處爲字間空心點，意爲句中暗韻。

[二] 原誤作第三體。

[三] 按：此處原空缺一字，《中興以來絶妙詞選》作「青」。

大有

潘希白

戲馬臺前，采花籬下，問歲華、還是重九。恰歸來，南山翠色依舊。簾櫳昨夜聽風雨，都不似、登臨時候。一片宋玉情懷，十分衛郎清瘦。紅萸佩空對酒。砧杵動微寒，暗欺羅袖。秋色無多，早是敗荷衰柳。强整帽簷欹側，曾經向、天涯搔首。幾回憶、故國蓴鱸，霜前雁後。强，上聲。

金菊對芙蓉

中吕調　辛棄疾

遠水生光，遥山聳翠，霽烟深鎖梧桐。正零瀼玉露，淡蕩金風。東籬菊有黄花吐，對映水、幾簇芙蓉。重陽佳致，可堪此景，酒釅花濃。追念、景物無窮。嘆少年、胸襟忒煞英雄。把黄英紅萼，甚物堪同。除非腰佩黄金印，座中擁、紅粉嬌容。此時方稱情懷，盡攘一飲千鐘。康伯可结處作四字三句，作者融通之。○稱，去聲。

玉蝴蝶 第四體 仙吕調 柳 永

望處雨收雲斷，凭闌悄悄，目送秋光。晚景蕭疎，堪動宋玉悲凉。水風輕、蘋花漸老，月露冷、梧葉飄黄。遣情傷。故人何在，烟水茫茫。 難忘。文期酒會，幾辜風月，屢變星霜。海闊山遥，未知何處是瀟湘。念雙燕、難憑遠信，指暮天、空識歸艎。黯相望。斷鴻聲裡，立盡斜陽。艎，一作「航」。望，平聲。

高陽臺 第一體 僧 皎

紅入桃腮，青回柳眼，韶華已破三分。人不歸來，空教草怨王孫。平明幾點催花雨，夢半闌、攲枕初聞。問東君。因甚將春。老却閒人。 東郊十里香塵。旋安排玉勒，整頓雕輪。趂取芳時，共尋島上紅雲。朱衣引馬黄金帶，算到頭、總是虚名。莫閒愁，一半悲秋，一半傷春。「名」字借叶。教，平聲；旋，去聲。

迷神引　第三體　貶玉溪對江山作　晁補之

黯黯江山紅日暮。浩浩大江東注。餘霞散綺，回向烟波路。使人愁，長安遠在何處。幾點漁燈小，迷近塢。一片客帆低，傍前浦。　暗想平生，自悔儒冠誤。覺阮途窮，歸心阻。斷魂瑩目，一千里、傷平楚。怪竹枝歌，聲聲怨，爲誰苦。猿鳥一時啼，驚島嶼。燭暗不成眠，聽津鼓。爲，去聲；聽，平聲。

聲聲慢　第五體　一作《勝勝慢》〇送王聖與次韻　周密

瓊壺敲月，白髮簪花，十年一夢揚州。恨入琵琶，小憐重見灣頭。尊前漫題金縷，奈芳情、已逐東流。還送遠，甚長安亂葉，都是閒愁。　次第重陽近也，看黄花緑酒，只合遲留。脆柳無情，不堪重繫行舟。百年正消幾別，對西風、休賦登樓。怎去得，怕凄凉時節，團扇悲秋。看，去聲；重，並平聲。

聲聲慢　第六體　　趙長卿

金風玉露，綠橘黃橙，商秋爽氣飄逸。南斗騰光，應是間生賢出。照人紫芝眉宇，更仙風誰能儔匹。細屈指，到小春時候，恰則三日。　莫論早年富貴，也休問文章，有如椽筆。堯舜逢君，啟沃定知多術。而今且張錦幄，爇煤泛、煖香鬱鬱。華堂裡，聽瑶琴輕弄，水仙新律。間、更、論、聽，並去聲。

月下笛　第三體　〇寄仇山村溧陽　　張　炎

千里行秋，支筇背錦，頓懷清友。殊鄉聚首。愛吟猶自詩瘦。山人不解思猿鶴，笑問我，韋一作「蕭」娘在否。記長堤畫舫，花柔春鬧，幾番携手。　別後。都依舊。但靖節門前，近來無柳。盟鷗尚有。可憐西塞漁叟。斷腸不恨江南老，恨落葉飄零最久。倦遊處，減羈愁，猶未消磨是酒。「愛吟」句陶南村作折腰。解，去聲。

秋宵吟 越調 姜夔

古簾空，墜月皎。坐久西牕人悄。蛩吟苦，漸漏水丁丁，箭壺催曉。引涼颸，動翠葆。露脚斜飛雲表。因嗟念，似去國情懷，暮帆烟草。　帶眼消磨，爲近日愁多頓老。韋娘何在，宋玉歸來，兩地暗縈繞。搖落江楓早。嫩約無凴，幽夢又杳。但盈盈、淚灑單衣，今夕何夕恨未了。細味此詞應分三段，第一於「催曉」處分段，第二於「烟草」分段，絶似雙拽頭之意，但未敢擅改。丁、音，爭，爲，去聲。

長相思慢 周邦彥

夜色澄明，天街如水，風力微冷簾旌。幽期再偶，坐久相看纔喜，欲歎還驚。醉眼重醒。映雕闌修竹，共數流螢。細語輕輕。儘銀臺、掛蠟潛聽。　自初識伊來，便惜妖嬈艷質，美盼柔情。桃溪換世，鸞馭凌空，有願須成。遊絲蕩絮，任輕狂、相逐牽縈。但連環不解，難負深盟。看、醒，並平聲；解，上聲。

三部樂　第二體　　吴文英

江鴉初飛，蕩萬里素雲，際空如沐。詠情吟思，不在秦箏金屋。夜潮上、明月蘆花，傍釣蓑夢遠，句清敲玉。翠罌汲曉，欸乃一聲秋曲。片篷障雨乘風，半竿渭水，伴鷺汀幽宿。那知煖袍挾錦，低簾籠燭。鼓春波、載花萬斛。帆鬣轉、銀河可掬。風定浪息，滄茫外、天浸寒緑。欸，音靄。乃，如字。俗作「襖靄」，非。思，去聲。

錦堂春慢　第一體　　葛立方

氣應三陽，氛澄六幕，翔烏初上雲端。問朝來何事，喜動門闌。田父占來好歲，星家説道宜官。擬更凴高望遠，春在烟波，春在晴巒。　歌管雕堂宴喜，任重簾不捲，交護春寒。況金釵整整，玉樹團團。栢葉輕浮重醑，梅枝巧綴新旛。共祝年年如願，壽過松椿，壽過彭聃。重、占，並平聲；更，去聲。

十月桃

張元幹

年華催晚，聽尊前偏唱，衡媛欺寒。樂府誰知，分付點化金丹。中原舊遊何在，頻入夢、老眼空潸。撩人冷蘂，渾似當時，無語低鬟。　　有、多情多病文園。向雪後尋春，醉裡凭闌。獨步羣芳，此花風度天然。羅浮淡粧素質，呼翠鳳、飛舞斑斕。參横月落，留恨醒來，滿地香殘。聽，去聲；醒，平聲。

舞楊花

出宋人小説(一)

牡丹半坼初經雨，雕檻翠幕朝陽。嬌困倚東風，羞謝了羣芳。洗烟凝露，向清曉，步瑶臺月底霓裳。　　輕笑淡拂宫黄。淺擬飛燕新粧。楊柳啼鴉晝永，正秋千庭館，風絮池塘。三十六宫，簪艷粉濃香。慈寧王殿，慶清賞，占東君、誰比花王。良夜、萬燭熒煌影裡，留住年

(一) 按：此調出自張端義小説集《貴耳集》，亦見於康與之别集。《詞譜》：「按此詞載康與之樂府，或與之應制擬作也。」

光。差，音侈；占，去聲。

黄鶯兒 第二體　晁補之

南園佳致偏宜暑。兩兩三三，修篁新笋出初齊，猗猗過簷侵户。聽、亂颭芰荷風，細灑梧桐雨。午餘簾影參差，遠林蟬聲，幽夢殘處。　凝竚。既往盡成空，暫遇何曾住。算人間事，豈足追思，依依夢中情緒。觀、數點茗浮花，一縷香縈炷。怪來人道，陶潛做得羲皇侶。

詞鵠初編卷之九

嘉定孫致彌愷似偶輯
受業餘姚樓儼儼若補訂

起一百字，至一百零一字止，凡詞六十七調

長壽仙　趙孟頫

瑞日當天。對絳闕蓬萊，非霧非烟。翠光覆禁苑。正淑景芳妍。綵仗和風細轉。御香飄滿黄金殿。萬國會朝，喜千官拜舞，億兆同懽。福祉如山如川。應玉渚流虹，旋樞飛電。八音奏舜韶，慶玉燭調元。歲歲龍輿鳳輦。九重春醉蟠桃宴。天下太平，祝吾皇，壽與天地齊年。吾，平聲；禁、應，並去聲。

雙頭蓮　第一體　陸游

華鬢星星，驚壯志成虚，此身如寄。蕭條病驥。向暗裏。○消盡當年豪氣。夢斷故國山川，

隔重重烟水。身萬里。舊社凋零，青門俊遊誰記。盡道錦里繁華，歎官閒晝永，柴荊添睡。清愁自醉。念此際。付與何人心事。縱有楚柁吴檣，知何時東逝。空悵望、鱠美菰香，秋風又起。華，音花。

東風第一枝　大石調

吕渭老

老樹渾苔，横枝未葉，青春肯誤芳約。背陰未返氷魂，陽梢已含紅蕚。佳人寒怯，誰驚起、曉來梳掠。是月斜窗外，棲禽霜冷，竹間幽鶴。雲淡淡、粉痕漸薄。風細細、凍香又落。叩門喜伴金尊，倚闌怕聽畫角。依稀夢裏，見半面、淺窺朱箔。問甚時、重寫鸞牋，去訪舊遊東閣。聽、重，並平聲。

御帶花

歐陽修

青春何處風光好，帝里偏愛元夕。萬重繒綵，構一屏峰嶺，半空金碧。寶檠銀釭，耀絳幕，龍虎騰擲。沙堤遠，雕輪繡轂，爭走五王宅。雍雍熙熙作晝，會樂府神姬，海洞仙客。曳香摇翠，稱執手行歌，錦街天陌。月淡寒輕，漸向曉、漏聲寂寂。當年少、狂心未已，不醉怎歸得。稱，去聲。

萬年懽 第一體

史達祖

兩袖梅風，謝橋邊，岸痕猶帶陰雪。過了匆匆燈市，草根青發。燕子春愁未醒，誤幾處、芳音遼絶。烟溪上，采緑人歸，定應愁沁花骨。非干厚情易歇。奈燕臺句老，難道離別。小徑吹衣，曾記故里風物。多少驚心舊事，第一是、侵堦羅襪。如今但、柳髮晞春，夜來和露梳月。「醒」字、「事」字，無名氏用叶。燕臺，「燕」平聲。

念奴嬌 第一體 大石調 別名《百字令》、《壺中天慢》、《壺中天》、《淮甸春》、《百字謡》

李清照

蕭條庭院，有斜風細雨，重門須閉。寵柳嬌花寒食近，種種惱人天氣。險韻詩成，扶頭酒醒，別是閒滋味。征鴻過盡，萬千心事難寄。樓上幾日春寒，簾垂四面，玉闌干慵倚。被冷香消新夢覺，不許愁人不起。清露晨流，新桐初引，多少遊春意。日高烟斂，試看今日晴未。此《念奴嬌》正體。○覺，音㪷。

念奴嬌 第二體 別名《大江東去》、《酹江月》、《赤壁詞》、《大江西上曲》 ○赤壁懷古 蘇軾

大江東去，浪聲沉、千古風流人物。故壘西邊，人道是、三國孫吴赤壁。亂石崩雲，驚濤掠岸，捲起千堆雪。江山如畫，一時多年豪傑。遥想公瑾當年，小喬初嫁了，雄姿英發。羽扇綸巾談笑間，檣艣灰飛烟滅。故國神遊，多情應是，笑我生華髮。人間如寄，一尊還酹江月。按：他本「浪聲沉」作「浪淘盡」，與調未協；「孫吴」作「周郎」，犯下「公瑾」字；「崩雲」作「穿空」；「掠」作「拍」；「又多情」句作「多情應笑我早生華髮」，益非。今從《容齋隨筆》所載黄魯直所書本更正。至「小喬」句，宋人儘有作五字句，下句作四字者。此詞別名皆詞中語也。○別本收《大江乘》，誤，蓋即《大江東》誤「乘」耳。且此調本止百字，再無百零一字之理，蓋其詞尾「中書二十四考」，内誤增一「還」字，遂另作一體，非。《譜圖》又收《賽天香》則仍是《念奴嬌》，蓋明人所作總未協律，不可爲據。如王鳳洲《小諸皋》等俱不可爲法，並去之爲是。《百字謠》不必另收，以其詞極醜，體格無異《百字令》，不妨即以《百字令》填《百字謠》。(一)

(一) 按：「中書二十四考」是指《大江乘》(東陽四載)一詞，此詞見《翰墨大全》庚集卷十五，亦見《填詞圖譜》卷五，《詞鵠》此調評説參考《詞律》。

念奴嬌　第三體　平韻　陳允平

漢江露冷，是誰將瑤瑟，彈向雲中。一曲清泠聲漸杳，月高人在珠宮。暈額黄輕，塗腮粉艷，羅帶織青葱。天香吹散，珮環猶自丁東。　回首杜若汀洲，金鈿玉鏡，何日得相逢。獨立飄飄烟浪遠，羅襪羞濺春紅。渺渺予懷，迢迢良夜，三十六陂風。九疑何處，斷雲飛度千峰。

湘月　姜夔

五湖舊約，問經年底事，長負清景。暝入西山，漸喚我、一葉夷猶乘興。倦網都收，歸禽時度，月上汀洲冷。中流容與，畫橈不點清鏡。　誰解喚起湘靈，烟鬟霧鬢，理哀絃鴻陣。玉麈談元，歎坐客、多少風流名勝。暗柳蕭蕭，飛星冉冉，夜久知秋信。鱸魚應好，舊家樂事誰省。白石自註：即《念奴嬌》之鬲指聲也。○與、解、勝，並去聲。

無俗念　淩雲翰

等閒屈指，算今來古往，誰爲英傑。耳目聰明天賦予，怎肯虛生虛滅。去燕來鴻，飛烏走兔，世事何時歇。風波境界，大川不用頻涉。　空踏遍萬户千門，五湖四海，一樣中秋月。正面相看君記取，全體本來無缺。空裏非空，夢中是夢，莫向癡人説。須騎鶴，夜深朝禮金闕。此與前詞微不同，又虞集一體全似《念奴嬌》，字句悉同，故不録，蓋恐似髙指之類，不敢擅去之耳。

百字折桂令

白　集㈠

敝裘塵土，壓征鞍、鞭絲倦裊蘆花。弓劍蕭蕭，一徑入烟霞。動羈懷，西風木葉，秋水蒹葭。千點萬點，老樹昏鴉。三行兩行，寫長空、啞啞雁落平沙。　曲岸西邊，近水灣、魚網綸竿釣槎。斷橋東壁，傍溪山、竹籬茅舍人家。滿山滿谷，紅葉黄花。正是凄凉時候，離人又在天涯。「花」字重一韻。行，音杭。

瓏璁四犯　第四體

高觀國

水外輕陰，做弄得飛雲，吹斷晴絮。駐馬橋西，還繫舊時芳樹。不見翠陌尋春，問着小桃無

㈠ 按：《詞綜補遺》：「白賁，字无咎，元大德間錢塘人。」「集」當作「賁」。

語。恨鶯燕、不識閒情，却隔亂紅飛去。少年曾失春風意，到如今、怨恨難訴。覔鶯苒苒江南遠，烟草愁如許。此意待寫翠箋，奈斷腸、都無新句。問甚時、舞鳳歌鸞，花底再看仙侶。

瓌瓏四犯　第五體　◯杭友促歸調此寄意　張炎

流水人家，乍過了斜陽，一片蒼樹。怕聽秋聲，却是舊愁來處。因甚尚客殊鄉，自笑我、被誰留住。問種桃、莫是前度。不擬桃花輕誤。少年未識相思苦。最難禁、此時情緒。行雲暗與風流散，方信別淚如雨。何況帳空夜鶴，怎奈向、如今歸去。更可憐閒裏，白了頭、還知否。聽、更，並去聲；禁，平聲。

春夏兩相期　蔣捷

聽深深、謝家庭館。東風對語雙燕。似說朝來，天上婺星光現。金裁花誥紫泥香，繡裏藤輿紅茵軟。散蠟宮輝，行鱗廚品，至今人羨。西湖萬柳如線。料月仙當此，小停飈輦。

付與長年，教見海心波淺。縈雲玉珮五侯門，洗雲華洞三春苑。慢拍調鶯，急鼓催鸞，翠陰生院。教、調，並平聲。

瑞鶴仙 第一體 洪　瑹

聽梅花吹動，涼夜何其，明星有爛。相看淚如霰。問而今去也，何時會面。匆匆聚散。便作秋鴻社燕。最驚心、夜來枕上，斷雲零雨何限。　因念人生萬事，回首悲涼，都成夢幻。芳心繾綣。空惆悵，巫陽館。況船頭一轉。三千餘里，隱隱高城不見。恨無情、春水連天，片帆如箭。作，音做；看，平聲。

月下笛 第四體(一) ◯孤遊萬竹山中，閒門落葉，愁思黯然，因動黍離之感，時寓甬東積翠山舍 張　炎

萬里孤雲，清遊漸遠，故人何處。寒窗夢裏，猶記經行舊時路。連昌約畧無多柳，第一是、

(一) 原誤作第三體。

難聽夜雨。　謾驚回、悽悄相看，燭影擁衾誰語。　張緒。㈠歸何暮。　半零落依依，斷橋鷗鷺。　天涯倦旅。　此時心緒良苦。　只愁重灑西州淚，問、杜曲人家在否。　恐翠袖，正天寒，猶倚梅花那樹。　聽、看、重，俱平聲。否，叶府。

霓裳中序第一　第一體　姜个翁

園林罷組織。　樹樹東風翠雲滴。　草滿地間行迹。　聽得聲聲，曉鶯如覓。　愁紅半濕。　煞憔悴、墻根堪惜。　可念我、飄零如此，一地送岑寂。　黿石當年第一。　也似老、人間風日。　餘葩選甚顔色。　羞撚江南，斷腸詞筆。　留春渾未得。　翻些入。　啼鵑夜泣。　清江晚、緑楊歸思，隔岸數峯出。　思，並去聲。

㈠ 按：此處爲字間空心點，意爲句中暗韻。

絳都春 第二體

蔣捷

春愁怎畫。正鶯背帶緑，荼蘼花謝。細雨院深，淡月廊斜，重簾掛。歸時記約燒燈夜。早拆盡、秋千紅架。縱然歸近，風光又是，翠陰初夏。　婭姹。嚬青泫白，恨玉珮罷舞，芳塵凝榭。幾擬倩人，付與蘭香秋羅帕。知他墮策斜攏馬。在、底處垂楊樓下。無言暗擁嬌鬟，鳳釵溜也。畫，一作「盡」。

換巢鸞鳳

史達祖

人若梅嬌。正愁横斷塢，夢繞溪橋。倚風融漢粉，坐月怨秦簫。相思因甚到纖腰。定知我今，無寃可銷。佳期晚，漫幾度、淚痕相照。　人悄。天渺渺。花外語香，時透郎懷抱。暗握荑苗。乍嘗櫻顆，猶恨侵堦芳草。天念王昌忒多情，換巢鸞鳳教偕老。温柔鄉，醉芙蓉、一帳春曉。此詞平仄互叶。教，平聲。

花犯　第一體

周　密

楚江湄。湘娥乍見，無言灑清淚。淡然春意。空獨倚東風，芳思誰記。淩波露冷秋無際。香雲隨步起。謾記。(一)漢宮仙掌，亭亭明月底。　冰絃寫怨更多情，騷人恨、枉賦芳蘭幽芷。春思遠，誰賞國香風味。相將共、歲寒伴侶。小窗淨、沉烟熏翠被。幽夢覺、涓涓清露，一枝燈影裏。思、更，并去聲；觉，音叫。

解語花　第一體

吴文英

門橫皺碧，路入蒼烟，春近江南岸。暮寒如剪。臨溪影、一一半斜清淺。飛霙弄晚。蕩千里、暗香平遠。端正看。瓊樹三枝，總似蘭昌見。　酥瑩雲容夜暖。伴蘭翹清瘦，蕭鳳柔婉。冷雲荒翠幽棲久，無語暗申春怨。東風半面。料準擬、何郎詩卷。歡未闌，烟雨青黄，宜晝陰亭館。「看」、「闌」二字叶用，亦可不叶，而《詞律》强以「剪」字、「翠」字對叶，必欲前後句法相同，不知何謂。

(一) 按：此處爲字間空心點，意爲句中暗韻。

渡江雲

周邦彦

晴嵐低楚甸，暖回雁翼，陣勢起平沙。驟驚春在眼，借問何時，委曲到山家。塗香暈色，盛粉飾、爭作妍華。千萬絲、陌頭楊柳，漸漸可藏鴉。　堪嗟。清江東注，畫舸西流，指長安日下。愁宴闌，風翻旗尾，潮濺烏紗。今朝正對初絃月，傍水驛、深艤蒹葭。沉恨處，時時自剔燈花。別本「時時」上多一「但」字。〇「下」字暗叶，凡此調諸家俱暗叶，悉同。

繞佛閣

吴文英 一刻周邦彦

暗塵四斂。樓觀迥出，高映孤館。清漏將短。厭聞、夜久籤聲動書幔。桂花又滿。閒步露草，偏愛幽遠。花氣清婉。望中、迤邐城陰渡河岸。　倦客最蕭索，醉倚斜橋一作「陽」穿柳線。還是汴堤，虹梁橫水面。看浪颭春燈，舟下如箭。此行重見。歎、故友難逢，羇思空亂。兩眉愁向誰舒展。觀、思、看，並去聲。

高陽臺　第二體　商調　別名《慶春澤》（第二體）（一）　蔣　捷

燕捲晴絲，蜂粘落絮，天教綰住閒愁。閒裏清明，匆匆粉澀紅羞。燈摇縹暈茸窗冷，語未闌、蛾影分收。好傷情，春也難畱，人也難留。　芳塵滿目總悠悠。問縈雲珮響，還繞誰樓。別酒纔斟，從前心事都休。飛鶯縱有風吹轉，奈舊家、苑已成秋。莫思量、楊柳灣西，且棹吟舟。教，平聲。

慶春澤　第三體　亦名《高陽臺》（第三體）　劉　鎮

燈火烘春，樓臺浸月，良宵一刻千金。錦步承蓮，彩雲簇仗難尋。蓬壺影動星毬轉，映兩行、寶珥瑤簪。恣嬉遊，玉漏聲催，未歇芳心。　笙歌十里誇張地，記年時行樂，憔悴而今。客裏情懷，伴人閒笑閒吟。小桃未靜劉郎老，把相思、細寫瑤琴。怕歸來、紅紫欺風，

（一）按：此調前有張先詞爲《慶春澤》第一體，此實應爲《慶春澤》第二體，下應爲《慶春澤》第三體，原誤作《慶春澤》第一體、《慶春澤》第二體，改。

三徑成陰。行，音杭。

長相思　第二體(一)　楊无咎

急雨回風，淡雲障日，乘閒攜客登樓。金桃帶葉，玉李含朱，一樽同醉青州。福善橋頭。記檀槽凄絶，春笋纖柔。窗外月西流。似、潯陽商婦鄰舟。況得意情懷，倦粧模樣，尋思可奈離愁。何妨乘逸興，任、征帆直抵蘆洲。月怯花羞。重相見，歡情更稠。問何時、佳期卜夜綢繆。興、更，並去聲。

雨中花慢　第四體　林鐘商　柳　永

墜髻慵梳，愁蛾懶畫，心緒是事闌珊。覺新來憔悴，金縷衣寬。認得這、疎狂意下，向人誚

(一) 按：原作第三體，目録則爲第二體。實際前有卷一《長相思》第一體，此詞應爲第二體，然前卷八亦有《長相思慢》，如充作《長相思》第二體，則此調亦可爲第三體。

譬如閒。把芳容陡頓，恁地輕孳，爭忍心安。　依前過了舊約，甚當初賺我，偷剪雲鬟。幾時得，歸來香閣深關。待伊要、尤雲殢雨，纏鴛衾、不與同歡。儘更深，欵欵問伊，今後更散無端。纏，去聲。「更深」，「更」平聲；「更散」，「更」去聲。

定風波　第四體　林鐘商　柳　永

自新來、慘綠愁紅，芳心是事可可。日上花梢，鶯穿柳帶，猶壓香衾臥。煖酥銷，膩雲嚲。終日懨懨倦梳裹。無那。恨薄情一去，音書無箇。　早知、恁般麼。悔當初、不把雕鞍鎖。向雞窗只與，鸞箋象管，拘束教吟咏。鎮相隨，莫拋朵。針線閒拈伴伊坐。和我。免使少年，光陰虛過。

引駕行　第二體　中呂調　柳　永

虹收殘雨。蟬嘶敗柳長堤暮。背都門，動消黯，西風片帆輕舉。愁覩。泛畫鷁翩翩，靈鼉隱隱下前浦。忍回首，佳人漸遠，想高城，隔烟樹幾許。秦樓永晝，謝閣連宵奇遇。算贈笑千金，酬歌百琲，盡成輕負。南顧。念吴邦越國，風烟蕭索在何處。獨自箇、千山萬水一作「山」，指天涯去。負，音務，叶。

石州引 一作《石州慢》（第一體）

謝懋

日脚斜明，秋色半陰，人意凄楚。飛雲特地凝愁，做弄晚來微雨。誰家別院，舞困幾葉霜紅，西風送客聞砧杵。鞭馬出都門，正潮平洲渚。無語。匆匆短棹，滿載離愁，片帆高舉。京雒紅塵，因念幾年羈旅。淺顰輕笑，風月逢迎，別來誰畫雙眉嫵。回首一銷凝，望歸鴻容與。

琵琶仙

姜夔

雙槳來時，有人似，舊曲桃根桃葉。歌扇輕約飛花，蛾眉正奇絶。春漸遠、汀洲自緑，更添了、幾聲啼鴂。十里揚州，三生杜牧，前事休説。又還是、宫燭分烟，奈愁裏匆匆換時節。都把一襟芳思，與空堦榆莢。千萬縷、藏鴉細柳，爲玉尊、起舞迴雪。想見西出陽關，故人初別。更、思，並去聲。此白石自製腔。

梁州令疊韻　晁補之

田野閒來慣。睡起初驚曉燕。樵青走掛小簾鈎，南園昨夜，細雨紅芳遍。平蕪一帶烟花淺。過盡南歸雁俱遠。凭闌目送空腸斷。好景難常占。過眼韶華如箭。莫教鶗鴂送韶華，多情楊柳，為把長條絆。清斟滿酌誰爲伴。花下提壺勸。何妨醉臥花底，愁容不上春風面。占、爲，並去聲；爲、伴，平聲。

彩雲歸　中呂調　柳永

蘅皋向晚艤輕航。卸雲帆、水驛漁鄉。當暮天、霽色如晴晝，江練靜、皎月飛光。那堪聽，遠村羌管，引離人斷腸。此際浪萍風梗，度歲茫茫。堪傷。朝歡暮散，被多情賦與凄涼。別來最苦，襟袖依約、尚有餘香。算得伊，鴛被鳳枕，夜永爭不思量。牽情處，惟有臨岐，一句難忘。「別來」三句《詞律》注作四字三句，愚意句讀應如右。

夜合花 第二體 史達祖

柳鎖鶯魂，花翻蝶夢，自知愁染潘郎。輕衫未攬，猶將淚點偷藏。念前事，怯流光。早春窺、疏雨池塘。向銷凝裏，梅開半面，情滿徐粧。風絲一寸柔腸。曾在歌邊惹恨，燭底縈香。芳機瑞錦，如何未織鴛鴦。人扶醉，月依墻。是當初、誰敢疎狂。把閒言語，花房夜久，各自思量。

月華清 第二體 蔡松年

樓倚明河，山蟠喬木，故國秋光如水。常記得，別時月冷，半山環珮。到而今、桂影尋人，端好在、竹西歌吹。如醉。望白蘋風裏，關山無際。可惜瓊瑤千里。有少年，玉人吟笑天外。脂粉清輝，冷射藕花冰蘂。念老去、鏡裏流年，空解道、人生適意。誰會。更微雲疎雨，空庭鶴唳。吹、解、更，並去聲。

剪牡丹

張　先

野緑連空，天青垂水，素色溶漾都淨。柔柳摇摇，墜輕絮無影。汀洲日落人歸，修巾薄袂，擷香拾翠相競。如解凌波，泊渚烟春暝。　綵紹朱索新整。宿繡屏、畫船風定，金鳳響雙槽，彈出今古幽思誰省。玉盤大小珠亂迸。酒上粧面，花艷媚相並。重聽，盡漢妃一曲，江空月靜。解，上聲。

看花迴　第三體

周邦彦

蕙風初散輕暖，霽景澄潔。秀蘂乍開乍斂，帶雨態烟痕，春思紆結。危絃弄響，來去驚人鶯語滑。　無賴處，麗日樓臺，亂絲歧路兩奇絶。何計解、黏花繫月。歎冷落、頓辜佳節。猶有當時氣味，挂一縷相思、不斷如髮。雲飛帝國，人在雲邊心暗折。語東風，共流轉，漫作匆匆别。「危絃」句蔡伸作上八下五字，「雲飛」句作六字，下作五字句，餘同，不另列。◯「春思」，去聲；解，上聲。

三姝媚　第二體　　吴文英

酣春清鏡裏。照清波明眸，暮雲愁□。半緑垂絲，正楚腰纖瘦，舞衣初試。燕客飄零，烟樹冷、青驄曾繫。畫館朱橋，還把清尊，慰春顦顇。　離苑幽芳深閉。恨淺薄東風，褪香銷膩。綵箑翻歌，最賦情偏在，笑紅顰翠。暗拍闌干，看散盡、斜陽船市。付與嬌鶯，金衣清曉，花深未起。燕，平聲；看，去聲。

玲瓏四犯　第六體　　史達祖

闊甚吴天，頓放得江南，離緒多少。一雨爲秋，凉氣小窗先到。輕夢聽徹風蒲，又散入、楚空清曉。問世間，愁在何處，不離淡烟衰草。　簟紋獨浸芙蓉影，想凄凄欠郎偎抱。即今卧得雲衣冷，山月仍相照。方悔翠袖，易分難聚，有玉香花笑。待雁來、先寄新詞，歸去且教知道。又一體後段首句用韻，「方悔」句六字，下作三字、四字兩句，然句語兩可，平仄無異，不另列。

解語花　第二體　　周　密

晴絲罥蝶，煖蜜酣蜂，重簾捲春寂寂。雨萼烟梢，壓闌干花雨，染衣紅濕。金鞍誤約，空極目、天涯草色。閬苑玉簫人去後，惟有鶯知得。　餘寒猶掩翠户，梁燕乍歸，芳信未端的。淺薄東風，莫因循、輕把杏鈿狼藉。塵侵錦瑟。殘日紅窗春夢窄。睡起折枝無意緒，斜倚秋千立。

瑣窗寒　第三體　〇王碧山又號中仙，越人也。能文，工詞，琢語峭拔，有白石意度，今絶響矣。余悼之玉笥山，所謂長歌之哀，過於痛哭。　張　炎

斷碧分山，空簾剩月，故人天外。香留酒滯。蝴蝶一生花裏。想如今、醉魂正遠，夜臺夢語秋聲碎。自中仙去後，詞箋賦筆，便無清致。　都是。淒涼意。悵玉笥埋雲，錦衣歸水。形容憔悴。料應也、孤吟山鬼。那知人是。(一)彈折素琴，黄金鑄出相思淚。但柳枝、門掩

(一) 按：此處爲字間空心點，意爲句中暗韻。

清陰，候蛩愁暗葦。

拜星月慢 第一體

彭泰翁

霧滑觚稜，塵侵團扇，恨滿哀彈倦理。控雨籠雲，共閑情孤倚。斂蛾黛，怕似流鶯歷歷，惹得玉鎖瓊碎。可惜闌干，但苔花沉穗。　算天音、不入人間耳。何人謾、裛損青衫淚。不是舊譜都忘，厭新腔嬌脆。多生不得丹青意。重來又、花鎖重門閉。到夜永、笙鶴歸時，月明天似水。

霓裳中序第一 第二體

尹　煥

青蘋粲素靨。海國仙人偏耐熱。飡盡風香露屑。便萬里凌空，肯憑蓮葉。盈盈步月。悄似憐、輕去瑶闕。人何在，憶渠癡小，點點愛清絶。　愁絶。舊遊離別。忍重看、鎖香金篋。凄凉清夜簟苐。杳杳詩魂，真化風蝶。冷香清到骨。夢十里、梅花霽雪。歸來也，懨慨心事，自共素娥説。看，平聲。

翠樓吟　雙調　〇自度　姜夔

月冷龍沙，塵清虎落，今年漢酺初賜。新翻胡部曲，聽氈幕元戎歌吹。層樓高峙。看檻曲縈紅，簷牙飛翠。人姝麗。粉香吹下，夜寒風細。　此地。㈠宜有神仙，擁素雲黃鶴，與君遊戲。玉梯凝望久，嘆芳草萋萋千里。天涯情味。仗酒祓清愁，花消英氣。西山外。晚來還捲，一簾秋霽。「歌吹」之「吹」，「看」，「聽」，俱去聲。

桂枝香　仙吕調　〇張輯改名《疎簾淡月》　王安石

登臨送目。正故國晚秋，天氣初肅。千里澄江似練，翠峰如簇。征帆去棹斜陽裏，背西風、酒旗斜矗。綵舟雲淡，星河鷺起，畫圖難足。　念、往昔豪華競逐。歎門外樓頭，悲恨相

㈠ 按：此處爲字間空心點，意爲句中暗韻。

續。千古憑高對景，漫評榮辱。六朝舊事隨流水，但寒烟、衰草凝緑。至今商女，時時猶唱，後庭遺曲。別本「往」作「自」，「景」作「此」，「評」作「嗟」。

曲游春　第一體

王學文

千樹玲瓏草，正蒲風微過，梅雨新霽。客裏幽窗，算無春可到，和愁都閉。萬種人生計。應不似、午天閒睡。起來踏碎松陰，蕭蕭欲動疑水。　借問歸舟歸未。望柳色烟光，何處明媚。抖擻人間，除離情別恨，乾坤餘幾。一笑晴雲起。酒醒後，闌干獨倚。時見雙燕歸來，斜陽滿地。

馬家春慢

賀鑄

珠箔風輕，繡簾浪捲，乍入人間蓬島。鬬玉闌干，漸庭館簾櫳春曉。天許奇葩貴品，異、繁杏夭桃輕巧。命化工傾國風流，與一枝纖妙。　尊前五陵年少。縱丹青異格，難剔顏貌。惹露凝烟，困紅嬌頟，微顰低笑。須信濃香易歇，更莫惜、醉攀吟遶。待舞蝶游蜂，細把芳心都告。

憶舊遊　第一體　吴文英

送人猶未苦，苦送春、隨人去天涯。片紅都飛盡，陰陰潤緑，暗裏啼鴉。賦情頓雪雙鬢，飛夢逐塵沙。歎病渴凄凉，分香瘦減，兩地看花。西湖斷橋路，想繫馬垂楊，依舊欹斜。葵麥迷烟處，問離巢孤燕，飛過誰家。故人爲寫深怨，空壁掃秋蛇。但醉上吴臺，殘陽草色歸思賖。看，平聲；爲、思，並去聲。

木蘭花慢　第一體　南吕調　柳　永

倚危亭竚立，乍蕭索、晚晴初。漸素景衰殘，風砧韻冷，霜樹紅疎。雲衢。(一) 見新雁過，奈

(一) 按："衢"、"都"、"途"與下一首《木蘭花慢》換頭"樓"字皆爲字間空心點，意爲句中暗韻。

佳人、自別阻音書。空遺悲秋念遠，寸腸萬恨縈紆。皇都。暗想歡遊，成往事，動欷歔。念對酒當歌，低幃並枕，翻恁輕孤。歸途。縱凝望眼，但、斜陽暮草滿平蕪。贏得無言悄悄，凭闌盡日踟躕。

木蘭花慢 第二體 ○賦冰　　蔣　捷

傍池闌倚遍，問、山影是誰偷。但、鷺斂瓊絲，鴛藏繡羽，礙浴妨浮。寒流。暗衝片響，似犀椎、帶月靜敲秋。因念凉荷院宇，粉丸曾泛金甌。粧樓。曉澀翠罌油。倦鬟理還休。更有何意緒，憐他半夜，鉼破梅愁。紅稠。淚乾萬點，待穿來、寄與薄情收。只恐東風未轉，悮人日望歸舟。更，去聲。

壽樓春 尋春服感舊　　史達祖

裁春衫尋芳。記金刀素手，同在晴窗。幾度因風吹絮，照花斜陽。誰念我，今無腸。自少年、消磨疎狂。但聽雨挑燈，欹床病酒，多夢睡時粧。　飛花去，良宵長。有絲闌舊曲，金譜新腔。最恨湘雲人散，楚蘭魂傷。身是客，愁爲鄉。算玉簫，猶逢韋郎。近寒食人家，相思未忘蘋藻香。

玉燭新　詠梅　周邦彦

溪源新臈後。見數朶江梅，剪裁初就。暈酥砌玉芳英嫩，故把春心輕漏。前村昨夜，想、弄月黄昏時候。孤岸峭，疎影横斜，濃香暗沾襟袖。　尊前付與多才，問嶺外風光，故人知否。壽陽漫鬬。終不似、照水一枝清瘦。風嬌雨秀。好、亂插繁花盈首。須信道，羌笛無情，看看又奏。看，平聲。

歸朝歡　第一體　雙調　柳　永

別岸扁舟三兩隻。葭葦蕭蕭風淅淅。沙汀宿雁破烟飛，溪橋殘月和霜白。漸漸分曙色。

路遥川遠多行役。往來人、雙輪隻槳，盡是利名客。一望鄉關烟水隔。轉覺歸心生羽翼。愁雲恨雨兩牽縈，新春殘臘相催逼。歲華都瞬息。浪萍風梗成何益。玉樓深處，有箇人相憶。

念奴嬌　第四體

呂渭老

暮雲收盡，霽霞明、高擁一輪寒玉。簾影横斜房户静，小立啼紅簌簌。素鯉頻傳，蕉心微展，雙蘂明紅燭。開門疑是，故人敲撼風竹。長記那裏西樓，小寒窗静，晝掩風箏鳴屋。淚眼燈光情未盡，儘覺語長更促。短短霞杯，温温羅帕，妙語書褁幅。五湖何日，小舟同泛春緑。此詞「晝掩」句多一字，或係變體，不敢妄去。

五福降中天　第一體

沈端節

月籠烟淡霜蹊滑，孤宿暮林荒驛。遶樹微吟，巡簷索笑，自分平生相得。冰池半釋。正節物驚心，淚痕沾臆。流水灘□[一]照影，古寺滿春色。　吭嘆今年未識。暗香微動處，人初寂。酷愛芳姿，最憐幽韻，來欵禪房深密。他時悵恨，郤□月淩風，信音難的。雪底幽期，爲誰還露立。分、爲，並去聲。

真珠簾　第二體

陸　游

山村水館參差路。感羈游、正似殘春風絮。掠地穿簾，知是竟歸何處。鏡裏新霜，空自憫，問幾時、鸞臺鼇署。遲暮。漫憑高懷遠，書空獨語。　自古儒冠多誤。悔當年、早不扁舟歸去。醉下白蘋洲，看夕陽鷗鷺。菰菜鱸魚都棄了，只換得、青衫塵土。休顧。早收身江上，一簑烟雨。差，音侈。

[一] 按：「灘□」汲古閣本《克齋詞》、《花草粹編》、《歷代詩餘》皆作「濺濺」，此三本下「郤□月淩風」句作「郤月淩風」，中無缺字。

莊椿歲

解　昉（一）

綸巾少駐家山，北窗睡覺南薰起。黄庭細看，長生秘訣，神仙奇趣。奈此蒼生，願蘇炎熱，仰爲霖雨。趂丹心未老，將整頓、乾坤手，爲經理。　好是今年慶事。抱奇孫、一門佳氣。蓬山振珮，麟符重錫，褒綸新美。玉樹參差，桂枝分種，香浮蘭芷。看他年、接武三槐，長是伴、莊椿歲。此詞絶似《水龍吟》，但「將整頓」句少一字，《詞律》派作落去一字，并入《水龍吟》，細按此詞别無他注，或有所澋，不敢擅去。○綸，音關；差，音侈；看，並去聲。此詞韻雜。

梅香慢

賀　鑄

高閣寒輕，映萬朵芳梅，亂堆香雪。未待江南，早冠百花，先占一陽佳節。剪綵疑酥，無處學、天然奇絶。便壽陽粧，工夫費盡，天姿終别。　風裏弄輕盈，掩珠英明瑩，射臘飄烈。莫放芳菲歇。剩永宵歡賞，酒酣吟折。倒玉何妨，且聽取、尊前新闋。怕笛聲長，行雲散

（一）按：此詞見《截江網》卷四，又見《花草稡編》，作方味道詞，《填詞圖譜》卷五作解昉詞，《詞鵠》當録自《填詞圖譜》。此調《詞律》、《詞譜》皆歸入《水龍吟》，《截江網》此詞原小序：「音寄《水龍吟》，名爲《莊椿歲》。」故此詞確應爲《水龍吟》。

盡，慢悲風月。冠、占，並去聲。别，必烈切。〇此詞亦詠梅。

山亭燕　張　先

宴堂永晝喧簫鼓。倚青空、畫闌紅柱。玉瑩紫薇人，藹和氣、春融日煦。故宫池館更樓臺，約風月、今宵何處。湖水動鮮衣，競拾翠、湖邊路。落花蕩漾怨空樹。曉山静、數聲杜宇。天意送芳菲，正黯淡、疎烟短雨。新歡寧似舊歡長，此會散、幾時還聚。試爲挹飛雲，問解相思否。否，叶府。更、爲、解，俱去聲。

滿朝歡　大石調　柳　永

花隔銅壺，露稀金掌，都門十二清曉。帝里風光爛熳，偏愛春杪。烟輕晝永，引鶯囀上林，魚游靈沼。巷陌乍晴，香塵染惹，垂楊芳草。因念秦樓彩鳳，楚館朝雲，往昔曾迷歌笑。别來歲久，偶憶歡盟重到。人面桃花，未知何處，但掩朱門悄悄。盡日竚立無言，赢得凄凉懷抱。

曲江秋 第一體[一]

楊无咎

香消燼歇。喚沉水重燃，熏爐猶熱。銀漢墜懷，冰輪轉影，冷光侵毛髮。隨分且宴設。小槽酒、珍珠滑。漸覺夜闌，烏紗露濡，畫簷風揭。清絕。輕紈弄月。緩歌處，眉山怨疊。持盃須我醉，香紅映臉，雙腕凝霜雪。飲散晚歸來，花梢指點流螢滅。睡未穩、東窗漸明，遠樹又聞鶗鴂。分，去聲。

鳳歸雲 第一體 仙吕調

柳永

向深秋，雨餘爽氣肅西郊。陌上夜闌，襟袖起涼飈。天□[二]殘星，流電未滅，閃閃隔林梢。又是曉雞聲斷，陽烏光動，漸分山路迢迢。驅馳行役，苒苒光陰，蠅頭利禄，蝸角功名，畢竟成何事，漫相高。抛擲雲泉，狎翫塵土，壯節等閒消。幸有五湖烟浪，一船風月，會須

[一] 按：原缺「第一體」，補。

[二] 按：此處原空缺一字，勞權抄本《樂章集》作「末」。

歸老漁樵。

錦堂春慢　第二體[一]

司馬光

紅日遲遲，虛廊影轉，槐陰迤邐西斜。彩筆工夫，難狀晚景烟霞。蝶尚不知春去，漫遶幽砌尋花。奈猛風過後，縱有殘紅，飛向誰家。　始知青鬢無價，歎飄零官路，荏苒年華。今日笙歌叢裏，特地咨嗟。席上青衫濕透，算感舊、何止琵琶。怎不教人易老，多少離愁，散在天涯。教，平聲。

萬年權　第二體

趙師俠

電繞神樞，虹流華渚，誕彌良用佳辰。萬寓謳歌歸舞，賓曆增新。四七年間盛事，皇威暢、邊鄙無塵。仁恩被，華夏咸安，太平極治懽聲。　重華道隆德茂，亘古今希有，揖遜重

[一] 按：原缺「第二體」，補。

聞。聖子三宮歡聚，兩世慈親。幸際千秋聖旦，霑鎬宴、普率惟均。封人祝，億萬斯年，壽皇尊並高真。

月當廳

史達祖

白璧舊帶秦城，夢因誰拜下，楊柳樓心。正是夜分魚鑰，不動香深。時有露螢自照，占風裳、可喜影麩金。坐來久，都將涼意，盡付沉吟。殘雲事緒無人捨，恨匆匆、藥娥歸去難尋。綴取霧窗會唱，幾拍清音。猶有老來，印愁處，冷光應念雪翻簪。空獨對、西風緊，弄一井桐陰。坐來，疑是「坐未」。○占，去聲。

瑞雲濃慢

陳　亮

蔗漿酪粉，玉壺冰醑，朝罷更聞宣賜。去天咫尺，下拜再三，幸今有母可遺。年年此日，共道、月入懷中最貴。向暑天，正風雲會遇，有恁嘉瑞。鶴冲霄，魚得水。一超便、直入神仙地。植根江表，開拓兩河，做得黑頭公未。騎鯨赤手，問如何、長鞭尺箠。向來王謝風流，只今管是。

芳草　别名《鳳簫吟》（並第二體），又名《鳳樓吟》　晁補之

曉曈曨。風和雨細，南園次第春融。嶺梅猶妒雪，露桃雲杏，已綻碧呈紅。一年春正好，助人狂、飛燕遊蜂。更吉夢良辰，對花忍負金鐘。香濃。博山沉水，小樓清旦，佳氣葱葱。舊遊應未改，武陵花似錦，笑語相逢。蘂宫傳妙訣，小金丹、同换冰容。況、共有芝田舊約，歸去雙峯。

水龍吟　第一體　趙長卿

淡烟輕霧濛濛，望中乍歇疑晴晝。纔驚一霎，催花還又，隨風過了，清帶梨梢，暈含桃臉，添春多少。向海棠點點，香紅染遍，分明是、臙脂透。無奈芳心滴碎，阻游人、踏青携手。簷頭線斷，空中絲亂，才晴却又。簾幕閒垂處輕，風送、一番寒峭正。留君不住瀟，瀟更下黄昏後。〔一〕

〔一〕按：此詞後段句讀似有淆亂，今依原貌照録。

詞鵠初編卷之十

嘉定孫致彌愷似偶輯

受業餘姚樓儼儼若補訂

起一百零二字，至一百零三字止，凡詞七十調

木蘭花慢　第三體

陳參政失名

北歸人未老，喜依舊、着南冠。正雪暗滹沱，雲迷芒碭，夢冷邯鄲。鄉心促，日行萬里，幸此身、生入玉門關。多少秦烟隴霧，西湖淨洗征衫。燕山。(一)望不見吴山。回首一征鞍。慨故宫離黍，故家喬木，那忍重看。鈞天紫微何處，問瑶池、八駿幾時還。誰在天津橋上，杜鵑聲裏闌干。燕、看，並平聲；着，音酌。

(一) 按：此處爲字間空心點，意爲句中暗韻。

齊天樂　第一體　正宮　一名《臺城路》、《如此江山》、《五福降中天》(第二體)　◯賦蟋蟀　姜　夔

庾郎先是吟愁賦，淒淒更聞私語。露濕銅鋪，苔侵石井，都是曾聽伊處。哀音似訴。正思婦無眠，起尋機杼。曲曲屏山，夜凉獨自甚情緒。　西窻又吹暗雨。爲誰頻斷續，相和砧杵。候館吟秋，離宫弔月，别有傷心無數。豳詩漫與。笑籬落呼燈，世間兒女。寫入琴絲，一聲聲更苦。此詞首句亦可不用韻。◯先、更、爲，並去聲；思，上聲。

花犯　第二體　◯詠梅　周邦彦

粉墻低，梅花照眼，依然舊風味。露痕輕綴。疑淨洗鉛華，無限清麗。去年勝賞曾孤倚。冰盤共宴喜。更可惜，雪中高士，香篝熏素被。　今年對花太匆匆，相逢似有恨，依依憔悴。凝望久，青苔上、旋看飛墜。相將見脆圓薦酒，人正在、空江烟浪裏。但夢想、一枝瀟灑，黄昏斜照水。更、旋，並去聲。

晝錦堂

周邦彦

雨洗桃花，風飄柳絮，日日飛滿華簷。懊恨一春幽恨，盡屬眉尖。愁聞雙飛新燕語，更堪孤枕宿酲忺。雲鬟亂，獨步畫堂，輕風暗觸珠簾。　多厭。(一)晴晝永，瓊户悄，香銷金獸慵添。自與蕭郎別後，事事俱嫌。短歌新曲無心理，鳳簫龍管不曾拈。空惆悵，長是年年三月，病酒懨懨。更，去聲；厭，平聲。

上林春慢　元夕

晁沖之

帽落宮花，衣惹御香，鳳輦晚來初過。鶴降詔飛，龍銜燭戲，端門萬枝燈火。滿城車馬，對明月、有誰閒坐。任狂游，更許傍禁街，不扃金鎖。　玉樓人、暗中擲果。珠簾下，笑着春衫嬝娜。素蛾遶釵，輕蟬撲鬢，垂垂柳絲梅朵。夜闌飲散，但贏得、翠翹雙蟬。醉歸來，

(一) 按：此處爲字間空心點，意爲句中暗韻。

又重向、曉窗梳裹。更，去聲；着，音酌。

西平樂　第一體　小石調　柳　永

盡日憑高寓目，脉脉春情緒。嘉景清明漸近，時節輕寒乍暖，天氣才晴又雨。烟光澹蕩，裝點平蕪遠樹。黯凝竚。臺榭好，鶯燕語。正是好風麗日，幾許繁紅嫩緑，雅趁嬉遊去。奈阻隔、尋芳伴侣。秦樓鳳吹，楚臺雲約，空悵望、在何處。寂寞韶光暗度。可堪向晚，村落聲聲杜宇。此詞無異，惟「雅稱」句晁无咎多一字作「準擬金尊時舉」，然細按文理，原無脱訛。◯吹，去聲。

宴清都　第一體　周邦彦

地僻無鐘鼓。殘燈滅，夜長人倦難度。寒吹斷梗，風翻暗雪，灑窗填户。賓鴻漫説傳書，算、過盡，千儔萬侣。始信得，庾信愁多，江淹恨極須賦。凄凉病損文園，徽絃乍拂，音韻先苦。淮山夜月，金城暮草，夢魂飛去。秋霜半入青鏡，嘆、帶眼、都移舊處。更、久長、不見文君，歸時認否。更，去聲。否，叶府。

宴清都　第二體　一名《四代好》　何　籀

細草沼堦軟。遲日薄、惠風輕靄微暖。春工靳惜，桃英尚小，柳芽猶短。羅幃繡幕高捲。早已是、歌慵笑嬾。凭高樓，那更天遠，山遠水遠人遠。　堪怨。傅粉疎狂，竊香俊雅，無計拘管。青絲絆馬，紅巾寄羽，甚處迷戀。無言淚珠零亂。翠袖儘、重重漬遍。故要得、別後思量，歸時覷見。凭、更，並去聲。程垓一體，「紅巾」句作三字句。

水龍吟　第二體　別名《龍吟曲》、《小樓連苑》、《海天闊處》　◯和章質甫楊花韻　蘇　軾

似花還似非花，也無人惜從教墜。抛家傍路，思量却是，無情有思。縈損柔腸，困酣嬌眼，欲開還閉。夢隨風萬里，尋郎去處，又還被、鶯呼起。　不恨此花飛盡，恨西園，落紅難綴。曉來雨過，遺蹤何在，一池萍碎。春色三分，二分塵土，一分流水。細看來、不是楊花，

點點是、離人淚。按：此詞「又還被鶯呼」是折腰，一句與少游「紅成陣飛鴛甃」同，或作「落紅成陣」，非。若此則後段末句亦應六字折腰爲妥，但諸家所作不同，若章質甫原倡及少游、晁无咎諸公皆以「楊花點點是離人淚」爲四字兩句，及南宋李居仁、趙汝鈉、王沂孫諸公皆作六字一句，則此詞句讀兩可，不必拘泥。又「細看來不是」，「是」字少游特用一韻，則此「是」字亦是暗韻，然亦有不用韻者，亦兩岐其法可也。「無情」句多二字，非。「家」字疑訛，應作「堦」。○有、思，去聲。

水龍吟　第三體

陸　游

摩訶池上追遊路，紅緑參差春晚。韶光妍媚，海棠如醉，桃花欲暖。挑菜初閒，禁烟將近，一城絲管。看金鞍爭道，香車飛蓋，爭先占、新亭館。　惆悵年華暗換。黯銷魂、雨收雲散。鏡奩掩月，釵梁折鳳，箏絃零鴈。身在天涯，亂山孤壘，危樓飛觀。歎春來只有，楊花和恨，向東風滿。差，音傪；禁、看、占、觀，並去聲。

水龍吟　第四體　○瓢泉

辛棄疾

聽兮、清珮瓊瑤些。明兮、鏡秋毫些。君無去此，流昏漲膩，生蓬蒿些。虎豹甘人，渴而飲

汝，寧猿猱些。大而流江海，覆舟如芥，君無助、狂濤些。路險兮、山高些。予醜獨處
無聊些。冬槽春盎，歸來爲我，製松醪些。其外芳芬，團龍片鳳，煮雲膏些。古人兮、既往，
嗟予之樂，樂簞瓢些。此詞用楚辭體。些，音所；爲，去聲。

水龍吟　第五體

趙長卿(一)

夜分谿館漁燈，巷深乍寂西風定。河橋送遠，玉簫吹斷，霜絲舞影。薄絮秋雲，澹蛾山色，宦情歸興。怕煙江渡後，桃花又汎，宮溝上、春流緊。　新句欲題還省。透香煤重牋誤隱。西園已負，林亭移酒，松泉薦茗。携手同歸處，玉奴喚、緑窗春近。想驕驄、又踏西湖，二十四番花訊。

水龍吟　第六體

辛棄疾

楚天千里清秋，水隨天去秋無際。遥岑遠目，獻愁供恨，玉簪螺髻。落日樓頭，斷鴻聲裏，

(一) 按：此詞汲古閣本《夢窗丙稿》載，爲吴文英詞。

江南遊子。把吴鈎看了，闌干拍遍，無人會、登臨意。休説鱸魚堪鱠。儘西風、季膺歸未。求田問舍，怕應羞見，劉郎才氣。可惜流年，憂愁風雨，樹猶如此。倩何人喚取，紅巾翠袖，揾英雄淚。供，平聲。

鼓笛慢 第一體(一) 呂渭老

拍肩笑别洪崖，共看紫海還清淺。蓬壺舊約，人間舒笑，桃紅千片。去歲爭春，今年逼臘，滿空飄霰。漸横枝照水，清絲弄日，都點綴、江南岸。須吸百川為壽，捲恩波、已傾銀漢。戎袍擁戟，萬釘圍帶，天孫新眷。十里塵香，五更弦月，未收絃管。正秦箏續譜，宫簫定拍，候來冬换。此調絶似《水龍吟》，但無所考，又恐宫調有别，不敢擅并。

還京樂 送陳行之歸吴　第一體 張炎

醉吟處。多是、琴尊竟日松下語。有筆床茶竈，瘦筇相引，逢花須住。正、翠陰迷路。年光

(一) 按：原缺「第一體」。此調《詞律》、《詞譜》併入《水龍吟》。

荏苒成孤旅。待趂燕檣，休忘了、元都前度。漸、烟波遠，怕五湖凄冷，佳人袖薄，修竹依依日暮。知他甚處重逢，便匆匆、背潮歸去。莫因循、悮了幽期，應辜舊雨。佇立山風晚，月明摇碎江樹。「遠」字美成叶。「莫因」句多一字，餘同，不另列。燕，平聲。

石州慢 第二體 張元幹

寒水依痕，春意漸回，沙際烟濶。溪梅晴照生香，冷蘂數枝爭發。天涯舊恨，試看幾許消魂。長亭門外山重疊。不盡眼中青，怕黄昏時節。情切。畫樓深閉，想見東風，暗消肌雪。辜負枕前雲雨，尊前花月。心期切處，更有多少凄凉，殷勤留與歸時説。到得再相逢，恰經年離别。《詞律》併《柳色黄》作一調，然恐官調有别，句讀亦稍異，今並列。

柳色黄 賀鑄

薄雨催寒，斜照弄晴，春意空濶。長亭柳色纔黄，遠客一枝先折。烟横水際，映帶幾點歸鴉，東風消盡龍沙雪。還記出門時，恰而今時節。　將發。畫樓芳酒，紅淚清歌，頓成輕別。已是經年，杳杳音塵都絕。欲知方寸，共有幾許清愁，芭蕉不展丁香結。枉望斷天涯，兩懨懨風月。

拜星月慢　第二體　一作《拜星月》(第一體)　周邦彦

夜色催更，清塵收露，小曲幽坊月暗。竹檻燈牕，識秋娘庭院。笑相遇，似覺瓊枝玉樹，暖日明霞光爛。水眄蘭情，總、平生稀見。　畫圖中、舊識春風面。誰知道、自到瑶臺畔。眷戀雨潤雲温，苦、驚風吹散。念、荒寒寄宿無人館。重門閉，敗壁秋虫歎。怎奈何、一縷相思，隔溪山不斷。別本「似覺瓊枝玉樹相倚」，彭泰翁作「怕似流鶯歷歷同此」。更，平聲。

瑞鶴仙　第二體　陸子逸一刻歐陽修

臉霞紅印枕。睡覺來、冠兒還是不整。屏間麝煤冷。但眉山壓翠，淚珠彈粉。堂深晝永。

燕交飛、風簾露井。恨無人、與説相思，近日帶圍寬盡。重省。殘燈朱幌，淡月紗窻，那時風景。陽臺路迥。雲雨夢、便無准。待歸來、先指花梢教看，却把心期細問。問因循、過了青春，怎生意穩。覺，音攪；教，平聲。

瑞鶴仙 第三體 蔣捷

縞霜霏霽雪。漸翠没涼痕，腥浮寒血。山窻夢凄切。短吟筇猶倚，鶯邊新樾。花魂未歇。似追昔、芳消艷滅。挽西風、再入柔柯，誤染紺雲成纈。休説。深題錦翰，淺泛瓊漪，暗春曾泄。情條萬結。依然是、未愁絶。最憐他、南苑空堦堆遍，人隔仙蓬怨別。鎖芙蓉、小殿秋深，碎蛩訴月。

瑞鶴仙 第四體 毛幵

柳風清晝溽。山櫻晚，一樹高紅爭熟。輕沙睡初足。悄無人欹枕，虚簷鳴玉。東園秉燭。

嘆流光、容易過目。送春歸去，有無數弄禽，滿徑新竹。　閒記追歡尋勝，杏棟西厢，粉墻南曲。別長會促。成何計、奈幽獨。縱緗絃難寄，韓香終在，屏山蝶夢斷續。對沿堦細草萋萋，爲誰自緑。沙，疑是「紗」字。

瑞鶴仙　第五體　周邦彦

悄郊原帶郭。行路永，客去車塵漠漠。斜陽映山落。斂餘紅猶戀，孤城闌角。凌波步弱，過短亭、何用素約。有流鶯勸我，重解繡鞍，緩引春酌。　不記歸時早暮，上馬誰扶。醒眠朱閣。驚飈動幕。扶殘醉，遶紅藥。歎西園已是，花深無地，東風何事又惡。任流光過却，猶喜洞天自樂。

曲游春　第二體　周密

禁苑東風外，颺暖絲晴絮，春思如織。燕約鶯期，惱芳情偏在，翠深紅隙。漠漠香塵隔。沸十里，亂絲叢笛。看畫船、盡入西泠，閒却半湖春色。　柳陌。新烟凝碧。映簾底宮眉，堤上游勒。輕暝籠烟，怕梨雲夢冷，杏香愁冪。歌管酬寒食。奈、蝶怨良宵岑寂。正恁醉月摇花，怎生去得。禁、思、看，並去聲。

霓裳中序第一 第三體

周密

湘屏展翠疊。恨入宫溝流怨葉。釭冷金花暗結。又雁影帶霜，蛩音凄月。珠寬腕雪。歎、錦箋芳字盈篋。人何在、玉簫舊約，忍對素娥説。愁絶。衣砧幽咽。任、帳底沉烟漸滅。紅蘭誰採贈别。悵洛浦分綃，漢皋遺玦。舞鸞光半缺。最怕聽、離絃乍闋。凴闌久，一庭香冷，桂影弄凄蝶。

鬬百草

晁補之

别日常多，會時常少。天難曉。正喜花開，又愁花謝，春也似人易老。慘無言，念舊日朱顔，清歡莫笑。便冉冉如雲，霏霏似雨，去無音耗。追想墻頭梅下，門裏桃邊，名利爲伊都忘了。血寫香牋，淚封羅帕，記三日離腸恨攪。如今事，十二樓空憑誰到。此情悄。擬回船，武陵路杳。忘，去聲。

喜遷鶯　第五體　正宮　　劉一止

曉光催角。聽宿鳥未驚，鄰鷄先覺。迤邐烟村，馬嘶人起，殘月尚穿林薄。淚痕帶霜微凝，酒力衝寒猶弱。歎倦客，悄不禁，重染風塵京雒。　追念、人别後，心事萬重，難覓孤鴻託。翠幌嬌深，曲屏香煖，争念歲寒飄泊。怨月恨花，須不是、不曾經着。這情味，望一成消減，新來還惡。凝，去聲；禁，平聲。

瑶花　一作《瑶花慢》　　吴文英

秋風采石，羽扇揮兵，認、紫騮飛躍。江蘺塞草，應笑春，空鎖凌烟高閣。胡歌秦隴，問鐃鼓、新詞誰作。有秀蓀、來染吴香，瘦馬青芻南陌。　氷澌細響長橋，蕩波底蛟腥，不涴霜鍔。烏絲醉墨，紅袖㛹、十里湖山行樂。老仙何處，算洞府、光陰如昨。想、地寬多種桃花，艷錦東風成幄。

憶舊遊 第二體 或多「慢」字 周邦彥

記、愁橫淺黛，淚洗紅鉛，門掩秋宵。墜葉驚離思，聽寒螿夜泣，亂雨瀟瀟。鳳釵半脱雲鬢，窗影燭花搖。漸、暗竹敲涼，疎螢照曉，兩地魂銷。迢迢。(一)問音信，道、徑底花陰，時認鳴鑣。也擬臨朱户，嘆因郎憔悴，羞見郎招。舊巢更有新燕，楊柳拂河橋。但、滿眼京塵，東風竟日吹露桃。思、更，並去聲。

南浦 第一體 魯逸仲

風悲畫角，聽單于、三弄落譙門。投宿駸駸征騎，飛雪滿孤村。酒市漸闌燈火，正敲窗、亂

(一) 按：此處爲字間空心點，意爲句中暗韻。

葉舞紛紛。送數聲驚雁，乍離烟水，嘹唳度寒雲。　好在半朧溪月，到如今、無處不銷魂。故國梅花歸夢，愁損緑羅裙。爲問暗香閒艷，也、相思萬點付啼痕。算翠屏應是，兩眉離恨倚黄昏。騎、爲，並去聲。

氏州第一

周邦彦

波落寒汀，村渡向晚，遥看數點帆小。亂葉翻鴉，驚風破雁，天角孤雲縹緲。官柳蕭疎甚，尚掛微微殘照。景物關情，川途換目，頓來催老。　漸解狂朋歡意少。奈猶被、思牽情遶。座上琴心，機中錦字，最覺縈懷抱。也知人、懸望久，薔薇謝、歸來一笑。欲夢高唐，未成眠、霜空已曉。看，平聲；思，去聲；解，上聲。

慶春宫　第一體

周邦彦

雲接平岡，山圍寒野，路回漸轉孤城。衰柳啼鴉，驚風驅雁，動人一片秋聲。倦途休駕，淡烟裏、微茫見星。塵埃憔悴，生怕黄昏，離思牽縈。　華堂舊日逢迎。花艷參差，香霧飄零。絃管當頭，偏憐嬌鳳，夜深簧煖笙清。眼波傳意，恨、密約匆匆未成。許多煩惱，只為當時，一晌留情。思、爲，並去聲；差，音傪。

慶春宮 第二體

王沂孫

明玉擎金，纖羅飄帶，爲君起舞回雪。柔影參差，幽香零亂，翠圍腰瘦一捻。歲華相誤，記前度、江皋怨別。哀絃重訴，却是淒凉，未須彈徹。國香到此誰憐，烟冷沙昏，頓成愁絕。花惱難禁，酒銷欲盡，門外冰澌初結。試招仙魄，怕今夜、瑤簪凍折。携盤獨出，空想咸陽，故宮落葉。爲，去聲；禁，平聲；差，音傪。

倒犯 一名《吉了犯》

周邦彦

霽景，對霜蟾乍昇，素絃如埽。千林夜縞。徘徊處，漸移深窈。何人正弄，孤影蹁躚西窗悄。冒霜冷貂裘，玉斝邀雲表。共寒光，飲清醥。淮左舊遊，記送行人，歸來山路窵。

駐□[一]望素魄，印遥碧，金樞小。愛秀色，初娟好。念漂浮，綿綿思遠道。料異日宵征，必定還相照。奈何人自老。

安公子　第二體

陸　游

風雨初經社。子規聲裏春光謝。最是無情，零落盡、薔薇一架。况我今年，憔悴幽窗下。人盡怪，詩酒消聲價。向藥爐經卷，忘却鶯牕柳榭。萬事收心也。粉痕猶在香羅帕。恨月愁花，爭信道，如今都罷。空憶前身，便面章臺馬。因自來，禁得心腸怕。縱遇歌逢酒，但説京都舊話。禁，平聲。

湘春夜月

黄孝邁

近清明，翠禽枝上消魂。可惜一片清歌，都付與黄昏。欲共柳花低訴，怕、柳花輕薄，不解

[一] 按：此處原空缺一字，宋刻《詳注周美成詞片玉集》作「馬」。

傷春。念、楚鄉旅宿，柔情別緒，誰與温存。　空樽夜泣，青山不語，殘月當門。翠玉樓前，惟是有、一波湘水，摇蕩湘雲。天長夢短，問甚時，重見桃根。這次第，筭人間、没個并刀剪斷，心上愁痕。并，平聲；解，去聲。

萬年懽　第三體　　賀　鑄

淑質柔情，靚粧艷笑，未容桃李爭妍。紅粉墻東，曾記窺宋三年。不間雲朝雨暮，向、西樓南館留連。何嘗信、美景良辰，賞心樂事難全。　青門解袂，畫橋回首，初沉漢珮，永斷湘絃。慢寫濃愁幽恨，封寄魚箋。擬話當時舊好，問同誰與醉尊前。除非是、明月清風，向人今夜依然。解，上聲。

月中仙　道宫　　趙孟頫

春滿皇州。見祥烟擁日，初照龍樓。宫花苑柳。映仙仗雲移，金鼎香浮。寶光生玉斧，聽鳴鳳簫韶樂奏。德與和氣游。天生聖人，千載稀有。　祥瑞電繞虹流。有雲生五色，芝生三秀。四海太平，致民物雍熙，朝野歌謳。千官齊拜舞，玉盃進、長生春酒。願皇慶，萬年天子，與天同壽。此詞平仄互叶。

曲江秋　第二體　韓　玉

明軒快目。正雨過湘溪，秋來澤國。波面鑑開，山光瀲拂，竹聲摇寒玉。鷗鷺戲晚日。芰荷動，香紅蔌。千古興亡意，凄涼漾舟，望迷南北。　髣髴烟籠霧簇。認何處、當年繡轂。沉香花萼事，蕭然傷□〔一〕，宫殿三十六。忍聽向晚菱歌，依稀猶是當時曲。試與問如今，新蒲細柳，爲誰摇緑。聽、爲，並去聲。

雙頭蓮　第二體　周邦彦

一抹殘霞，幾行新雁，天染斷紅，雲迷陣影，隱約望中，點破晚空澄碧。助秋色。門掩西風，橋横斜照，青翼未來，濃塵自起咫尺。鳳帷合有人相識。　歎乖隔。知甚時恣與，同攜歡適。度曲傳觴，並轡飛轡，綺陌畫堂連夕。樓頭千里，帳底三更，盡堪淚滴。怎生向，總

〔一〕按：此詞汲古閣《東浦詞》於上闋「舟」字上空一字，《詞鵠》從《詞律》，將此空字移至下闋此處。

無聊，但只聽消息。聽，平聲。

探春 第二體 或作《探春慢》 姜　夔

衰草愁烟，亂鴉送目，飛沙廻旋平野。拂雪金鞭，欺寒茸帽，還記章臺走馬。誰念漂零久，漫贏得、幽懷難寫。故人青盼相逢，小窻閒共情話。長恨離多會少，重訪問竹西，珠淚盈把。雁蹟沙平，漁汀人散，老去不堪遊冶。無奈苕溪月，又喚我、扁舟東下。甚日歸來，梅花零落春夜。旋，去聲。

探春 第三體 陳允平

上苑啼烏，中洲鷺起，疎鐘纔度雲窈。篆冷香篝，燈微塵幌，殘夢猶吟芳草。搔首捲簾看，認何處、六橋烟柳。翠橈纔艤西泠，趁取過湖人少。掠水風花繚繞。還暗憶年時，旗亭歌酒。隱約春聲，鈿車寶勒，次第鳳城開了。惟有踏青心，縱早起、不嫌寒峭。畫闌閒立，東風舊紅誰掃。此詞兩韻互叶。看，平聲。

惜餘歡

黄庭堅

四時美景，正年少賞心，頻啓東閣。芳酒載盈車，喜朋侶簪合。盃觴交飛勸酬獻，正酣飲、醉主公陳榻。坐來爭奈，玉山未頹，興尋巫峽。歌闌旋燒絳蠟。況漏轉銅壺，烟斷香鴨。猶整醉中花，借纖手重插。相將扶上，金鞍騕褭，碾春焙，願少延歡洽。未須歸去，重尋艷歌，更留時霎。旋、興、更，並去聲。

龍山會

趙以夫

九日無風雨。一笑凭高，浩氣横秋宇。羣峰青可數。寒城小、一水縈迴如縷。西北最關情，漫遥指、東徐南楚。黯銷魂，斜陽冉冉，雁聲悲苦。今朝寒菊依然，重上南樓，草草成歡聚。詩朋休浪賦。舊題處。俛仰已隨塵土。莫放酒行踈，清漏短、涼蟾當午。也全勝、白衣未至，獨醒凝竚。勝、醒，並平聲。

竹馬子 「子」一作「兒」 ○仙呂調　　柳　永

登孤壘荒涼，危亭曠望，靜臨烟渚。對雌霓掛雨，雄風拂檻，微收煩暑。漸覺一葉驚秋，殘蟬噪晚，素商時序。覽景想前懽，指神京、非霧非烟深處。向此成追感，新愁易積，故人難聚。憑高盡日凝竚。贏得銷魂無語。極目霽靄霏微，断鴉零亂，蕭索江城暮。南樓畫角，又逐殘陽去。

齊天樂 第二體　　陸　游

角殘鐘晚關山路，行人乍依孤店。塞月征塵，鞭絲帽影，常把流年虛占。藏鴉柳暗。歎輕負鶯花，漫勞書劍。事往關情，悄然頻動壯遊念。孤懷誰與强遣。市壚沽酒，酒薄怎當愁釅。倚瑟妍詞，調鉛妙筆，那寫柔情芳艷。征途自厭。況烟斂蕪痕，雨稀萍點。最是眠時，枕寒門半掩。此閉口韻，最嚴，正可法。占，去聲；强，上聲。

喜朝天

晁補之

衆芳殘。海棠正輕盈，緑髩朱顔。碎錦繁繡，更柔柯映碧，纖搦匀殷。誰與將紅間白，采熏籠、仙衣覆斑斕。如有意，濃粧淡抹，斜倚闌干。妖饒向晚春後，慣困㰱晴景，愁怕朝寒。縱有狂雨，便離披□損，不奈幽閒。素□（一）來禽總俗，漫遮映，終羞格疎頑。誰来顧，斜風教舞，月下庭間。殷，音蔫；更，去聲；教，平聲。

金盞子　第一體

蔣捷

練月縈窻，夢乍醒，黄花翠竹庭館。心字夜香銷，人孤另，雙鶼被他羞看。擬待告訴天公，減秋聲一半。無情雁。正用恁時，飛來呌雲尋伴。猶記杏櫳煖。銀燭下，纖影卸佩

（一）按：上兩處空字承自《詞律》。《詞律》：「此調他無可証，然據鄙意揣之，乃『披』字、『素』字下各落一字。」

欵。春渦暈、紅豆小，鶯衣嫩，珠痕淡印芳汗。自從信誤青鸞，想籠鸚停喚。風刀快，但剪畫簷梧桐，怎剪愁斷。醒，平聲；看，去聲。

金盞子　第二體

吴文英

賞月梧園，恨廣寒宮樹，曉風摇落。莓砌掃蛛塵，空腸斷熏爐，燼銷殘萼。殿秋尚有餘花，鎖烟窗雲幄。新鴈又無端，送人江上，短亭初泊。籬角。夢依約。人一笑、惺忪翠袖薄。悠然醉魂喚醒，幽叢畔、凄香霧雨漠漠。晚吹乍顫秋聲，早屏空金雀。明朝想、猶有數點蜂黃，伴我斟酌。前後兩結處皆可于「新雁」句作三字六字二句，下四字一句，「角」字竹山不叶。

眉嫵　一名《百宜嬌》（第一體）

姜夔

看、垂楊迷苑，杜若吹沙，愁損未歸眼。信馬青樓去，重簾下，娉婷人妙飛燕。翠尊共欵。聽艷歌、郎意先感。便携手、月地雲堦裏，愛良夜微煖。無限。風流疎散。有暗藏弓履，偷寄香翰。明日聞津鼓，湘江上、催人還解春纜。亂紅萬點。悵斷魂、烟水遥遠。又爭似、相携乘一舸，鎮長見。結句王碧山不折腰。○解，上聲。

二郎神　第二體　○柳花　馬莊父

日高睡起，又恰見柳梢飛絮。倩説與、年年相挽，却又因他相誤。南北東西何時定，看碧沼青浮無數。念蜀郡風流，金陵年少，那尋張緒。　應許。雪花比並，撲簾堆户。更羽綴游絲，氈鋪小徑，腸斷鵓鳩喚雨。舞態顛狂，恨腰輕怯，散了幾回重聚。空暗想，昔日長亭別酒，杜鵑催去。看、更，並去聲。

綺羅香　第一體　○席上代人賦情　張　炎

候館燈深，遼天斷羽，近日音書疑絶。轉眼傷心，慵看剩歌殘闋。纔忘了、還着思量，待去也、怎禁離別。恨只恨，桃葉空江，殷勤不似謝紅葉。　良宵誰念哽咽。對熏爐象尺，閒伴淒切。獨立西風，猶憶舊家時節。隨欵步、花密藏春，聽私語、柳疎嫌月。今休問，燕約鶯期，夢遊空趂蝶。看、忘，並去聲；禁、聽，並平聲。

霓裳中序第一　第四體

詹　正一作玉

一規古蟾魄。瞥過宣和幾春色。知那個、柳鬆花怯，曾搓玉團香，塗雲抹月。龍章鳳刻。是如何、兒女消得。便孤了、翠鸞何限，人更在天北。　磨滅。古今離別。幸相從、薊門仙客。蕭然林下秋葉。對雲淡星疎，眉青影白。佳人已傾國。謾贏得、癡銅舊畫。興亡事、道人知否，見了也華髮。《詞律》極以此詞爲不足據，然細按他作多如右譜，若以此爲不工，則百一字一體又何據乎？◯更，去聲。此詞韻雜。

情久長

呂渭老

冰梁跨水。沉沉霽色遮千里。怎向我、小舟孤棹，天外飄墜。夜寒侵短髮，睡不穩、窻外寒風漸起。歲華暮、蟾光射雪，碧瓦飄霜，塵不動、寒無際。　鷄咽荒郊，夢也無歸計。擁繡枕、斷魂殘魄，清吟無味。想伊睡起。又念遠，樓閣横枝對倚。待歸去、西窓剪燭，小閣凝香，深翠幕、饒春睡。此調惟聖求二闋句法如右，一字不差。「想伊」句本四字，别做「雲窓霧閣」是也。《詞律》强欲比前「夜寒」五字句，而妄加闕文，爲脱落一字，豈有二詞同于此句脱落之理。

春雲怨　偉壽自度腔　馮偉壽

春風惡劣。把數枝香錦，和鶯吹折。雨重柳腰嬌困，燕子欲扶扶不得。軟日烘烟，乾風收霧，芍藥荼蘼弄顔色。簾幕輕陰，圖書清潤，日永篆香絶。盈盈笑靨宫黄額。試、紅鸞小扇，丁香雙結。團鳳眉心倩郎貼。教洗金罍，共看西堂，醉花新月。曲水成空，麗人何處，往事暮雲萬葉。折，音舌；重、看，並去聲。

喜遷鶯　第六體　一名《隺沖天》（第七體）(一)　○題郝仙女廟　王特起

汀洲蘋滿。記翠籠采采，相將鄰媛。蒼渚烟生，金支光爛，人在霧綃鮫館。小鬟頓成雲散。

(一) 原誤作第六體。

羅襪淩波不見。翠鸞遠。但清溪如鏡，野花留靨。情睠。鶯變現。身後神功，絲滿吴蠶繭。漢女菱歌，湘妃瑶瑟，香動倚雲層殿。彤車載花一色，醉盡碧桃清讌。故山晚。歎流年一笑，人間飛電。他本誤作無名氏，又作王秋澗。按：秋澗元人，王惲也，集無此詞，《詞綜》作王特起。

喜遷鶯 第七體

蔣　捷

遊絲纖弱。謾着意絆春，春難憑託。水暖成紋，雲晴生影，芳草漸侵裠幄。露添牡丹新艷，風擺秋千閒索。對此景，動高歌一曲，何妨行樂。行樂。君聽取，鶯囀緑窻，也似來相約。粉壁題詩，香街走馬，爭奈髩絲輸郤。夢回晝長無事，聊倚闌干斜角。翠深處，看悠悠幾點，楊花飛落。聽、看，並去聲。

喜遷鶯 第八體

趙長卿

商飈輕透。動簾幕飛梧，亂飄庭甃。瑞氣氤氲，沉檀初爇，烟噴寶臺金獸。黄花美酒。天教占得，先他時候。誕元老。慶有聲，此夕降生華胄。歡笑，宜稱壽。絃管鼎沸，宮商方頻奏。滿捧瑶卮，華堂歌舞，拍轉金釵斜溜。朱顔緑髩，殷勤深願，鎮長如舊。歎濱海，道難留，指日榮遷飛騄。教，平聲；占，去聲。「笑」字借叶。

水龍吟 第七體(一)

周邦彦

素肌應怯餘寒，艷陽占盡青蕪地。樊川照日，靈關遮路，殘紅斂避。傳火樓臺，妒花風雨，長門深閉。亞簾櫳半濕，一枝在手，偏勾引得，黄昏淚。別有風前月底。布繁英、滿園歌吹。朱鉛退盡，潘妃却酒，昭君乍起。雪浪翻空，粉裳縞夜，不成春意。恨玉容、不見瓊英，漫好與、何人比。吹，去聲。

雙聲子 林鐘商

柳永

晚天蕭索，斷蓬蹤跡，乘興蘭棹東遊。三吴風景，姑蘇臺榭，牢落暮靄初收。夫差舊國，香

(一) 原誤作第六體。

徑没、徒有荒丘。繁華處、悄無覩，惟聞麋鹿呦呦。想當年，空運籌決戰，圖王取霸無休。江山如畫，雲濤烟浪，翻輸范蠡扁舟，驗前經舊史，嗟漫載、當日風流。斜陽暮草，茫茫盡成，萬古遺愁。夫，音扶；興，去聲。

西湖月 第一體　商調自度　　　黄子行

湖光冷浸玻瓈，蕩一晌薰風，小舟如葉。藕花十丈，雲梳霧洗，翠嬌紅怯。壺觴園坐處，正酒醁吹波潮暈頬。尚記得、玉臂生凉，不放汗香輕浹。殢人小摘墻榴，爲碎揺猩紅，細認裙褶。舊遊如夢，新愁似織，淚珠盈睫。秋娘風味在，怎得對、銀釭生笑靨。消瘦沈約詩腰，彷彿堪捻。《詞律》强注「消瘦」句脱落一字，非。

西江月慢　　　吕渭老

春風淡淡，清晝永、落英千尺。桃影散平郊，晴蜂來往，妙香飄擲。傍畫橋、煮酒青帘，緑楊風外，數聲長笛。記去年、紫陌青門，花下舊相識。　向、寶帕裁書凴燕翼。望、翠閣烟林似織。聞道春衣猶未整，過、禁烟寒食。但記取、角枕題情，東窻休誤，這些端的。更莫待，青子緑陰春事寂。禁、更，並去聲。

征部樂　雙調　柳　永

雅歡幽會，良辰可惜虚拋擲。追念狂蹤舊跡。長秖恁，愁悶朝夕。憑誰去、花街覓。細説與、此中端的。道向我、轉覺厭厭，夢役勞魂苦相憶。　須知最有，風前月下，心事始終難得。但願我，蟲蟲心下，把人看待，長似初相識。况逢春色。便是有、舉場消息。待這回、好好憐伊，更不輕拆。厭、看，並平聲；更，去聲。

雨霖鈴　第一體　雙調　柳　永

寒蟬凄切。對長亭晚，驟雨初歇。都門帳飲無緒，方留戀處，蘭舟催發。執手相看淚眼，竟無語凝噎。念去去，千里烟波，暮靄沉沉楚天濶。　多情自古傷離别，更那堪、冷落清秋節。今宵酒醒何處，楊柳岸、曉風殘月。此去經年，應是、良辰好景虛設。便縱有、千種風情，更與何人說。更，並去聲；看，平聲。

雨霖鈴　第二體　黄　裳

天南遊客。甚而今、却送君南國。西風萬里，無限吟蟬，暗續離情如織。秣馬脂車，去即去、多少人惜。望百里、烟慘雲山。送兩城、愁作行色。飛帆過、浙西封域。到秋深、且艤荷花澤。就船買得鱸鱖，新穀破、雪堆香粒。此興誰同，須記東秦、有客相憶。願聽了、一闋歌聲，醉倒拚今日。興、聽，去聲。

看花迴　第四體　趙彦端

注目。正江湖浩蕩，雲烟離屬。美人衣蘭佩玉。澹秋水凝神，陽春翻曲。烹鮮坐嘯，清淨五千言自足。横劍氣、南斗光中，浩然一醉引雙鹿。回雁未歸書未續。夢草處、舊芳重緑。誰想瀟湘歲晚，爲喚起長風，吹飛黄鵠。功名異時，圯上家傳謝寵辱。待封留、拜公堂下，授我長生録。

湘江靜

史達祖

暮草堆青雲浸浦。記匆匆、倦篙曾駐。漁榔四起，沙鷗未落，怕愁沾詩句。碧袖一聲歌，石城怨、西風隨去。滄波蕩晚，菰蒲弄秋，還重到、斷魂處。　酒易醒，思正苦。想空山、桂香懸樹。三年夢冷，孤吟意短，屢烟鐘津鼓。屐齒厭登臨，移橙後，幾番涼雨。潘郎漸老，風流頓減，閒居未賦。醒，平聲。

長相思　第三體

柳　永

林鐘商

畫鼓喧街，蘭燈滿市，皎月初照嚴城。清都絳闕夜景，風傳銀箭，露爕金莖。巷陌縱横。過平康欵轡，緩聽歌聲。鳳燭熒熒。那人家未掩香屏。　向羅綺叢中認得，依稀舊日，雅態輕盈。嬌波艷冶，巧笑依然，有意相迎。墻頭馬上，謾遲留、難寫深誠。又豈知名宦拘檢，年來減盡風情。聽，去聲。

澡蘭香　淮安重午

吴文英

盤絲繫腕，巧篆垂簪，玉隱紺紗睡覺。銀瓶露井，彩箑雲牕，往事少年依約。爲當時、曾寫榴裙，傷心紅綃褪萼。黍夢光陰，漸老汀洲烟蒻。莫唱江南古調，怨抑難招，楚江沉魄。薰風燕乳，暗雨梅黄，午鏡澡蘭簾幕。念秦樓也擬人歸，應剪菖蒲自酌。但悵望、一縷新蟾，隨人天角。爲，去聲。

瑞鶴仙　第六體(一)

周邦彦

暖烟籠細柳，弄萬縷千絲，年年春色。晴風蕩無際，濃于酒，偏醉情人調客。闌干倚處，度花香、微散酒力。對重門半掩，黄昏淡月，院宇深寂。愁極。因思前事，洞房佳宴，正值寒食。尋芳遍賞，金谷裏，銅駝陌。到而今、魚雁沉沉無信息。天涯常是淚滴。早歸來、

(一) 原誤作第五體。

雲館深處，那人正憶。

還京樂 第二體 周邦彦

禁煙近，觸處浮香秀色相料理。正、泥花時候，奈何客裏，光陰虚費。望箭波無際。迎風漾日黄雲委。任去遠，中有萬點，相思清淚。到長淮底。過當時樓下，殷勤爲説，春來羈旅況味。堪嗟誤約乖期，向天涯、自看桃李。想如今，應、恨墨盈箋，愁粧照水。怎得青鸞翼，飛歸教見顦顇。

詞鵠初編卷之十一

嘉定孫致彌愷似偶輯
受業餘姚樓儼儼若補訂

起一百四字，至一百五字止，凡詞五十七調

綺羅香　第二體　◯春雨

史達祖

做冷欺花，將烟困柳，千里偷催春暮。盡日冥迷，愁裡欲飛還住。驚粉重、蝶宿西園，喜泥潤、燕歸南浦。最妨他、佳約風流，鈿車不到杜陵路。　沉沉江上望極，還被春潮晚急，難尋官渡。隱約遥峯，和淚謝娘眉嫵。臨斷岸、新緑生時，是落紅、帶愁流處。記當日、門掩梨花，剪燈深夜語。重，去聲。

向湖邊

江緯

退處鄉關，幽棲林藪，舍宇第須茅蓋。翠巘清泉，啟軒牕遥對。遇等閒、鄰里過從，親朋臨

顧，草草便成歡會。策杖携壺，向湖邊柳外。旋買溪魚，便斫銀絲鱠。誰復欲痛飲，如長鯨吞海。共惜醺酣，恐歡娱難再。矧、清風明月非錢買。休追念、金馬玉堂心膽碎。且鬬尊前，有阿誰身在。過，平聲；處，上聲；旋，平聲。

春從天上來　第一體[一]　吴　激

海角飄零。嘆漢苑秦宫，墜露飛螢。夢回天上，金屋銀屏。歌吹競舉青冥。問當時遺譜，有絶藝、鼓瑟湘靈。促哀彈，似林鶯嚦嚦，山溜泠泠。　梨園太平樂府，醉幾度春風，鬢髮星星。舞破中原，塵飛滄海，風雪萬里龍庭。寫胡笳幽怨，人憔悴、不似丹青。酒微醒。對一牕凉月，燈火青熒。吹，去聲；醒，平聲。

歸朝懽　第二體　又名《菖蒲緑》　張　先

聲轉轆轤聞露井。曉引銀瓶牽素綆。西園人語夜來風，叢英飄墜紅成逕。寶猊烟未冷。

[一] 按：原缺「第一體」，補。

蓮臺香蠟殘猶凝。等身金，誰能得意，買此好風景。粉落輕粧紅玉瑩。月枕橫釵雲墜領。有情無物不成雙，文禽只合常交頸。晝夜歡豈定。爭如翻作秋宵永。日曈曨，嬌柔嬾起，簾壓捲花影。凝，去聲。

花心動　第一體

阮逸女

仙苑春濃，小桃開，枝枝已堪攀折。乍雨乍晴，輕暖輕寒，漸近賞花時節。柳搖臺榭東風軟，簾櫳靜、幽禽調舌。斷魂遠、閒尋翠徑，頓成愁結。此恨無人共說。還立盡黄昏，寸心空切。强整繡衾，獨掩朱扉，簟枕爲誰鋪設。夜長宫漏傳聲遠，紗牎映、銀釭明滅。夢回處，梅梢半籠淡月。强，上聲；爲，去聲。

花心動　第二體

謝逸

風裡楊花輕薄性，銀燭高燒心熱。香餌懸鈎，魚不輕吞，辜負釣兒虛設。春蠶到老絲長絆，針刺眼淚流成血。思量起，粘枝花朶，果兒難結。　海樣情深忍撇。似夢裡相逢，不勝歡悦。出水雙蓮，摘取一枝，可惜並頭分折。猛期月滿會姮娥，誰知是、初生新月。折翼鳥，甚日于飛時節。並頭分折，一作「並頭分拆」，意甚好，但失韻矣。〇沈天羽云：「此詞句句比方，用《小雅・鶴鳴》篇體也。」勝，平聲。

更漏子　第四體　　杜安世

庭遠途程。算萬水千山，路入神京。暖日春郊，緑柳紅杏，香逕舞燕流鶯。客館悄悄閒庭，堪惹舊恨深。有多少馳驅，驀嶺涉水，枉廢身心。　思想厚利高名。謾惹得、憂煩枉度浮生。幸有青松白雪，深洞清閒，且樂昇平。長是宦遊羈思，別離淚滿襟。望江鄉蹤跡，舊遊題書，尚自分明。思，去聲。深、襟，借叶。

南浦　第二體　〇春水　　王沂孫

柳外碧連天，漾翠紋漸平，低蘸雲影。應是雪初消，巴山路、蛾眉乍窺清鏡。緑痕無際，幾番飄蕩江南恨。弄波素襪知甚處，空把落紅流盡。何時橘里蓴鄉，泛一舸翩然，東風歸興。孤夢遶滄浪，蘋花漠漠，雨昏烟暝。連筒接縷，故溪深掩柴門靜。只愁雙燕啣春去，拂破藍光千頃。興，去聲；浪，平聲。

南浦 第三體　　周邦彦

淺帶一帆風，向晚來、扁舟穩下南浦。迢遞阻瀟湘，衡皐迥、斜艤蕙蘭汀渚。危檣影裡，斷雲點點遥天暮。菡萏裡、風偷送，清香時時微度。吾家舊有簪纓，甚頓作天涯，經歲羈旅。羌管怎知情，烟波上，黄昏萬斛愁緒。無言對月，皓彩千里人何處。恨無鳳翼，身只待而今，飛將歸去。

西湖月 第二體　商調　　黄子行

初絃月掛林梢，又一度西園，探梅消息。粉墻朱户，苔枝露蘂，淡匀輕飾。玉兒應有恨，爲、帳望東昏相記憶。便解珮、飛入雲階，長伴此花傾國。還嗟瘦損幽人，記立馬攀條，倚闌橫笛。少年風味，拈花弄蘂，愛香憐色。揚州何遜在，試點染、吟箋留醉墨。謾贏得、疎影寒牕，夜深孤寂。解，上聲。

永遇樂　第一體　◯緑陰　蔣　捷

清逼池亭，潤侵山閣，雲氣凝聚。未有蟬前，已無蝶後，花事隨逝水。西園支徑，今朝重到，半礙醉筇吟袂。除非是、鶯身瘦小，暗中引雛穿去。　梅簷滴溜，風來吹斷，放得斜陽一縷。玉子敲枰，香綃落剪，聲度深幾許。層層離恨，凄迷如此，點破謾須輕絮。應難認、爭春舊館，倚紅杏處。木、袂、此，俱借叶。

永遇樂　第二體　歇指調　柳　永

天閣英遊，内朝密侍，當世榮遇。漢守分麾，堯庭請瑞，方面憑心膂。風馳千騎，雲擁雙旌，向曉洞開嚴署。擁朱旙、喜色歡聲，處處競歌來暮。　吴王舊國，今古江山，秀異人烟繁富。甘雨車行，仁風扇動，雅稱安黎庶。棠郊成政，槐府登賢，非久定煩歸去。且乘閒、暖閣長開，融尊盛舉。騎、稱，並去聲。

永遇樂 第三體　平韻　陳允平

玉腕籠寒，翠闌凭曉，鶯調新簧。暗水穿苔，遊絲度柳，人靜芳晝長。雲南歸雁，樓西飛燕，去來慣認炎涼。王孫遠，青青草色，幾回望斷柔腸。　薔薇舊約，樽前一笑，等閒辜負年光。鬬草庭空，抛梭架冷，簾外風絮香。傷春情緒，惜花時候，日斜尚未成粧。聞嬉笑，誰家女伴，又還採桑。凭，去聲。

消息 亦名《永遇樂》（第四體）　越調過腔　晁補之

紅日葵開，映墻遮牖，小齋端午。盃展荷金，簪抽笋玉，幽事還數。緑窗纖手，朱奩輕傻，爭鬬綵絲艾虎。想沈江怨魄歸來。空惆悵、對菰黍。　朱顏老去，清風好在，未減佳辰歡聚趣。蠟酒深斟，菖葅細糝，圍坐從兒女。還同子美，江村長夏，閒對燕飛鷗舞。算何須，楚王雄風，方消畏暑。「聚」字疑訛。

送入我門來(一)

胡浩然

荼壘安扉，靈馗掛户，神儺裂竹轟雷。動念流光，四序式週回。須知今歲今宵盡，似、頓覺明年明日催。向今夕，是處迎春送臘，羅綺筵開。　今古偏同此夜，賢愚共添一歲，貴賤仍偕。互祝遐齡，山海固難摧。石崇富貴籛鏗壽，更、潘岳儀容子建才。仗東風盡力，一齊吹送入此門來。此詞俗陋之極，因無第二人作，不得已存其詞。

瀟湘逢故人慢　第一體

王安禮

薰風微動，方榴花弄色，萱草成窩。翠幃敞輕羅。試氷簟初展，幾尺湘波。疏簾廣廈，稱瀟湘、一枕南柯。引多少夢魂歸緒，洞庭雨棹烟蓑。　驚回處，閒晝永，更時時、燕雛鶯友相過。正緑影婆娑。况庭有幽花，池有新荷。青梅煮酒，幸隨分、贏取高歌。功名事，到頭

(一) 按：原標第二體，此調實僅一體。

終在，歲華忍負清和。稱、更、分，並去聲；過，平聲。

瀟湘逢故人慢 第二體 仄韻 王秋英

春光將暮。見嫩柳拖烟，嬌花帶霧。頃刻間風雨。把堂上深恩，閨中遺事。鑽火留錫，都付却落花飛絮。又何心、挈罍提壺，鬭草踏青盈路。 子規啼，蝴蝶舞。遍南北山頭，紙灰緑酺。奠一丘黄土。歎海角飄零，湘陰悽楚。無主泉扃，也能得有情鷄黍。畫角聲、吹落梅花，又帶離愁歸去。《詞律》以此爲鬼作而不可據，然詞意的是宋人口氣，存以備體何妨？「事」字借叶。

齊天樂 第三體 方千里

碧紗牕外黄鸝語，聲聲似愁春晚。岸柳飄緜，庭花墮雪，惟有平蕪如剪。重門向掩。看風動疎簾，浪鋪湘簟。暗想前歡，舊遊心事寄詩卷。 鱗鴻音信未覩，夢魂尋訪後，關山又隔無限。客館愁思，天涯倦跡，幾許良宵展轉。閒情意遠。記密閣深閨，繡衾羅薦。睡起無人，料應眉黛斂。

拜星月　第二體　或多「慢」字，「星」一作「新」　周　密

膩葉陰清，孤花香冷，迤邐芳洲春換。薄酒孤吟，悵相知遊倦。想人在、絮幕香簾凝望，誤認幾許、烟檣風幔。芳草天涯，負華堂雙燕。記、簫聲淡月梨花院。砑箋紅、謾寫東風怨。一夜花落鵑啼，喚四橋吟伴。蕩、歸心已過江南岸。清宵夢，遠逐飛花亂。幾千萬、絲縷垂楊，繫春愁不斷。

拜星月　第三體　一名《拜新月》，又名《拜星月慢》（第三體）〔一〕　吴文英

絳雪生涼，碧霞籠夜，小立中庭蕪地。昨夢西湖，老扁舟身世。歎遊蕩，暫賞吟花酌露，尊俎冷、玉紅香罍洗。眼眩意迷，古陶洲十里。翠参差，淡月平芳砌。甎花幌，小浪魚鱗起。霧盎淺障青羅，洗湘娥春膩。蕩蘭烟、麝馥濃侵醉。吹不散、繡屋重門閉。又怕便，緑減西風，泣秋檠燭外。差，音侈。

〔一〕按：此句説明原缺，據目録補。

合歡帶 第一體　杜安世

樓臺高下玲瓏。鬭芳樹，緑陰濃。芍藥孤栖香艷晚，是櫻桃、萬顆初紅。巢喧乳燕，珠簾鏤曳，滿户香風。罩紗幃、象床屏枕，晝眠才似朦朧。　起來無語更兼慵。念分明，事成空。被你厭厭牽繫我，怪纖腰、繡帶寬鬆。春來早是，分飛兩處，長恨西東。到如今、扇移明月，簟鋪寒浪與誰同。厭，平聲；更，去聲。

定風波 第五體　雙調　柳　永

竚立長堤，澹蕩晚風起。驟雨歇，極目蕭疎柳萬株，掩映箭波千里。走舟車，向此人人，奔名競利。念蕩子。終日馳驅，爭覺鄉關轉迢遞。　何意。(一) 繡閣輕抛，錦字難逢，等閒度歲。奈泛泛旅跡，厭厭病緒，近來諳盡，宦遊滋味。此情懷、總寫香牋，憑誰與寄。算孟光，爭得知我，繼日添憔悴。厭，平聲。

(一) 按：此處爲字間空心點，意爲句中暗韻。

霜花腴　自度腔　吴文英

翠微路窄，醉晚風，凴誰爲整欹冠。霜飽花腴，燭銷人瘦，秋光做也都難。病懷强寬。恨雁聲，偏落歌前。記年時、舊宿凄凉，暮烟秋雨野橋寒。粧壓鬢英爭艷，度清商一曲，暗墜金蟬。芳節多陰，蘭情稀會，晴暉稱拂吟箋。更移畫船。引環珮、邀下嬋娟。算明朝、未了重陽，紫萸應耐看。此詞夢牕自製，並無第二人作，《詞律》何所據而于「燭」字擅注可平？必从后叚「蘭」字起見。○稱、更、並去聲；强，上聲。

迎新春　大石調　柳　永

嶰管變青律，帝里陽和新布。晴景回輕煦。慶嘉節、當三五。列華燈、千門萬户。遍九陌、羅綺香風微度。十里燃絳樹。鼇山聳、喧喧簫鼓。漸天如水，素月當午。香徑裡、絶纓擲果無數。更闌燭影花陰下，少年人、往往奇遇。太平時、朝野多歡，民康阜。堪隨分良聚。對此爭忍獨醒歸去。「下」字叶。醒，平聲。阜，叶武。分，去聲。

安公子　第三體　晁補之

柳老荷花盡。夜來霜落平湖淨。征雁横天，鷗舞亂、魚游清鏡。又還是當年，我向江南興。

移畫船，深渚蒹葭映。對半篙碧水，滿眼青山魂凝。一番傷華鬢。放歌狂飲猶堪逞。水驛孤帆，明夜此懽重自省。夢回處，池塘春草愁難整。宦情與、歸思終朝競。記他年相訪，認取斜川三逕。與、凝、思，並去聲。

傾盃樂　第三體　散水調

柳　永

木落霜洲，雁橫烟渚，分明畫出秋色。暮雨乍歇，小檝夜泊，宿葦村山驛。何人月下臨風處，起一聲羌笛。離愁萬緒，聞岸草，切切蛩吟如織。爲憶。芳容別後，水遥山遠，何計憑鱗翼。想繡閣深沉，爭知憔悴損，天涯行客。楚峽雲歸，高陽人散，寂寞狂蹤跡。望京國。空目斷，遠峯凝碧。

綺寮怨

王學文(一)

忽忽東風又老，凍雲吹晚陰。疎簾下、茶鼎孤烟，斷橋外、梅豆千林。江南庾郎憔悴，睡未

(一) 按：此詞《名儒草堂詩餘》、《花草粹編》作趙功可詞，《詞綜》作王學文詞。

醒、病酒愁怎禁。倚闌干、一扇凉風，看、平地落花如雪深。千曲囊中古琴。平泉金谷，不堪舊事重尋。當日登臨。都化作、夢銷沉。元龍丘墳無恙，誰喚起、共論心。哀歌怨吟。問何似、啼鳥枝上音。醒，上聲。

望遠行 第五體(一) 中吕調 柳永

繡幃睡起。殘粧淺，無緒匀紅補翠。藻井凝塵，金堦鋪蘚，寂寞鳳樓十二。風絮紛紛，烟蕪苒苒，永日畫闌，沉吟獨倚。望遠行，南浦春殘悄歸騎。凝睇。消遣離愁無計。但暗擲金釵買醉。好景空飲香醪，爭奈轉添珠淚。待伊遊冶歸來，故故解放、翠羽輕裘重繫。見纖腰、圖信人憔悴。

(一) 原誤作第四體。

陽春 一名《陽春曲》

史達祖

杏花烟。梨花月，誰與暈開春色。坊巷曉愔愔，東風斷、舊火銷處近寒食。少年蹤跡。愁暗隔。(一)水南山北。還似寶絡雕鞍，被鶯聲、喚來香陌。記飛蓋西園寒猶凝，驚醉耳、誰家夜笛。燈前重簾不掛，殢華裾、粉淚曾拭。如今故里信息。賴海燕、年時相識。奈芳草、正鎖江南夢，春衫怨碧。寒猶凝，一作「寒猶結」。凝，去聲。〇楊无咎一體「還似」句作七字，下六字，餘同，不另收。

喜遷鶯 第九體

張元幹

雁塔題名，寶津朌宴，盛事簪紳常說。文物昭融，聖代搜羅，千里爭趨丹闕。元侯勸駕，卿老獻書，發軔鼇前列。山川秀、圜觀眾多，無如閩越。豪傑。姓標紅紙帖。報泥金喜信，歸來俱捷。驕馬蘆鞭，醉垂藍綬吹雪。芳□□(二)月。素娥情厚，桂花一任郎君折。須

(一) 按：此處爲字間空心點，意爲句中暗韻。
(二) 按：此處汲古閣本《蘆川詞》亦缺兩字。

滿引，南臺又是，合沙時節。

秋霽 第一體 周密

重到西泠，記芳園載酒，畫舸横笛。水曲芙蓉，渚邊鷗鷺，依依似、舊相識。年華易失。斷橋幾換垂楊色。謾自惜。愁損庾郎，雙髩點花白。　殘蛩露草，怨蝶飛花，轉眼西風又陳跡。歎如今、才情量減，樽前辜負醉吟筆。欲寄遠情秋水隔。舊遊空在，凴高望極。斜陽亂山浮紫，暮雲凝碧。

看花迴 第五體 趙彦端

端有恨，留春無計，花飛何速。檻外青青翠竹。鎮高節凌雲，清陰常足。春寒風袂，帶雨穿牕如利鏃。催處處、燕巧鶯慵，幾聲鈎輈呌雲木。　看波面垂楊蘸緑。最好是、風流烟沐。陰重熏簾未捲，正泛乳新芽，香飄清馥。新詩惠我，開卷醒然欣再讀。嘆詞章、過人華麗，擲地勝如金玉。首句及「陰重薰簾」句俱疑有誤。

西湖　第一體　「湖」一作「河」

王　埜一作彧

天下事。問天怎忍如此。陵圖誰把獻君王，結愁未已。少豪氣概總成塵，空餘白骨黄葦。　千古恨，吾老矣。東遊曾弔淮水。繡春臺上一迴登，一迴搵淚。醉歸撫劍倚西風，江濤猶壯人意。　只今袖手野色裡。望長淮、猶二千里。縱有英心誰寄。近新來，又報烽烟起。絶域張騫歸來未。美成首句不用韻。

月中桂

趙彦端

露醑無情，送長歌未終，已醉離别。何如暮雨，釀一襟涼潤，來留佳客。好山侵座碧。勝昨夜、疎星淡月。君欲翩然去，人間底許，員嶠問帆席。　詩情或作「債」病非疇昔。賴親朋對影，且慰良夕。風流雨散，定幾回腸斷，能禁頭白。爲君煩素手，薦碧藕輕絲細雪。去去江南路，猶應水雲秋共色。禁，平聲；應，去聲。

憶瑶姬　第一體[一]

蔡伸

微雨初晴。洗瑶空萬里，月掛冰輪。廣寒宮闕，□[二]望素娥縹緲，丹桂亭亭。金盤路冷，玉樹風輕。□覺秋思清。念去年，曾共吹簫侶，同賞蓬瀛。奈此夜、旅泊江城。漫花光眩目，緑酒如澠。幽懷終有恨，恨綺牕清影，虚照娉婷。藍橋杳，楚館雲深。擬凴歸夢去，强就枕、無奈孤衾夢易驚。思，去聲；强，上聲。

花發沁園春

劉圻父

換譜伊凉，選歌燕趙，一番樂事重起。花新笑靨，柳軟纖腰，濟楚衆芳園裡。年年佳會。長是傍、清明天氣。正魏紫衣染天香，蜀紅粧破春睡。一簇猩羅鳳翠。遍東園西城，檢點芳事。銓齋吏散，畫館人稀，幾闋管絃清脆。人生適意。流轉共、風光遊戲。到遇景，取

[一] 按：原缺「第一體」，補。

[二] 按：此處及下缺處與汲古閣本《友古詞》同。

次成歡，怎教良夜休醉。燕，平聲。

南浦 第四體　　程垓

金鴨嬾薰香，向晚來、春酲一枕無緒。濃綠漲瑶牕，東風外，吹盡亂紅飛絮。無言竚立，斷腸惟有流鶯語。碧雲欲暮。空惆悵韶華，一時虛度。　追思舊日心情，記題葉西樓，吹花南浦。老去覺懽疎，傷春恨，多付斷雲殘雨。黄昏院落，問誰猶在凭闌處。可堪杜宇。但只解聲聲，催他春去。「向晚來」句王沂孫作上五下四字句，「暮」字、「宇」字有不叶者。此詞又于「碧雲」句下，或有上七下六者，前後皆同，可不拘用，不另列。總于讀處，亦可連上作七字，下作六字也。

二郎神 第三體　一名《十二郎》（第一體）　　徐伸

悶來彈鵲，又攪碎、一簾花影。謾試着春衫，還思纖手，熏徹金虬燼冷。動是愁端如何向，更怪得、新來多病。嗟舊日沈腰，而今潘鬢，怎堪臨鏡。　重省。別時淚漬，羅襟猶凝。

料爲我懨懨，日高慵起，長託春酲未醒。雁足不來，馬蹄輕駐，門掩一庭芳景。空竚立，盡日畫闌倚遍，晝長人靜。結處趙以夫作上四下六句，不另收。〇更、凝，並去聲。

二郎神　第四體　柳　永

炎光初謝。過暮雨芳塵輕灑。乍、露冷風清庭户爽，天如水，玉鈎遥掛。應是星娥嗟久阻，敘舊約、飈輪欲駕。極目處，微雲暗度，耿耿銀河高瀉。閒雅。須知此景，古今無價。運巧思、穿針樓上女，擡粉面、雲鬟相亞。鈿合金釵私語處，算誰在、迴廊影下。願天上人間，占得歡娱，年年今夜。別本首句無「初」字。輕，或作「瀟」。〇思、占，並去聲。

二郎神　第五體　楊无咎

炎光欲謝，更、幾日薰風吹雨。共説是天公，亦嘉神貺，特作澄清海宇。灌口擒龍，離堆平水，休問功超前古。當中興、護我邊陲，重使四方安堵。新府。祠庭占得，山川佳處。

看曉汲雙泉，晚除百病，奔走千門萬户。歲歲生朝，勤勤稱頌，可但民無災苦。□□□(一)願得地久天長，協佐皇都。味此詞是二郎神新廟落成祝詞也。○占，去聲。

凉州令

歐陽修

翠樹芳條颭。的的裙腰初染。佳人携手弄芳菲，緑陰紅影，共展雙紋簟。插花照影窺鸞鑑。只恐芳容減。不堪零落春晚。青苔雨後深紅點。一去門閒掩。重來却尋朱檻。離離秋實弄輕霜，嬌紅脉脉，似見臙脂臉。人非事往眉空斂。誰把佳期賺。芳心只願長依舊，春風更放明年艷。

永遇樂

第五體 商調

蘇軾

明月如霜，好風如水，清景無限。曲港跳魚，圓荷瀉露，寂寞無人見。紞如五鼓，錚然一葉，

(一) 按：汲古閣本《逃禪詞》此處亦缺三字。

黯黯夢魂驚斷。夜茫茫、重尋無覓處，覺來小園行遍。天涯倦客，山中歸路，望斷故園心眼。燕子樓空，佳人何在，空鎖樓中燕。古今如夢，何曾夢見，但有舊歡新怨。異時對、南樓夜景，爲徐浩歎。覺，去聲。

永遇樂　第六體　○北固亭懷古　辛棄疾

千古江山，英雄難覓，孫仲謀處。舞榭歌臺，風流總被，雨打風吹去。斜陽草樹。尋常巷陌，人道寄奴曾住。想當年、金戈鐵馬，氣吞萬里如虎。元嘉舊事草草，封狼居胥意，贏得蒼皇北顧。四十三年，望中猶記，燈火揚州路。可堪回首，佛狸祠下，一片神鴉社鼓。憑誰問，廉頗老矣，尚能飯否。否，叶府。

西湖　第二體　「湖」一作「河」　周邦彦

佳麗地。南朝盛事誰記。山圍故國遶清江，髻鬟對起。怒濤寂寞打孤城，風檣猶在天際。斷崖樹，猶倒倚。莫愁艇子曾繫。空遺舊跡鬱蒼蒼，霧沉半壘。夜深月過女墻來，傷心東望淮水。　酒旗戲鼓甚處市。想依稀、王謝鄰里。燕子不知何世。入尋常、巷陌人家相對。如説興亡斜陽裏。莫，去聲。

尉遲盃　第一體　周邦彦

隋堤路。漸日晚、密靄生深樹。陰陰淡月籠沙，還宿河橋深處。無情畫舸。都不管、烟波隔前浦。等行人、醉擁重衾，載將離恨歸去。　因念舊客京華，長偎傍、疎林小檻歡聚。冶葉倡條俱相識，仍慣見、珠歌翠舞。如今向、漁村水驛，夜如歲，焚香獨自語。有何人、念我無憀，夢魂凝想鴛侶。

尉遲杯　第二體　雙調　柳永

寵佳麗。算九衢、紅粉皆難比。天然嫩臉修蛾，不假施朱描翠。盈盈秋水。恣雅態、欲語先嬌媚。每相逢、月夕花朝，自有憐才深意。　綢繆鳳枕鴛被。深深處，瓊枝玉樹相倚。

困極歡餘，芙蓉帳煖，别是惱人情味。風流事、難逢雙美。況已斷、香雲爲盟誓。且相將，□盡平生，未肯輕分連理。

泛清波摘遍

晏幾道

催花雨小。着柳風柔，都是去年時候好。露紅烟緑，儘有狂情鬭春早。長安道。秋千影裡，絲管聲中，誰放艷陽輕過了。倦客登臨，暗惜光陰恨多少。楚天渺。歸思正如亂雲，短夢未成芳草。空把吴霜，鬢華自悲清曉。帝城杳。雙鳳舊約漸虚，孤鴻後期難到。且趁朝花夜月，翠樽頻倒。此詞前結原作「暗惜花光飲恨多少」，《詞律》改如右，姑仍之。〇思，去聲。

秋霽　第二體　亦名《春霽》

南唐　後主李煜

虹影侵堦，乍雨歇長空，萬里凝碧。孤鶩高飛，落霞相映，遠狀水鄉秋色。黯然望極。動人無限愁如織。又聽得。雲外數聲，新雁正嘹嚦。當此暗想，畫閣輕拋，杳然、殊無些箇消息。漏聲稀、銀屏冷落，那堪殘月照牕白。衣帶頓寬猶阻隔。算此情苦，除非宋玉風流，共懷傷感，有誰知得。

秋霽 第三體 ○平湖秋月 陳允平

千頃玻瓈，送遠目、斜陽共下林閒。題葉人歸，採菱舟散，望中水天一色。碾空桂魄。玉繩低轉雲無跡。有素鷗閒伴，夜深呼棹過環碧。相思萬里頓隔。嬋娟幾回，瓊臺同駐鸞翼。對西風、憑誰問取，人間那得有今夕。應咲廣寒宮殿窄。露冷烟淡，還看數點殘星，兩行新雁，倚樓橫笛。相思，「思」字草牕亦平聲。「蛩」字《詞律》必曰有誤，不知何據。

解連環 第一體 商調 周邦彦

怨懷誰託。嗟情人斷絶，信音遼邈。信妙手、能解連環，似風散雨收，霧輕雲薄。燕子樓空，暗塵鎖、一床絃索。想移根換葉，盡是舊時，手種紅藥。汀洲漸生杜若。料舟移岸曲，人在天角。記得當日音書，把閒語閒言，盡總燒却。水驛春回，望寄我、江南梅萼。拚今生、對花對酒，爲伊淚落。爲，去聲；解，上聲。

曲玉管 大石調

柳永

隴首雲飛，江邊日晚，烟波滿目凭闌久。一望關河蕭索，千里清秋。忍凝眸。杳杳神京，盈盈仙子，别來錦字終難偶。斷雁無憑，苒苒飛下汀洲。思悠悠。暗想當初，有多少幽歡佳會，豈知聚散難期，翻成雨恨雲愁。阻追遊。悔登山臨水，惹起平生心事，一場銷黯，永日無言，却下層樓。思，去聲。

十二郎 第二體(一)

吴文英

素天際水，浪拍碎，凍雲不凝。記曉葉題霜，秋燈吟雨，曾繫長橋過艇。又是賓鴻重來後，猛賦得、歸期纔定。嗟繡鴨解言，香鑪堪釣，尚廬人境。幽興。爭如載酒，月娥粧鏡。

(一) 按：原缺「第二體」，補。

念倦客依前，貂裘茸帽，重向松江照影。酹酒蒼茫，倚歌平遠，亭上玉虹腰冷。迎醉面、暮雪飛花，幾點黛愁山暝。凝、興，並去聲。

夢橫塘 劉一止

浪痕經雨，鬢影吹寒，晚來無限蕭瑟。野色分橋，剪不斷、前溪風物。船繫朱橋，路迷烟寺，遠鷗浮没。聽疎鐘斷鼓，似近還遥，驚心事，傷離客。　新醅旋壓鵝黄，拚清愁在眼，酒病縈骨。繡閣嬌慵，爭解説、短封傳憶。念誰伴塗粧綰髻，嚼蘂吹花弄秋色。恨對南雲，此時凄斷，有何人知得。聽、解，並去聲。

内家嬌 第一體　林鐘商　柳　永

媚景朝升，烟光晝斂，疎雨夜來新霽。垂楊艷杏，絲軟霞輕，繡出芳郊明媚。處處踏青鬭草，人人偎紅倚翠。奈少年、自有新愁舊恨，消遣無計。　帝里風光，當此際。正好恁、携佳麗。阻歸程迢遞。奈向好景難留，舊歡頻棄。早是傷春情緒，那堪困人天氣。但贏得、立高原，斷腸一晌凝睇。

合歡帶　第二體　林鐘商　柳　永

身材兒、早是妖嬈。算舉措、實難描。一個肌膚渾似玉，更□(一)來、占了千嬌。妍歌艷舞，鶯慚巧舌，柳妒纖腰。自相逢便覺，韓娥價減，飛燕聲銷。　桃花零落，溪水潺湲，重尋仙徑非遥。莫道千金酬一笑，便明珠、萬斛須邀。檀郎幸有，凌雲詞賦，擲果丰標。况當年、便好相携，鳳樓深處吹簫。占，去聲。

百宜嬌　第二體　吕渭老

隙月垂篦，亂蛬催織，秋晚嫩凉房户。燕拂簾旌，鼠窺牕網，寂寂飛螢來去。金鋪鎮掩，謾記得、花時南浦。約重陽、萸糝菊英，小樓遥夜歌舞。　銀燭暗、佳期細數。簾幕漸西風，午牕秋雨。葉底翻紅，水面皺碧，燈火裁縫砧杵。登高望極，正霧鎖官槐歸路。定須相將，寶馬鈿車，訪吹簫侣。別本無「相」字，「半」作「午」，「皺」作「皺」。

(一) 按：此處原空缺一字，汲古閣本《樂章集》作「都」。

安公子　第四體　般涉調　　柳　永

夢覺清宵半。悄然屈指聽銀箭。惟有床前殘淚燭，啼紅相伴。暗惹起，雲愁雨恨情何限。從卧來、展轉千餘遍。任數重鴛被，怎向孤眠不煖。堪恨還堪嘆。當初不合輕分散。及至懨懨，獨自箇、却眼穿腸斷。似恁地，深情密愛如何拚。雖後約，的有于飛願。奈片時難過，怎得如今便見。拚，去聲。

詞鵠初編卷之十二

嘉定孫致彌愷似輯
受業餘姚樓儼儼若補訂

起一百零六字，至一百九字止，凡詞四十一調

夜飛鵲

周邦彦

河橋送人處，良夜何其。斜月遠墮餘暉。銅盤燭淚已流盡，霏霏涼露沾衣。相將散離會，探風前津鼓，樹杪參旗。花驄會意，縱揚鞭、亦自行遲。迢遞、路迴清野，人語漸無聞，空帶愁歸。何意重經前地，遺鈿不見，斜徑都迷。兔葵燕麥，向斜陽、影與人齊。但徘徊班草，欷歔酹酒，極望天西。別本「相將」句下多「處」字，但夢窗、蒲江俱作五字句，應从此。◯向斜陽，作「背斜陽」更佳。

春從天上來 第二體 〇己亥春，復回西湖，飲靜傳董高士樓，作此解以寫我憂 張炎

海上回槎。認舊時鷗鷺，猶戀蒹葭。影散香消，水流雲在，疎樹十里寒沙。難問錢唐蘇小，都不見、擘竹分茶。更堪嗟。似荻花江上，誰弄琵琶。

烟霞。自延晚照，盡換了西林，窈窕紋紗。蝴蝶飛來，不知是夢，猶疑春在鄰家。一掬幽懷難寫，春何處、春已天涯。減繁華。是山中杜宇，不是楊花。

飛雪滿羣山 第一體(一) 「羣」一作「堆」 張榘

愛日烘晴，梅梢春動，曉牕客夢方還。江天萬里，高低烟樹，四望猶擁螺鬟。是誰邀滕六，釀薄暮、同雲冱寒。却原來是，鈴閣露薰，俄忽老青山。

都盡道，年來須更好，無緣農事，雨澀風慳。鵞池夜半，銜梅飛渡，看樽俎、折衝間。儘清游談笑，瓊花露，盃深量寬。功

(一) 按：原缺「第一體」，補。

名做了，雲臺寫作圖畫看。看尊俎，「看」，「畫」，並去聲。

解連環　第二體　一名《杏梁燕》、《玉連環》（第四體）　〇春水

高觀國

浪摇新緑。滿芳洲翠渚，雨痕初足。蕩霽色、流入横塘，看風外漪漪，皺紋如縠。藻荇縈迴，似留戀、鴛飛鷗浴。愛嬌雲蘸色，媚日挼藍，遠迷心目。仙源漾舟岸曲。照芳容幾樹，香浮寒玉。記那回、西洛橋邊，濺裊翠傳情，玉纖盈掬。三十六陂，錦鱗渺、芳音難續。隔垂楊，故人望斷，浸愁千斛。

望梅

柳永

小寒時節。正同雲暮慘，勁風朝冽。信早梅、偏占陽和，向日處，凌晨數枝爭發。時有香來，望明艷、遥知非雪。展礱金嫩蘂，弄粉素英，旖旎清徹。仙姿更誰並列。有幽光照水，疎影籠月。且大家留倚闌干，鬭緑酣飛看，錦箋吟閱。桃李春花，料比此、芬芳俱别。

見和羹大用，莫把翠條攀折。此詞《樂章集》不載，失宫調。○「見和羹」句王碧山作七字，末句作四字，此詞與《解連環》絶不同，而《詞律》必欲混并。○占、更、並去聲；看，平聲。

傾盃樂 第四體 仙吕調 柳永

禁漏花深，繡工日永，薰風布暖。變韶景、都門十二，元宵三五，銀蟾光滿。連雲複道凌飛觀。聳皇居麗，嘉氣瑞烟葱蒨。翠華宵幸，是處層城閬苑。龍鳳燭、交光星漢。對咫尺、鼇山開雉扇。會樂府、兩籍神仙，梨園四郊絃管。向曉色、都人未散。盈萬井、山呼鼇抃。願歲歲、天仗裏，常瞻鳳輦。觀，去聲。

鼓笛慢 第二體 秦觀

亂花叢裏曾攜手，窮艷景、迷歡賞。到如今、誰把雕鞍鎖，定阻遊人來往。好夢隨春遠，從前事、不堪思想。念香閨正杳，佳期未偶，難留戀、空惆悵。永夜嬋娟未滿，歎玉樓、幾時重上。那堪萬里，獨尋歸路，指陽關孤唱。苦恨東流水，桃源路、欲回雙槳。仗何人細與、叮嚀問呵，我如今怎向。

望遠行　第六體(一)　仙呂調　柳　永

長空降瑞，寒風剪、淅淅瑶花初下。亂飄僧舍，密灑歌樓，迤邐漸迷鴛瓦。好是漁人，披得一蓑歸去，江上晚來堪畫。滿長安，高却旗亭酒價。　幽雅。乘興最宜訪戴，泛小棹、越溪瀟灑。皓鶴奪鮮，白鷳失素，千里廣鋪寒野。須信幽蘭歌斷，同雲收盡，別有瑶臺瓊榭。放一輪明月，交光清夜。興，去聲。

尉遲杯　第三體　晁補之

去年時。正愁絶，過却紅杏飛。沉吟杏子青時。追悔負，好花枝。今年又春到，傍小闌、日

(一) 原誤作第五體。

日數花期。花有信，人却無憑，故教芳意遲遲。及至待得融怡。未攀條拈蕊，又嘆春歸。怎得春如天不老，更教花與月相隨。都將命，拚與酬花，似、峴山落日客猶迷。儘歸路，拍手攔街，笑人沉醉如泥。更，去聲。

尉遲杯 第四體 或多「慢」字 蔡松年

紫雲暖。恨、翠雛珠樹雙棲晚。小花靜院。相逢的的，風流心眼。紅潮照玉盌。午香重，草緑宫羅淡。喜銀屏小語，私分麝月，春心一點。　華年共有好願。何時定，粧鬟暮雨零亂。夢似花飛，人歸月冷，一夜小山新怨。劉郎興、尋常不淺。況、不似桃花春溪遠。覺情隨曉馬，東風病酒，餘香相半。興，去聲。

西湖 第三體 張炎

花最盛。西湖曾泛烟艇。鬧紅深處小秦箏，斷橋夜飲。鴛鴦水宿不知寒，如今翻被驚醒。那時事都倦省。闌干來此閒凭。是誰分得半機雲，恍疑晝錦。想當年別本無「年」字、飛燕皺裠時，舞盤微墮珠粉。軟波不剪素練靜。碧盈盈移下秋影。醉裏玉書難認。且脱巾露髮，飄然乘興。一葉浮香天風冷。凭、興，並去聲。

安公子　第五體　般涉調　柳　永

遠岸收殘雨。雨殘稍覺江天暮。拾翠汀洲人寂靜，立雙雙鷗鷺。望幾點漁燈，掩映蒹葭浦。停畫橈，兩兩舟人語。道去程今夜，遥指前村烟樹。游宦成羈旅。短檣吟倚閒凝竚。萬水千山迷遠近。想、鄉關何處。自別後，風亭月榭孤懽聚。剛斷腸，惹得離情苦。聽杜宇聲聲勸人，不如歸去。孤懽聚，應作「辜懽聚」。

安公子　第六體　杜安世

又是春將半。杏花零落閒庭院。天氣有時陰淡淡，緑楊輕軟。連畫閣、繡簾半捲。招新燕。殘黛斂。獨倚闌干遍。暗思前事月下風流，狂蹤無限。　惜恐鶯花晚。更堪容易相拋遠。離恨結成心上病，幾時消散。空際有、斷雲片片。遙峰暖。聞杜宇、終日哀啼怨。暮烟芳草，寫望迢迢，甚時重見。更，去聲。

醉公子　第二體

史達祖

神仙無皋澤。瓊裾珠佩，卷下塵陌。秀骨依依，誤向山中，得與相識。溪岸側。倚高情，自鎖烟翠，時點空碧。念香襟沾恨，酥手剪愁，今後夢覓隔。　相思暗驚清吟客。想、玉照堂前樹三百。雁翅霜輕，鳳羽寒深，誰護春色。詩鬢白。總多因、水村携酒，烟墅留屐。更時帶、明月同來，與花爲表德。

角招

趙以夫

曉寒薄。苔枝上，剪成萬點氷蕚。暗香無處着。立馬斷覓，晴雪籬落。橫溪畧彴。恨寄驛書遼邈。夢遶揚州東閣。風流舊日何郎，想依然林壑。　離索。引杯自酌。相看冷淡，一笑人如削。水雲寒漠漠。底處羣仙，飛來霜鶴。芳姿綽約。正、月滿瑶臺珠箔。徙倚闌干寂寞。盡分付，許多愁，城頭角。

古傾杯　林鐘商　柳　永

凍水消痕，曉風生暖，春滿東郊道。遲遲淑景烟和露，偏潤長堤芳草。斷鴻隱隱歸飛，江天杳杳。遥山變色，粧眉淡掃。目極千里，閒倚危檣迥眺。　動幾許、傷春懷抱。念何處、韶陽偏早。想帝里看看，名園芳樹，爛漫鶯花好。追思往昔年少。繼日恁、把酒聽歌，量金買笑。别後暗負，光陰多少。年少，去聲；多少，上聲。看、量，並平聲。

望海潮　第一體　仙吕調　柳　永

東南形勝，三吴都會，錢塘自古繁華。烟柳畫橋，風簾翠幕，參差十萬人家。雲樹遶堤沙，怒濤捲霜雪，天塹無涯。市列珠璣，户盈羅綺，競豪奢。　重湖疊巘清嘉，有三秋桂子，十里荷花。羌管弄晴，菱歌泛夜，嬉嬉釣叟蓮娃。千騎擁高牙，乘醉聽簫鼓，吟賞烟霞。異日圖將好景，歸去鳳池誇。差，音侈；騎，去聲。

望海潮　第二體
呂渭老

側寒輕雨，微燈薄霧，匆匆過了元宵。簾影護風，盆池見日，青青柳葉柔條。碧草鬬裠腰。正晝長烟煖，蜂困鶯嬌。望處凄迷，半篙綠水浸斜橋。孫郎病酒無聊。記烏絲酬語，碧玉風標。新燕又雙，蘭心漸吐，佳期趂取花朝。心事轉迢迢。但夢隨人遠，心與山遥。誤了芳音，小窗斜日到芭蕉。

一萼紅　第一體
尹濟翁

玉搔頭。是何人敲折，應爲節秦謳。棐几朱絃，剪燈雪藕，幾回數盡更籌。草草又、一番新夢，夢覺了、風雨楚江秋。郤恨閒身，不如鴻雁，飛過粧樓。又是水枯山瘦，歎迴腸難貯，萬斛新愁。賴復能歌，那堪對酒，物華苒苒都休。江上柳，千絲萬縷，惱亂人、更忍凝眸。猶怕月來弄影，莫上簾鉤。折，音舌。更籌，「更」平聲；更忍，去聲。

望湘人

賀鑄

厭鶯聲到枕，花氣動簾，醉魂愁夢相半。被惜餘熏，帶驚剩眼。幾許傷春春晚。淚竹痕鮮，佩蘭香老，湘天濃暖。記小窗風月佳時，屢約飛烟遊伴。須信鸞絃易斷。奈雲和再鼓，曲終人遠。認羅襪無蹤，舊處弄波清淺。青翰棹艤，白蘋洲畔。儘目臨皋飛觀。不解寄一字相思，幸有歸來雙燕。翰，平聲；觀，去聲。小窗，《詞律》作「小江」，非。

大聖樂　第一體

周密

嬌綠迷雲，倦紅顰曉，嫩晴芳樹。漸午陰、簾影移香，燕語夢回，千點碧桃吹雨。冷落錦衾歸後，記、前度蘭舟停翠浦。凭闌久，漫凝竚鳳翹，慵聽金縷。　畱春問誰最苦。奈、花自飄零鶯自語。對画樓殘照，東風吹遠，天涯何許。怕折露條愁輕別，更、烟暝長亭啼杜字。垂楊晚，但、羅袖晴沾飛絮。「冷落」句別刻作「冷落錦衾人歸後」，多一字。

選冠子　第一體

呂渭老

雨濕花房，風斜燕子，池閣晝長春晚。檀盤戰象，寶局鋪棊，籌畫未分還嬾。誰念少年，齒怯梅酸，病疎霞盞。正青錢遮路，綠絲明水，倦尋歌扇。空記得，小閣題名，紅箋青製，燈火夜深裁剪。明眸似水，妙語如絃，不覺曉霜雞喚。聞道近來，箏譜慵看，金鋪長掩。瘦一枝梅影，回首江南路遠。此爲正體。

女冠子　第二體

康與之

火雲初布。遲遲永日炎暑。濃陰高樹。黃鸝葉底，羽毛學整，方調嬌語。薰風時漸動，峻閣池塘，芰荷爭吐。画梁紫燕，對對啣泥，飛來又去。想佳期、容易成辜負。共人人、同上畫樓，斟香醑。恨花無主。臥象牀犀枕，成何情緒。有時寬夢斷，半窗殘月，透簾穿户。去年今夜，扇兒揚我，情人何處。

薄倖　第一體　賀鑄

淡粧多態，更的的、頻回盼睞。便認得、琴心先許，與綰合歡雙帶。記畫堂、風月逢迎，輕顰淺笑嬌無奈。向睡鴨爐邊，翔鴛屏裏，羞把香羅偷解。自過了燒燈，都不見、踏青挑菜。幾回憑雙燕，叮嚀深意，往來翻恨重簾碍。約何時再，正春濃酒煖，人閒晝永無聊賴。懨懨睡起，猶有花梢日在。別本「自過了」句作「自過了燒燈後」，下句無「都」字，翻作「却正春濃」，句法與後呂作異。

無愁可解　自度　蘇軾

光景百年，看便一世。生來不識愁味。問愁何處來，更開解箇甚底。萬事從來風過耳。何用不着心裏。你喚做展却眉，便是達者，也只恐未。此理本不通言，何曾道歡遊，勝如名利。道則渾是錯，不道如何即是。這裏元無我與你。甚喚做、物情之外。若須待、醉了方開解時，問無酒、怎生醉。

一萼紅　第二體　○人日登長沙定王臺

姜　夔

古城陰。有官梅幾許，紅萼未宜簪。池面冰膠，墻腰雪老，雲意還又沉沉。翠尊共、閒穿徑竹，漸笑語、驚起臥沙禽。野老林泉，故王臺榭，呼喚登臨。　南去北來何事，蕩湘雲楚水，目極傷心。朱户黏雞，金盤簇燕，空歎時序侵尋。記曾共、西樓雅集，想垂柳、還裊萬絲金。待得歸鞍到時，只怕春深。

一寸金

周邦彦

州夾蒼崖，下枕江山是城郭。望海霞接日，紅翻水面，晴風吹草，青摇山脚。波暖梟鷺作。沙痕退、夜潮正落。疎林外，一點炊烟，渡口參差正寥廓。　自歎勞生，經年何事，京華信漂泊。念渚蒲汀柳，空歸閒夢，風輪雨檝，終辜前約。情景牽心眼，流連處、利名易薄。

回頭謝冶葉倡條，便入漁釣樂。差，音侈。

薄倖　第二體　　呂渭老

青樓春晚。晝寂寂、梳勻又嬾。乍聽得、鴉啼鶯弄，惹起新愁無限。記年時、偷擲春心，花間隔霧遥相見。便角枕題詩，寶釵貰酒，共醉青苔深院。怎忘得迴廊下，攜手處、花明月滿。如今但暮雨，蜂愁蝶恨，小窗閒對芭蕉展。却誰拘管。儘無言、閒品秦箏，淚滿參差雁。腰肢漸小，心與楊花共遠。差，音侈。

飛雪滿羣山　第二體　一名《扁舟尋舊約》　　蔡　伸

氷結金壺，寒生羅幕，夜闌霜月侵門。翠筠敲竹，疎梅弄影，數聲雁過南雲。酒醒敧粲枕，愴然猶有，殘粧淚痕。繡衾孤擁，餘香未減，猶是那時熏。長記得、扁舟尋舊約，聽小窗風雨，燈火黄昏。錦茵纔展，瓊籤報曙，寶釵又是輕分。黯然攜手處，倚朱箔、愁凝黛顰。

夢回雲散，水遥山遠空斷寬。「愴然」句《詞律》强去「然」字，必欲前後板對，可笑可笑。

擊梧桐　第一體　中吕調

柳　永

香靨深深，姿姿媚媚，雅格奇容天與。自識來、來便好，看伊。(一)會得妖嬈心素。臨岐再約同歡，定是都把平生相許。又恐恩情，易破難成，未免千般思慮。近日書來，寒暄而已，苦没忉忉言語。便認得、聽人教當，擬把前言輕負。見説蘭臺宋玉，多才多藝擅詞賦。試與問、朝朝暮暮。行雲何處去。教、當，並去聲。

奪錦標　七夕

張　埜

凉月横舟，銀横浸練，萬里秋容如拭。冉冉鸞驂鶴馭，橋倚高寒，鵲飛空碧。問歡情幾許，早收拾、新愁重織。恨人間、會少離多，萬古千秋今夕。誰念文園病客。夜色沉沉，獨

(一) 按：此處爲字間空心點，意爲句中暗韻。

抱一天岑寂。忍記穿針亭榭，金鴨香寒，玉徽塵積凭新凉。半枕，又依稀、行雲消息。聽窗前、淚雨浪浪，夢裏簷聲猶滴。凭、聽，並去聲；浪，平聲。

折紅梅

杜安世

喜輕澌初綻，微和漸入，郊原時節。春消息，夜來陡覺，紅梅數枝爭發。玉溪仙館，不似箇、尋常標格。化工別與，一種風情，似匀點、臙脂，染成香雪。重吟細閱。比繁杏夭桃，品流終別。只愁共、綵雲易散，冷落謝池風月。凴誰向說。三弄處、龍吟休咽。大家留取，時倚闌干，聞有花堪折，勸君須折。只愁共，《尊前集》作「可惜」，少字。化工別，如字；終別，音鱉。

傾盃　第一體　黄鐘調

柳永

水鄉天氣，灑蒹葭、露結寒生早。客館更堪秋杪。空堦下、木葉飄零，颯颯聲乾，狂風亂掃。當無緒、人靜酒初醒，天上征鴻，知送誰家歸信，穿雲悲叫。蛩響幽窗，風窺寒硯，一點銀釭閒照。夢枕頻驚，愁衾半擁，萬里歸心悄悄。往事追思多少。贏得空使方寸撓。斷不成眠，此夜厭厭，就中難曉。醒，平聲；撓，上聲；厭，平聲。

傾盃　第二體　大石調

柳　永

金風淡蕩，漸秋光老，清宵永。小院新晴天氣，輕烟乍斂，皓月當軒練淨。對千里寒光，念幽期阻，當殘景。早是多愁多病。那堪細把，舊約前歡重省。最苦碧雲信斷，仙鄉路杳，歸鴻難倩。每高歌、强遣離懷，奈、慘咽翻成心耿耿。漏殘露冷。空贏得、悄悄無言，愁緒終難整。又是、立盡梧桐清影。强，上聲。

惜黄花慢　第一體

楊无咎

霽空如水。襯落木墜紅，遥山堆翠。獨立閒堦，數聲蟬度風前，幾點雁横雲際。已凉天氣未寒時，問好處一年誰記。笑聲裏。摘得半釵、金蕊來至。　横斜爲插烏紗，更揉碎，泛入金尊瓊蟻。滿酌霞觴，願人壽百千，可奈此時情味。牛山何必獨沾衣，對佳節惟應歡醉。看睡起。曉蜨也、愁花憔悴一本無「憔」字，作六字一句。

惜黄花慢　第二體

吴文英

送客吴臯。正試霜夜冷，楓落長橋。望天不盡，背城漸杳，離亭黯黯，恨水迢迢。翠香冷落紅衣老。暮愁鎖、殘柳眉梢。念瘦腰。沈郎舊日，曾繫蘭橈。　仙人鳳咽瓊簫。悵斷魂送遠，九辯難招。醉鬟留盼，小窗剪燭，歌雲載恨，飛上銀霄。素秋不解隨船去，敗紅趁、一葉寒濤。夢翠翹。怨紅料過南譙。解，去聲。

過秦樓　第一體

李　甲

賣酒壚邊，尋芳原上，亂花飛絮悠悠。已蝶稀鶯散，便擬把長繩，繫日無由。漫道草忘憂。也徒將、酒解閒愁。正江南春盡，行人千里，蘋滿汀洲。　有翠紅徑裏盈盈侶，簇芳茵禊飲，時笑時謳。當暖風遲景，任相將永日，爛漫狂遊。誰信盛狂中，有離情、忽到心頭。向尊前擬問，雙燕來時，曾過秦樓。此爲《過秦樓》正體。◯解，上聲。

江城子慢

吕渭老

新枝媚斜日。花徑霽，晚碧泛紅滴。近寒食。蜂蝶亂，點檢一城春色。倦游客。門外昏鴉啼夢，破春心，似遊絲、飛遠碧。燕子又語斜簷，行雲自没消息。當時烏絲夜語，約桃花時候，同醉瑶瑟。甚端的。看看是，榆角楊花飛擲。怎忘得。斜倚紅梅，回淚眼，天如水，沉沉連翠壁。想伊、不整啼粧影簾側。蔡松年 一體「甚端的」句上多一仄字。

解珮環

彭元遜

江空不渡。恨蘼蕪杜若，零落無數。遠道荒寒，婉娩流年，望望美人遲暮。風烟雨雪陰晴晚，更何須、春風千樹。盡孤城，落木蕭蕭，日夜江聲流去。日宴山深聞笛，恐他年流落，與子同賦。事闊心違，交淡媒勞，蔓草沾衣多露。汀洲窈窕餘醒寐，遺珮浮沉澧浦。有白鷗淡月微波，寄語逍遥容與。前後首三句絶似《解連環》，此或《解連環》之變格，雖字句與《疎影》稍近，而少一字，亦應另列矣，而《詞律》以《疎影》「想珮環」句混并，非。

憶瑶姬 第二體

史達祖

嬌月籠烟，下楚嶺、香分兩朶湘雲。花房漸密，時弄杏牋初會，歌裏殷勤。沉沉夜久西窗，屢隔蘭燈幔影昏。自綵鸞、飛入芳巢，繡屏羅薦粉光新。十年未始輕分。念此飛花，可憐柔脆銷春。空餘雙淚眼，到舊家時節，漫染愁巾。袖止説道淩虚，一夜相思玉樣人。但起來、梅發窗前，哽咽疑是君。「袖」字上疑有脱訛。

杜韋娘

杜安世

暮春天氣，鶯老燕子忙如織。間嫩葉題诗，哨梅小，乍遍水、新萍圓碧。初牡丹謝了，秋千搭起，垂楊暗鎖深深陌。暖風輕，盡日。(一) 閒把榆錢亂擲。恨寂寂。芳容衰減，頓欹玳枕困無力。爲少年、狂蕩恩情薄，尚未有、歸來消息。想當初、鳳侣鴛儔，唤作、平生更不輕離折。倚朱扉淚眼，滴損紅綃數尺。間，去聲。

(一) 按：此處爲字間空心點，意爲句中暗韻。

詞鵠初編卷之十三

嘉定孫致彌愷似輯
受業餘姚樓儼儼若補訂

起一百十字，至一百十四字止，凡詞四十三調

疏影　仙吕宮　自度　张叔夏易名《緑意》

姜　夔

苔枝綴玉。有翠禽小小，枝上同宿。客裏相逢，籬角黄昏，無言自倚修竹。昭君不慣胡沙遠，但暗憶、江南江北。想珮環、月夜歸來，化作此花幽獨。　猶記深宫舊事，那人正睡裏，飛近蛾緑。莫似春風，不管盈盈，早與安排金屋。還教一片隨波去，又却怨、玉龍哀曲。等恁時，重覓幽香，已入小窗横幅。

風流子　一名《内家嬌》(並第二體)

史達祖

紅樓横落日，蕭郎去，幾度碧雲飛。記窗眼遞香，玉臺粧罷，馬蹄敲月，沙路人歸。如今但，一鶯通信息，雙燕説相思。入耳舊歌，怕聽金縷，斷腸新句，羞染烏絲。相逢南溪。(一)上，桃花嫩、嬌樣淺淡羅衣。恰似怨深腮赤，愁重聲遲。悵東風巷陌，草迷春恨，軟塵庭户，花悮幽期。多少寄來芳字，都待還伊。

風流子　第三體

周邦彦

新緑小池塘。風簾捲，碎影舞斜陽。羨金屋去來，舊時巢燕，土花繚繞，前度莓墻。鳳閣裏，繡幃深幾許，聽得理絲簧。欲説又休，慮乖芳信，未歌先咽，愁近清觴。遥知新粧。了，開朱户，應自待月西廂。最苦夢魂，今宵不到伊行。問甚時，説與佳音密耗，寄將秦鏡，

(一) 按：此處與下詞同句「粧」字下爲字間空心點，意爲句中暗韻。

偷換韓香。天便教人，霎時廝見何妨。此詞首句用韻，九、十句不對，後段四、五句以下皆不同。以上二詞後段首句皆用暗韻，查他作亦有不用者。至於「應自」句，元人亦作折腰。「開朱户」句亦有作五字句者。

風流子　第四體　〇感舊

吴激

書劍憶游梁。當年事，底處不堪傷。望蘭檝嫩漪，向吴南浦，杏花微雨，窺宋東墻。鳳城外，燕隨青步障，絲惹紫游韁。曲水古今，禁烟前後，暮雲樓閣，芳草池塘。回首斷人腸。流年去如電，雙鬢如霜。欲遣從來遺恨，頻近清觴。聽出塞琵琶，風沙淅瀝，寄書鴻雁，烟月微茫。不似海門潮信，猶到潯陽。此詞前後段首句皆用韻。「流年」句至「聽出塞」句皆不同。結處與史詞同。

擊梧桐　第二體

李珏

楓葉濃於染。秋正老，江上征衫寒淺。又是征鴻過，霽烟外，寫出離愁幾點。年來歲去，朝生暮落，人似吴潮展轉。怕聽陽關曲，奈短笛喚起，天涯情遠。雙屐行春，扁舟嘯晚。

憶着鷗湖鶯苑。小小梅花屋，雪月夜，記把山扉牢掩。悵悵明朝何處，故人相望，但碧雲半斂。定蘇堤，重來時候，芳草如剪。此詞《擊梧桐》「擊」字疑是「繫」字，曲譜有《繫梧桐》，字句微不同，收入商調。

霜葉飛　第一體　張　炎

故園空杳。霜風勁，南塘吹斷瑶草。已無清氣礙雲山，奈此時懷抱。尚記得、修門賦曉。杜陵花竹歸來早。傍雅亭幽榭，慣、欵語英遊，好懷無限歡笑。不見換羽移商，杏梁塵遠，可憐都付殘照。坐中泣下最誰多，嘆賞音人少。悵一夜、梅花頓老。今年因甚無詩到。待喚起清魂，説與淒凉，定應愁了。此較周詞少一字，句法亦不同，《詞律》不收。

大聖樂　第二體　康與之

千朵奇峯，半軒微雨，曉來初過。漸燕子、引教雛飛，菡萏暗薰芳草，池面凉多。淺酌瓊卮浮緑蟻，展湘簟雙紋生細波。輕紈舉。動團圓素月，仙桂婆娑。臨風對月恣樂。便好把、千金邀艷娥。幸、太平無事，擊壤鼓腹，攜酒高歌。富貴安居，功名天賦，爭奈皆由時命呵。休㕷鎖。問朱顏去了，還更來麽。「樂」字以入叶平；「鎖」字叶；「舉」字亦借叶。過，平聲。

大聖樂 第三體 仄韻 張炎

隱市山林，傍家池館，頓成佳趣。是幾番、臨水看雲，就樹攬香，詩滿闌干橫處。翠徑小、車行花影，聽一片、春聲人笑語。深庭宇。對清晝漸長，閒教鸚鵡。芳情緩尋細數。愛、碧草平烟紅自雨。任、燕來鶯去。香凝翠煖，歌酒清時鐘鼓。二十四簾氷壺裏，有誰在、簫臺猶醉舞。吹簫侶。倚高寒，半天風露。別本無「歌酒」二字。〇看、教，並平聲。

慢捲紬 雙調 柳永

閒窗燭暗，孤幃夜永，欹枕難成寐。細屈指尋思，舊事前歡，都來未盡，平生深意。到得如今，萬般追悔。空袛添憔悴。對、好景良宵，皺着㕷兒，成甚滋味。紅茵翠被。當時一一堪垂淚。怎生得、依前似恁，偎香倚煖，抱着日高猶睡。算得伊家，也應隨分，煩惱心兒裏。又爭似從前，澹澹相看，免恁縈繫。分，去聲；看，平聲。

八犯玉交枝　招寶山觀月上　仇　遠

滄島雲連，緑瀛秋入，暮景却沉洲渚。無浪無風天地白，聽得潮生人語。擎空孤柱。翠倚高閣憑虛，中流蒼碧迷烟霧。惟見廣寒門外，青無重數。不知是水是山，不知是樹。漫漫知是何處。倩誰問、淩波輕步。謾凝睇、乘鸞秦女。想、庭曲霓裳正舞。莫須長笛吹愁去。怕喚起魚龍，三更噴作前山雨。

八寶粧　第二體　李　甲

門掩黄昏，畫堂人寂，暮雨乍收煩暑。簾捲疎星庭户悄，隱隱嚴城鐘鼓。空街烟暝，半開斜月朦朧，銀河澄淡風悽楚。還是鳳樓人遠，桃源無路。惆悵夜久星繁，碧雲望斷，玉簫聲在何處。念誰伴、茜裙翠袖，共携手、瑶臺歸去。對、修竹森森院宇。曲屏香煖凝沉炷。問對酒當歌，情懷記得劉郎否。此二詞蓋採八調爲名，約是一體，然不敢混并。

高山流水

吴文英

素弦一一起秋風。寫柔情、多在春葱。徽外斷腸聲，霜霄暗落驚鴻。低顰處、剪緑裁紅。仙郎伴、新製還賡舊曲，映月簾櫳。似名花並蒂，日日醉春濃。　吴中。空傳有西子，應不解、换徵移宫。蘭蕙滿襟懷，唾碧總噴花茸。後堂深、想費春工。客愁重。時聽蕉寒雨碎，淚濕瓊鍾。恁風流也稱，金屋貯嬌慵。徽，音紙；稱，去聲。

女冠子　第三體

李邴

帝城三五。燈光花市盈路。天街遊處。此時方信，鳳闕都民，奢華豪富。紗籠纔過處。喝道轉身一壁，小來且住。見許多才子豔質，携手並肩低語。　東來西往誰家女。買玉梅争戴，緩步香風度。北觀南顧。見晝燭影裏，神仙無數。引人魂似醉，不如趂早，步月歸去。這一雙情眼，怎生禁得，許多胡覷。「醉」字失韻。

霜葉飛　第二體　一名《鬬嬋娟》（第一體）(一)　周邦彦

露迷衰草。疎星掛、凉蟾低下林表。素娥青女鬬嬋娟，正倍添凄悄。漸、颯颯丹楓撼曉。横天雲浪魚鱗小。見皓月相看，又透入清輝，半餉特地留照。迢遞望極關山，波穿千里，度日如歲難到。鳳樓今夜聽西風，奈五更愁抱。想、玉匣哀絃閉了。無心重理相思調。念故人、牽離恨，屏掩孤顰，淚流多少。《詞律》以首句作七字一句，非。謂「草」字不是韻脚，則夢窗「斷烟離緒」，「緒」字，玉田「舊家池沼」，「沼」字，「故國空杳」，「杳」字，「繡屏開了」，「了」字，俱用韻押。

霜葉飛　第三體　玉田易名作《鬬嬋娟》即此詞　○春感　張　炎

舊家池沼。尋芳處、從教飛燕頻繞。一灣柳護水房春，看鏡鸞窺曉。暈宿酒、雙蛾淡掃。

(一) 按：「第一體」據目録補，下調目録爲《霜葉飛》第三體、《鬬嬋娟》第二體。

羅襦飄帶腰圍小。盡醉方歸去，又暗約、明朝鬭草。誰解先到。心緒亂似晴絲，那回遊處，墜紅爭戀殘照。近來心事漸無多，尚被鶯聲惱。便白髮、如今縱少。情懷不似前時好。謾竚立、東風外，愁極還醒，背花一笑。此詞惟「草」字叶韻，畧異周作。○醒，平聲。

五綵結同心

趙彥端

人間塵斷，雨外風回，凉波自泛仙槎。非郭還非埜，閒鶯燕、時傍笑語清佳。銅壺花漏長如綫，金鋪碎、香煖簷牙。誰知道、東園五畝，種成國豔天葩。主人漢家龍種，正翩翩迴立，雪竚烏紗。歌舞承平舊，圍紅袖、詩興自寫春華。未知三斗朝天去，定何似、鴻寶丹砂。且一醉、朱顏相慶，共看玉井浮花。興，去聲。

惜餘春慢　第一體　一名《過秦樓》（第二體）

周邦彥

水浴清蟾，葉喧凉吹，巷陌馬聲初斷。閒依露井，笑撲流螢，惹破畫羅輕扇。人靜夜久凭闌，愁不歸眠，立殘更箭。嘆年華一瞬，人今千里，夢沉書遠。空見説、鬢怯瓊梳，容銷金鏡，漸懶趂時匀染。梅風地溽，红雨苔滋，一架舞紅都變。誰信無聊，爲伊才減江淹，情傷荀倩。但明河影下，還看稀星數點。

蘇武慢　第一體

蔡　伸

雁落平沙，烟籠寒水，古壘鳴笳聲斷。青山隱隱，敗葉蕭蕭，天際暝鴉零亂。樓上黄昏，片帆千里歸程，年華將晚。望碧雲空暮，佳人何處，夢魂俱遠。憶舊游，邃館朱扉，小園香徑，尚想桃花人面。書盈錦軸，恨滿金徽，難寫寸心幽怨。兩地離愁，一尊芳酒，淒凉危樓倚遍。儘遲留，憑仗西風，吹乾淚眼。此詞「樓上」三句，「一尊芳酒」以下，較《惜餘春慢》迥然不同。

蘇武慢　第二體

虞　集

憶昔東坡，夜遊赤壁，孤鶴掠舟西過。英雄消盡，身世茫然，月小水寒星大。何似漁翁，不知今古，醉傍蓼花然火。夢相逢、羽服翩翻，未必此時非我。誰解道、歲晚江空，風帆目力，橫槊賦詩江左。清露衣裳，晚風洲渚，多少短歌長些。玉宇高寒，故人何處，渺渺予懷無那。歎乘桴、浮海飄然，未知誰可。些，音所。

八歸　第一體　高觀國

楚峰翠冷，吳波烟遠，吹袂萬里西風。關河迴隔新愁外，遥憐倦客，音塵未見征鴻。雨帽風巾歸夢杳，想吟思、吹入飛蓬。料恨滿、幽苑離宮。正愁黯文通。秋濃。新霜初試，重陽催近，醉紅偷染江楓。瘦筇相伴，舊遊回首，吹帽知與誰同。想萸囊酒醆，暫時冷落菊花叢。兩凝竚，壯懷立盡，微雲斜照中。思，去聲。

女冠子　第四體　仙呂調　柳永

淡烟飄薄。鶯花謝、清和院落。樹陰翠、密葉成幄。麥秋霽景，夏雲忽變奇峯、倚寥廓。波暖銀塘漲，新萍綠魚躍。想夏端多暇，陳王是日，嫩苔生閣。正鑠石天高，流金晝永，楚榭風光，轉蕙披襟處，波翻翠幕。以文會友，沉李浮瓜忍輕諾。別館清閒避炎蒸，豈須河朔。但尊前隨分，雅歌豔舞，盡成歡樂。分，去聲。

女冠子 第五體 蔣捷

蕙花香也。雪晴池館如畫。春風飛到，寶釵樓上，一片笙簫，琉璃光射。而今燈慢掛。不是暗塵明月，那時元夜。況年來、心懶意怯，羞與蛾兒爭耍。江城人悄初更打。問繁華誰解，再向天工借。剔殘紅灺。但夢裏、隱隱鈿車羅帕。吴箋銀粉砑。待把舊家風景，寫成閒話。笑緑鬟鄰女，倚窗猶唱，夕陽西下。

離別難 第二體 中吕調 柳永

花謝水流，倏忽嗟、年少光陰。有天然、蕙質蘭心。美韶容，何啻值千金。便因甚，翠弱紅衰，纏綿香體，都不勝任。算神仙，五色靈丹無驗，中路委鉼簪。人悄悄，夜沉沉。閉香閨，永棄鴛衾。想嬌魂媚魄非遠，總洪都、方士也難尋。最苦是、好景良天，尊前歌笑，空想遺音。望斷處，杳杳巫峯十二，千古暮雲深。勝、任，並平聲。

透碧霄 南吕調　　柳　永

月華邊。萬年芳樹起祥烟。帝居壯麗，皇家熙盛，寶運當千。端門清晝，觚稜照日，雙闕中天。太平時、朝埜多歡。徧錦街香陌，鈞天歌吹，閬苑神仙。昔觀光得意，狂游風景，再覩更精妍。傍柳陰，尋花徑，空恁、嚲轡垂鞭。樂游雅戲，平康艷質，應也依然。仗何人、多謝嬋娟。道、宦途蹤跡，歌酒情懷，不似當年。吹，去聲。

沁園春 第一體　中吕調　　嚴　參

曰歸去來，歸去來兮，吾將安歸。但有東籬菊，有西園桂，有南溪月，有北山薇。蜂則有房，魚還有穴，蟻有樓臺獸有衣。吾應有，雲中舊隱，竹裏柴扉。人間征路稀微。看處處、丹楓白露晞。況、寒原衰草，牛羊來下，淡烟秋水，鱸鱖初肥。自嘆平生，頽然骨相，只合持竿坐釣磯。都休也，對西風無語，落日斜暉。吾，平聲。

沁園春 第二體 中吕調 戴復古

一曲狂歌，有百餘言，説盡平生。費十年燈火，讀書讀史，四方奔走，求利求名。蹭蹬歸來，閉門獨坐，贏得窮吟詩句清。夫詩者，皆我儂平日，愁嘆之聲。 空餘豪氣崢嶸。安得良田二頃耕。向臨邛滌器，可憐司馬，成都賣卜，誰識君平。分則宜然，吾何敢怨，蝼蟻逍遥戴粒行。開懷抱，有青梅薦酒，緑樹啼鶯。夫，音扶；分，去聲。

沁園春 第三體 中吕調 一名《洞庭春色》 程 垓

錦字親裁，淚襟偷裛，細説舊時。記、笑桃門巷，粧窺寶靨，弄花庭榭，香濕羅衣。幾度相隨遊治去，任、月細風尖猶未歸。多少事，有垂楊眼見，紅燭心知。 如今事都過也，但贏得、雙鬟成絲。歎半擘紅豆，相思有分，兩分青鏡，重合難期。惆悵一春飛絮夢，恁、悠颺教人分付誰。銷魂處，又梨花雨暗，半掩重扉。有、分，去聲；教，平聲。

惜餘春慢　第二體

魯逸仲

弄月餘花，團風輕絮，露濕池塘春草。鶯鶯戀友，燕燕將雛，惆悵睡殘清曉。還似初相見時，攜手旗亭，酒香梅小。向登臨長是，傷春滋味，淚彈多少。　因甚却，輕許風流，終非長久，又說分飛煩惱。羅衣瘦損，繡被香消，那更亂紅如掃。門外無窮路岐，天若有情，和天須老。念高唐、歸夢凄涼，何處水流雲遶。「還是初相見時」句法與前《片玉》「人靜夜久」句法同。

○更，去聲。

蘇武慢　第三體

虞　集

放棹滄浪，落霞殘照，聊倚岸迴山轉。乘雁雙鳧，斷蘆漂葦，身在畫圖秋晚。雨送灘聲，風摇燭影，深夜尚披吟卷。算離情、何必天涯，咫尺路遥人遠。空自笑、洛下書生，襄陽耆舊，夢底幾時曾見。老矣浮丘，賦詩明月，千仞碧天長劍。雪霽瓊樓，春生瑶席，容我故山高宴。待、雞鳴日出羅浮，飛渡海波清淺。此詞「雨送」三句較魯詞異，與蔡伸「樓上」三句同。○愚按：《過秦樓》、《惜餘春慢》、《蘇武慢》三調原各不同，中間平仄句讀門路迥別，蓋悮於《草堂》坊本之亂列其名耳。今細加訂正如右。若《選冠子》則仍舊。原各自列一體，及後百十三字張景修一體，雖近似，而結處又與各體絶然不同，豈可不察。

選冠子　第二體　○詠柳　張景修

嫩水挼藍，遥堤影翠，半雨半烟橋畔。鳴禽弄舌，夢艸縈心，偏稱謝家池館。紅粉墻頭，步摇金縷，纖柔舞腰低軟。被和風搭在闌干，終日畫樓高捲。春易老，細葉舒眉，輕花吐絮，漸覺緑陰成幔。章臺繫馬，灞水維舟，誰念鳳城人遠。惆悵故國陽關，盃酒飄零，惹人腸斷。恨青青客舍，江頭風笛，亂雲空晚。稱，去聲。

女冠子　第六體　大石調　　柳　永

斷烟殘雨。灑微凉生軒户。動清籟、蕭蕭庭樹。銀河濃淡，華星明滅，輕雲時度。莎堦寂靜無覩。幽蛩切切秋吟苦。疎篁一徑，流螢幾點，飛來又去。　對月臨風，空恁無眠耿耿，暗想舊日牽情處。綺羅叢裏，有人人、那回飲散，畧畧曾諧鴛侣。因循忍便睽阻。相思不得長相聚。好天良夜，無端惹起，千愁萬緒。

玉山枕　仙吕調　　柳　永

驟雨新霽。蕩原埜，清如洗。斷霞散彩，殘陽倒影，天外雲峯，數朶相倚。露莎烟芰。滿池塘，(一)見次第、幾番紅翠。當是時，河朔飛觴避炎蒸，想風流堪繼。　晚來高樹清風起。動簾幕、生秋氣。画樓晝寂，蘭堂夜靜，舞艷歌姝，漸任羅綺。訟閒時泰足風情，便爭奈、雅歡都廢。省教成、幾闋新歌盡新聲，好尊前重理。

(一) 按：此處原既有表示句的點號，亦有表示豆的句中點。

丹鳳吟

周邦彦

迤邐春光無賴，翠藻翻池，黄蜂游閣。朝來風暴，飛絮亂投簾幕。生憎暮景，倚墻臨岸，杏靨夭斜，榆錢輕薄。晝永惟思傍枕，睡起無憀，殘照猶在庭角。況是别離氣味，坐來便覺心緒惡。痛飲澆愁酒，奈愁濃如酒，無計消鑠。那堪昏暝，簌簌半簷花落。弄粉調朱柔素手，問何時重握。此時此意，生怕人道着。

沁園春

一名《大聖樂》（並第四體）

秦　觀

宿雨迷空，膩雲籠日，晝景漸長。正蘭皋泥潤，誰家燕喜，蜜脾香少，觸處蜂忙。盡日無人簾幕掛，更、風度游絲時過墻。微雨後，有桃愁杏怨，紅淚淋浪。風流寸心易感，恨依依竚立，迴盡柔腸。小匳瑶鑑，重匀絳蠟，玉籠金斗，時熨沉香。柳下相將遊冶去，便、回首青樓成異鄉。相憶事，縱蠻牋萬疊，難寫微茫。浪，平聲。

沁園春 第五體 ◯爲南塘老人書壁 蔣捷

老子平生，辛勤幾年，始有此廬。也學那陶潛，籬栽些菊，依他杜甫，園種些蔬。除了雕梁，肯容紫燕，誰管門前長者車。怪近日，把一庭明月，却借伊渠。鬢邊白髮紛如。又何苦、招賓納客歟。但夏榻宵眠，面風欹枕，冬簷晝短，背日觀書。若有人尋，只教童道，這屋主人今自居。休羨彼，有摇金寶轡，織翠華裾。

沁園春 第六體 ◯美人目 邵亨貞

點漆填眶，鳳梢侵鬢，天然俊生。記隔花瞥見，疎星炯炯，倚闌凝注，止水盈盈，端正窺簾，瞢騰並枕，睥睨檀郎長是青。端相久，待嫣然一笑，密意將成。困酣曾被鶯驚。强、臨鏡挼抄猶未醒。憶帳中親見，似嫌羅密，尊前相顧，翻怕燈明。醉後看成，歌闌鬬弄，幾度孜孜頻送情。難忘處，是鮫綃揾透，別淚雙零。

沁園春 第七體 ○次强雲卿韻 蔣　捷

結算平生，風流債負，請一筆勾。蓋、攻性之兵，花圍錦陣，毒身之鴆，笑齒歌喉。誰識吾儒，道中樂地，絶勝朱簾十里樓。因底事，嘆晴乾不去，待雨淋頭。休休。着甚來由。硬鐵漢、從來氣食牛。但、只有千篇，好詩好曲，都無半點，閒悶閒愁。自古嬌波，溺人多矣，試問還能溺我不。高擡眼，看牽絲傀儡，誰弄誰收。不，叶浮。

紫萸香慢 姚雲文

近重陽，偏多風雨，絶憐此日暄明。問秋香濃未，待攜客，出西城。正自羈懷多感，怕荒臺、高處更不勝情。向尊前又憶，漉酒插花人。只坐上、已無老兵。凄清。淺醉還醒。愁不肯，與詩平。記長楸走馬，雕弓搾柳，前事休評。紫萸一枝傳賜，夢誰到，漢家陵。儘烏紗、便隨風去，要天知道，華髮如此星星。歌罷涕零。勝、醒，並平聲。

八歸　第二體　史達祖

秋江帶雨，寒沙縈水，人闞畫樓愁獨。烟蓑散響驚詩思，還被亂鷗飛去，秀句難續。冷眼盡歸圖畫上，認隔岸、微茫雲屋。想半屬。漁村樵市，欲暮競燃竹。　　須信風流未老，凴持酒，慰此凄涼心目。一鞭南陌，數篙官渡，賴有歌眉舒緑。只、匆匆遠眺，早覺閒愁掛喬木。應難禁，故人天際，望徹淮山，相思無雁足。禁，去聲。

梅花引　第二體　一名《小梅花》　向子諲

花如頰。眉如葉。小時笑弄堦前月。最盈盈』最惺惺』閒愁未識，無計説深情』一年空省春風面「花落花開不相見「要相逢」得相逢」須信靈犀，中自有心通」　　同盃杓『同斟酌『千愁一醉都忘却『花陰邊⊙柳陰邊⊙幾回擬待、偷憐⊙不成憐⊙傷春玉瘦慵梳掠『抛擲琵琶閒處着『莫猜疑◎莫嫌遲◎鴛鴦翡翠，終是一雙飛◎

女冠子　第七體　周邦彦

同雲密布。撒梨花柳絮飛舞。樓臺悄似玉。向紅爐煖閣，院宇深沉，廣排筵會，聽笙歌猶未徹，漸覺輕寒，透簾穿户。亂飄僧舍，密灑歌樓，酒帘如故。想樵人、山徑迷蹤路。料漁人、收綸罷釣歸南浦。路無伴侶。見孤村寂寞，招展酒旗斜處。南軒孤鴈過，嚦嚦聲聲，又無書度。見蠟梅枝上嫩蘂，兩兩三三微吐。

輪臺子　中吕調　柳永

一枕清宵好夢，可惜被、鄰雞喚覺。匆匆策馬登途，滿目淡煙衰艸。前驅風觸鳴珂，過霜林、漸覺驚棲鳥。冒征塵遠況，自古凄凉長安道。行行又歷孤村，楚天闊、望中未曉。念勞生，惜芳年壯歲，離多歡少。歎斷梗難停，暮雲漸杳。但黯黯銷魂，寸腸凴誰表。恁驅馳、何時是了。又爭似，却返瑶京，重買千金笑。喚覺，叶攪。

摸魚兒 第一體　　徐一初

對茱萸、一年一度。龍山今在何處。參軍莫道無勳業，消得從容樽俎。君看取。便破帽飄零、也得傳千古。當年幕府。知多少時流，等閒收拾，有箇客如許。追往事，滿目山河晉土。征鴻又過邊羽。登臨莫上高層望，怕見故宮禾黍。觴綠醑。澆萬斛牢愁、淚閣新亭雨。黃花無語。畢竟是、西風披拂，猶識舊時主。從，音匆。

詞鵠初編卷之十四

嘉定孫致彌愷似輯
受業餘姚樓儼儼若補訂

起一百十五字，至一百三十六字止，凡詞三十九調

沁園春　第八體　◯美人足　劉過

洛浦淩波，爲誰微步，輕生暗塵。記、踏花芳徑，亂紅不損步苔幽砌，嫩緑無痕。襯玉羅慳，銷金樣窄，載不起、盈盈一叚春。嬉遊倦，笑、教人欵捻，微褪些跟。有時、自度歌勻。悄不覺、微尖點拍頻。憶、金蓮移換，文鴛得侶，繡茵催衮，舞鳳輕分。懊恨深遮，牽情半露，出没風前烟縷裙。知何似，似、一鉤新月，淺碧籠雲。

沁園春 第九體 葛長庚

客裡家山，記踏來時，水曲山崖。被灘聲喧夜，鷄聲破曉，匆匆驚覺，依舊天涯。抖擻征衣，寒欺薄袂(一)回首銀河西未斜。塵埃積，嘆、有如此髮，空爲伊華。古來、旅况堪嗟。儘、貧也還須貧在家。料、驛舍傍邊，月痕白處，暗香微度，應是梅花。揀折一枝，路逢南雁，和兩字平安寄與他。教知道，有、長亭短堠，五飯三茶。覺，音攪；華，音花。

摸魚兒 第二體 歐陽修

卷繡簾、梧桐院落，一霎雨添新緑。小池閒立殘粧淺，向晚水紋如縠。凝遠目。恨人去、寂寥鳳枕孤難宿。倚闌不足。看、燕拂風簾，蝶翻露草，兩兩鎮相逐。雙眉蹙。可惜年華婉娩，西風初弄庭菊。况伊家年少，多情未已難拘束。那堪更趂凉景，追尋甚處垂楊曲。佳期過盡，但不說歸來，多應忘了，雲屏去時囑。後段與他作絶不同，此詞後段必有訛處，但六一本集亦

(一) 按：此處句讀原即缺失。

載，不敢擅去。

摸魚兒　第三體　杜旟

放扁舟、萬山環處，平鋪翠浪千頃。仙人憐我征塵久，借與夢遊清枕，風乍靜。望兩岸、羣峰倒浸玻瓈影。樓臺掩映。更日薄烟輕，荷花似醉，飛鳥墮寒鏡。中都内，羅綺千街萬井。天教此地幽勝。仇池仙伯今何在，堤柳幾眠還醒。君試問。此意即今、更有何人領。功名未竟。待、學取鴟夷，仍攜西子，來動五湖興。此詞韻雜。興，去聲。

八歸　第三體　姜夔

芳蓮墜粉，疏桐吹緑，庭院暗雨乍歇。無端抱影消魂處，還見篠墻螢暗，蘚堦蛩切。送客重尋西去路，問水面、琵琶誰撥。最可惜、一片江山，總付與啼鴂。長恨、相從未款，而今何事，又對西風離別。渚寒烟淡，棹移人遠，縹緲行舟如葉。想、文君望久，倚竹愁生步羅襪。歸來後，翠尊雙飲，下了珠簾，玲瓏閒看月。

賀新郎　第一體　南呂調　一名《乳燕飛》、《賀新涼》、《風敲竹》　蘇　軾

乳燕飛華屋。悄無人、槐陰轉午，晚涼新浴。手弄生綃白團扇，扇手一時似玉。漸、困倚孤眠清熟。簾外誰來推繡户，枉教人、夢斷瑶臺曲。又却是，風敲竹。　石榴半吐紅巾蹙。待、浮花浪蘂都盡，伴君幽獨。穠艶一枝細看取，芳意千重似束。又恐被、秋風驚緑。若待得君來向此，花前對酒不忍觸。共粉淚，兩簌簌。

摸魚兒　第四體　「兒」一作「子」　又名《安慶摸》　辛棄疾

更能消、幾番風雨。匆匆春又歸去。惜春長怕花開早，何況落紅無數。春且住。見説道、天涯芳草迷歸路。怨春不語。算、只有殷勤，畫簷蛛網，盡日惹飛絮。　長門事，準擬佳期又誤。蛾眉曾有人妬。千金縱買相如賦。脉脉此情誰訴。君莫舞。君不見、玉環飛燕皆塵土。閒愁最苦。休去倚危闌，斜陽正在，烟柳斷腸處。自注：淳熙己亥，自湖北漕移置湖南，同官王正之置酒小山亭賦。〇羅大經云：「詞意殊怨，使在漢唐時，寧不賈種豆種桃之禍。然聞壽王見此詞頗不悦，終不

加以罪，可謂盛德。」○更，去聲。

摸魚兒　第五體　一名《買陂塘》、《陂塘柳》　晁補之

買陂塘、旋栽楊柳，依稀淮岸湘浦。東皋雨過新痕漲，沙嘴鷺來鷗聚。堪愛處。最好是、一川夜月光流渚。無人自舞。任翠幄張天，柔茵藉地，酒盡未能去。　青綾被，休憶金閨故步。儒冠曾把身誤。弓刀千騎成何事，荒了邵平瓜圃。君試覷。滿青鏡、星星鬢影今如許。功名浪語。便似得班超，封侯萬里，歸計恐遲暮。首句及後段第四句皆不用韻。○《買陂塘》以此詞得名，後人誤「邁陂塘」，不知何謂。○騎，去聲。

摸魚兒　第六體　莫崙

聽春教、燕顰鶯訴。朝朝花困風雨。六橋忘却清明後，碧盡柳絲千縷。蜂蝶侶。正閒覓、閒花閒草閒歌舞。最憐西子，尚薄薄雲情，盈盈波淚，點點舊眉嫵。　流紅記，空泛秋空怨句。才色何處嬌妬。落紅無限隨風絮。詩恨有誰曾遇。堪恨處。恨、二十四番、花信催

花去。東君暗苦。更多囑多情、多愁杜宇。多訴斷腸語。西子，「子」字失韻。才色，一作「才人」。

摸魚兒 第七體　　李　治

爲多情、和天也老，不應情還如許。請君試聽雙渠怨，方見此情真處。誰點注。香瀲灩、銀塘對抹臙脂露。藕絲幾縷。絆玉骨春心，金沙曉露，漠漠瑞紅吐。連理樹。一樣驪山懷古。古今朝暮雲雨。六郎夫婦三生夢，幽恨從來艱阻。須念取。共鴛鴦翡翠、照影長相聚。秋風不住。悵寂寞芳魂，輕烟北渚。涼月又南浦。後段首句用韻。○大名民家，有男女私情不遂，相携赴水者。三日後，二尸相携出水濱，是陂荷花俱並蒂，賦。

賀新郎 第二體　一名《金縷曲》、《貂裘換酒》、《賀新涼》、《金縷衣》、《金縷歌》　　劉　過

老去相如倦。向文君、説似而今，怎生消遣。衣袂京塵曾染處，空有香紅尚軟。料、彼此魂消腸斷。一枕新涼眠客舍，聽、梧桐疏雨秋風顫。燈暈冷，記初見。樓低不放珠簾捲。晚粧殘、翠娥狼藉，淚痕流臉。人道愁來須殢酒，無奈愁深酒淺。但託意、焦琴紈扇。莫鼓

琵琶江上曲，怕、荻花楓葉俱淒怨。雲萬疊，寸心遠。龍洲自注：「去年秋，余試牒四明，賦贈老娼，至今天下與禁中皆歌之。江西人來，以爲鄧南秀詞，非也。」〇愚按《賀新凉》之名得于此詞，或又以東坡「晚凉新浴」之句故名，亦通。

賀新郎　第三體　〇兵後寓吴　蔣　捷

深閣簾垂繡。記家人、軟語燈邊，笑渦紅透。萬疊城頭哀怨角，吹落霜花滿袖。影廝伴、東奔西走。望斷鄉關知何處，羨寒鴉、到着黄昏後。一點點，歸楊柳。　相看只有山如舊。嘆浮雲、本是無心，也成蒼狗。明日枯荷包冷飯，又過前頭小阜。趁未發、且嘗村酒。醉探枵囊毛錐在，問鄰翁、要寫牛經否。翁不應，但摇手。

賀新郎　第四體　〇吉席　辛棄疾

瑞氣籠清曉。捲珠簾、次第笙歌，一時齊奏。無限神仙離蓬島。鳳駕鸞車初到。見擁箇、仙娥窈窕。玉佩玎璫風縹緲。望嬌姿、一似垂楊裊。天上有，世間少。　劉郎正是當年少。更那堪、天教付與，最多才貌。玉樹瓊枝相映耀。誰與安排忒好。有多少、風流歡笑。直待來春成名了。馬如龍、緑綬欺芳草。同富貴，又偕老。此詞句句用韻，語頗近俗，在稼軒不應有此。然本集亦載，或恐坊本之悮，但較諸作不同，存以備體。

傾盃樂 第五體(一) 大石調 柳 永

皓月初圓，暮雲飄散，分明夜色如晴晝。漸消盡、醺醺殘酒。危樓迥、凉生襟袖。追舊事，一晌凭闌久。如何媚容豔態，抵死孤歡偶。朝思暮想，自家空恁添清瘦。算到頭、誰與伸剖。向道我别來，爲伊牽繫，度歲經年，偷眼覷也、不忍覷花柳。可惜恁、好景良宵，未曾略展雙眉暫開口。問甚時與妳，深憐痛惜還依舊。

集賢賓 林鐘商 柳 永

小樓深巷狂遊徧，羅綺成叢。就中堪人屬意，最是蟲蟲。有畫難描雅態，無花可比芳容。

(一) 按：原誤作第三體。《詞鵠》中共有五體《傾盃樂》，兩體《傾盃》，一體《傾盃令》，一體《古傾盃》。

幾回飲散良宵永，鴛衾鳳枕香濃。算得人間天上，惟有兩心同。近來雲雨每西東。悄、煩惱情悰。縱然偷期暗會，長是匆匆。爭似和鳴諧老，免教斂翠啼紅。眼前時，暫疎歡宴，盟言在，更莫忡忡。待作真箇宅院，方信有初終。

子夜歌　第二體　彭元遜

視春衫、篋中半在，浥浥酒痕花露。恨桃李隨風吹盡，夢裏故人如霧。臨潁美人，秦川公子，却共何人語。對誰家、花草池臺，回首故園，咫尺未成歸去。昨宵聽、危絃急管，酒醒不知何處。飄泊情多，衰遲感易，無限堪憐許。似尊前眼底，紅顏消幾寒暑。年少風流，未諳春事，追與東風賦。待他年、君老巴山，共君聽雨。

鳳歸雲　第二體　林鐘商　柳　永

戀帝里，金谷園林，平康巷陌，觸處繁華，連日疏狂，未嘗輕負，寸心雙眼。況佳人、盡天外行雲，堂上飛燕。向玳筵、一一皆妙選。長是因酒沉迷，被花縈絆。更可惜、淑景亭臺，暑天枕簟。霜月夜□〔一〕雪霰朝飛，一歲風光，盡堪隨分，俊遊清晏。算浮生事，瞬息光陰，錙銖名宦。正歡咲，試恁暫分散。即是恨雨愁雲，地遥天遠。分，去聲。

洞仙歌　第十三體〔二〕　般涉調　柳　永

佳景况年少，彼此爭不、雨沾雲惹。奈傅粉英俊，夢蘭品雅。金絲帳煖銀屏亞。並燦枕、輕倚緑嬌紅姹。算一咲、百琲明珠非價。閒暇。每只向洞房深處，痛憐極寵，似覺些子輕孤，早恁背人沾灑。從來嬌縱多猜訝。更對剪香雲，深要深心同寫。愛印了雙眉，索人重畫。忍負艷冶。斷不等閒輕捨。鴛衾下。願長恁、好天良夜。此詞後段第三、四句疑有誤落處，「豈有」直至二十三字始落一韻。

金明池　秦　觀

瓊苑金池，青門紫陌，似雪楊花滿路。雲日淡、天低晝永，過、三點兩點細雨。好花枝、半出

〔一〕按：此處底本原空一字，汲古閣本《樂章集》作「霜月夜雪霰朝飛」，勞權抄本《樂章集》作「霜月夜凉雪霰朝飛」。
〔二〕原誤作第十一體。

牆頭，似悵望、芳草王孫何處。更水繞人家，橋當門巷，燕燕鶯鶯飛舞。怎得東君長為主。把綠鬢朱顏，一時留住。佳人唱、金衣莫惜，才子倒，玉山休訴。況春來、倍覺傷心，念故國情多，新年愁苦。縱寶馬嘶風，紅塵拂面，也只尋芳歸去。只，一作「則」。

送征衣 中呂宮

柳 永

過韶陽。璿樞電繞。華渚虹流，運應千載會昌。罄寰宇，薦殊祥。吾皇誕彌月，瑤圖纘慶，玉葉騰芳。並景貺，三靈眷祐，挺英哲，掩前王。遇年年嘉節清和，頒率土稱觴。無間要荒華夏，盡萬里、走梯航。彤庭舜張太樂，禹會羣方。鵷行。(一)趨上國，山呼鼇抃，遙爇爐香。竟就日瞻雲，獻壽指南山，等無疆。願巍巍寶曆鴻基，天地齊長一本作「齊天地遙長」。應、問，並去聲。

(一) 按：此處爲字間空心點，意爲句中暗韻。

白苧 第一體 一名《白苧歌》 蔣捷

正春晴，又春冷，雲低欲落。璚苞未剖，早是東風作惡。旋安排、一雙銀蒜鎮羅幕。幽壑。水生漪，皺嫩緑潛鱗初躍。愔愔門巷，桃樹紅纔約畧。知甚時，霽華烘破青青萼。憶昨。引蝶花邊，近來重見，身學垂楊瘦削。問小翠眉山，爲誰攢却。斜陽院宇，任蛛絲罥徧，玉箏絃索。户外惟聞，放剪刀聲，深在粧閣。料想裁縫，白苧春衫薄。

鴨頭緑 第一體 一名《多麗》（第一體） 傅按察

静中看。記昔日淮山隱隱，宛若虎踞龍盤。下樊襄、指揮湘漢，鞭雲騎、圍繞江干。勢不成三，時當混一，過唐之數不爲難。陳橋驛，孤兒寡婦，久假當還。掛征帆。龍舟催發，紫宸初卷朝班。禁庭空、土花暈碧，輦路悄，呵喝聲乾。縱留得、西湖風景，花柳亦凋殘。去國三千，遊仙一夢，依然天淡夕陽間。昨宵也，一輪明月，還照臨安。

笛家 仙吕宫 ○一作《笛家弄》 柳 永

花發西園，草薰南陌，韶光明秀。乍晴輕暖清明後。水嬉舟動，禊飲筵開，銀塘似染，金堤如繡。是處王孫，幾多遊妓，往往携纖手。遣離人，對嘉景，觸目盡成感舊。別久。帝城當日，蘭堂夜燭，百萬呼盧，畫閣春風，十千沽酒。未省、宴處能忘絃管，醉裏不尋花柳。豈知秦樓，玉簫聲斷，前事難重偶。空遺恨、望仙鄉一晌，淚沾襟袖。

秋思耗 一名《畫屏秋色》 吴文英

堆枕香鬟側。驟夜聲偏稱，畫屏秋色。風碎串珠，潤侵歌板，愁壓眉窄。動羅箑清商，寸心低訴敘怨抑。映夢牕、零亂碧。待漲緑春深，落花香汎，料有斷紅流處，暗題相憶。歡夕。簷花細滴。送故人、粉黛重飾。漏侵瓊瑟。丁東敲斷，弄晴月白。悄一曲霓裳未終，催去驂鳳翼。嘆謝客。猶未識。謾瘦却東陽，燈前無夢到得。路隔重雲雁北。

洞仙歌　第十四體(一)　仙吕調

柳　永

乘興閒泛蘭舟，渺渺烟波東去。淑氣散幽香，滿蕙蘭江渚。緑蕪平畹，和風輕暖，曲岸垂楊，隱隱隔、桃花塢。芳樹外，閃閃酒旗遥舉。　羈旅。漸入三吴風景，水村漁浦。閒思更遶神京，抛擲幽會小歡何處。不堪獨倚危樓，凝情西望日邊，繁華地，歸程阻。空自嘆，當時言約無據。傷心最苦。竚立、對碧雲將暮。關河遠，怎奈向、此時情緒。

春風嫋娜　黄鐘羽　○自度

馮偉壽

被梁間雙燕，話盡春愁。朝粉謝，午花柔。倚紅闌、故與蝶圍蜂遶，柳緜無數，飛上搔頭。鳳管聲圓，蠶房香煖，笑挽羅衫須少留。隔院蘭馨趂風遠，隣墻桃影伴烟收。　些子風情未減，眉頭眼尾，萬千事、欲説還休。薔薇刺，牡丹毬。殷勤記省，前度綢繆。夢裡飛紅，覺來無覔，望中新緑，別後空稠。相思難偶，歎無情明月，今年已見，三度如鈎。

(一) 原誤作第十三體。

引駕行 第三體 仙呂調

柳永

紅塵紫陌，斜陽暮草長安道，是誰人斷魂處，迢迢匹馬西征。新晴。韶光明媚，輕烟淡薄，和氣暖，望花村路，隱映摇鞭，時過長亭。愁生。傷鳳城仙子，别來千里重行行。又記得，臨岐淚眼，濕蓮臉盈盈。　銷凝。花朝月夕，最苦冷落銀屏。想媚容、耿耿無限，屈指已算回程。相縈。空萬般思憶，争如歸去覩傾城。向繡幃深處，並枕説、如此牽情。

白苧 第二體

柳永

繡簾垂，畫堂悄，寒風淅瀝。遥天萬里，黯淡同雲羃䍥。漸紛紛，六花零亂散空碧。姑射。宴瑶池，把、碎玉零珠抛擲。林巒望中高下，瓊瑶一色。嚴子陵釣臺，歸路迷蹤跡。　追昔。燕然畫角，寶籥珊瑚，是時丞相，虚作銀城换得。當此際，偏宜訪、袁安宅。醺醺醉了，任金釵舞困，玉壺頻側。又是東君，暗遣花神，先報南國。昨夜江梅，漏洩春消息。射，音液；燕，平聲。

翠羽吟　　蔣　捷

紺露濃。映素空。樓觀峭玲瓏。粉涷霽英，冷光搖蕩古青松。半規黄昏淡月，梅氣山影溟濛。有麗人、步依修竹，蕭然態若游龍。　綃袂微皺水溶溶。仙莖清瀣，淨洗斜紅。勸我浮香桂酒，環珮暗解，聲飛芳靄中。弄春弱柳垂絲，慢按翠舞嬌童。醉不知何處，驚剪剪、淒緊霜風。夢醒尋痕訪蹤。但留殘月掛穹。梅花未老，翠羽雙吟，一片曉峯。觀，去聲。

「但留」句必有訛落。

洞仙歌　第十五體(一)　中吕調　　柳　永

佳景留心慣。況年少，彼此風情非淺。有笙歌巷陌，綺羅庭院。傾城巧笑如花面。恣雅態、明眸回美盼。同心綰。算國豔仙才，翻恨相逢晚。　繾綣。洞房悄悄，繡被重重，夜永歡餘，共有海約山盟，記得翠雲偷剪。和鳴彩鳳于飛燕。間、柳徑花陰攜手徧。情眷戀。向其間、密約輕憐事何限。忍聚散。況、已結深深願。願人間天上，暮雨朝雲長相見。

(一) 原誤作第十四體。

蘭陵王

周邦彥

柳陰直。烟縷絲絲弄碧。隋堤上，曾見幾番，拂水飄緜送行色。登臨望故國。誰惜京華倦客。長亭路，年去歲來，應折柔條過千尺。閒尋、舊蹤跡。又酒趁哀弦，燈照離席。梨花榆火催寒食。愁一箭風快，半篙波暖，回頭迢遞便數驛。望人在天北。淒惻。恨堆積。漸、别浦縈迴，津堠岑寂。斜陽苒苒春無極。念、月榭攜手，露橋吹笛。沉思前事，似夢裡，淚暗滴。一體「年去歲來」句作上六下四字句。此詞凡一百三十字，查對六十餘字，譜注如右。

十二時　第二體

柳　永

晚晴初，淡烟籠月，風透蟾光如洗。覺翠帳、涼生秋思。漸入微寒天氣。敗葉敲牕，西風滿院，睡不成還起。更漏咽，滴破憂心，萬感並生，都入離人愁耳。天怎知、當時一句，做得十分縈繫。夜永有時，分明枕上，覷着孜孜地。燭暗時酒醒，元來又是夢裡。睡覺來、披衣獨坐，萬種無憀情意。怎得伊來，重諧雲雨，再整餘香被。祝告天發願，從今永無抛棄。

瑞龍吟 周邦彦

章臺路。還見褪粉梅梢，試華桃樹。愔愔坊陌人家，定巢燕子，歸來舊處。黯凝竚。應念個人癡小，乍窺門户。侵晨淺約宫黄，障風映袖，盈盈笑語。前度劉郎重到，訪鄰尋里，同時歌舞。惟有舊家，秋娘聲價如故。吟箋賦筆，猶記燕臺句。知誰伴、名園露飲，東城閒步。事與孤鴻去。探春盡是，傷離意緒。官柳低金縷。歸騎晚，纖纖池塘飛雨。斷腸院落，一簾風絮。黄叔旸云：「此詞自『章臺柳』至『歸來舊處』是第一段，自『黯凝竚』至『盈盈咲語』是第二段，此謂雙拽頭，屬正平調。自『前度劉郎』以下即犯大石，係第三段，至『歸騎晚』以下再歸正平。他本皆以『吟箋賦筆』處分段，非也。若此則應分作四段爲是。」○華，音花；騎，去聲。

破陣樂 林鐘商 柳永

露花倒影，烟蕪蘸碧，靈沼波暖。金柳摇風木末，繫彩舫龍船遥岸。千步虹橋，參差雁齒，直趨水殿。遶金堤曼衍。魚龍戲簇，嬌春羅綺，喧天絲管。霽色榮光，望中似覩，蓬萊清淺。　時光鳳輦宸遊，鸞觴禊飲，臨翠水、開鎬宴。兩兩輕舠飛畫檝，競奪錦標霞爛。聲歡娱，歌魚藻，徘徊宛轉。別有盈盈遊女，各□[一]明珠，爭收翠羽，相將歸去，漸覺雲海沉沉，洞天日晚。

大酺　第一體　◯春雨　周邦彦

對宿烟收，春禽靜，飛雨時鳴高屋。墻頭青玉旆，洗鉛霜都盡，嫩梢相觸。潤逼琴絲，寒侵枕障，蟲網吹粘簾竹。郵亭無人處，聽簷聲不斷，困眠初熟。奈愁極頻驚，夢輕難記，自憐幽獨。　行人歸意速。最先念，流潦妨車轂。怎奈向、蘭成憔悴，衛玠清羸，等閒時易傷心目。未怪平陽客，雙淚落、笛中哀曲。況蕭索青蕪國。紅糝鋪地，門外荊桃如菽。夜遊共誰秉燭。易，入聲。

[一] 按：此處原空一字。此句汲古閣本《樂章集》作「各明珠」，勞權抄本《樂章集》作「各委明珠」。

大酺 第二體 ○春寒

劉辰翁

任鎖牕深，重簾閉，春寒知有人處。當年笑花信，問東風情性，是嬌是妬。氷柳成鬚，吹桃欲削，知更海棠堪否。相將燕歸，又看香泥半雪，欲歸還誤。謾低佪芳草，依稀寒食，朱門封絮。 少年慣羈旅。亂山斷，欹樹喚船渡。正暗思、鷄聲落月，梅影孤屏，更夢衾千重似霧。相如倦遊去。掩、四壁淒其春暮。休回首、都門路。幾番行曉，個個阿嬌深貯。而今斷烟細雨。思，一作「想」。更，去聲。

浪淘沙慢 第一體

周邦彥

曉一作「晝」陰重，霜凋岸草，霧隱城堞。南陌脂車待發。東門帳飲乍闋。正、拂面垂楊堪攬結。掩紅淚、玉手新折。念漢浦、離鴻去何許，經時信音絕。 情切。望中地遠天濶。向、露冷風清無人處，耿耿寒漏咽。嗟萬事難忘，唯是輕一作「離」別。翠樽未竭。凴斷雲、留取西樓殘月。 羅帶光銷紋衾疊。連環解、舊香頓歇。怨、歌永瓊壺敲盡缺。恨春去、不與人期，弄夜色，空餘滿地梨花雪。

浪淘沙慢　第二體　歇指調　柳　永

夢覺、透牕風一線，寒燈吹息。那堪酒醒，又聞、空堦夜雨頻滴。嗟、因循久作天涯客。負佳人、幾許盟言，更忍把、從前歡會，陡頓翻成憂戚。　愁極。再三追思，洞房深處，幾度飲散歌闌，香煖鴛鴦被，豈暫時疏散，費伊心力。殢雨尤雲，有、萬般千種相憐惜。　到如今、天長漏永，無端自家疏隔。知何時、却擁秦雲態，願低幃昵枕，輕輕細説與，江鄉夜夜，數寒更思憶。思，去聲。

歌頭　大石調　唐　莊宗皇帝

賞芳春，暖風飄箔。鶯啼綠樹，輕烟弄晚閣。杏桃紅，開芳萼。靈和殿，禁柳千行，斜金絲絡。夏雲多，奇峯如削。紈扇動微凉，輕綃薄。梅雨霽，火雲爍。臨水檻，永日逃繁暑，泛觥酌。　露華濃冷，高梧雕萬葉。一霎晚風，蟬聲新雨歇。惜惜此光陰，如流水，東籬菊殘時，嘆蕭索。繁陰積，歲時暮景難留。不覺朱顔失却。好容光旦旦，須呼賓友西園，長宵讌雲謡，歌皓齒，且行樂。此詞必有訛落。

詞鵠初編卷之十五

嘉定孫致彌愷似輯
受業餘姚樓儼儼若補訂

起一百三十七字，至二百四十字止，凡詞二十六調

西平樂 第二體

周邦彦

穉柳蘇晴，故溪歇雨，川迥未覺春賒。駞褐寒侵，正憐初日，輕陰抵死須遮。歎、事逐孤鴻盡去，身與塘蒲共晚，爭知向此征途，區區竚立塵沙。追念朱顏翠髮，曾到處，故地使人嗟。

道連三楚，天低四野，喬木依前，臨路欹斜。重慕想、東陵晦跡，彭澤歸來，左右琴書自樂，松菊相依，何況風流鬢未華。多謝故人，親馳鄭驛，時倒融尊，勸此淹留，共過芳時，翻令倦客思家。令，平聲。

多麗　第二體　一名《鴨頭緑》(第二體)　李　漳

好人人。去來欲見無因。記當時、竊香倚煖，豈期蝶散鶼分。到而今，漫勞夢想，嘆後會、慘啼痕。繡閣銀屏，知他何處，一重山盡一重雲。暮天杳，梗蹤萍跡，還是寄孤村。寂寥月，今宵爲誰，虚照黄昏。細追思，深誠密意，黯然一晌銷魂。仗游魚、謾傳尺素，望塞鴻、空憶回文。帳衾寒，香綃塵滿，博山沉水更誰熏。斷腸也，無聊情味，唯是殢芳樽。沉吟久，移燈向壁，掩上重門。

多麗　第三體　一名《鴨頭緑》(第三體)　石孝友一作張翥

晚山青。一川雲樹冥冥。正參差、烟凝紫翠，斜陽畫出南屏。館娃歸，吴臺遊鹿，銅仙去，漢苑飛螢。懷古情多，凭高望極，且將尊酒慰飄零。自湖上、愛梅仙遠，鶴夢幾時醒。空留在，六橋疎柳，孤嶼危亭。待蘇堤、歌聲散盡，更須携妓西泠。藕花深、雨凉翡翠，菰蒲軟、風弄蜻蜓。澄碧生秋，鬧紅駐景，采菱新唱最堪聽。見一片、水天無際，漁火兩三星。多情月、爲人畱照，未過前汀。差，音侈；醒，平聲。

多麗 第四體 一名《隴頭泉》 周格非

隴頭泉，未到隴下輕分。一聲聲、凄涼嗚咽，豈堪側耳重聞。細思量，那時携手，畫樓高，簾幕黄昏。月不長圓，雲多易散，天應偏妬有情人。自別後、小窻幽院，無處不消魂。羅衣上，殘粧未減，猶帶啼痕。 自一從、瓶沉簪折，要知欲見無因。也渾疑、事如春夢，又只恐、人似朝雲。破鏡分來，朱絃斷後，不堪獨自對芳尊。試與問、多才，誰更匹配得文君。須知道，東陽瘦損，不爲傷春。晁无咎一體「畫樓」句、「又只恐」句俱不折腰。○折，音舌。

多麗 第五體 聶冠卿

想人生，美景良辰堪惜。向其間、賞心樂事，古來難是併得。況東城、鳳臺沁苑，泛晴波、淺照金碧。露洗華桐，烟霏絲柳，緑陰摇曳，蕩春一色。畫堂迴、玉簪瓊珮，高會盡詞客。清歡久，重燃絳蠟，别就瑶席。有飄若驚鴻體態，暮爲行雨標格。逞朱唇，緩歌妖麗，似聽流鶯亂花隔。慢舞縈回，嬌鬟低嚲，腰肢纖細困無力。忍分散，彩雲歸後，何處更尋覓。休辭醉，明月好花，莫謾輕擲。聽、更，竝去聲。◎《花菴》云：「此詞至『露洗華桐』四句尤玉中珙璧、珠中夜光，惜用事太雜。」

玉女摇仙珮　正宫

柳　永一刻周邦彦

飛瓊伴侣，偶别珠宫，未返神仙行綴。取次梳粧，尋常言語，有得許多姝麗。擬把名花比。恐旁人笑我，談何容易。細思□，算奇葩豔卉。惟是深紅淡白而已。争如這多情，占得人間，千嬌百媚。　須信華堂繡閣，皓月清風，忍把光陰輕棄。自古及今，佳人才子，少得當年雙美。且恁相偎倚。未消得、憐我多才多藝。願奶奶蘭心蕙性，枕前言下，表余深意。爲盟誓。今生斷不孿鴛被。占，去聲。

六醜　賦落花

周邦彦

正單衣試酒，悵、客裡光陰虚擲。願春暫留，春歸如過翼。一去無跡。爲問家何在，夜來風雨，葬楚宫傾國。釵鈿墮處遺香澤。亂點桃溪，輕翻柳陌。多情最誰追惜。但、蜂媒蝶使，時叩窗隔。東園岑寂。漸蒙籠暗碧。靜遶珍叢底。成嘆息。長條故惹行客。似牽衣待話，别情無極。殘英小、强簪巾幘。終不似、一朵釵頭，顫裊向人欹側。漂流處、莫趁潮汐。恐斷鴻一作「紅」、尚有相思字，何由見得。此詞楊升庵易名《箇儂》，不可爲法。

玉抱肚

楊无咎

同行同坐。同携同卧。正朝朝暮暮同歡，怎知終有抛嚲。記江皐惜别，那堪被、流水無情送輕舸。有愁萬種，恨未説破。知重見，甚時可。見也渾閒，堪嗟處、山遥水遠，音書也無箇。這眉頭、强展依前鎖。這淚珠、强收依前墮。我平生不識相思，爲伊煩惱忒大。你還知麽。你知後，我也甘心受摧挫。又只恐你、背盟誓，似風過。共别人，忘著我。把洋瀾左。都捲盡與，殺不得這、心頭火。此詞體亦俳。

六州歌頭 第一體

韓元吉

東風著意。先上小桃枝。紅粉膩。嬌如醉。倚朱屏。記年時。隱映新粧面┗臨水岸┗春將半雲日暖∟斜陽轉∟夾城西。草軟沙平驟馬，垂楊渡、玉勒爭嘶。認蛾眉。凝笑臉∟薄拂臙脂。繡户曾窺。恨依依。　昔攜手處丨香如霧丨紅隨步丨怨春遲。消瘦損『憑誰問『只花知。淚空垂。舊日堂前燕∟和烟雨丨又雙飛。人自老『春尙好『夢佳期，前度劉郎幾許丨風流地。也應悲。但茫茫暮靄，目斷武陵溪。往事難追。此詞短韻叠轉，平仄互叶。

六州歌頭　第二體

辛棄疾

晨來問疾，有隺止庭隅。吾語汝。只三事，太愁余。病難扶。手種青松樹。礙梅塢。妨花徑『纔數尺∟如人立∟却須鋤。秋水堂前曲沼，明於鏡『可照眉鬚。被山頭急雨。耕壟灌泥塗。誰使吾廬。映汙渠。　嘆青山好，簷外竹，遮欲盡，有還無。删竹去。吾乍可，食無魚。愛扶疏。又欲爲山計丨千百慮。累吾軀。凡病此吾過矣丨子奚知丨口不能言臆對丨雖盧扁、藥石難除。有要言妙道，往問北山愚。庶有瘳乎。此詞本應作四段，自「晨來問疾」至「却須鋤」説松，是第一段；自「秋水堂前」至「映汙渠」是第二段，説水；自「嘆青山」至「累吾軀」是第三段，説竹；已後總結一段。而坊本誤作三段，「映汙渠」不分段，非。今校正如右。又韓詞亦應分作四段爲是，自「東風着意」至「夾城西」爲第一段，自「草軟沙平」至「恨依依」爲第二段，自「昔携手處」至「又雙飛」爲第三段，已後總結一段爲是。今仍舊刻，但「前度劉郎」句微不同也。「應悲」句較辛詞少一字，用韻叶亦不同。

夜半樂　第一體　中吕調　　柳　永

凍雲黯淡天氣，扁舟一葉，乘興離江渚。渡萬壑千巖，越溪深處。怒濤漸息，樵風乍起，更聞商旅相呼，片帆高舉。泛畫鷁翩翩過南浦。　望中酒斾閃閃，一簇烟村，數行霜樹。殘、日下，漁人鳴榔歸去。敗荷零落，衰楊掩映，岸邊兩兩三三，浣紗遊女。避行客、含羞咲相語。　到此因念，繡閣輕抛，浪萍難駐。歎、後約丁寧竟何據。慘離懷、空恨歲晚歸期阻。凝淚眼，杳杳神京路。斷鴻聲遠長天暮。程珌一體止一百四十一字，但訛落處甚多，不成語，不收。○興，去聲。

夜半樂　第二體　中吕調　　柳　永

艷陽天氣，烟細風暖，芳草郊燈，明閒凝竚。漸粧點亭臺，參差佳樹。舞腰困力，垂楊緑映，淺桃濃李，夭夭嫩紅光數。度綺燕流鶯鬥雙語。　翠娥南陌簇簇，躡影紅陰，緩移嬌步。擡粉面韶容，花光相妒絳綃袖舉。雲鬟風顫，半遮檀口，含羞背人偷顧。競、鬭草金釵笑爭賭。　對此嘉景，頓覺銷凝，惹成愁緒。念、解珮輕盈在何處。忍良時辜負。少年等閒度。空望極，回首斜陽暮。嘆、浪萍風梗如何去。「釵」字《詞律》誤「歛」字，成何文理？且更不分段。

寶鼎現　第一體　　康與之

夕陽西下，暮靄紅隘，香風羅綺。乘麗景、華燈爭放，濃焰燒空連錦砌。覩皓月，浸嚴城如畫，花影寒籠絳蘂。漸掩映、芙蓉萬頃，迤邐齊開秋水。　太守、無限行歌意。擁麾幢、光動珠翠。傾萬井，歌臺舞榭，瞻望朱輪駢鼓吹。控寶馬、耀貔貅千騎。銀燭交光數里。似亂簇寒星萬點，擁入蓬壺影裡。　宴閣多才，環、豔粉瑤簪珠履。恐看看丹詔，催奉宸遊燕侍。更趁早、占通宵醉。緩引笙歌妓。任畫角、吹老梅花，月滿西樓十二。如畫，《詞律》誤作「如画」。綺、占，竝去聲。

寶鼎現 第二體 劉辰翁

紅粧春騎。踏月花一作「燈」影，千一作「牙」旗穿市。望不盡瓊樓歌舞，習習香塵蓮步底。簫聲斷，約彩鸞歸去，未怕金吾呵醉。甚、輦路喧闐且止。聽得念奴歌起。父老、猶記宣和事。抱銅仙、清淚如水。還轉盼、沙河多麗。滉漾明光連邸第。簾影凍、散紅光成綺。月浸蒲桃十里。看往來、神仙才子。肯把菱花撲碎。腸斷竹馬兒童，空見說、三千樂指。等多時、春不歸來，到春時猶睡。又說向、燈前擁髻。暗滴鮫珠墜。便當日、親見霓裳，天上人間夢裡。綺，去聲。

寶鼎現 第三體 張元幹

山莊圖畫，錦囊吟詠，胷中丘壑。年少日、如虹豪氣，吐鳳詞華渾忘却。便袖手、向巖前溪畔，種滿烟梢霧籜。想別墅平泉，當時草木，風流如昨。瘦藤閒倚看鉏藥。雙芒屩、雨後常着。目送處、飛鴻滅没，誰問蓬蒿爭燕雀。乍霽月、望松雲南渡，短艇欹沙夜泊。正萬里青冥，千林虛籟，從渠矰繳。　攜幼尚有筠丁，誰會得、人生行樂。岸幘綸巾歸去，深户香迷翠幕。恐未免、上淩烟閣。好在秋天鶚。念小山叢桂，今宵狂客，不勝盃勺。此與前二詞不同。○忘，去聲；綸，音關。

穆護砂　宋　裴

底事蘭心苦。便凄然泣下如雨。倚金臺獨立，揾香無主。斷腸封家如妒。亂撲簌、驪珠愁有許。向午夜銅盤傾注。便不是、紅冰綴頰，也濕透、仙人烟樹。羅綺筵中，海棠花下，淫淫常怕鳳脂枯。比洛陽年少，江州司馬，多少定誰似。照破别離心緒。學人生、有情酸楚。　想洞房佳會，而今寥落，誰能暗收玉筯。算、只有金釵曾巧補。輕拭了、粉痕如故。愁思減、舞腰纖細，清血盡、媚臉膚腴。又恐嬌羞，絳紗籠却，緑窻伴我檢詩書。更休教、鄰壁偷窺，幽蘭啼曉露。此平仄互叶。更，去聲；教，平聲。

三臺　清明應制　万俟雅言

見梨花、初帶夜月，海棠半含朝雨。内苑春不禁過，青門御溝漲，潛通南浦。東風靜，細柳垂金縷。望鳳闕、非烟非霧。好時代、朝野多懽，徧九陌、太平簫鼓。乍鶯兒百囀斷續，燕子飛來飛去。近緑水、臺榭映秋千，鬭草聚、雙雙遊女。餳香更酒冷，踏青路。會一作「曾」暗識夭桃朱户。向晚驟、寶馬雕鞍，醉襟惹、亂花飛絮。正輕寒輕暖漏永，半陰半晴雲暮。禁火天、已是試新粧，歲華到、三分佳處。清明看、漢宫傳蠟炬。散翠烟、飛入槐府。斂兵衛，閶闔門開，住傳宣、又還休務。遇，平聲；禁、看，並去聲。

抛毬樂　第三體　林鍾商　柳永

曉來天氣濃淡，微雨輕灑。近清明、風絮巷陌，烟草池塘，盡堪圖畫。豔杏暖，粧臉匀開，弱柳困、宫腰低亞。是處麗質盈盈，巧笑嬉嬉，爭簇秋千架。戲、彩球羅綬，金鷄芥羽，少年馳騁，芳郊緑野。占斷五陵遊，奏、脆管繁絃聲和雅。向名園深處，爭泥畫輪，競羈寶馬。取次羅列杯盤，就芳樹、緑影紅陰下。舞婆娑，歌宛轉，髣髴鶯嬌燕姹。寸珠片玉，爭似濃歡無價。任他美酒十千，一斗，飲竭，仍解金貂貰。恣幕天席地，陶陶盡醉，太平且樂，唐虞景化。須信豔陽天，看未足，已覺鶯花謝。對、緑蟻翠蛾，怎生輕捨。「貰」字叶韻。

占、和、泥，竝去聲。

稍遍 第一體 般贍調 「贍」俗作「涉」，非 ○魚計亭 辛棄疾

池上主人，人適忘魚，魚適還忘水。洋洋乎、翠藻青萍裡。想魚兮、無便於此。嘗試思。莊周談兩事。一明豕虱一羊蟻。說蟻慕於羶、於蟻棄知。又說於羊棄意。甚虱焚於豕獨忘之。卻驟說於魚爲得計。千古遺文，我不知言，以我非子。子、固非魚噫。魚之爲計子焉知。河水深且廣，風濤萬頃堪依。有網罟如雲，鵜鶘成陣，過而留泣計應非。其外海茫茫，下有龍伯，饑時一啖千里。更、任公五十犗爲餌。使、海上人人厭腥味。似鯤鵬變化。幾東遊入海。此計直以命爲嬉。古來謬算狂圖，五鼎烹死。恒爲平地。嗟魚欲事遠遊時。請、三思而行、可矣。此調龜茲語也。華言爲五聲，蓋羽聲也。於五音之次爲第五，《稍遍》三叠，每叠加促。稍，去聲，俗作「哨」。○此調平仄互叶，諸家不同作者，欲倚辛，則依辛；欲倚蘇，則依蘇，而填其平仄變通處，則須參看可也。○焉，於虔切；更、三，竝去聲。

稍遍　第二體　　蘇　軾

睡起畫堂，銀蒜壓簾，珠幕雲垂地。初雨歇、洗出碧羅天，正溶溶、養花天氣。一霎晴，風迴芳草，榮光浮動，卷皺銀塘水。方杏靨勻酥，花鬚吐繡，園林翠紅排比。見、乳燕梢蝶過繁枝。忽、一線爐香惹遊絲。晝永人閒，獨立斜陽，晚來情味。　便乘興、攜將佳麗。深入芳菲裡。撥胡琴語，輕籠慢撚總伶俐。看緊約羅裙，急趨檀板，霓裳入破驚鴻起。顰月臨眉，醉霞橫臉，歌聲悠揚雲際。任、滿頭紅雨，落花飛墜。漸鳷鵲樓西。玉蟾低。尚徘徊、未盡歡意。君看今古悠悠，浮幻人間世。這些百歲光陰幾日，三萬六千而已。醉鄉路穩不妨行，但人生要適情耳。別本後叚首句作：「便携將佳麗。乘興深入芳菲裏。」又「落花飛」下無「墜」字。○興，去聲。

稍遍　第三體　○隱括《歸去來辭》　　蘇　軾

爲米折腰，因酒棄家，口體交相累。歸去來，誰不遣君歸。覺、從前皆非今是。露未晞。征夫指予歸路，門前笑語喧童稚。嗟舊菊都荒，新松暗老，我年今已如此。但小窻、容膝閉柴扉。策杖看孤雲、暮鴻飛。雲出無心，鳥倦知還，本非有意。　噫歸去來兮。我今忘我兼忘世。親戚無浪語，琴書中有真味。步翠麓崎嶇，泛溪窈窕，涓涓暗谷流春水。觀草木欣榮，幽人自感，吾生行且休矣。念寓形宇内復幾時。不自覺、皇皇欲何之。委吾心、去留誰計。神仙知在何處，富貴非吾願，但知臨水登山嘯咏，自引壺觴自醉。此生天命更何疑。且乘流、遇坎還止。

稍遍　第四體　◯秋水觀　辛棄疾

蝸角鬭爭，左觸右蠻，一戰連千里。君試思。方寸此心微。總虚空并包無際。喻此理。何言泰山毫末，從來天地一稊米。嗟、小大相形，鳩鵬自樂，之二蟲又何知。記跖行仁義孔丘非。更、殤樂長年老彭悲。火鼠論寒，冰蠶語熱，定誰同異。噫。貴賤隨時。連城纔换一羊皮。誰與齊萬物，莊周吾夢見之。正商略遺篇，翩然顧笑，空堂夢覺題秋水。有客問洪河，百川灌雨，涇流不辨涯涘。於是焉，河伯欣然喜。以天下之美盡在己。渺滄海，望洋東視。逡巡向若驚嘆，謂我非逢子。大方達觀之家，未免長見，悠然咲耳。此堂之水幾何其。但清溪一曲而已。在己，音紀；觀，去聲。

戚氏 第一體 中吕調

柳永

晚秋天。一霎微雨灑庭軒。檻菊蕭疏，井梧零亂惹殘烟。悽然。望鄉關。飛雲黯淡夕陽間。當時宋玉悲感。向此臨水與登山。遠道迢遞，行人淒楚，倦聽隴水潺湲。正蟬吟敗葉，蛩響衰草，相應聲喧。孤館度日如年。風露漸變。悄悄至更闌。長天淨，絳河清淺，皓月嬋娟。思綿綿。夜永對景，那堪屈指，暗想從前。未名未禄，綺陌紅樓，往往經歲遷延。帝里風光好，當年少日，暮宴朝歡。況有狂朋怪侶，遇當歌對酒競留連。別來迅景如梭，舊遊似夢，烟水程何限。念利名憔悴長縈絆。追往事，空慘愁顏。漏箭移，稍覺輕寒。聽嗚咽，畫角數聲殘。對閒窗畔。停燈向曉，抱影無眠。應、思，竝去聲。

戚氏　第二體

蘇　軾

玉龜山。東皇靈媲統羣仙。絳闕岧嶢，翠房深迥倚霏烟。幽閒。志蕭然。金城千里鎖嬋娟。當時穆滿巡狩，翠華曾到海西邊。風露明霽，鯨波極目，勢浮輿蓋方圓。正迢迢麗日，元圃清寂，瓊草芊綿。　爭解繡勒香韉。鸞輅駐蹕，八馬戲芝田。瑶池近，画樓隱隱，翠鳥翩翩。肆華筵。□間。作管鳴絃。宛若帝所鈞天。稚頭皓齒，緑髮方瞳，圓極恬淡高妍。　盡倒瓊壺酒，獻金鼎藥，固大椿年。縹緲飛瓊妙舞，命雙成奏曲醉留連。雲璈韻響瀉寒泉。浩歌暢飲，斜月低河漢。漸倚霞、天際紅深淺。動歸思、迴盼塵寰。爛熳遊、玉輦東還。杏花風、數里響鳴鞭。望長安路，依稀柳色，翠點春妍。思，去聲。此詞俱平仄互叶。

鶯啼序　第一體　○重過金陵

汪元量

金陵故都最好，有朱樓迢遞。嗟倦客又此憑高，檻外已少佳致。更落盡梨花，飛盡楊花，春也成憔悴。問青山、三國英雄，六朝奇偉。　麥甸葵丘，荒臺敗壘。鹿豕銜枯薺。正潮打孤城，寂寞斜陽影裡。聽樓頭哀笳怨角，未把酒、愁心先醉。漸夜深月滿秦淮，烟籠寒水。　悽悽慘慘，冷冷清清，燈火渡頭市。慨商女不知興廢。隔江猶唱庭花，餘音亹亹。

傷心千古，淚痕如洗。烏衣巷口青蕪路，認依稀王謝舊鄰里。臨春結綺。可憐紅粉成灰，蕭索白楊風起。因思疇昔，鐵索千尋，謾沉江底。揮羽扇，障西塵，便好角巾私第。清談到底成何事。回首新亭，風景今如此。楚囚對泣何時已。歎人間今古真兒戲。東風歲歲還來，吹入鐘山，幾重蒼翠。

鶯啼序 第二體 一名《豐樂樓》 吳文英

殘寒正欺病酒，掩沉香繡户。燕來晚，飛入西城，似說春事遲暮。畫船載、清明過却，晴烟冉冉吳宮樹。念羈情遊蕩，隨風化為飛絮。十載西湖，傍柳繫馬，趁嬌塵軟霧。溯紅漸、招入仙溪，錦兒偷寄幽素。倚銀屏、春寬夢窄，斷紅濕、歌紈金縷。暝堤空，輕把斜陽，總還鷗鷺。幽蘭旋老，杜若還生，水鄉尚寄旅。別後訪，六橋無信，事往花萎，瘞玉埋香，幾番風雨。長波妒盼，遥山羞黛，漁燈分影春江宿，記當時，短楫桃根渡。青樓彷佛，臨分敗壁題詩，淚墨慘淡塵土。危亭望極，草色天涯，歎鬢侵半苧。暗點檢離痕歡唾，尚染鮫綃，鞸鳳迷歸，破鸞慵舞。殷勤待寫，書中長恨，藍霞遼海沈過雁，謾相思，彈入哀箏柱。傷心千里江南，怨曲重招，斷魂在否。否，音府，叶。

鶯啼序　第三體　吴文英

横塘棹穿豔錦，引鴛鴦弄水。斷霞晚、笑折花歸，紅紗籠護燈蘂。潤玉瘦冰輕倦浴，斜拖鳳股盤雲墜。聽沉水聲細。梧桐漸攪涼思。　窗隙流光，冉冉迅羽，愬空梁燕子。誤驚起、風竹敲門，故人還又不至。記琅玕、新詩細掐，早、陳迹香痕纖指。怕因循、羅扇恩疏，又生秋意。　西湖舊日，畫舸頻移，嘆幾縈夢寐。霞珮冷，疊瀾不定，麝靄飛雨，乍濕鮫綃，暗盛紅淚。波心宿處，練單夜共，瓊簫吹月霓裳舞，尚明朝、未覺花容顇。嫣香易落，回頭淡碧消烟，鏡空畫羅屏裡。　殘蟬度曲，唱徹西園，也感紅怨翠。念省慣吴宫幽憩。暗柳退涼，曉岸參斜，露零漚起。絲縈寸藕，留連懽事。桃笙平展湘浪影，有昭華、穠李冰相倚。如今鬢點凄霜，半篋秋詞，恨盈蠹紙。

附録

分體序次依調編排表

按：《詞鵠》將各詞調的分體打亂，例詞完全以字數排序。本表將其還原爲「以調繫詞」模式，將所有例詞以序號標注，列於詞調之下，依前後順序，在前的爲第一體。詞調異名在原書注釋中如另立一調，且新調分體多於一體的，以括號標注，未有分體的視爲一般的詞調異名，不標於表中。由於《詞鵠》的互見機制，在改爲依詞調編排的時候，這些詞調就可能在不同詞調下重複出現，本表將重出詞調所充他調分體加以删除綫標識。表中詞作序號第一卷1—126，第二卷127—359，第三卷360—574，第四卷575—664，第五卷665—742，第六卷743—835，第七卷836—926，第八卷927—1025，第九卷1026—1093，第十卷1094—1163，第十一卷1164—1220，第十二卷1221—1261，第十三卷1262—1304，第十四卷1305—1343，第十五卷1344—1370。

	調　目	分　體
1	竹枝	1(巴渝詞)、2(巴渝詞第二體)、44、493
2	蒼梧謡	3
3	閒中好	4、5
4	梧桐影	6
5	紇那曲	7
6	羅嗊曲	8
7	醉粧詞	9
8	南歌子	10、23、~~389(南柯子第二體)~~、~~430(南柯子第三體)~~、441
9	荷葉杯	11、24、343
10	一點春	12
11	舞馬詞	13
12	踏陽春	14
13	三臺令	15、~~66(調笑第一體)~~
14	塞姑	16
15	回波詞	17、18
16	凭闌人	19、20
17	花非花	21
18	摘得新	22
19	漁歌子	25、351
20	春曉曲	26、~~491(惜春容)~~

續　表

	調　目	分　體
21	解紅	27
22	樂游曲	28
23	謝秋娘	29(望江南第一體、江南好第一體)
24	望江南	29~~(謝秋娘)~~、30、445、545
25	桂殿秋	31
26	南鄉子	32、54、59、454、499、500
27	章臺柳	33
28	楊柳枝	34、~~43(柳枝第一體)~~、113
29	法曲獻仙音	35、843、844
30	瀟湘神	36
31	赤棗子	37
32	搗練子	38、104、406
33	清平調引	39
34	回心院詞	40、41
35	阿娜曲	42
36	柳枝	43(杨柳枝第二体)、185
37	浪淘沙	45、427、446(賣花聲第一體)、447
38	欸乃曲	46
39	天淨沙	47

續表

	調目	分體
40	小秦王	48
41	遣隊	49
42	陽關曲	50
43	甘州曲	51
44	八拍蠻	52
45	字字雙	53
46	乾荷葉	55
47	九張機	56、57
48	抛球樂	58、118、1361
49	江南春	60、958
50	法駕導引	61
51	踏歌詞	62
52	憶王孫	63、444
53	番女怨	64
54	一葉落	65
55	調笑	66(三臺令第二體)、~~102(調笑令)~~
56	遐方怨	67、550、562
57	後庭花破子	68、69
58	思帝鄉	70、83、91

續　表

	調　目	分　體
59	宴桃源	71(如夢令第一體)
60	如夢令	~~71(宴桃源)~~、72
61	西溪子	73、84
62	甘州子	74
63	訴衷情	75、76(一絲風第一體)、97、137、176、177、196、
64	風流子	77、1263(内家嬌第二體)、1264、1265
65	思佳客	78、~~477(鷓鴣天第一體)~~
66	歸國遥	79、149、170
67	天仙子	80、81、82、653
68	定西番	85
69	連理枝	86、~~662(小桃紅第四體)~~
70	江城子	87、95、96、100、656、657
71	望江怨	88
72	武林桃	89
73	風光好	90
74	相見歡	92(烏夜啼第一體、秋夜月第一體)
75	長相思	93、1051、1160
76	河滿子	94、98、693
77	憶秦娥	99、101、138、4、5、6

續　表

	調　目	分　體
78	調笑令	102(調笑第二體)
79	上行杯	103、110、134、211、212、213
80	望梅花	105、106
81	傷春曲	107
82	醉太平	108、204
83	感恩多	109、123
84	薄命女	111
85	生查子	112、128、155、156
86	太平時	114
87	醉公子	115、1234
88	四換頭	116
89	昭君怨	117
90	春光好	119、135(鶴沖天第一體)、148、257
91	酒泉子	120、121、131、152、153、154、164、165、166、167、168、187、192、291、399
92	蝴蝶兒	122
93	怨回紇	124
94	上林春	125、~~198(一落索第一體)~~、417
95	花落寒窗	126(卷一末)
96	醉花間	127、314、367

續　表

	調　目	分　體
97	點絳唇	129
98	女冠子	130、1243、1274、1282、1283、1292、1302、
99	玉蝴蝶	132、144、984、1013
100	紗窗恨	133、150
101	中興樂	136、151、788
102	醉垂鞭	139
103	清商怨	140、159
104	浣溪沙	141(山花子第一體)、142、143、184、219
105	戀情深	145
106	小桃紅	146(平湖樂第一體)、147、171(平湖樂第二體)、662(連理枝第二體)
107	贊浦子	157
108	雪花飛	158
109	關河令	160
110	霜天曉角	161、162、178、179
111	傷春怨	163
112	殿前歡	169
113	水仙子	172
114	菩薩蠻	173(子夜歌第一體、巫山一片雲第一體)
115	減字木蘭花	174

續 表

	調　　目	分　　體
116	卜算子	175、200、201、202、214、215、216、824(卜算子慢第一體)
117	後庭花	180、220、221
118	醜奴兒	181、~~276(添字醜奴兒)~~
119	巫山一段雲	182(巫山一片雲第二體)、231
120	歸田樂令	183
121	伊川令	186
122	謁金門	188、189
123	好事近	190
124	清平樂	191、237
125	散餘霞	193
126	好女兒	194、195、590
127	憶悶令	197
128	一落索	198(玉聯環第一體、洛陽春第一體、上林春第二體)、223(洛陽春第二體)、247、263、~~301(洛陽春第三體)~~、341
129	彩鸞歸令	199
130	華清引	203
131	漁父家風	205
132	柳含煙	206
133	杏園芳	207

續　表

	調　目	分　體
134	天門謡	208
135	更漏子	209、222、306、1170
136	好時光	210
137	金蕉葉	217、581
138	琴調相思引	218
139	江亭怨	224
140	萬里春	225
141	占春芳	226
142	十二時	227(憶少年第一體)、1336
143	西地錦	228、229、277
144	眉峰碧	230
145	喜遷鶯	232、244、245(鶴沖天第三體)、246、1119、1148(鶴沖天第七體)、1149、1150、1193
146	珠簾卷	233
147	望仙門	234
148	朝天子	235
149	甘草子	236、240
150	阮郎歸	238(鶴沖天第二體)
151	晝堂春	239、258、305
152	相思兒令	241

續　表

	調　目	分　體
153	憶少年	~~227(十三時第一體)~~、242
154	望仙樓	243
155	燕歸來	248
156	聖無憂	249(烏夜啼第二體)
157	山花子	~~141(浣溪沙第一體)~~、250、273
158	賀聖朝	251、252、253、284、298、578
159	玉連環	~~198(一落索第一體)~~、254、302、~~1224(解連環第二體)~~
160	隴頭月	255
161	桃園憶故人	256
162	海棠春令	259
163	雙鸂鶒	260
164	眼兒媚	261、346
165	鬲溪梅令	262
166	洞天春	264
167	武陵春	265、299
168	烏夜啼	~~92(相見歡第一體)~~、~~249(聖無憂)~~、266
169	錦堂春	267、548
170	秋蘂香	268
171	朝中措	269

續　表

	調　目	分　體
172	胡搗練	270、354
173	撼庭秋	271
174	燭影摇紅	272、~~348(憶故人)~~、914
175	三字令	274、460
176	惜分飛	275、328(惜雙雙第一體)
177	添字醜奴兒	276(醜奴兒第二體)
178	雙頭蓮令	278
179	碧玉簫	279
180	伊州三臺	280
181	人月圓	281、282、283
182	慶春時	285
183	喜團圓	286
184	陽臺夢	287
185	太常引	288、344
186	品令	289、290、386、407、475、602、609、
187	柳梢青	292、293、326
188	早春怨	294
189	少年遊	295、315、316、360、361、362、363、364、365、366、411
190	河瀆神	296、297

續表

	調目	分體
191	應天長	300、330、331、388、879(應天長慢第一體)、954、~~963(應天長慢第二體)~~、964
192	洛陽春	~~198(一落索第一體)~~、~~223(一落索第二體)~~、301(一落索第五體)
193	極相思	303
194	歸去來	304、410
195	沙塞子	307、308、353
196	鳳孤飛	309
197	越江吟	310
198	燕歸梁	311、327、377、378、413
199	醉鄉春	312
200	月宫春	313
201	小闌干	317
202	西江月	318、319、320、511
203	醉高歌	321
204	望漢月	322
205	憶漢月	323
206	鹽角兒	324
207	思越人	325、384、385
208	月中行	329

續　表

	調　目	分　　體
209	留春令	332、333、443
210	怨三三	334
211	偷聲木蘭花	335
212	城頭月	336
213	竹香子	337
214	滴滴金	338、339、379
215	惜雙雙	~~328(惜分飛第二體)~~、340
216	四犯令	342
217	鳳來朝	345、373
218	茶瓶兒	347、465、506
219	憶故人	348(燭影摇紅第二體)
220	滿宫花	349、374
221	梁州令	350、368、478
222	珍珠令	352
223	惜春令	355、356
224	桂華明	357
225	歸田樂	358、359(卷二末)、635、683
226	秋夜雨	369
227	瑶池燕	370

續 表

	調　目	分　體
228	河傳	371、372、418、419、420、421、422、423、424、435、436、437、438、469、470、471、472、473、525、526、527、575
229	探春令	375、376、395、396、397、398
230	迎春樂	380、381、382、404、433
231	思遠人	383
232	雨中花	387(夜行船第一體)、401(夜行船第二體)、463(夜行船第五體)、498、907
233	南柯子	389(南歌子第三體)、390、430
234	尋芳艸	391
235	醉紅妝	392
236	木蘭花	393、439、485、492
237	惜雙雙令	394
238	玉團兒	400
239	入塞	402
240	傾杯令	403
241	青門引	405
242	醉花陰	408
243	菊花新	409
244	望江東	412
245	鋸解令	414

續　表

	調　目	分　體
246	引駕行	415、1054、1331
247	戀繡衾	416、453、483
248	夜行船	~~387(雨中花第一體)~~、~~401(雨中花第二體)~~、425、462、~~463(雨中花第三體)~~、481、496、497、530
249	紅窗聽	426(紅窗睡第一體)
250	天下樂	428
251	怨王孫	429
252	折桂令	431、644
253	東坡引	434、540、544
254	君來路	441
255	江月晃重山	442
256	杏花天	448、~~449(端正好)~~、474
257	端正好	449(杏花天第二體)
258	臨江仙	450、512、532、533、534、546、560、561、591、689、862
259	紅窗睡	~~426(紅窗聽第一體)~~、551
260	紅羅襖	552
261	南鄉一剪梅	455
262	鸚鵡曲	456
263	黑漆弩	457、458

續 表

	調　目	分　體
264	望遠行	432、484、563、715、1191、1228
265	玉闌干	459
266	睿恩新	461
267	釵頭鳳	464、568(折紅英第一體)
268	茶缾兒	465
269	月照梨花	466
270	亭前柳	467、537
271	徵招調中腔	468
272	金鳳鈎	476
273	鷓鴣天	477(瑞鷓鴣第一體、思佳客第二體)
274	思歸樂	479
275	芳草渡	480、819
276	鼓笛令	482
277	玉樓春	486、487、488、489、490
278	惜春容	491(春曉曲第二體)
279	採蓮子	494
280	卓牌兒	495
281	鵲橋仙	501、524
282	步蟾宫	502、547

續　表

	調　目	分　體
283	錦帳春	503、564
284	樓上曲	504
285	市橋柳	505
286	瑞鷓鴣	~~477(鷓鴣天第一體)~~、507、598、810
287	翻香令	508
288	鳳啣杯	509、510、593、596
289	廳前柳	513
290	虞美人	514、535
291	新念別	515
292	一斛珠	516、517
293	醉落魄	518
294	梅花引	519(小梅花)、1301(小梅花第二體)
295	貧也樂	520
296	夜遊宫	521、522
297	徧地花	523
298	小重山	528、529
299	繫裙腰	531、576
300	踏莎行	536
301	花上月令	538

續表

	調目	分體
302	七娘子	539、566
303	惜分釵	541
304	紅窗迥	542
305	惜瓊花	543
306	接賢賓	549
307	朝玉階	551、570
308	冉冉雲	552
309	撥棹子	553、579、580
310	唐多令	554
311	蝶戀花	555、556
312	一剪梅	557、558
313	秋蕊香引	559
314	攤破醜奴兒	565、629
315	後庭宴	567
316	散天花	569
317	感皇恩	571、611、636、637
318	少年心	572、622
319	荷花媚	573
320	鞓紅	574(卷三末)

續 表

	調　目	分　體
321	玉堂春	577
322	促拍醜奴兒	582
323	定風波	583、584、1005、1053、1185
324	漁家傲	585、586、663
325	贊成功	587
326	明月逐人來	588
327	蘇幕遮	589
328	破陣子	592
329	甘州遍	594
330	別怨	595
331	獻衷心	597、655
332	行香子	599、626、645
333	麥秀兩岐	600
334	風中柳	601、621
335	殢人嬌	603、638、639、652
336	侍香金童	604
337	醉春風	605
338	輥繡球	606
339	黃鐘樂	607

續　表

	調　目	分　體
340	握金釵	608
341	轉調踏莎行	610、618
342	淡黄柳	612
343	解佩令	613、623、643
344	芭蕉雨	614
345	喝火令	615
346	青玉案	616、641、649、650
347	酷相思	617
348	聲聲令	619
349	謝池春	620(賣花聲第二體)
350	慶春澤	624、~~1049(高陽臺第二體)~~、1050(高陽臺第三體)
351	玉梅令	625
352	錦纏道	627
353	垂絲釣	628
354	厭金杯	630
355	看花回	631、632、1062、1158、1195
356	鳳凰閣	633、634
357	夢行雲	640
358	三臺子	642

續　表

	調　目	分　體
359	兩同心	646、647、648、674
360	數花風	651
361	佳人醉	654
362	惜黄花	658
363	且坐令	659
364	月上海棠	660、661、675
365	拾翠羽	664(卷四末)
366	千秋歲	665、668
367	西施	666、684
368	惜奴嬌	667
369	于飛樂	669、687、714
370	小鎮西犯	670
371	憶帝京	671、713
372	粉蝶兒	672、673
373	離亭燕	676
374	撼亭竹	677、678
375	師師令	679
376	風入松	680、717
377	隔簾聽	681

續 表

	調　目	分　體
378	隔浦蓮	682
379	郭郎兒近拍	685
380	荔枝香近	686、698、712
381	碧牡丹	688、704
382	傳言玉女	690
383	百媚娘	691
384	剔銀燈	692、695
385	蕊珠閒	694
386	訴衷情近	696
387	解蹀躞	697
388	千年調	699
389	長生樂	700、701
390	越溪春	702
391	瑞雲濃	703
392	番槍子	705(春草碧第一體)
393	春草碧	~~705(番槍子)~~、706、985
394	撲蝴蝶	707、720
395	下水船	708、709
396	御街行	710、728(孤雁兒第二體)、742(卷五末)、746

續表

	調目	分體
397	荔枝香	711
398	望月婆羅門引	716
399	孤雁兒	718、~~728(御街行第二體)~~
400	四園竹	719
401	祝英臺近	721
402	側犯	722
403	上西平	723、~~732(金人捧露盤)~~
404	甘州令	724
405	陽關引	725
406	一叢花	726
407	鳳樓春	727
408	小鎮西	729
409	鎮西	730
410	夢還京	731
411	金人捧露盤	732(上西平第二體)
412	紅林檎近	733
413	望雲涯引	734
414	山亭柳	735、736
415	過澗歇	737

續表

	調　目	分　體
416	早梅芳近	738
417	踏青遊	739、777
418	瑶堦草	740
419	安公子	741、1127、1188、1220(卷十一末)、1232、1233
420	鬭百花	743(夏州第一體)、744(夏州第二體)
421	柳初新	745
422	彩鳳飛	747
423	倒垂柳	748
424	皂羅特髻	749
425	有有令	750
426	最高樓	751、752
427	柳腰輕	753
428	新荷葉	754、755
429	千秋歲引	756
430	驀山溪	757、758
431	早梅芳	~~738(早梅芳近)~~、759
432	洞仙歌	760、771、774、783、784、785、790、791、800、801、803、815、1322、1329、1334
433	爪茉莉	761
434	秋夜月	~~92(相見歡第一體)~~、762、786

續　表

	調　目	分　體
435	夢玉人引	763
436	拂霓裳	764、765
437	滿路花	766、767、768、~~769(促拍滿路花)~~、798
438	促拍滿路花	769
439	黄鶴引	770
440	長壽樂	772
441	迷仙引	773
442	清波引	775、782
443	歸去難	776
444	鶴沖天	~~135(春光好第二體)~~、~~238(阮郎歸第一體)~~、~~245(喜遷鶯第三體)~~、778、794、809、~~1148(喜遷鶯第六體)~~
445	蕙蘭芳引	779
446	八六子	780、814、820、833、838
447	祭天神	781、792
448	兀令	787
449	簇水	789
450	華胥引	793、802
451	婆羅門令	~~716(望月婆羅門引)~~、795
452	滿園花	796
453	愛恩深	797

續　表

	調　目	分　體
454	明月引	799
455	離別難	804、1284
456	江城梅花引	805、806
457	江梅引	807、808
458	玉人歌	811
459	醉思仙	812
460	惜紅衣	813
461	羽仙歌	816
462	勸金船	817
463	愁春未醒	818、~~832(醜奴兒慢第一體)~~
464	雪獅兒	821、853
465	石湖仙	822
466	遠朝歸	823
467	滿江紅	825、837、863、864、865、875、920、
468	魚游春水	826
469	探芳信	827、829、845
470	一枝花	828
471	遥天奉翠華引	830
472	謝池春慢	831

續　表

	調　目	分　體
473	醜奴兒慢	832(愁春未醒第二體)
474	玉京秋	834
475	戀香衾	835(卷六末)
476	淒凉犯	836、860、885
477	採蓮令	839
478	夏雲峯	840
479	醉翁操	841
480	十二時慢	842
481	金盞倒垂蓮	846
482	東風齊著力	847
483	宣清	848
484	駐馬聽	849
485	塞翁吟	850
486	意難忘	851
487	露華	852、883
488	轆轤金井	854
489	掃花遊	855、899(掃地花第二體)
490	玉漏遲	856、874
491	薄媚摘遍	857

續表

	調目	分體
492	滿庭芳	858、902、903
493	瀟湘夜雨	859、890(江南好第二體)
494	梅子黄時雨	861
495	惜秋華	866、873
496	如魚水	867
497	探春	868、1133、1134
498	卜算子慢	~~824(卜算子第八體)~~、869
499	浣溪紗慢	870
500	尾犯	871、897、976、996
501	六么令	872
502	掃地花	876、~~899(掃花遊第二體)~~
503	步月	877、918
504	傾杯樂	878、904、1189、1226、1318
505	雪梅香	880
506	四犯剪梅花	881
507	一枝春	882
508	漢宫春	884、910、911、912
509	白雪	886
510	留客住	887、946

續　表

	調　目	分　體
511	金浮圖	888
512	芙蓉月	889
513	古香慢	891
514	八聲甘州	892、893、942
515	水調歌頭	894(江南好第三體)、956
516	徵招	895
517	鳳凰臺上憶吹簫	896、909、928
518	聲聲慢	898、923、929、930、1016、1017
519	雙瑞蓮	900
520	玉女迎春慢	901
521	天香	905、916
522	塞孤	906
523	夢揚州	908
524	雙雙燕	913、969
525	采明珠	915
526	倦尋芳	917、927
527	塞垣春	919、975
528	陽臺路	921
529	黄鶯兒	922、1025(卷八末)

續表

	調目	分體
530	粉蝶兒慢	924
531	芰荷香	925、981
532	夢芙蓉	926(卷七末)
533	西子妝	931
534	被花惱	932
535	帝臺春	933
536	慶清朝慢	934、935
537	玉簟凉	936
538	雨中花慢	937、970、971、1052
539	夜合花	938、1059
540	暗香	939
541	長亭怨慢	940
542	長亭怨	941
543	醉蓬萊	943
544	迷神引	944、945、1015
545	燕春臺	947、972
546	秋蕊香	948
547	緑蓋舞輕風	949
548	玉京謡	950

續 表

	調 目	分 體
549	卓牌兒	951
550	瑶臺第一層	952
551	夏初臨	953
552	月邊嬌	955
553	黄鸝繞碧樹	957
554	八節長歡	959
555	逍遥樂	960
556	瑣窗寒	961、999、1066
557	珍珠簾	962、1081
558	應天長慢	~~879(應天長第五體)~~、963
559	孤鸞	965、966、967
560	揚州慢	968
561	瑶臺聚八仙	973、1002
562	瓌璭四犯	974、1006、1007、1037、1038、1064
563	晝夜樂	977
564	玲瓏玉	978
565	月下笛	979、980、1018、1041
566	絳都春	982、1043
567	並蒂芙蓉	983

續　表

	調　　目	分　　　體
568	雲仙引	986
569	三部樂	987、1021
570	繡停針	988
571	二郎神	989、1143、1201(十二郎第一體)、1202、1203
572	燕山亭	990
573	鳳池吟	991
574	三姝媚	992、1063
575	催雪	993
576	無悶	994、995
577	丁香結	997
578	國香	998
579	新雁過妝樓	1000
580	八寶妝	1001、1272
581	陌上花	1003
582	紫玉簫	1004
583	垂楊	1008
584	芳草	1009(鳳簫吟第一體)、1092(鳳簫吟第二體)
585	月華清	1010、1060
586	大有	1011

續 表

	調 目	分 體
587	金菊對芙蓉	1012
588	高陽臺	1014、1049(慶春澤第一體)、~~1050(慶春澤第三體)~~
589	秋宵吟	1019
590	長相思慢	1020
591	錦堂春慢	1022、1088
592	十月桃	1023
593	舞楊花	1024
594	長壽仙	1026
595	雙頭蓮	1027、1132
596	東風第一枝	1028
597	御帶花	1029
598	萬年歡	1030、1089、1129
599	念奴嬌	1031、1032、1033、1079
600	湘月	1034
601	無俗念	1035
602	百字折桂令	1036
603	春夏兩相期	1039
604	瑞鶴仙	1040、1112、1113、1114、1115、1162
605	霓裳中序第一	1042、1068、1117、1145

續　表

	調　目	分　體
606	換巢鸞鳳	1044
607	花犯	1045、1096
608	解語花	1046、1065
609	渡江雲	1047
610	繞佛閣	1048
611	石州引	1055(石州慢第一體)
612	琵琶仙	1056
613	梁州令疊韻	1057
614	彩雲歸	1058
615	剪牡丹	1061
616	拜星月慢	1067、1111(拜星月第一體)
617	翠樓吟	1069
618	桂枝香	1070
619	曲游春	1071、1116
620	馬家春慢	1072
621	憶舊遊	1073、1121
622	木蘭花慢	1074、1075、1094
623	壽樓春	1076
624	玉燭新	1077

續　表

	調　目	分　體
625	歸朝歡	1078、1167
626	五福降中天	1080、~~1095(齊天樂第一體)~~
627	莊椿歲	1082
628	梅香慢	1083
629	山亭燕	1084
630	滿朝歡	1085
631	曲江秋	1086、1131
632	鳳歸雲	1087、1321
633	月當廳	1090
634	瑞雲濃慢	1091
635	水龍吟	1093(卷九末)、1102、1103、1104、1105、1106、1151
636	齊天樂	1095(五福降中天第二體)、1138、1181
637	晝錦堂	1097
638	上林春慢	1098
639	西平樂	1099、1344
640	宴清都	1100、1101
641	鼓笛慢	1107、1227
642	還京樂	1108、1163(卷十末)
643	石州慢	~~1055(石州引)~~、1109

續 表

	調目	分體
644	柳色黄	1110
645	鬬百草	1118
646	瑶花	1120
647	南浦	1122、1171、1172、1200
648	氐州第一	1123
649	慶春宫	1124、1125
650	倒犯	1126
651	湘春夜月	1128
652	月中仙	1130
653	惜餘歡	1135
654	龍山會	1136
655	竹馬子	1137
656	喜朝天	1139
657	金盞子	1140、1141
658	眉嫵	1142(百宜嬌第一體)
659	綺羅香	1144、1164
660	情久長	1146
661	春雲怨	1147
662	雙聲子	1152

續表

	調目	分體
663	西湖月	1153、1173、1231
664	西江月慢	1154
665	征部樂	1155
666	雨霖鈴	1156、1157
667	湘江靜	1159
668	澡蘭香	1161
669	向湖邊	1165
670	春從天上來	1166、1222
671	花心動	1168、1169
672	永遇樂	1174、1175、1176、~~1177（消息）~~、1205、1206
673	消息	1177（永遇樂第四體）
674	送入我門來	1178
675	瀟湘逢故人慢	1179、1180
676	拜星月	~~1111（拜星月慢第二體）~~、1182、1183
677	合歡帶	1184、1218
678	霜花腴	1186
679	迎新春	1187
680	綺寮怨	1190
681	陽春曲	1192

續表

	調　目	分　體
682	秋霽	1194、1211、1212
683	西湖	1196、1207
684	月中桂	1197
685	憶瑶姬	1198、1260
686	花發沁園春	1199
687	凉州令	1204
688	尉遲杯	1208、1209、1229、1230
689	泛清波摘遍	1210
690	解連環	1213、1224(玉連環第四體)
691	曲玉管	1214
692	十二郎	~~1201(二郎神第三體)~~、1215
693	夢横塘	1216
694	内家嬌	1217、~~1263(風流子第二體)~~
695	百宜嬌	~~1142(眉嫵)~~、1219
696	夜飛鵲	1221
697	飛雪滿羣山	1223、1249
698	望梅	1225
699	角招	1235
700	古傾杯	1236

續　表

	調　目	分　　體
701	望海潮	1237、1238
702	一萼紅	1239、1246
703	望湘人	1240
704	大聖樂	1241、1268、1269
705	選冠子	1242、1291
706	薄倖	1244、1248
707	無愁可解	1245
708	一寸金	1247
709	擊梧桐	1250、1266
710	奪錦標	1251
711	折紅梅	1252
712	傾杯	1253、1254
713	惜黄花慢	1255、1256
714	過秦樓	1257、~~1278(惜餘春慢第一體)~~
715	江城子慢	1258
716	解佩環	1259
717	杜韋娘	1261(卷十二末)
718	疎影	1262
719	霜葉飛	1267、1275(鬬嬋娟第一體)、1276(鬬嬋娟第二體)

續 表

	調　目	分　體
720	慢卷紬	1270
721	八犯玉交枝	1271
722	高山流水	1273
723	五彩結同心	1277
724	惜餘春慢	1278(過秦樓第二體)、1289
725	蘇武慢	1279、1280、1290
726	八歸	1281、1300、1309
727	透碧霄	1285
728	沁園春	1286、1287、1288、1295、1296、1297、1298、1305、1306
729	玉山枕	1293
730	丹鳳吟	1294
731	紫萸香慢	1299
732	輪臺子	1303
733	摸魚兒	1304(卷十三末)、1307、1308、1311、1312、1313、1314
734	賀新郎	1310、1315、1316、1317
735	集賢賓	1319
736	子夜歌	~~173(菩薩蠻第一體)~~、1320
737	金明池	1323

續　表

	調　目	分　體
738	送征衣	1324
739	白苧	1325、1332
740	鴨頭緑	1326(多麗第一體)、~~1345(多麗第二體)~~、~~1346(多麗第三體)~~
741	笛家	1327
742	秋思耗	1328
743	春風嫋娜	1330
744	翠羽吟	1333
745	蘭陵王	1335
746	瑞龍吟	1337
747	破陣樂	1338
748	大酺	1339、1340
749	浪淘沙慢	1341、1342
750	歌頭	1343(卷十四末)
751	多麗	~~1326(鴨頭緑第一體)~~、1345(鴨頭緑第二體)、1346(鴨頭緑第三體)、1347、1348
752	玉女摇仙佩	1349
753	六醜	1350
754	玉抱肚	1351
755	六州歌頭	1352、1353

續表

	調目	分體
756	夜半樂	1354、1355
757	寶鼎現	1356、1357、1358
758	穆護砂	1359
759	三臺	1360
760	稍遍	1362、1363、1364、1365
761	戚氏	1366、1367
762	鶯啼序	1368、1369、1370(卷十五末)